mtb

Umwelthinweis:
Dieses Buch wurde auf chlor- und säurefreiem Papier gedruckt.

Linda Lael Miller

Big Sky Secrets – Antwort des Herzens

Roman

Aus dem Amerikanischen von
Anita Sprungk

mtb

MIRA® TASCHENBUCH
Band 25803
1. Auflage: Januar 2015

MIRA® TASCHENBÜCHER
erscheinen in der Harlequin Enterprises GmbH,
Valentinskamp 24, 20354 Hamburg
Geschäftsführer: Thomas Beckmann

Deutsche Erstveröffentlichung

Titel der nordamerikanischen Originalausgabe:
Big Sky Secrets

erschienen bei: HQN Books, Toronto

Published by arrangement with
Harlequin Enterprises II B.V./S.àr.l

Konzeption / Reihengestaltung: fredebold&partner GmbH, Köln
Umschlaggestaltung: pecher und soiron, Köln
Redaktion: Mareike Müller
Titelabbildung: Thinkstock / Getty Images, München;
Harlequin Enterprises II B.V./S.àr.l
Autorenfoto: © Harlequin Enterprises S.A., Schweiz
Satz: GGP Media GmbH, Pößneck
Druck und Bindearbeiten: CPI books GmbH, Leck – Germany
Printed in Germany
Dieses Buch wurde auf FSC®-zertifiziertem Papier gedruckt.
ISBN 978-3-95649-093-4

www.mira-taschenbuch.de

Liebe Leserin, lieber Leser,

ich freue mich, Sie wieder in Three Trees und Parable, Montana, zu begrüßen und Ihnen die Geschichte von Landry und Ria zu erzählen.

Big Sky Secrets – Antwort des Herzens zu schreiben hat mir besonders viel Spaß gemacht. Schon früh begegnen wir Ria Manning. Sie hat eine heruntergekommene Blumenfarm gekauft, die an die Hangman's-Bend-Ranch grenzt, den Grundbesitz von Zane und Landry Sutton. Nicht zum ersten Mal gibt es Ärger mit den Tieren der Suttons, aber als Ria plötzlich in ihrem eigenen Haus festsitzt, weil ein frecher Büffel sich auf ihrem Hof wie zu Hause fühlt, hat sie die Nase voll. Höchste Zeit, Landry Sutton zur Rede zu stellen, dieses eingebildete Finanzgenie, das hier den Cowboy spielen will.

Landry hat sich schon fast entschieden, seinen Teil der Ranch an seinen Bruder Zane zu verkaufen und wieder das Stadtleben zu genießen. Da verliebt er sich überraschend in die streitlustige dunkelhaarige Schönheit von nebenan. Wenn er bleibt, muss er mit seiner Vergangenheit abschließen, doch bei jedem Zusammentreffen mit Ria erkennt er mehr und mehr, dass es gar keine so schlechte Idee wäre, in Parable zu bleiben.

Außerdem lade ich Sie herzlich ein, in meinem – beinahe – täglichen Blog auf www.lindalaelmiller.com vorbeizuschauen. Sie finden dort Auszüge aus meinen Büchern, Videos von ein paar sehr attraktiven Cowboys, News zu meinem Stipendienprogramm, lustige Wettbewerbe und ab und zu eine Überraschung.

Doch jetzt: Tauchen Sie ein in eine wunderbare neue Romance. Lachen Sie mit, fiebern Sie mit, haben Sie Spaß mit Liebe, Lust und Leidenschaft. Es wird Ihnen bestimmt gefallen.

Ihre Linda Lael Miller

Für Steven und Robin Black
vom Uptick Weingut –
unsere Freundschaft ist zwar noch jung,
aber sie wird halten bis in alle Ewigkeit.
Ihr seid ein wunderbar inspirierendes Team,
und ich freue mich, euch beide zu kennen.

1. KAPITEL

Mit finsterer Miene und hochrotem Kopf rappelte Landry Sutton sich wieder auf, nachdem er auf dem von zahllosen Hufen hart getrampelten Grund von Walker Parrishs Hauptpferch gelandet war. Trotzig biss er die Zähne zusammen und bückte sich nach den Überresten seines Huts. Der Bronco, ein Wallach mit dem passenden Namen Pure Misery, hatte ihn in dem kurzen, aber wilden Unterfangen, Landry zum dritten und für heute letzten Mal abzuwerfen, zertrampelt.

Vermutlich kann ich froh sein, dass mein Schädel nicht das gleiche Schicksal erlitten hat, dachte Landry. Doch so einfach gelang ihm der Wechsel von adrenalinbefeuertem Zorn zu Dankbarkeit nicht. Landry war frustriert, beschämt und sauer – und das waren nur die Empfindungen, die er benennen konnte.

Das schweißnasse Pferd drehte ein paar stolze Runden im Pferch und bewegte sich dabei in immer größer werdenden Kreisen. Ein oder zweimal schnaubte es, den Hals gebeugt, den Kopf stolz hoch erhoben und die Ohren so dicht angelegt, dass sie kaum zu sehen waren.

Schließlich blieb der Wallach etwa zehn Meter von Landry entfernt entschlossen stehen, die Hinterbeine fest auf den Boden gestemmt, während seine Flanken leicht zitterten. Das ganze Tier war ein Bündel kaum gebändigter Kraft und Energie, die sich in völlig neuen Wegen Bahn zu brechen und in einem urzeitlichen Gewitter zu entladen suchte.

Komm schon, Cowboy. Versuch's noch mal. So lautete die Botschaft.

Allmählich wurde Landry die unmittelbare Umgebung, seine und die des Pferdes, wieder bewusst, obwohl alles, was jenseits der Kampfarena lag, immer noch im Dunst des aufgewirbelten Staubs verschwand. Lediglich seinen Bruder Zane, der auf dem Zaun hockte, nahm er wahr. Er wusste, dass sein Bruder ihn mit mildem, ja, freundlichem Interesse beobachtete und darauf wartete, was als Nächstes geschehen würde.

Möglicherweise fragte er sich, ob Landry so dumm sein würde, das durchgeknallte Wildpferd noch einmal zu besteigen, oder ob er so vernünftig wäre, es für heute sein zu lassen.

„Irgendwas gebrochen?“, rief er ihm heiter zu. Er war nur dreizehneinhalb Monate älter als Landry, allerdings hätte ebenso gut ein Jahrzehnt zwischen ihnen liegen können. Zane strahlte eine Reife und Weisheit aus, die einem Vater oder ehrwürdigen Onkel gut angestanden hätte. Oder einem Obersten Richter.

Landry warf nur einen kurzen Blick in Zanes Richtung und klatschte dann den ruinierten Hut gegen seine Oberschenkel, um ein bisschen Dampf abzulassen. Ein paar Rancharbeiter – alles Angestellte von Walker Parrish, einem ortsansässigen Rodeopferdezüchter und dem älteren Bruder von Zanes Frau Brylee – schauten in dem halbherzigen Versuch, ihr amüsiertes Grinsen zu verbergen, kurz zur Seite.

Natürlich war leicht zu erraten, was die Männer dachten. Obwohl Landry seit fast einem Jahr in Montana lebte, war er immer noch ein Außenseiter, das herausgeputzte Greenhorn aus Chicago und in aller Augen ein Schönling auf ewig. Immer noch und für alle Zeiten der kleine Bruder des großen Zane Sutton.

Mit seinen ein Meter achtzig, seiner Intelligenz und als Selfmademann, der es zu Reichtum und finanzieller Unabhängigkeit gebracht hatte und eine Ranch besaß, gab Landry sich normalerweise nicht mit Kleinigkeiten ab. Tatsächlich war ihm mit Anfang dreißig noch nie etwas misslungen, was er sich vorgenommen hatte. Abgesehen von seinen Bemühungen, die Ehe mit Susan Ingersoll zu retten, ohne dabei zum Mörder zu werden. Für ihn war diese unselige Beziehung eine Katastrophe gewesen.

Im Moment taten ihm sämtliche Muskeln weh. Seine Knochen schmerzten, als wäre er seit dem Frühstück zwanzig Jahre älter geworden, und sein Stolz hatte mächtig gelitten. Mürrisch verfolgte Landry, wie einer der Rancharbeiter den Bronco einfing, ihn aus dem Pferch führte und auf der angrenzenden Weide laufen ließ.

Zane trat auf Landry zu, während sich der Staub langsam legte. „Möchtest du ein Bier?“, fragte er ruhig. Seine rechte Hand zuckte leicht, als wollte er Landry auf die Schulter klopfen, offenbar kam er jedoch zu dem Schluss, es lieber zu lassen, denn er ließ sie wieder sinken.

Es handelte sich nur um ein Bier, und Landry hätte nur zur gern eins gehabt. Trotzdem wollte er das Angebot im ersten Augenblick ausschlagen. Er und Zane hatten sich als Kinder sehr nahegestanden, und das war so geblieben, bis sie in den Zwanzigern waren. Doch dann, etwa zu der Zeit, als ihre Mutter starb …

Damals war alles den Bach runtergegangen. Zwischen ihnen hatte sich ein Abgrund aufgetan, und sie hatten nie mehr zueinandergefunden. Die meiste Zeit waren sie einfach getrennte Wege gegangen. Zane tingelte von einem Rodeo zum nächsten und landete schließlich beim Film – ausgerechnet! –, während es Landry nach Chicago zog, eine Stadt, die ihn schon immer fasziniert hatte. Er besuchte die Abendschule, jobbte tagsüber und an den Wochenenden als Barista in einem Coffeeshop, machte seinen Abschluss und bekam einen Posten bei Ingersoll Investments, wo er zunächst in der Poststelle arbeitete. Schnell kletterte er die Karriereleiter hinauf, lernte die Tochter des Chefs kennen und heiratete sie.

In der Gewissheit, endlich seinen Platz gefunden zu haben, krempelte Landry die Ärmel hoch und packte es an, Geld zu scheffeln – viel Geld –, und zwar für die Firma und dank diverser Boni und schließlich einer Teilhaberschaft auch für sich selbst.

„Jetzt ein Bier wäre nicht schlecht“, hörte er sich sagen, obwohl sein Instinkt ihm eigentlich zu „Nein, danke“ riet. Vernünftiger wäre es natürlich gewesen, seine Jammergestalt sofort zurück auf seine Hälfte von Hangman's Bend zu verfrachten. Dort hätte er einen oder zwei Scotch kippen, ein Aspirin schlucken und sich unter die heiße Dusche stellen können, bis seine Muskeln aufhörten zu protestieren.

Stattdessen verließen sie gemeinsam den Pferch. Zane winkte den anderen zum Abschied zu, und zusammen mit Landry ging er zu seinem Wagen, einem silberfarbenen Pick-up mit verlängerter Kabine, der so mit Schlamm verschmiert war, dass die eigentliche Farbe nicht mehr zu erkennen war. Slim, Zanes adoptierter Streunerhund, lag auf der Ladefläche und hechelte in der hellen Junisonne vor sich hin. Offenbar war er gänzlich zufrieden damit, was und wo er war.

Ein Mensch kann viel von einem Hund lernen, dachte Landry. Er stieg auf der Beifahrerseite aufs Trittbrett, beugte sich kurz nach hinten und kraulte dem Tier Kopf und Schlappohren. „Hallo Hund. Wie geht's dir?" Eine rein rhetorische Frage, und trotz der Schroffheit in seiner Stimme war klar, dass er Slim mochte.

Slim wedelte mit dem Schwanz. Danach legte er sich für die kurze Fahrt zur benachbarten Hangman's-Bend-Ranch wieder hin.

Zane setzte sich hinters Steuer, ließ das Auto an, warf einen kurzen Blick über die Schulter nach hinten und grinste dem Hund zu. Er liebte diese Schlafmütze, keine Frage, und er hätte das Tier auch in der Fahrerkabine mitgenommen, wenn es das gewollt hätte. Doch Slim hatte in letzter Zeit eine Vorliebe für die Ladefläche entwickelt. Offenbar gefiel es ihm zwischen Futtersäcken und anderem Ladegut, und es sah nicht danach aus, als würde er in näherer Zukunft seine Meinung ändern.

„Du solltest dir einen Hund zulegen", meinte Zane, während er den Wagen langsam wendete. „Sie leisten einem prima Gesellschaft, weißt du."

Mein Bruder, die große Autorität in Sachen Einsamkeit, schoss es Landry durch den Kopf, und er seufzte innerlich voller Ironie. Als hätte es Zane jemals an Gesellschaft gemangelt, selbst bevor er sich auf der heruntergekommenen Ranch außerhalb der Stadtgrenzen von Three Trees, Montana, niedergelassen hatte. Eben der Ranch, die er und Landry ein paar Jahre früher unbesehen zusammen gekauft hatten. Inzwischen leistete ihm vor allem seine wunderschöne Frau Brylee Gesellschaft. Und außerdem gab es da noch ihre Respekt einflößende und überaus treue Haushälterin Cleo sowie den dreizehnjährigen Nash. Der Junge war Zanes und Landrys Halbbruder, und gegen das, was er in seinem jungen Leben bereits erlebt hatte, war ihre eigene, von Armut und Schwierigkeiten geprägte Kindheit der reinste Spaziergang gewesen.

„Irgendwann tue ich das", erwiderte Landry, in Gedanken immer noch ganz woanders. „Mir einen Hund zulegen, meine ich." Er schwieg einen Moment. „Hat doch keine Eile, oder?", fügte er dann ärgerlich hinzu.

Zane antwortete nicht, und das war in Ordnung, denn manchmal – zum Beispiel jetzt – war ihnen nicht nach Reden zumute. Der Pick-up rumpelte über die lange zerfurchte Rancheinfahrt und rüttelte Hund und Ladung auf der Ladefläche ordentlich durch.

Walkers Ranch Timber Creek war ein ansehnliches Anwesen, um es vorsichtig auszudrücken, aber der unbefestigte Weg, der zum Haupttor führte, war in kaum besserem Zustand als ein Viehtrampelpfad nach einem Monat Dauerregen und zehn Jahren Dürre. Wie Landry inzwischen bemerkt hatte, legten die Leute hier draußen in der Wildnis von Montana unabhängig von ihrem Geldbeutel keinen übertriebenen Wert auf Annehmlichkeiten oder Äußerlichkeiten. Wahrscheinlich kämen die meisten nie auf die Idee, eine Einfahrt mit Asphalt zu befestigen. Ein oder zwei eher protzige Typen hätten vielleicht eine Ladung Kies verteilt, wenn gerade mal Geld reinkam und anständig für Rindfleisch gezahlt wurde – allerdings eine Einfahrt zu pflastern, das würde hier keiner machen.

Nein, selbst so erfolgreiche Rancher wie Walker Parrish gaben sich offenbar damit zufrieden, sich mit den gegebenen Verhältnissen zu arrangieren, sei es der hüfthohe Schnee im Winter, der zähe Schlamm, den die Einheimischen Gumbo nannten, im Frühling oder die tief gefurchten, trockenen Fahrrinnen im Sommer und Herbst.

Ab und zu kam es vor, wenn auch immer nur kurz, dass die Gegend überhaupt keinen Reiz für Landry hatte – so wie jetzt.

Offenbar weiterhin in fröhliche Gedanken versunken, fuhr Zane weiter. Das Wohngebäude auf seinem Teil der Hangman's-Bend-Ranch war vergleichsweise bescheiden, vor allem wenn man bedachte, wie wohlhabend er war. Bevor er sich plötzlich entschlossen hatte, dem Leben als Filmstar den Rücken zu kehren, aufs Land zu ziehen und sich völlig neu zu erfinden, war er eine Art moderner John Wayne gewesen. Jetzt lebten er und Brylee in einem renovierten, großen und komfortablen Steinhaus, das jedoch kein bisschen Chic aufwies, jedenfalls, wenn man nach Hollywood-Standards ging. Zur Ranch gehörten außerdem ein robustes Stallgebäude und eine altmodische, frei stehende Garage mit verbeultem Aluminiumtor, das von Hand hochgeschoben und heruntergelassen werden musste. Weder ein Tennisplatz noch ein Swimmingpool verschandelten die Landschaft.

Brylee jätete Unkraut im Gemüsegarten, als Zane und Landry eintrafen. Ihr Deutscher Schäferhund, wie immer treu in ihrer Nähe, überwachte ihr Tun.

Zanes Frau trug einen leichten Strohhut – die Haare hatte sie darunter gesteckt –, dazu eine ärmellose Bluse und an den Knien abgeschnittene Jeans. Ihre langen Beine waren von der Sonne gebräunt, genau wie ihre Arme, und ihre vermutlich nackten Füße waren wahrscheinlich mit Schlamm bedeckt.

Beim Anblick des Wagens strahlte sie übers ganze Gesicht und eilte ihnen zwischen Reihen von Mais, grünen Bohnen und Kopfsalat anmutig entgegen.

Als er sie so sah, stieg ein Gefühl von Verlorenheit in Landry auf, schlimmer als Einsamkeit, aber er empfand keinen Neid, jedenfalls fast keinen. Zane sprang aus dem Wagen, lief seiner Frau entgegen, hob sie lachend hoch und schwang sie einmal im Kreis, bevor er sie zärtlich küsste.

Slim verhielt sich wie jeder gute Hund auf dem Lande: Er hüpfte von der Ladefläche, rannte bellend zu Herrchen und

Frauchen und beteiligte sich an der überschwänglichen Begrüßung.

Brylees Hut war inzwischen auf dem Boden gelandet, und ihre dunkelbraunen Locken mit den goldenen Lichtreflexen fielen ihr über die Schultern. Etwas verspätet nahm sie auch Landry wahr und errötete verlegen – eine moderne Eva, der plötzlich auffiel, dass sie und ihr Adam doch nicht allein im Garten Eden waren.

So viel zum Liebespiel gleich hier im hohen Gras, dachte Landry. Die beiden waren durchaus zu so etwas fähig. Und wer wollte es ihnen verübeln?

Er lächelte Brylee zu und griff sich kurz an den Hut, bevor er sich erinnerte, dass er ihn auf die Ladefläche des Pick-ups geworfen hatte. Die überraschend liebevollen Worte, die ihm durch den Kopf schossen, galten allerdings seinem Bruder. *Was für ein Glück du doch hast, du Bastard.*

„Ich habe diesem Typen ein Bier versprochen", erklärte Zane und deutete immer noch grinsend mit dem Daumen auf Landry, um klarzustellen, wen er mit dem Typen meinte. Die Luft um das Paar schien zu knistern. „Wie du siehst, ist er ein bisschen lädiert."

Obwohl Zane sich bei dieser Bemerkung sicher nichts gedacht hatte, entsann sich Landry schlagartig, dass er dreimal abgeworfen worden war, seine Kleidung vor Staub und Schweiß starrten und jede Menge Pferdemist an seinen Stiefeln klebte. Obendrein bedeckte Schmutz seine Haut, verstopfte jede Pore und hing an jedem einzelnen Haar.

Wieder überfiel ihn Unsicherheit und ein undefinierbares Verlustgefühl, ein Gefühl, das er vor seinem Umzug nach Montana nie gekannt hatte.

„Ich bleibe am besten hier draußen auf der Veranda", schlug er vor und wünschte sofort, er hätte den Mund gehalten.

Brylee schenkte ihm ein warmes Lächeln. Sie hatte ihn anfangs zwar alles andere als sympathisch gefunden, ihre Einstellung ihm gegenüber allerdings seit Weihnachten, und damit ihrer Hochzeit, deutlich gewandelt. „Mach dir darüber keine

Gedanken“, erwiderte sie und schaute verlegen auf ihre eigenen schlammigen Füße. „Dies ist eine Ranch, und da ist Dreck einfach unvermeidlich.“

Im selben Moment quietschte die Fliegentür in den Angeln, und die Haushälterin Cleo trat auf die Veranda. Ihre Haut glänzte ebenholzschwarz, die dunklen Augen funkelten, die grauen Haare bändigte Cleo – wenigstens teilweise – mit einem Tuch. Sie sah streng aus, tat jedoch vermutlich nur so, denn sie war ein warmherziger Mensch.

„Wie bitte, Mrs Sutton?“, mischte sie sich ein und stellte damit klar, dass sie Brylees Bemerkung über den Schmutz gehört hatte. „Ich bin gerade fertig mit Wischen der Küche – der Boden ist noch nicht mal trocken –, und es ist mir egal, wie viel Dreck für diese Ranch normal ist. Du setzt keinen Fuß in mein sauberes Haus, bevor du ihn nicht gründlich gewaschen hast.“ Im nächsten Moment glitt ihr Blick zu Zane und Landry. „Für euch zwei gilt dasselbe. Ich arbeite mir doch hier nicht zum Spaß die Finger wund!“

Zane, der ihre Predigten kannte, grinste nur und nickte der Frau freundlich beschwichtigend zu. Auch Landry kam der Wortwechsel bekannt vor. Er konnte sich leicht vorstellen, eine solche Warnung aus dem Mund von Highbridge zu hören. Allerdings drückte sich der Mann nicht ganz so blumig aus, und seine Aussprache und Grammatik waren besser.

Ach ja, Highbridge. Noch ein Grund, warum Landry hierher passte wie eine sechste Zehe in einen engen Stiefel. Er beschäftigte einen Butler. Welcher Cowboy mit ein bisschen Selbstachtung tat so etwas?

„Sagt mir, was ihr wollt, und ich bringe es euch raus“, fuhr Cleo fort, die Hände in die Hüften gestemmt. Inzwischen hatte sich ein Lächeln in ihre Augen gestohlen, und um ihre Mundwinkel zuckte es verdächtig. Genau wie Highbridge stellte sie gern klar, was sie dachte – gefragt oder ungefragt.

„Bier“, entgegnete Zane leichthin. „Und bitte gut gekühlt, wenn es dir nichts ausmacht.“

Cleo kniff die Augen zusammen und fixierte Brylee mit drohendem Blick. „Eistee oder Limonade für dich“, erklärte sie knapp. „Wenn du nicht schwanger bist, liegt es nicht an mangelndem Eifer. Das steht fest. Und wir wissen beide, dass Alkohol nicht gut für Babys ist.“

Brylee lief knallrot an und schüttelte den Kopf. „Cleo“, schimpfte sie lachend.

„Eistee oder Limonade?“, wiederholte diese unbeeindruckt und verschränkte die Arme vor der Brust.

Da hob Brylee ergeben beide Hände und setzte sich an den kleinen Weidentisch in einer schattigen Ecke der Veranda. Zane und Landry gesellten sich zu ihr.

„Tee, bitte“, sagte sie beinah schüchtern.

Nickend kehrte Cleo zurück ins Haus, um die Getränke zu holen.

„Cleo kann manchmal ein richtiger Tyrann sein“, bemerkte Brylee. Ihre Wangen glühten immer noch, und wenn sie zu Zane hinüberschaute, schien es zwischen ihnen gewaltig zu knistern.

„Aber nur zwischen Mitternacht und null Uhr morgens“, erwiderte Zane. Er hatte Brylees Hand genommen und seine Finger mit ihren verschränkt, eine selbstverständliche, ganz normale und doch ungeheuer intime Geste.

Landry ließ sich kurz die wenigen stürmischen Jahre durch den Kopf gehen, die er mit Susan verbracht hatte. Die blitzschnelle und glutheiße Erkenntnis, dass sie einander nie, nicht einmal in ihren besten Zeiten, so nahe gewesen waren wie Zane und Brylee, stimmte ihn traurig. Immerhin hatten sie guten Sex gehabt, aber nach seiner nicht gerade geringen Erfahrung war schlechter Sex ausgesprochen selten.

Er strich sich mit der Hand durch die verdreckten Haare und fragte sich, was ihn eigentlich so nachdenklich gemacht hatte.

Inzwischen waren auch die beiden Hunde auf die Veranda getapst und hatten sich schattige Plätzchen für ihr Nachmittagsschläfchen gesucht. Bienen summten in den nahe gelegenen

Blumenbeeten, und in der Ferne muhte eine Kuh. Wahrscheinlich rief sie nach ihrem Kalb.

Cleo kam wieder aus dem Haus, diesmal mit einem Tablett in den Händen. Darauf standen ein Glas Eistee, ein Teller mit Keksen und zwei langhalsige braune Glasflaschen mit einer dünnen Eisschicht darauf.

Zuerst reichte sie Brylee den Tee, danach stellte sie vor jeden der Männer eine Bierflasche.

„Habt ihr Nash gesehen?" Die Frage war an alle gerichtet, aber bevor jemand antworten konnte, redete sie bereits weiter. „Ich bin drauf und dran, dem Jungen den Hals umzudrehen, wenn er seine Schmutzwäsche weiter rumliegen lässt. Wie oft habe ich ihm schon gesagt, er soll sie aufheben. In seinem Zimmer kann man keinen Fuß vor den anderen setzen. Überall leere Pizzaschachteln und Limodosen. Wenn das so weitergeht, können wir uns demnächst vor Ungeziefer im Haus nicht mehr retten!"

Zane, der gerade einen Schluck Bier trank, gab ein ersticktes Lachen von sich und setzte die Flasche wieder ab. „Nash ist mit Walker und Shane zum Bullenmarkt in Missoula gefahren", erinnerte er Cleo. „Wenn er wieder da ist, werde ich ihn in Ketten legen."

Cleo lächelte nicht einmal über den Witz. „Ich wüsste gern, wer dem Kind erlaubt hat, einfach durch die Gegend zu tingeln. Er hat nicht eine seiner Pflichten erledigt", brummelte sie, nahm drei schneeweiße, tadellos gebügelte Stoffservietten vom Tablett und legte sie fächerförmig auf den Tisch.

„Das war dann wohl ich", meinte Zane.

„Total verwöhnt, dieser Junge", stieß Cleo missmutig hervor, drehte sich auf dem Absatz ihrer grünen Sneakers um und rauschte zurück ins Haus.

Brylee schlug mit ihrer freien Hand nach Zane, aber sie lächelte dabei. Ihre Wangen waren immer noch gerötet. Bei ihr sah das unglaublich attraktiv aus. Landry wagte die Prophezeiung – natürlich nur in Gedanken –, dass die beiden keine fünf

Minuten, nachdem er sich verabschiedet hatte, gemeinsam unter der Dusche stehen würden. Und keine fünf Minuten später die Laken zerwühlen würden.

Möglicherweise hegte Cleo die gleiche Vermutung, denn sie eilte sofort aus dem Haus zurück. Nach wie vor trug sie ihren Baumwollkittel, dazu aber einen roten Sonnenhut und eine umwerfende Designer-Sonnenbrille. Ihre große Handtasche hatte sie sich fest unter den Arm geklemmt, als rechnete sie damit, sich gleich eines Taschendiebs erwehren zu müssen.

„Manche Leute", stichelte sie, während sie an den dreien vorbeiging, die Verandastufen hinunterstieg und auf den alten Kombi zumarschierte, der neben Zanes Pick-up stand, „wissen Besseres mit ihrer Zeit anzufangen, als im Schatten rumzusitzen. Ich fahre in die Stadt. Lebensmittel kaufen. Wird dauern, bis ich wieder da bin."

Amüsiert schüttelte Brylee den Kopf.

Zane lachte.

Landry, der sich mehr und mehr überflüssig fühlte – in diesem Fall waren drei ganz klar einer zu viel –, schob hastig seinen Stuhl zurück und erhob sich, um sich vom Acker zu machen.

Aufgescheucht hoben beide Hunde ihre Köpfe und schauten ihn an.

„Warum die Eile, kleiner Bruder?", fragte Zane und runzelte die Stirn. „Du hast noch nicht mal dein Bier ausgetrunken."

War der Mann wirklich so begriffsstutzig? Da bot sich ihm die Chance, mit seiner atemberaubend schönen Frau allein zu sein, und was tat er? Machte sich Gedanken über einen Rest Bier.

Landry seufzte und beugte sich vor, um Brylee auf die Wange zu küssen. „Ich habe noch viel zu tun", antwortete er. Mit einem letzten Blick auf sein Bier entschied er, doch lieber einen Scotch aus seinem eigenen Barschrank zu trinken, ließ die Bierflasche stehen und ging zu seinem Wagen.

Obwohl Cleos Auto längst außer Sichtweite war, hing die Staubwolke ihres Kombis immer noch in der Luft, als Landry aus Zanes Einfahrt auf die Straße bog.

Ganz kurz durchzuckte ihn der Wunsch, irgendwo anders hinfahren zu können als nach Hause, wo niemand auf ihn wartete – außer Highbridge und eine Herde Büffel, die gerade mal zwei Tieren umfasste.

Die Dämmerung färbte den gewaltigen Himmel über Montana lavendelblau, warf die ersten dünnen Schatten über den Rand des Tals und hüllte die Felder voller bunter Zinnien und Gerbera in die sanfte Kühle des hereinbrechenden Sommerabends. Ria Manning ließ den Blick über ihr kleines Stück Land schweifen. So etwas Ähnliches wie Heimweh überfiel sie, allerdings war das lächerlich. Schließlich war sie jetzt hier zu Hause. Sie biss sich auf die Unterlippe, rollte geschickt den grünen Gartenschlauch zusammen und hängte ihn an den Haken an der Wand des Geräteschuppens.

Schon früher am Nachmittag hatte sie den Rasen gemäht, und jetzt schaltete sich der Rasensprenger ein. Der süße Duft von frisch gemähtem Gras hatte eine beruhigende Wirkung auf Ria, die auf dem Weg zu ihrer rückwärtigen Veranda den kleinen Wasserfontänen auswich. Die Dielen hingen ein wenig durch, waren verwittert und wacklig. Noch ein Punkt auf der beängstigend langen Liste der Dinge, die erledigt werden mussten.

Hinter dem Haus – im Grunde war es nur eine kleine Hütte – wuchs das Unkraut so dicht und hoch, dass die dort abgestellten, längst überholten landwirtschaftlichen Geräte und andere vergessene Zeugnisse früherer Geschäftigkeit darin verschwanden. Auf dieser Seite des Hauses waren die von intensiver Bewirtschaftung ausgelaugten Felder leer: gepflügt und brach gelassen, damit der Boden sich erholen konnte.

In einem Jahr würde er wieder fruchtbar sein, sofern er angemessen gedüngt und vielleicht einmal abgeflämmt würde – natürlich unter sorgfältiger Überwachung des Feuers. Das behauptete jedenfalls der Experte für landwirtschaftliche Entwicklung. Manch anderer hätte vielleicht die Geduld verloren, aber Ria war das grundlegende Prinzip langfristiger Investitionen klar. Sie wusste, dass denen, die geduldig warteten, tatsächlich Gutes daraus erwuchs.

Einmal Erbsenzähler, immer Erbsenzähler. Ein kleines Lächeln huschte über ihr Gesicht. Ihr verstorbener Mann Frank hatte immer gesagt, ihre linke Hirnhälfte sei so dominant, dass es an ein Wunder grenze, dass Ria nicht bei jedem Versuch aufzustehen einfach umkippe.

Seufzend – Erinnerungen an Frank ließen sie immer seufzen – streifte Ria sich an der Hintertür die schmutzigen Schuhe ab und ließ sie auf der alten Zeitung stehen, die sie dafür ausgelegt hatte. Der Küchenfußboden glänzte vor Sauberkeit, und sie nahm sich einen Moment Zeit, das zu genießen, bevor sie die Deckenlampe anmachte.

Ria hatte schon vor langer Zeit, möglicherweise sogar schon als Kind erkannt, dass es ihr nicht guttat, lange untätig zu sein. Dann überfiel sie die Einsamkeit. Also machte sie sich sofort an die Arbeit, wusch sich die Hände am Spülbecken, füllte den altmodischen Kupferteekessel mit Wasser, stellte ihn auf den Herd und schaltete die Platte ein.

Aus einem der Küchenschränke nahm sie eine hübsche Tasse samt Untertasse, hängte einen Teebeutel hinein und ging zu ihrem Computer. Mit einem kurzen Ruckeln an der Maus weckte sie den Rechner aus seinem Ruhezustand. Während das Gerät hochfuhr, nahm sie ihr Handy aus der Ladestation und überprüfte ihre Mobilbox.

Der Kessel auf dem Herd begann rhythmisch zu pfeifen.

Eine einzige Nachricht – und damit eine mehr als üblich. Sie kam von ihrer zehn Jahre älteren Halbschwester Meredith, die sich nur äußerst selten bei Ria meldete, da sie außer ihrem Dad, der schon längst tot war, nichts gemeinsam hatten. Wenn sie anrief oder eine E-Mail schickte, wünschte Ria sich meistens, sie hätte es nicht getan. Meredith verhielt sich nicht direkt feindselig – jedenfalls nicht immer –, aber sie hatte nun mal nichts für Idioten übrig. Und obwohl sie das nie laut ausgesprochen hätte, war klar, dass Ria in ihren Augen eine Idiotin war. Wider besseres Wissen drückte Ria die Taste zum Abhören der Nachricht, legte das Handy auf die Arbeitsplatte und eilte zum Kühlschrank, um nachzuschauen, was sie fürs Abendessen dahatte.

Affektiert und schrill tönte die Stimme ihrer Halbschwester vom Band durch die kleine Küche, und Ria biss unwillkürlich die Zähne zusammen.

„Bist du da, Liebes?", zwitscherte Meredith. „Ich hatte gehofft, dass du rangehst." *Ausnahmsweise.*

Ria stieß einen weiteren Seufzer aus, entschied sich für einen Käsetoast und Dosensuppe zum Dinner und platzierte die Zutaten dafür ordentlich auf die Arbeitsplatte.

„Hör zu, Liebes, es ist wichtig", fuhr Meredith munter fort. „Ich musste schon wieder einen Manager feuern. Diesmal in der Filiale in Seattle. Und jetzt stehe ich vor einem kompletten *Chaos*. Es geht um mögliche Unterschlagung. Es könnten sogar Ermittlungen eingeleitet werden. Wenn du nicht kommst und die Sache bereinigst, müssen wir das Büro schließen. Das hieße Buchprüfungen und jede Menge schlechte Presse, und du weißt doch, wie sehr das Daddy treffen würde." Meredith holte hörbar Luft und setzte dann zum großen Finale an. „Ruf mich an, sobald du diese Nachricht abgehört hast. Unbedingt bitte. Ganz egal, wie spät es ist. Du hast meine Nummern." Einen Moment Schweigen. „Hab dich lieb!"

Ende.

Hab dich lieb!

Na klar doch, dachte Ria. Sie wünschte, sie könnte die Bitte ihrer Schwester um Rückruf einfach ignorieren, dabei war ihr längst klar, dass sie das nicht fertigbringen würde. Dafür hatte sie einfach ein zu ausgeprägtes Verantwortungsbewusstsein. Das war ihr Problem.

Dennoch wollte sie erst essen. Sie hatte den ganzen Tag hart gearbeitet, gejätet, gewässert, Vorbereitungen für den samstäglichen Bauernmarkt in Parable getroffen, und sie war hungrig. Und müde natürlich auch.

Ria bereitete ihr Sandwich zu und wärmte sich die Suppe auf. Ihr Tee war inzwischen fertig. Sie richtete ihr Essen auf dem guten Porzellan an und benutzte das Silberbesteck, das sie und Frank zur Hochzeit geschenkt bekommen hatten. So versuchte sie wenigstens ansatzweise, die Atmosphäre eines Essens im Familienkreis zu wahren.

Frank. Er war ihre Stütze gewesen, ihre einzige wahre Liebe, und sie konnte sich nicht vorstellen, jemals jemand anderen zu lieben. Obwohl Frank gerade mal zweieinhalb Jahre tot war, konnte sie sich manchmal schon nicht mehr an sein Gesicht erinnern und musste die Hochzeitsbilder zu Hilfe nehmen. Sie prägte sich sein kantiges Kinn, den kräftigen Mund, die dicken schwarzen Haare, braunen Augen und sein Lächeln ein.

Und vergaß alles wieder.

Obwohl Ria wusste, dass es nicht ungewöhnlich für trauernde Hinterbliebene war, sich nicht mehr an das Gesicht des geliebten Verstorbenen zu erinnern, geriet sie jedes Mal ein wenig in Panik, sowie ihr das passierte. Die damit verbundenen Schuldgefühle hielten Stunden an, wenn nicht länger.

Warum aber fühlte sie sich ausgerechnet jetzt so leer?

Es liegt an der Tageszeit, rief sie sich schweigend ins Gedächtnis. Sie setzte sich, breitete eine Serviette über ihre Oberschenkel und atmete tief durch, um ihr inneres Gleichgewicht zurückzugewinnen.

Eben noch war sie hungrig gewesen, jetzt allerdings hatte sie kaum noch Appetit. Sie knabberte an einer Hälfte des Toasts und nahm ein paar Löffel von der Suppe. Dann gab sie auf und räumte den Tisch ab. Sie warf die Reste in den Müll und spülte Teller und Schüssel ab, anschließend ging sie, die Tasse lauwarmen Tee in der Hand haltend, ins vordere Zimmer.

Der Kopf, dunkelbraun, haarig, mit Hörnern, tauchte plötzlich mitten im Panoramafenster auf. Und obwohl Ria durchaus wusste, was sie da sah, war sie so überrascht, dass sie erschrocken aufschrie, rückwärts sprang und beinahe ihre Tasse samt Untertasse fallen gelassen hätte.

Das Lebewesen vor dem Fenster stieß einen schrecklich klagenden Laut aus, eine Art verzweifeltes Bellen. Durch die Vorhänge, die noch nicht zugezogen waren, fühlte Ria sich an eine Theaterbühne erinnerte, sodass sie sich wie die Zuschauerin bei einer Horrorshow vorkam.

Allmählich fing sie sich wieder ein wenig. Mit zitternden Fingern stellte sie den Becher auf einem Beistelltisch ab und drückte die Hand auf ihr hämmerndes Herz.

Bessie. Während der Schock sich langsam legte, geriet Ria in Rage.

„Nicht schon wieder", sagte sie wütend. „Verdammt noch mal, nicht schon wieder!"

Im Gegensatz zu ihr hatte sich die Büffeldame in Rias Blumenbeet anscheinend deutlich abgeregt. Nach dem einen grauenvollen Schrei senkte sie den Kopf außer Sicht, und als sie ihn wieder hob, kaute sie an einem dicken Bündel frisch gepflanzter Petunien. Ganz in der Nähe entdeckte Ria ihr einjähriges Kalb, das inzwischen schon fast so groß war wie seine Mutter. Es war dabei, sich an den leuchtend orangen Mohnblumen zu vergreifen, die in einer alten Schubkarre wuchsen.

Einen Augenblick stand Ria wie erstarrt da. Bessie wirkte jetzt ganz zufrieden, aber das hieß noch lange nicht, dass sie sich nicht wieder aufregen konnte. Da sie vermutlich in etwa so viel wog wie ein Truck, hatte diese Vorstellung etwas Beängstigendes. Mit einem einzigen Schwung ihres gewaltigen Kopfs konnte sie das Fenster mühelos zerschmettern. Vielleicht war sie sogar in der Lage, sich durch die Öffnung zu zwängen und in Rias Wohnzimmer Amok zu laufen.

Reiß dich zusammen. Kein Grund, in Panik auszubrechen.

Der Versuch, sich selbst zu beruhigen, half nicht viel.

Rückwärtsgehend flüchtete Ria sich in die Küche, stürzte zum Festnetztelefon an der Wand über ihrem Computertisch und wählte eine Kurzwahlnummer.

„Sutton-Residenz", meldete Highbridge sich förmlich. „Kann ich Ihnen behilflich sein?"

„Sie sind schon wieder draußen“, erklärte Ria. „Diese … Viecher …“

„Ach herrje“, meinte Highbridge bedauernd. „Das tut mir leid. Haben sie Schaden angerichtet?“

„Abgesehen davon, dass sie mich zu Tode erschreckt haben und meine Blumen abfressen?“ Natürlich war Ria bewusst, dass Highbridge nichts für die Situation konnte – er war ein Butler, kein Rancharbeiter –, doch weil er sich in der Schusslinie befand, kriegte er eine ordentliche Ladung ab „Ist Ihnen klar, Mr Highbridge, dass orientalischer Mohn erst im zweiten Jahr nach der Pflanzung blüht?“

„Einfach Highbridge, bitte“, widersprach er sanft. Britisch durch und durch gelang es ihm, sowohl Anteilnahme als auch sorgsam beherrschte Belustigung zu vermitteln.

„Und dass eins dieser Tiere sie gerade alle rausgerupft hat?“, fuhr Ria fort.

„Mr Sutton kommt sofort zu Ihnen, um die Tiere abzuholen“, erwiderte Highbridge. „Ich bin sicher, er wird Sie wie immer gern für den angerichteten Schaden entschädigen.“

Mr Sutton kommt sofort zu Ihnen.

Immerhin etwas, dachte Ria und begann sich langsam zu beruhigen. Wenn Landry hier auftauchte, würde sie einfach so tun, als wäre sie nicht zu Hause.

2. KAPITEL

Ria mochte Landry Sutton nicht. Kein bisschen. Sie hatte ihn nie gemocht und würde ihn nie mögen. Darum war sie wild entschlossen, sich nicht blicken zu lassen, wenn er kam, um seine stinkenden, flohzerbissenen, mohnfressenden Büffel abzuholen.

Landry war etwa zur selben Zeit in Parable County aufgekreuzt wie Ria, nämlich vor etwas mehr als einem Jahr, und er war ihr von Anfang an starrköpfig, eingebildet und meistens unerträglich verbohrt vorgekommen. Nur sein unglaublich gutes Aussehen – der klassische kantige Unterkiefer, die vollkommen ebenmäßigen Gesichtszüge und die blauen Augen, deren Farbe je nach Stimmung zwischen lavendel- und kornblumenblau wechselte, das struppige weizenblonde Haar, der schlanke und dennoch kräftige Körperbau – und nicht zuletzt seine ausgeprägte Männlichkeit verhinderten, dass er ganz und gar unerträglich wirkte.

Körperliche Eigenschaften werden vererbt. Sie sind zufällige Geburtsgeschenke. Also ist es nicht das Verdienst dieses Mannes, gute Gene zu haben.

Aber so wie Landry nun mal war, betrachtete er es vermutlich trotzdem als sein Verdienst. Er benahm sich wie ein Mann, dem nichts, was er anpackte, jemals misslungen war. Da aber kein Mensch immer erfolgreich sein konnte, hatte Ria ihn längst als Angeber abgestempelt.

Sie trat ans Fenster und spähte durch das Glas. Ihr Herz, das sich gerade erst einigermaßen beruhigt hatte, begann sofort wieder wild zu pochen. Ria wusste nur zu gut, dass sie fürchterlich erschrecken würde, falls Bessie ihr heute Abend noch einmal gegenüberstünde.

Die schwerfälligen Lebewesen waren nicht zu sehen. Das war keine Überraschung, da es draußen inzwischen dunkel war. Ria wagte dennoch nicht zu hoffen, dass das Tier von allein nach Hause abgezogen war, um sie nie wieder zu belästigen. Das wäre zu einfach gewesen.

Sie warf einen Blick auf ihre Armbanduhr und runzelte die Stirn. Der große Landry Sutton ließ sich verdammt viel Zeit, um zu kommen und sich um seine Viecher zu kümmern. Mindestens eine Stunde war vergangen, seit sie bei ihm angerufen hatte, damit er etwas unternahm.

Zutiefst verärgert griff Ria nach den Vorhängen und zog sie mit einem Ruck zu. Vielleicht wäre sie milder gestimmt gewesen, wenn sie und ihre ums Überleben kämpfenden Zinnien und Gerbera in den letzten Monaten nicht schon mindestens sechs Mal von dieser Naturkatastrophe heimgesucht worden wären.

Dann hörte sie das Geräusch. Es war eine erschreckend laute und einfach grässliche Kombination aus heftigen dumpfen Schlägen und wiederholten Kratzgeräuschen, und sie kam von der vorderen rechten Hausecke, kaum mehr als einen Meter von dem Punkt entfernt, an dem sie in der fragwürdigen Sicherheit ihres eigenen Wohnzimmers stand. Mit angehaltenem Atem zog Ria mit dem Zeigefinger vorsichtig einen der Vorhänge ein paar Zentimeter zurück und spähte noch einmal nach draußen. Sie konnte nichts sehen.

Aber natürlich konnte sie es erraten.

Zu ihrem Entsetzen wurde das nervenzerfetzende Geräusch noch intensiver. Ein- oder zweimal hätte sie schwören mögen, dass das ganze Haus in seinen uralten Fundamenten erbebte.

Ihre Vorsicht wurde nur noch von dem Wunsch übertroffen, ihren Verdacht bestätigt zu sehen. Also schlich sie auf Zehenspitzen zur Tür, schaltete das Verandalicht ein, zog entschlossen den Riegel zurück und trat hinaus, bereit, sofort wieder über die Türschwelle zurückzuspringen, falls sich das als nötig erweisen sollte.

Die einzelne Glühlampe in ihrer von toten Insekten gezierten Fassung warf ein schwaches gelbes Licht auf die Fußmatte, auf der „Willkommen“ stand. Es hatte keine Chance, die nahezu komplette Finsternis einer fast mondlosen Nacht im ländlichen Montana zu durchdringen.

Ringsumher zirpten Heuschrecken, und obwohl unzählige Sterne am Himmel funkelten, gelang es ihnen nicht, die Landschaft zu erhellen.

Ein plötzliches dröhnendes Bellen ließ ihr das Blut in den Adern gefrieren.

Aber dies war ihr Haus, ihr Eigentum, und genug war genug, verdammt noch mal.

Ria wagte sich ein paar Schritte näher an die Verandaecke, die in tiefem Schatten lag. Im Grunde war ihr klar, was sie dort entdecken würde, aber sie konnte es noch nicht ganz glauben.

Und tatsächlich: Da stand Bessie und schubberte sich das Zottelfell an der Hausecke.

„Kusch!“, flüsterte Ria heiser, machte mit beiden Händen eine scheuchende Bewegung und stand ansonsten stockstill. „Geh weg!“

Als Antwort kam ein weiteres ohrenbetäubendes Bellen, das die Scheiben in den Fenstern klirren ließ. Sollte das eine Warnung sein? Gab das Tier damit seinem Unmut Ausdruck?

Ria wusste es nicht, und es war ihr auch egal. Sie war nicht dumm genug, um Bessie noch näher zu kommen, aber ein Rückzug kam auch nicht infrage. Verdammt noch mal, sie hatte schließlich Rechte.

Als Büffel konnte Bessie das natürlich nicht wissen, aber ihr Halter hätte es durchaus wissen müssen.

Warum brauchte er eigentlich so lange, um aufzukreuzen? Er lebte schließlich gleich nebenan und hatte mehr als genug Zeit gehabt, ein Pferd zu satteln oder was auch immer.

Sie holte tief Luft und versuchte noch einmal, das Tier zu verscheuchen. Diesmal gelang es ihr sogar, die Stimme zu heben: „Kusch! Hau ab! Verschwinde!“

Keine Reaktion. Nur der Boden der alten Veranda schien ein wenig unter ihren Füßen zu schwanken, als Bessie erneut ihren mächtigen braunen Körper gegen die Hausecke warf.

Im selben Moment – wie als Antwort auf ihre verärgerte Frage von eben – beleuchteten helle Scheinwerfer die lange Einfahrt zu Rias Haus, und sie hörte einen großen und schweren Wagen über die harten, steinigen Furchen rumpeln.

Dadurch abgelenkt, hörte Bessie auf zu brüllen und sich an der Hausecke zu kratzen. Ria presste die Fingerspitzen an die Schläfen und seufzte wütend und erleichtert zugleich, während sich die verspannten Muskeln zwischen ihren Schulterblättern ein wenig lockerten.

Als der Wagen näher kam, sah sie, dass er einen Anhänger zog.

Bessies Kalb kam aus der Dunkelheit getrottet und blieb still im Scheinwerferlicht des Wagens stehen. Angst schien das Tier nicht zu haben, ganz anders als ein Reh oder andere Wildtiere. Stattdessen stand der Jungbüffel einfach still da und grunzte einmal leise. Nun setzte sich auch Bessie langsam in Bewegung und gesellte sich zu ihrem Jungen.

Dieses Verhalten erstaunte und ärgerte Ria. Sie war sicher gewesen, dass beide Tiere auf sie losgehen würden, sobald sie die Veranda verließ, aber stattdessen benahmen sie sich wie gut erzogene Haustiere.

Waren sie etwa zahm? Kaum zu glauben, wenn man bedachte, dass sie sich eben noch benommen hatten wie wütende Ungetüme mit Bauchschmerzen, die ihre Blumenbeete zertrampelten und versuchten, ihr Haus umzuwerfen.

So lässig, als wäre der ganze Vorfall ein Klacks, wenn auch zugegebenermaßen lästig, öffnete Landry die Fahrertür des Fahrzeugs. Dabei schaltete sich die Innenbeleuchtung ein und präsentierte den ganzen, gut aussehenden Kerl. Er hob die Hand zu einem flüchtigen Gruß, stieg aus und ging nach hinten zum Anhänger. Dort pfiff er einmal leise durch die Zähne, und – oh Wunder – beide Büffel folgten diesem Pfiff wie zwei treue Farmhunde.

Obwohl sie eigentlich jeden direkten Kontakt mit ihrem Nachbarn hatte vermeiden wollen, zog Ria sich nicht ins Haus zurück, um abzuwarten, bis Landry seine entlaufenen Viecher eingesammelt und sich wieder vom Acker gemacht hatte. Auch wenn das vermutlich besser gewesen wäre, blieb sie, wo sie war, dickköpfig, aufgebracht und ganz gegen ihre Natur auf einen Streit aus.

Während das Blut in ihren Ohren rauschte, hörte sie, wie Landry die hintere Klappe des Anhängers öffnete und eine Metallrampe über die Kante der Ladefläche zog, deren unteres Ende mit dumpfem Aufprall auf dem Boden landete.

Landry murmelte einen Befehl, und die Hufe der schweren Tiere dröhnten über die Rampe in den Anhänger, der viel zu klein und zerbrechlich für sie wirkte.

Sekunden später schlug er die Klappe zu und verriegelte sie.

Geh rein, forderte Ria sich selbst auf. Lass Landry Sutton mit seinen dummen Bisons verschwinden.

Eine kluge Aufforderung, denn eine Auseinandersetzung brachte sicher nichts Gutes, aber Ria konnte sich einfach nicht dazu durchringen, sich zurückzuziehen. Außerdem war es längst zu spät, so zu tun, als wäre sie nicht zu Hause. Landry hatte sie bemerkt.

Endlich kam er um Anhänger und Wagen herum, klopfte sich den Staub von den Händen und gratulierte sich wahrscheinlich dazu, ein Problem behoben zu haben. Im Licht der schwachen Verandabeleuchtung und der Scheinwerfer konnte Ria seinen Gesichtsausdruck nicht erkennen, aber das war auch nicht nötig. Sie wusste auch so, dass er grinste.

Arroganter Mistkerl.

„Sie haben lange gebraucht, um zu kommen“, stieß sie hervor und verschränkte die Arme fest vor der Brust, als wäre ihr kalt. Sie war immer noch wütend. Trotzdem bereute sie ihre Worte sofort, denn statt wieder in den Wagen zu steigen, zu wenden und abzufahren, kam Landry näher.

Er bewegte sich langsam mit einem lässigen, aufreizenden und verteufelt sexy Gang.

Vor der Verandatreppe blieb er stehen. Das Licht der Lampe neben der Vordertür erhellte seine Züge und zeigte ein freundliches, tolerantes und amüsiertes Grinsen.

„Wenn sie irgendwelchen Schaden angerichtet haben, schicken Sie mir einfach eine Rechnung."

Kein bisschen Bedauern. Offenbar fand er das Ganze auch noch komisch.

Leute wie Landry – reiche Leute – schienen zu glauben, Geld könne jedes Problem lösen. Ria funkelte Sutton wütend an – zum Glück waren sie fast auf Augenhöhe, weil er auf dem Boden und sie auf der Veranda stand – und drückte die verschränkten Arme noch fester an die Brust. „Vielleicht kennen Sie das alte Sprichwort", stieß sie gepresst hervor, „dass gute Zäune Garanten für eine gute Nachbarschaft sind?"

Landry wirkte ein wenig ernüchtert, aber in seinen Augen funkelte immer noch der Schalk. „Ist das so?", fragte er liebenswürdig zurück.

Herablassender Mistkerl. Er ärgerte sie absichtlich – und genoss es.

Rias Miene verfinsterte sich. Sie war ein vernünftiger Mensch. Was hielt sie also davon ab, sich einfach wortlos umzudrehen, ins Haus zu gehen und ihm die Tür vor der hübschen Nase zuzuschlagen?

Sie wusste es nicht.

Auf einmal seufzte Landry tief, als hätte er ein schweres Los zu tragen. Seine breiten Schultern hoben und senkten sich leicht, als er einatmete und den Atem heftig wieder ausstieß. „Schauen Sie", sagte er schließlich. „Es tut mir leid, was passiert ist, aber ich kann mich nur entschuldigen und Schadenersatz anbieten ..."

„Sie könnten auch Ihre Zäune ausbessern", gab Ria knapp zurück. *Wer ist bloß diese schnippische Frau in meinem Körper?* Normalerweise war sie nett und freundlich, meistens jedenfalls, aber Landry Sutton hatte etwas an sich – etwas, was sie nicht in Worte fassen konnte –, das ihr einfach tierisch auf die Nerven ging.

Jetzt verschränkte er die Arme vor der Brust. Versuchte er etwa, sie mit seiner Körpersprache zu gewinnen?

Viel Erfolg.

„Meine Zäune", erwiderte er schroff, „sind in Ordnung. Wahrscheinlich hat einfach jemand irgendwo ein Tor offen gelassen. Das ist alles."

„Das ist alles?", giftete Ria zurück. Insgeheim fragte sie sich immer noch, warum sie diese Unterhaltung in die Länge zog, obwohl sie doch einfach nur wieder ins Haus gehen, ein heißes Bad nehmen, noch eine Stunde lesen und dann ins selige Vergessen eines erholsamen Schlafs fallen wollte. Wenn sie erst einmal schlief, musste sie nicht mehr nachdenken: über ihren viel zu attraktiven Nachbarn, ihre fordernde Halbschwester oder die Tatsache, dass sie mitten im Nirgendwo in Montana eine Blumenfarm gekauft hatte, mit der sie sich kaum über Wasser halten konnte, auch ohne dass ihr streunende Büffel in die Quere kamen. „Diese Blumen dienen nicht nur der Zierde für meinen Hof, Mr Sutton. Ich verdiene meinen Lebensunterhalt mit dem Verkauf. Wie groß der Schaden ist, kann ich erst morgen früh sagen, wenn es hell genug ist, um das Ausmaß der Verwüstung zu überblicken. Aber die Aussichten stehen gut, dass ein Großteil oder schlimmstenfalls meine ganze Ernte vernichtet worden ist." Sie holte tief Luft und stieß sie dann heftig aus. „Sie können doch sicher verstehen, dass mir das Sorge macht?"

Ihr Tonfall verriet, dass sie das nicht glaubte, so blind, wie dieser Mann für die Sorgen anderer war.

Er seufzte noch einmal und strich sich mit der Hand durchs Haar. „Ja", gab er betont ruhig zurück. „Es tut mir leid."

Ihre nächsten Worte hätte Ria gern ungeschehen gemacht, aber einmal über die Lippen gebracht, ließen sie sich leider nicht zurücknehmen. „Warum können Sie nicht einfach Rinder, Hühner, Schweine oder Schafe halten wie jeder andere hier in der Gegend? Warum müssen es ausgerechnet Büffel sein?"

Ein Muskel verkrampfte sich in seinem Kiefer. „Zum einen, weil ich nun mal nicht ‚jeder andere hier in der Gegend' bin", erwiderte er, kniff die Augen zusammen und musterte sie einen langen, peinlichen Moment. „Und wenn ich mich nicht irre, Mrs Manning, sind Sie es auch nicht", fügte er dann hinzu.

Eine Hitzewelle schoss durch Rias Körper. Schmetterlinge tanzten in ihrem Bauch. Ihre Brustwarzen richteten sich auf, und ihr Herz begann wild zu pochen. Ihr ganzes Leben hatte sie sich anpassen und dazugehören wollen, aber etwas in ihrem Inneren hatte sich immer dagegen aufgelehnt und am Ende dafür gesorgt, dass sie ihre eigenen Wege ging, statt der Hammelherde zu folgen.

Bis zu diesem Augenblick hatte sie geglaubt, dass niemand ihr Geheimnis kannte. Dass niemand wusste, dass sie anders war. Nicht einmal ihr verstorbener Mann Frank hatte ihre Fassade durchschaut, obwohl sie einander sehr nah gewesen waren. Und nun stand ausgerechnet Landry Sutton vor ihr, forderte sie heraus und stellte subtil die Fassade infrage, die sie so angestrengt zu wahren versuchte.

Verdammter Mistkerl.

„Da dieses Gespräch zu nichts führt", erklärte sie ruhig und betont vernünftig, „wird es wohl das Beste sein, gute Nacht zu sagen."

Die bis vor Kurzem noch milde Abendluft war kühl geworden, und Ria hatte eine Gänsehaut. Im Gegensatz dazu glühte sie innerlich wie ein Vulkan, der kurz vor einem Ausbruch stand.

Landry lachte in sich hinein, aber es klang ein wenig rau und verletzt. Er wandte den Blick ab, sah sie dann aber wieder an. Im Hänger wurden Bessie und ihr Kalb allmählich ungeduldig. Ria hatte den Eindruck, die nervösen Tiere könnten den Hänger jeden Moment umwerfen, mitten auf ihrer Einfahrt.

„Vermutlich haben Sie recht", gab er zu. „Ich komme morgen früh noch mal vorbei. Dann schauen wir uns gemeinsam Ihre Ernte – an und treffen eine Übereinkunft." Er schwieg einen Moment. „Obwohl ich mir nicht wirklich vorstellen kann, dass Sie jemals über irgendetwas mit mir übereinkommen."

Inzwischen war Rias Wut weitestgehend verflogen, und ihr fiel keine passende Entgegnung ein. Also ignorierte sie den Seitenhieb, nickte steif und ging endlich ins Haus zurück, ließ die Tür ins Schloss fallen und den Riegel zuschnappen.

Draußen hörte sie Landry Sutton lachen.

„Was für eine dickköpfige Frau“, sagte Landry zu sich selbst, als er hinter dem Steuer seines Wagens saß, ihn vorsichtig wendete und langsam der Einfahrt zur Straße folgte.

Zu Hause angekommen, rangierte er den Hänger, den er sich von Zane ausgeliehen hatte, rücklings vor ein Pferchtor, stieg aus dem Wagen und ließ Bessie und ihr Kalb wieder auf die Weide.

Nachdem er das erledigt hatte, stellte er Truck und Hänger neben dem Haus ab.

Dank Highbridge waren die Küchenfenster erleuchtet, und Landry fühlte sich ein bisschen weniger einsam – und trostlos –, denn wenigstens für eine kleine Weile würde er nicht allein sein.

Er erledigte ein paar Arbeiten im Stall, sah nach den Pferden und vergewisserte sich, dass in jeder Futterkrippe Heu und in den Tränken sauberes Wasser war. Erst dann ging er zu seinem halb fertigen Haus.

Seine Muskeln schmerzten, eine Erinnerung an den Broncoritt am Morgen, und sein Stolz war auch nicht gerade in bester Verfassung. Schlimm genug, dass halb Parable County mit angesehen hatte, wie er dreimal nacheinander abgeworfen worden war; die Auseinandersetzung mit Ria Manning hatte diesem Tag die Krone aufgesetzt.

Natürlich hatte die Lady allen Grund, sich über den Schaden aufzuregen, den Bessie und ihr kräftiges Kalb angerichtet hatten, aber verdammt noch mal, er hatte ihr doch eine Entschädigung dafür angeboten. Was sonst hätte er tun sollen?

Er hatte nicht die leiseste Ahnung.

Eins allerdings war mehr als klar: Nichts, was er sagte oder tat, konnte Ria ihm gegenüber milder stimmen. Sie mochte ihn einfach nicht, und das hatte nichts mit streunenden Büffeln zu tun. Normalerweise gab Landry nichts auf die Meinung anderer Leute, aber in diesem Fall war es anders. Die Meinung dieser speziellen Frau bedeutete ihm etwas.

Und das war durchaus der beunruhigendste Punkt an der ganzen Sache.

Am Haus ging Landry über die gepflasterte Veranda in die geräumige und ultramoderne Küche. Sie war mit Travertinplatten ausgelegt, hatte Granitarbeitsplatten und war mit den neuesten technischen Geräten ausgestattet. Er nickte seinem Butler zum Gruß zu, bevor er sich in einer der Edelstahlspülen die Hände wusch.

Highbridge, groß, dürr und der Inbegriff englischer Würde, stand mit hinter dem Rücken verschränkten Händen stocksteif da. Mit anderen Worten: Er war entspannt.

„Ich gehe davon aus, dass der neueste – Büffelzwischenfall – überstanden ist?", murmelte er und unterdrückte dabei offensichtlich ein Lächeln.

Landry trocknete sich die Hände ab. „Vorerst", gab er ein wenig brummig zurück.

Highbridge warf einen Blick auf seine geerbte Taschenuhr, die er aus einer speziellen Tasche seines Butlerrocks zog, und räusperte sich. „Haben Sie noch einen Wunsch, Sir?"

Landry ging zum Backofen – genauer gesagt zu einem der Backöfen –, in dem sein Abendessen wartete, sorgfältig abgedeckt und noch warm. „Nein, du kannst diesen affigen Anzug ausziehen und tun, was immer du tust, wenn dein Arbeitstag beendet ist."

Mit Topflappen bewaffnet holte er den Teller aus dem Ofen, hob die Alufolie ein Stück und schaute darunter: Hühnerbraten, perfekt kross geröstet, wilder Reis, delikat gewürzt, und grüne Bohnen, so wie er sie am liebsten mochte, gekocht mit Schinken und gewürfelten Zwiebeln.

Seine Laune mochte im Keller sein, aber sein Magen knurrte in freudiger Erwartung.

Highbridge, der sich normalerweise zügig in seine gut ausgestattete Wohnung zurückzog, um fernzusehen oder in einem seiner vielbändigen Werke zu lesen, blieb stehen. Er räusperte sich noch einmal, ein sicheres Zeichen, dass er noch etwas auf dem Herzen hatte.

Innerlich fluchend trug Landry seinen Teller zum Esstisch

mitten in der großen Küche, wo Besteck, eine gestärkte Leinenserviette und ein Glas Rotwein auf ihn warteten, und setzte sich.

„Was?“, fuhr er den Butler beinahe an.

„Mrs Manning“, begann Highbridge zögernd. Er stockte, setzte erneut an, kam aber wieder nicht weiter. Also stand er einfach nur da, die Hände hinter dem durchgedrückten Kreuz verschränkt, unsicher und dickköpfig zugleich.

„Was ist mit ihr?“, fragte Landry und stieß die Gabel in den saftigen Hühnerbraten auf seinem Teller.

„Nun ja“, sagte Highbridge vorsichtig. „Sie hat heute Abend einen ordentlichen Schrecken bekommen. Das müssen Sie doch zugeben.“ *Selbst Sie.* „Geht es ihr gut?“

Landry griff nach dem Salzstreuer und salzte kräftig nach, vor allem weil er wusste, dass das seinen Butler ärgerte, denn Highbridge gab sich große Mühe, gesunde Mahlzeiten zu servieren. Auch wenn es falsch war, Landry hatte einfach das Bedürfnis, jemanden zu ärgern.

„Sie ist so stachelig wie ein Baumstachler mit PMS“, erklärte er rundheraus. „Ich weiß nicht, ob es ihr gut geht, aber sie ist zumindest ganz sie selbst: so grantig wie immer.“

Um die Mundwinkel des ansonsten völlig ausdruckslosen Gesichts des Butlers zuckte es leicht, wobei nicht ersichtlich war, ob dieses Zucken Verärgerung oder Belustigung ausdrückte.

Landrys Vorbild für Tischmanieren war Heinrich VIII. Also riss er eine Keule von seinem Huhn ab, hob sie an den Mund, biss herzhaft hinein, kaute und schluckte langsam und bedächtig – alles in der Hoffnung, dass Highbridge den Wink mit dem Zaunpfahl verstand und sich zur Nacht zurückzog.

Für heute war sein Redebedarf gedeckt, und ihm war nicht nach Plaudern, schon gar nicht über Ria Manning.

Doch Highbridge räusperte sich noch einmal und sagte: „Verstehe.“

Wenn er nicht so damit beschäftigt gewesen wäre, sein fantastisches Abendessen zu verputzen, hätte Landry die Augen verdreht. Der Tag war anstrengend gewesen, und er hatte einen

Bärenhunger. „Und?“, hakte er spitz nach. „Offenbar haben Sie noch mehr auf dem Herzen. Also spucken Sie’s aus.“

Highbridge hob seine buschigen weißen Brauen und behauptete sich. „Spucken Sie’s aus?“, wiederholte er und gab damit zu verstehen, dass er nichts für die in Amerika so weit verbreitete saloppe Ausdrucksweise übrig hatte.

„Sagen Sie, was Sie meinen“, erklärte Landry in nicht allzu höflichem Ton.

„Es ist einfach nur so, dass Mrs Manning eine sehr nette, hart arbeitende Frau ist“, erläuterte Highbridge.

„Hart arbeitend, ja“, stimmte Landry ein wenig gereizt zu, „... aber nett? Das sehe ich nicht so.“

„Sie hat sehr gute Manieren“, beharrte Highbridge verstimmt.

Da unterbrach Landry sein Abendessen und musterte seinen Butler. Highbridge, ein Mann mit geheimnisvoller Vergangenheit, arbeitete schon lange für ihn, schon vor Landrys Hochzeit mit Susan, also fast sein ganzes Leben. „Tatsächlich?“, fragte er nach. „Das ist mir nicht aufgefallen.“

Für Highbridge waren harte Arbeit und gute Manieren immens wichtig und damit Grund genug, großzügig über Unsitten aller Art – zum Beispiel Umweltsünden und Terroranschläge – hinwegzusehen.

„Sie wissen, dass Mrs Manning Witwe ist?“, fragte Highbridge.

„Ja“, gab Landry zu und dachte dabei an den breiten Goldring an Rias linkem Ringfinger. Wenn sie ihn nach so langer Zeit noch trug, trauerte sie offenbar immer noch um ihren verstorbenen Mann. Eine seltsam entmutigende Erkenntnis. Und worauf genau zielte diese Unterhaltung eigentlich ab? „Davon habe ich gehört.“

Highbridge seufzte, als ruhte eine gewaltige Last auf seinen schmalen Schultern. „Wenn sonst nichts mehr anliegt ...“

Landry warf seinem einzigen Vollzeitangestellten einen Blick zu, der deutlich besagte, dass Highbridge schon vor Stunden hätte Feierabend machen sollen.

Einige von Zanes Rancharbeitern arbeiteten gelegentlich schwarz für ihn, und dreimal die Woche kam jemand zum Putzen. Davon abgesehen war Highbridge sein einziger Angestellter. Als ein Bild des Butlers in Reitkluft vor sein geistiges Auge trat – komplett mit Cowboyhut, gegen die Sonne zusammengekniffenen Augen und Cowboyüberhosen aus Wolle –, musste er lächeln.

„Gute Nacht", sagte er.

Highbridge nickte, förmlich wie immer, und verließ die Küche.

Kaum dass er fort war, überfiel Landry von Neuem die Einsamkeit. Total verrückt, denn Highbridge war einfach nicht der Typ, mit dem man zu jeder Zeit einfach quatschen konnte.

Landry aß zu Ende und stellte sich dabei vor, wie es wohl auf der Ranchhälfte seines Bruders jenseits des Baches zugehen mochte. Inzwischen war Cleo aus der Stadt zurück und hatte das Abendessen zubereitet. Nach dem Essen würde Brylee die Haushälterin nett aus der Küche komplimentieren und mit Zane den Tisch abräumen und das Geschirr in die Spülmaschine stellen. Sie würden über den Tag sprechen. Zane würde zweifellos eine komische Fassung von Landrys Broncoritt zum Besten geben, und Brylee würde ihm den Ellenbogen in die Rippen stoßen und ihn auffordern, nett zu sein. Und dann würde sie erröten, während beide sich daran erinnerten, wie sie sich an diesem Sommernachmittag geliebt hatten.

Holla, dachte Landry und zwang sich, an etwas anderes zu denken, schob seinen Stuhl vom Tisch zurück und stand auf. Er trug die Reste seines Abendessens zur Spüle, warf die Knochen in den Abfalleimer, kratzte die Reste vom Teller, spülte ihn und stellte ihn zusammen mit Besteck und Weinglas in die Spülmaschine.

Maddie Rose Sutton hatte ihren Jungs beigebracht, ihren Dreck selbst wegzuräumen. Sie wollte unter keinen Umständen ein paar Chaoten auf eine Welt voller Frauen loslassen, die schon genug zu tun hatten, auch ohne hinter einem Mann her putzen zu müssen. So war es ihnen zur Gewohnheit geworden, diese Arbeiten selbst zu erledigen.

Landry blieb still vor der Spüle stehen und dachte an seine Mom. Sie hatte es schwer gehabt, aber soweit er sich entsinnen konnte, hatte sie sich nie beklagt. Gerade als er sein Glück gemacht hatte und Zane kurz davor stand, seinen ersten Filmvertrag zu unterzeichnen, sie also endlich einmal ein Gewinn für ihre Mutter sein konnten statt eine Last, war sie an einer Grippe erkrankt, die sich als galoppierende Leukämie entpuppte. Nach nur einer Woche in dem kleinen Krankenhaus in der Kleinstadt von Dakota, in der sie die letzten Monate ihres Lebens gekellnert hatte, starb Maddie Rose.

Und das war noch nicht das Schlimmste: In ihren letzten Minuten war sie allein. Nur ein oder zwei Freunde aus dem Café, in dem sie arbeitete, standen ihr bei. Er und Zane waren weit fort gewesen, hatten sich um ihre Angelegenheiten gekümmert und nicht die leiseste Ahnung gehabt, dass Maddie Roses Grippe gar keine war.

Als sie es endlich erfuhren, war es zu spät gewesen, um Abschied zu nehmen, danke zu sagen oder „Ich liebe dich, Mom“.

Landry seufzte. Vielleicht würde er eines Tages ohne Schuldgefühle und Bedauern an seine Mutter denken können, aber im Moment schien dieser Tag noch in sehr weiter Ferne zu liegen.

Er hätte für sie da sein sollen. Und Zane auch. So wie sie immer für sie da gewesen war.

Gerade als er sich in sein Schlafzimmer zurückziehen wollte, um zu lesen, fernzusehen oder einfach nur mit den Händen unter dem Kopf verschränkt an die Decke zu starren, klingelte das Telefon an der Wand.

Ein, zwei Augenblicke lang musterte Landry das Ding finster und war versucht, es zu ignorieren. Anders als die Telefone in seinem Schlafzimmer und seinem Büro zeigte dieses den Anrufer nicht an. Das alte Ding war nicht einmal schnurlos. Daran ist Highbridge schuld, dachte er grimmig. Der Butler hatte nicht viel für moderne Technik übrig und misstraute Dingen, die zu bequem waren.

Also hob er doch ab. Es konnte ja sein, dass bei Zane und Brylee etwas passiert war. Oder dass diese blöden Büffel den Zaun durchbrochen und sich erneut auf Rias Blumen gestürzt hatten. Landry meldete sich mit einem ziemlich knappen „Hallo?".

Wenn der Anruf sich als Werbeanruf oder Umfrage herausstellen sollte, würde er dem Typen am anderen Ende der Leitung den Kopf abreißen – fernmündlich.

Als Antwort kam ein leises polterndes Lachen, das ihm unangenehm vertraut war. „Landry? Bist du das, Junge?"

Jess Sutton. Sein Vater.

„Was willst du?", fragte Landry. Manchmal hörte er jahrelang nichts von seinem alten Herrn, und wenn er sich meldete, dann bat er immer nur um einen Gefallen. Es gab also keinen Grund, lange um den heißen Brei herumzureden.

„Ist das eine Art, mit deinem alten Dad zu reden?", erwiderte Jess leicht scharf.

Landry gab keine Antwort. Er wusste, was kommen würde, und er sah nicht ein, warum er es seinem Vater leicht machen sollte.

Der seufzte, schwer geprüft und unendlich geduldig. „Ich frage mich, wie es Nash wohl gehen mag", fuhr Jess leise fort und gab seinem Sohn so zu verstehen, dass er gekränkt war, aber großmütig genug, um darüber hinwegzusehen.

„Wenn das so ist, warum rufst du dann nicht bei Zane und Brylee an? Nash lebt bei ihnen. Aber ich schätze, das weißt du. Immerhin hast du ihn dorthin abgeschoben."

Langes Schweigen am anderen Ende der Leitung. Dann räusperte Jess sich. „Teufel noch mal, Landry", murmelte er schließlich. „Ich weiß, dass ich euch dreien ein lausiger Vater war. Du musst mir das nicht unter die Nase reiben."

Das stimmte Landry ein wenig milder, aber wirklich nur ein wenig. „Lausig" war ein viel zu netter Ausdruck für die Vaterqualitäten von Jess Sutton. Als er und Zane aufwuchsen, hatte er sich meistens ferngehalten, und ihnen war es recht so gewesen. Jedenfalls nach einer Weile.

Zuerst hatten sie ihn vermisst und sich furchtbar nach ihm gesehnt. Sie hatten darauf gewartet, dass er sich änderte, dass er kam, sie und ihre Mutter zu sich holte und ihnen ein Zuhause bot. Damit sie glücklich miteinander leben konnten wie eine richtige Familie. Pustekuchen.

„Okay“, sagte Landry. „Trotzdem wüsste ich gern, warum du hier anrufst, um dich nach Nash zu erkundigen, obwohl du genau weißt, dass er woanders lebt.“

„Zane und ich kommen nicht gut miteinander aus“, erwiderte Jess beleidigt. Dass er nie den Zusammenhang zwischen etwas, das er gesagt oder getan hatte, und den Konsequenzen, die sich daraus ergaben, erkannte, war nichts Neues. Wahrscheinlich sah er sich selbst als unschuldiges Opfer von Verrat, Missverständnissen und schlichtem Pech.

„Er wird dich schon nicht um Unterhaltszahlungen bitten, falls du das befürchtest.“ Zane hatte Karriere beim Film gemacht, eine Art Glückstreffer im Leben, bevor er nach Three Trees gezogen war. Geld war für ihn kein Thema.

„Kannst du nicht mal aufhören, auf mir rumzuhacken?“

Der arme, geplagte Jess Sutton. Gut aussehend, ein charmanter Plauderer und das Pulver nicht wert, um ihn zur Hölle zu schießen.

„Hör zu“, gab Landry zurück und wünschte sich, er hätte den Anruf nicht angenommen. „Soweit ich weiß, geht es Nash gut. Er ist im letzten Jahr etwa dreißig Zentimeter gewachsen, kommt in der Schule gut zurecht, steht auf Mädchen und auf Rodeo. Also alles ganz normal.“

Wenn Jess wenigstens tatsächlich Interesse an diesen Dingen oder an dem Jungen gehabt hätte. In Wahrheit war die Frage nach Nash nur ein Türöffner, mit dem er ein Gespräch in Gang bringen konnte.

„Ich bin ein wenig in Schwierigkeiten“, sagte Jess dann auch nach so langem Schweigen, dass Landry schon glaubte, die Verbindung sei unterbrochen worden.

Er schloss die Augen. Wartete. *Jetzt kommt es.*

„Bist du noch dran?“, fragte Jess.

„Ich bin noch dran“, bestätigte Landry, öffnete die Augen wieder und strich sich mit der freien Hand durchs Haar. Er war darauf vorbereitet gewesen, aber das machte es nicht leichter, damit fertigzuwerden.

„Ich muss mir ein wenig Geld leihen“, stieß Jess hervor.

Ein Stich von Mitleid durchfuhr Landry, aber er ließ sich nichts anmerken. Jedoch nicht, damit sein Vater das Gesicht wahren konnte. Jess war ein klassischer Hochstapler. Er suchte immer nach einer weichen Stelle, und wenn er sie fand, steuerte er sie an wie ein Kampfbomber.

„Wie wenig?“, fragte Landry. Bei Jess hatte das Wort leihen eine völlig andere Bedeutung als im Wörterbuch. Schenken wäre zutreffender gewesen, da er nicht die Absicht hatte, es jemals zurückzuzahlen.

„Fünftausend Dollar“, antwortete Jess, und wieder lag eine gewisse Schärfe in seiner Stimme.

Landry stieß einen leisen Pfiff aus. Für ihn waren fünftausend Dollar nicht viel, heutzutage jedenfalls nicht, aber es war trotzdem eine erkleckliche Summe, für die die meisten Leute hart arbeiten mussten. „Red weiter.“

„Du willst eine Erklärung?“, fragte Jess plötzlich unangemessen gereizt. *Interessante Vorgehensweise – er ist doch derjenige, der Hilfe braucht.*

„Ja, ich schätze, das will ich“, gab Landry zurück. „Was ist jetzt wieder passiert?“

Jess ließ sich Zeit mit der Antwort. Vielleicht schmollte er einfach. Vielleicht dachte er sich aber auch ein Märchen aus.

Schließlich holte er zu seiner Erklärung aus, und sie klang ausnahmsweise so, als könnte sie wahr sein. „Ich habe hier in Reno an einer privaten Pokerrunde teilgenommen – kein illegales Hinterzimmerspiel –, und ich hatte eine Weile eine richtig gute Strähne, bis mein Glück mich im Stich ließ. Diese Typen gehören nicht zu der Sorte, die geduldig wartet, bis man seine Spielschulden bezahlt, mein Sohn. Entweder sie kriegen ihr Geld, oder sie ziehen mir das Fell über die Ohren, wenn ich nicht schnellstens bleche."

Müde, angewidert und zutiefst verärgert schüttelte Landry den Kopf. „Verdammt noch mal", brummelte er, „warum bist du überhaupt in das Spiel eingestiegen, wenn du pleite bist?"

„Ich hatte hundert Dollar gesetzt", verteidigte Jess sich. „Nicht mehr. Bevor ich wusste, wie mir geschah, hatte ich ein paar Tausender gewonnen, und es war noch früh. Ich konnte also nicht einfach meinen Gewinn einstreichen und aussteigen. Das verstehst du doch?"

„Natürlich konntest du das nicht", stieß Landry rau hervor.

Die Ironie perlte an Jess ab. Oder ihm war klar, dass er es sich nicht leisten konnte, darauf einzugehen. „Im Laufe des Abends habe ich angefangen zu verlieren", fuhr er hastig fort, als könnte er seinen Sohn mit schnellem Reden davon überzeugen, ihm zu helfen. „Aber ich dachte, das Blatt würde sich wieder wenden, also habe ich einen Schuldschein ausgestellt und …"

„Und jetzt stehst du mit fünftausend Dollar in der Kreide", vollendete Landry den Satz, als Jess verstummte.

„Nur mit dreitausend", gab Jess zu. „Aber da sind noch ein paar andere Rechnungen offen, die ich begleichen muss, bevor ich die Stadt verlassen kann."

„Um wohin zu gehen?", fragte Landry. Im Grunde war es ihm egal, wohin sein Vater wollte, solange es nicht Hangman's Bend war.

„Boise vermutlich", meinte Jess. „Ich kenne da ein paar Leute."

„Aha." Jess kannte fast überall ein paar Leute. Das Problem war nur, wenn er nicht mit ihren Frauen oder Freundinnen geschlafen hatte, schuldete er den meisten von ihnen Geld.

Oder beides.

„Ich habe Zeit bis morgen früh, wenn die Banken öffnen", fuhr Jess fort. „Wenn ich nicht blechen kann, wollen die Typen Blut sehen. Mein Blut. Hilfst du mir nun, oder nicht?"

Landry lehnte die Stirn gegen den Oberschrank über dem Telefon. Er wusste, dass er seinem alten Herrn nur half, weiterzumachen wie bisher, wenn er ihm die fünftausend gab. Dadurch würde alles nur noch schlimmer werden. Aber die Alternative – die hohe Wahrscheinlichkeit, dass sein Vater in irgendeiner Seitenstraße landen würde, zusammengeschlagen, blutig, vielleicht sogar tot – war auch nicht besser.

„Wohin soll ich es schicken?", fragte Landry.

3. KAPITEL

Ria fand in dieser Nacht kaum Schlaf. Im einen Moment machte sie sich Sorgen über ihre finanzielle Zukunft, im nächsten sehnte sie sich nach dem falschen Mann, nämlich Landry Sutton, dem ersten Mann, den sie seit Franks Tod wirklich anziehend fand. Schuldgefühle wegen des Verrats an ihrem verstorbenen Mann und körperliche und emotionale Erschöpfung trieben sie aus dem Haus, als die Sonne aufging. Sie nahm sich nicht einmal Zeit für eine Tasse Kaffee, geschweige denn für Frühstück.

Das alles konnte warten. Jetzt wollte sie erst einmal genau überprüfen, welchen Schaden die Büffel angerichtet hatten – oder auch nicht –, ohne dass Landry sie auf Schritt und Tritt beobachtete. Oder irgendwie erriet, dass sie wach gelegen und darüber nachgedacht hatte, wie er wohl ohne Hemd aussah. Wie es wohl wäre, von ihm geküsst zu werden. Wie es sich wohl anfühlen mochte, wenn er sich mit seinem harten, unerhört männlichen Körper an sie schmiegte und sie schließlich nahm …

„Schluss jetzt!“, fuhr Ria sich selbst laut an, während sie durch das noch taufeuchte Gras im Hof ging, um nach Mohn, Gerbera und den anderen farbenfrohen Bewohnern ihrer Blumenbeete zu schauen und sich einen Überblick über die Schäden zu verschaffen.

Schnell stellte sie fest, dass lediglich ein paar Pflanzen zertrampelt oder entwurzelt waren. Zu ihrer Überraschung und Erleichterung hatten die meisten überlebt. Bereit für den neuen Tag hoben sie ihre leuchtend bunten Blüten bereits dem Himmel und den ersten Vorboten des Sonnenscheins entgegen.

Obwohl sie immer noch nicht zu hoffen wagte, dass tatsächlich alles in Ordnung war, ging Ria weiter zu dem Feld mit Zinnien, die den Boden förmlich mit Rot, Orange, Goldgelb, Rosa, Violett und Weiß zudeckten. Nichts war hier von dem Büffelüberfall zu sehen, keine Spuren in der fruchtbaren Erde, keine geknickten Stängel und abgerissenen Blüten. Sie war bereits auf dem Weg zu dem Feld mit Gerbera, das an die rosa Nelkenpflanzung grenzte, als sie sah, wie Landrys im Morgenlicht silbern glänzender Pick-up in ihre Einfahrt bog.

Im ersten Moment hätte sie sich am liebsten zwischen den bunten Blumen zu Boden geworfen und dort versteckt, bis ihr Besucher aufgab und wieder davonfuhr. Aber natürlich blieb sie stehen, wo sie war, reckte das Kinn ein bisschen in die Höhe, um sich und Landry davon zu überzeugen, dass sie sich nicht einschüchtern ließ, und wartete.

Landry stellte den Truck am Rand des Felds ab, stieg aus und schlenderte lässig auf sie zu, wie es alle Männer taten, die es gewöhnt waren, sich Herausforderungen zu stellen und sie grandios zu meistern.

Sonnenlicht glitzerte in seinem Haar und hüllte ihn in einen goldenen Schimmer. Die Fantasien der letzten Nacht drängten sich wieder in Rias Bewusstsein, bedrängten ihren ganzen Körper mit intensiven Empfindungen, pulsierend, gefährlich, primitiv und einfach nur wunderbar.

Sie runzelte die Stirn in der Hoffnung, dass Landry nicht bemerkte, wie lächerlich hingerissen sie von ihm war. Körperlich jedenfalls, denn nach wie vor mochte sie den Mann nicht einmal. Vielleicht hatten ihre Freunde in Portland recht gehabt und es war noch zu früh, um in der Fremde und unter Fremden noch einmal neu anzufangen. Vielleicht hatte sie den Verlust von Frank immer noch nicht verwunden und benötigte eine Trauertherapie statt eines Szenenwechsels.

Landrys Lächeln wirkte angespannt. Dennoch öffnete es eine Falltür in Rias Bauch und ließ ihr Herz unter dem leichten Sweatshirt wild pochen. „Nun“, sagte er und blieb eine Blumenreihe vor ihr stehen. Beinahe hätte sie angesichts des Kontrasts zwischen seinem unverhohlenen Selbstbewusstsein und all den zarten Blumen zu seinen Füßen gekichert. „Wie lautet das Urteil?“

Ria spürte, wie Röte über ihren Nacken kroch und ihr in die Wangen stieg. *Verdammt noch mal.*

„Sieht so aus, als wäre kaum Schaden angerichtet worden", brachte sie schließlich hervor. „Das ist aber nicht Ihren marodierenden Büffeln zu verdanken." Noch während sie sprach, bemerkte sie die dunklen Ringe unter seinen Augen und seine verspannten Kiefer- und Schultermuskeln. Ihr fiel auf, dass er sich nicht rasiert hatte. Das stand ihm erschreckend gut.

Du bist zu lange allein gewesen, Mädchen, schoss es Ria durch den Kopf.

Einen grässlichen Moment lang glaubte sie, es laut ausgesprochen zu haben, denn Landry lachte plötzlich laut. Er neigte seinen Kopf und musterte sie, als käme er einfach nicht dahinter, wie sie tickte. In der Jeans, dem langärmeligen Arbeitshemd aus Baumwolle und den ausgetretenen Stiefeln, an denen Mist klebte, fiel es ihr schwer, sich Landry in seinem früheren Leben vorzustellen: als Manager eines milliardenschweren, internationalen Investmentfonds in Chicago, wo er mit Sicherheit dreiteilige Maßanzüge getragen und Hunderte von Dollars beim Friseur hingeblättert hatte.

Heute Morgen dagegen war er ganz und gar Cowboy.

Ganz und gar ein Mann.

„Sie klingen enttäuscht", stellte er schließlich trocken fest. „Dass Ihre Ernte nicht komplett vernichtet ist, meine ich."

Rias leichte Röte wandelte sich über Rot in Purpurrot, und das innerhalb höchstens einer Sekunde. „Machen Sie sich nicht lächerlich", haspelte sie. „Natürlich bin ich nicht enttäuscht …"

Wieder lachte Landry, diesmal allerdings mehr in sich hinein, und sein Lachen klang so verloren, dass es ihr in der Seele wehtat. Zu gern hätte sie sich gegen ihn verhärtet, aber sie konnte es nicht. Dabei konnte sie diese verrückten Gefühle ganz und gar nicht gebrauchen. Sie wollte sie nicht einmal.

„Sie sind wild entschlossen, mich zu hassen, nicht wahr?", fragte er sehr leise und beinah freundlich. „Warum, Ria?"

Nervös drehte sie ihren Ehering am Finger – in dem Versuch, sich zu erden. Und natürlich entging Landry diese kleine Geste nicht. „Ich hasse Sie nicht“, erwiderte sie lahm. „Ich mag Sie einfach nur nicht sonderlich.“

„Warum nicht?“

Die Frage verblüffte sie und brachte sie leicht in Verlegenheit. „Weil – nun ja, weil …“

Während sie hilflos nach Worten suchte, trat Landry über die Reihe hoher orangefarbener Zinnien zwischen ihnen und blieb vor ihr stehen, so nah, dass sie die Wärme seines Körpers spürte. „Weil?“, hakte er nach. Einer seiner Mundwinkel kräuselte sich leicht, aber der Ausdruck seiner blauen Augen war ernst.

Ria war drauf und dran, ihn vom Hof zu jagen. Dann aber versuchte sie doch, ihre Ansicht in Worte zu fassen. „Weil Sie – ich weiß nicht – zu gut aussehen.“

In seinen Augen funkelte es. Sie waren blau, so überraschend blau, wie sie es noch nie gesehen hatte. Ob er wohl farbige Kontaktlinsen trug? Und waren diese unglaublich weißen Zähne wirklich echt?

„Wie bitte?“, fragte er.

Gott, war ihr das peinlich, aber sie redete trotzdem weiter. „Und Sie wissen das“, fügte sie hinzu.

Er runzelte verwirrt die Stirn. „Tatsächlich?“

„Sie müssten blind sein, wenn Sie es nicht wüssten.“

„Und darin besteht mein großes Verbrechen?“, fragte Landry nach einem kurzen Schweigen. „Dass ich zu gut aussehe und das weiß?“

Ihr fiel nichts ein, was sie darauf erwidern sollte. Sie hatte sich selbst in diese Lage manövriert, und nun musste sie zusehen, wie sie da wieder herauskam. Allerdings hatte sie nicht die leiseste Idee, wie sie das anstellen sollte.

In diesem Moment umfasste Landry mit seiner rechten Hand ihr Kinn, hob ihren Kopf ein wenig an, sodass sie einander in die Augen schauten. Und dann küsste er sie, einfach so, mitten auf dem sonnenbeschienenen Feld voller bunter Farben und süßer Düfte.

Zuerst streiften seine Lippen nur ganz leicht die ihren, aber bevor Ria auch nur Luft holen konnte, geschweige denn sich von dieser lustvollen Überraschung erholen, die sie erbeben ließ, vertiefte Landry seinen Kuss.

Ria stöhnte auf. Ihr war bewusst, dass sie ihm Widerstand leisten, sich von ihm lösen und davonrennen sollte, konnte es jedoch nicht. Stattdessen gab sie sich ganz diesem unglaublichen Kuss hin. Und dem Mann, der sie küsste. Die Tiefen ihres Verlangens und eine mächtige Welle der Einsamkeit in ihr erschreckten und ängstigten sie, während ein süßer Schauer nach dem anderen sie erzittern ließ.

Sie wollte weglaufen. Zugleich wollte sie mehr von Landry, mehr als nur diesen Kuss. Gleich hier und jetzt. Du lieber Himmel! Ihr ganzes Leben lang war sie nur mit einem Mann intim gewesen – ihrem Ehemann –, und nun stand sie hier und war bereit, im Freien und im Licht der Morgensonne mit Landry zu schlafen.

Schließlich war er es, der den Kuss beendete. Sein Atem ging stoßweise, sein Blick hing an irgendetwas – oder irgendwem – in weiter Ferne. Aber sowie er Ria wieder anschaute, funkelten seine Augen schelmisch.

„*Darum* glaubst du, dass du mich nicht magst“, erklärte er.

Noch benommen von dem Kuss und dem inneren Aufruhr, den er ausgelöst hatte, blinzelte sie. Ihre Knie waren weich, und sie versuchte, mit bloßer Willenskraft diese Schwäche zu vertreiben. „Was?“, fragte sie, als sie endlich glaubte, einen zusammenhängenden Satz von sich geben zu können.

Landrys schiefes Grinsen wirkte ein wenig unverschämt, äußerst aufreizend und durch und durch sexy. „Du hast Angst vor mir“, erklärte er leichthin.

Sie öffnete den Mund, um zu protestieren. Um Landry Sutton zu sagen, dass sie ihn für einen selbstgefälligen, vermessenen Mistkerl hielt, dass sie ganz und gar keine Angst vor ihm hatte und er sich ja nichts dergleichen einbilden solle. Doch diesmal versagte ihr die Stimme. Kein Ton kam über ihre Lippen, kein Flüstern, nicht einmal ein Pieps.

Landry streckte eine Hand aus und strich eine Haarsträhne hinter Rias rechtes Ohr. „Gib's schon zu", meinte er. „Du hast Angst vor den Empfindungen, die ich in dir wecken könnte, wenn du mir die Chance gibst, dir zu nah zu kommen. Du müsstest loslassen, und dieses Risiko willst du nicht eingehen."

Wut kochte in Ria hoch, und sie zitterte förmlich vor Zorn. „Sie müssen der eingebildetste und unausstehlichste Mensch auf Erden sein", stieß sie hervor. Dabei war sie sich keineswegs sicher, über wen sie sich im Moment mehr ärgerte: über Landry oder sich selbst. Wenn sie den Kuss nicht zugelassen hätte, wenn sie wenigstens ansatzweise versucht hätte, so zu tun, als hätte die Berührung seiner Lippen sie nicht in ihren Grundfesten erschüttert, wenn sie nicht sofort und sehr offensichtlich erregt gewesen wäre …

Landry grinste immer noch, dieser selbstzufriedene Mistkerl. „Die Sache ist nur die, Mr Sutton", fauchte sie ihn an. „Sie wecken *überhaupt keine* Gefühle in mir."

Skeptisch zog er eine Augenbraue hoch und wartete schweigend darauf, dass sie weitersprach.

„Außer einem", korrigierte Ria sich in dem vollen Bewusstsein, dass die Unterhaltung nun endgültig entgleiste. Aber sie konnte sich nicht bremsen. „Nämlich dem überwältigenden Bedürfnis, Ihnen so gewaltig eine zu pfeffern, dass Sie bis ins nächste County fliegen."

Daraufhin warf Landry den Kopf zurück und brach in Lachen aus.

„Sie haben großes Glück, dass ich kein gewalttätiger Mensch bin", fuhr Ria fort. Mit jedem Wort wurde sie bockiger, und das war ihr bewusst. Warum nur konnte sie nicht einfach den Mund halten?

Landry hörte auf zu lachen, doch seine Augen funkelten schelmisch, während er ihr direkt ins Gesicht und vielleicht bis in die Seele schaute, wo sie ihre innersten Geheimnisse verschlossen hielt.

„Beweise es", sagte er.

„Was soll ich beweisen?", fragte Ria verärgert. „Dass ich kein gewalttätiger Mensch bin? Ich glaube, *das* habe ich gerade bewiesen, denn ich habe Sie weder geschlagen noch mit der nächsten Forke durchbohrt."

Langsam schüttelte Landry den Kopf, als wundere er sich – mitfühlend immerhin – über das irre Gerede einer geistig Minderbemittelten. „Nein", gab er gedehnt mit leiser und so ruhiger Stimme zurück, dass ihr Klang irgendwie intim wirkte, wie ein Streicheln. Er beugte sich vor, bis ihre Nasen sich beinahe berührten. „Beweise, dass du immun gegen mich bist. Das sollte ja nicht allzu schwierig sein. Es sei denn, die Lady protestiert ein bisschen zu auffällig."

Ein Teil in Ria dachte erneut darüber nach, sich eine Forke zu greifen und damit ein Verbrechen zu begehen. Ein anderer, der ihr völlig unbekannt war, wollte sich der Herausforderung stellen und Landry ein für alle Mal beweisen, dass sie, anders als vermutlich viele andere Frauen, ohne ihn leben konnte. Und zwar *glücklich*.

„Das ist verrückt", erwiderte sie nach einigem Überlegen. „Ich muss weder Ihnen noch sonst jemandem irgendetwas beweisen."

„Auch dir selbst nicht?", konterte Landry so vernünftig, dass Ria ernstlich daran dachte, ihren eigenen Verhaltenskodex zu missachten und ihm eine zu langen. Nein, ihm einen Kinnhaken zu verpassen.

„Ich weiß nicht, wovon Sie reden", log sie, wandte sich dem Feldrand zu und ging zielstrebig und entschlossen davon.

Und ein wenig verzweifelt.

„Aber klar doch." Landry hielt mühelos Schritt mit ihr, hatte er doch die wesentlich längeren Beine. „Du weißt verdammt genau, wovon ich rede. Dieser Kuss war irre, zumindest was mich angeht. Und es dürfte dir schwerfallen, mich davon zu überzeugen, dass du nicht zumindest ein bisschen von dem empfunden hast, was ich empfunden habe."

„Ich versuche nicht, Sie von irgendetwas zu überzeugen", widersprach Ria, wobei sie seinen Blick mied. Wenn sie ihn nämlich anschaute, lief sie Gefahr, sich einfach in seine Arme zu werfen, ihn hier am Rand des Blumenfelds ins Gras zu ziehen und sich mit ihm zu vergnügen. Am helllichten Tage und im Freien.

Oh Gott, durchfuhr es sie. Was ist nur los mit mir?

Sie hatte Frank leidenschaftlich geliebt – wirklich –, aber der beste Höhepunkt, den sie je beim Sex mit ihrem Mann erlebt hatte, hatte sie nicht so sehr erschüttert wie dieser eine Kuss von Landry Sutton.

Im Schatten eines ehrwürdigen Ahorns – ein paar seiner unteren Äste waren der Blätter beraubt, was mit ziemlicher Sicherheit auf den letzten Büffeleinfall zurückzuführen war – fasste Landry nach Rias Ellenbogen und hielt sie auf. Sein Griff war sanft, aber fest und jagte neue Wellen des Verlangens durch ihren Körper.

„Du hast recht", stieß er mühsam hervor und sah sie dabei finster an. „Du musst mich von nichts überzeugen. Und du musst auch nichts beweisen. Aber irgendetwas läuft zwischen uns, Ria. Vielleicht bist du ja zu feige, um der Sache auf den Grund zu gehen, aber ich bin es nicht."

Sie sprach kein Wort und rührte sich nicht.

Landry seufzte, lockerte den Griff um ihren Arm, ließ seine Hand hinabgleiten und umschloss ihre Finger. „Ich bitte dich nicht, mit mir zu schlafen, Ria."

Ihre Blicke trafen sich. „Worum bittest du mich dann?", fragte sie beinahe flüsternd zurück. Ihr Herz flatterte in der Brust wie ein gefangener Vogel, der immer wieder gegen die Gitterstäbe seines Käfigs fliegt in dem verzweifelten Versuch, sich zu befreien und in den weiten Himmel über ihren Köpfen aufzusteigen.

Jetzt endlich lächelte Landry. Diesmal war es kein spöttisches Grinsen, kein Feixen, sondern ein aufrichtiges Lächeln.

Und Ria erkannte zu ihrem Entsetzen, dass sie diesem Lächeln hilflos gegenüberstand. Zunächst erschütterte es sie, dann legte es sich wie ein heilender Balsam über ihr Herz.

Als Landry ihre Frage beantwortete, geriet sie schon wieder

in Panik und hörte kaum, was er sagte, so sehr brauste das Blut in ihren Ohren. „Am Samstagabend steigt eine Party in der Boot Scoot Tavern in Parable. So eine Art Auftakt für die Rodeosaison. Das halbe County wird dort versammelt sein. Es kann also nichts Dramatisches passieren. Zwischen uns, meine ich."

Innerlich zählte sie die offensichtlichsten Gründe auf, warum sie die Einladung ausschlagen sollte – sie wäre nach einem langen Tag auf dem Bauernmarkt müde und verschwitzt, und selbst wenn noch so viele Leute im Boot Scoot abhingen, kam Landrys Vorschlag einer Verabredung gleich. Wohin sollte das führen? Dennoch war sie drauf und dran, die Einladung anzunehmen. *Habe ich noch alle Tassen im Schrank?* Ria trank schließlich nur selten Alkohol und hatte keinen blassen Schimmer, was man sonst in einer Bar tat.

Wieder schien Landry ihre Gedanken lesen zu können. Äußerst beunruhigend. „Wenn du dir selbst nicht traust, könntest du dann wenigstens mir vertrauen?"

„Ich traue mir selbst", widersprach sie.

Nicht sonderlich, höhnte eine Stimme in ihrem Kopf.

Wieder lächelte Landry und spreizte beide Hände, die Handflächen nach oben. Es sah aus, als wolle er sagen: Na dann ist doch alles in Ordnung. „Großartig", erklärte er. „Ich hole dich gegen sieben ab. Wir fahren ins Boot Scoot und können dort auch eine Kleinigkeit essen."

Damit nickte er ihr zum Abschied zu und ging zu seinem Auto.

„Moment noch", rief Ria ihm nach.

Er blieb stehen, vielleicht drei Meter von ihr entfernt. Das Sonnenlicht glitzerte in seinen Haaren. Seine Augen funkelten vor Belustigung – und noch etwas, das sie nicht recht einordnen konnte. „Ja?"

Es ist noch nicht zu spät für einen Rückzieher. Lass dir eine Ausrede einfallen. Tu was!

„Was tragen die Leute – die Frauen, meine ich – denn in dieser Boot-Dingsda-Taverne?"

Hatte sie ihm jetzt allen Ernstes diese Frage gestellt, die eher in die fünfziger Jahre des vorigen Jahrhunderts gepasst hätte? Brylee hätte ihr ebenso gut einen Tipp geben können oder Casey Parrish, beide waren gute Freundinnen. Was war nur los mit ihrem Mundwerk, dass es ständig von allein agierte?

Landry musterte Ria von Kopf bis Fuß. In seinen Augen lag Anerkennung und seltsamerweise nichts, was auch nur annähernd nach Spott aussah. „Ich schätze, du siehst in ziemlich jeder Kleidung gut aus – und ohne sie sogar noch besser. Aber das Boot Scoot ist nicht gerade eine Nobelbar. Jeans und was Kurzärmeliges sind schon in Ordnung. Es wird ziemlich heiß dort, wenn der Schuppen voll ist."

Ria öffnete den Mund, schloss ihn wieder.

Es war immer noch Zeit, die verrückte Verabredung abzublasen. Sie war nun mal kein Cowgirl, ritt nicht auf Pferden, tanzte nicht zu Balladen aus der Jukebox oder dergleichen mehr. Aber aus irgendeinem Grund, den sie lieber nicht zu genau unter die Lupe nahm, machte sie keinen Rückzieher.

Landry ging zu seinem Pick-up, drehte sich noch einmal kurz um und nickte ihr freundlich zum Abschied zu, bevor er einstieg. Als Ria wieder einen klaren Gedanken fassen konnte und ihre zitternden Knie im Griff hatte, fuhr er bereits davon.

Das Telefon an der Wand klingelte, als sie eintrat, und da sie dringend eine Ablenkung brauchte, ging sie ran, obwohl sie wusste, dass es Meredith war.

„Hallo", meldete Ria sich knapp.

Sie sah vor sich, wie ihre Halbschwester bei dieser Begrüßung zurückschreckte. „Ria?" Meredith klang auf der Hut. „Bist du das?"

Nein. Die echte Ria ist von Aliens entführt und durch eine leichtsinnige schamlose Frau ausgetauscht worden, die unbedingt mit dem Feuer spielen will.

Wenn sie Meredith nahegestanden hätte, hätten sie über Landry Sutton reden können und darüber, wie er sie ärgerte, wie er das eine oder andere Warum und Wozu aus ihr herauskitzelte. Einer älteren und weiseren Meredith hätte Ria anvertrauen können, dass er ihr Angst einjagte, sie in Verwirrung stürzte und obendrein unglaublich anmachte, alles auf einmal. Aber sie und Meredith standen sich nicht nahe.

„Ja", antwortete Ria schließlich und seufzte. „Ich bin es."

Schlagartig schaltete Meredith auf fröhlich um. *Genug geplaudert – es wird Zeit, zum Schlag auszuholen.* „Hast du dir mein Angebot durch den Kopf gehen lassen?", zwitscherte sie süß und ging Ria damit sofort auf die Nerven.

Ihr *Angebot*? Die Nachricht auf der Mobilbox hatte eher wie ein Befehl geklungen: Komm nach Seattle, bring die Finanzkatastrophe der dortigen Niederlassung in Ordnung, oder Daddy dreht sich im Grabe um, Köpfe werden rollen, und alles geht zum Teufel.

Bla bla bla.

„Ich kann hier jetzt nicht weg", antwortete Ria. „Tut mir leid."

Gequältes Schweigen. Meredith hatte eine Begabung dafür, Enttäuschung und Missbilligung auszudrücken, ohne ein Wort zu sagen, egal ob man ihr gegenüberstand oder mit ihr telefonierte.

„Ich schätze, ich habe die Situation in meiner Nachricht nicht klar genug beschrieben", äußerte sie sich schließlich vorsichtig. „Es sieht übel aus, Ria. Es könnte eine Wirtschaftsprüfung geben, einen Skandal, schlimmstenfalls könnte Anklage erhoben werden …"

Das ist nicht mein Problem, dachte Ria gelassen.

Nach dem Tod ihres Vaters hatte Meredith, die Tochter der ersten und einzigen Liebe ihres Vaters – der heiß geliebten Marjorie –, sein Unternehmen und den Großteil seines Vermögens geerbt. Ria hingegen war nur das Kind eines Showgirls aus Las Vegas, das mit dem wohlhabenden Geschäftsmann aus Portland ins Bett gestiegen war und dafür ein paar Tausend Dollar, das gebrauchte Auto eines der Dienstmädchen und ein subtiles und doch sehr deutliches „Lass dich nicht aufhalten" mit auf den Weg bekommen hatte.

Doch sie hegte keinen Groll, hatte es keinen Augenblick getan, jedenfalls nicht wegen der Erbschaft. Stattdessen empfand sie tiefe und nachhaltige Erleichterung. Reichtum mochte schön für andere sein, aber sie bevorzugte ein einfaches Leben und die Freiheit, die damit einherging.

„Meredith", begann sie ruhig, „sag mir bitte, dass du nichts Illegales getan hast."

Sie hatte durchaus Interesse am Wohl ihrer Schwester, sah sich aber nicht in der Verantwortung, ihr alle Wege zu ebnen.

Sofort stellte Meredith die Stacheln auf, offensichtlich beleidigt wegen der Unterstellung, die der Frage innewohnte. „Natürlich habe ich nichts Illegales getan!"

„Aber du willst, dass ich das Gesetz breche?"

„Das habe ich nicht gesagt", protestierte Meredith so bissig, dass sie es nicht mehr verbergen konnte.

„Das brauchtest du auch gar nicht, Meredith", gab Ria zurück. „Du willst, dass ich in die Zweigstelle in Seattle fahre und die ‚Sache in Ordnung bringe'. Das ist doch des Pudels Kern, oder? Mit anderen Worten, ich soll jemandes Spuren verwischen, vielleicht sogar die Bücher manipulieren, mit irgendeinem steuerrechtlichen Zauberstab wedeln und die ganze Angelegenheit in Luft auflösen."

Darauf reagierte Meredith noch beleidigter als zuvor. „Du willst mir also nicht helfen?", fragte Meredith nach sehr langem Schweigen. „Du willst wirklich nicht helfen?"

„Meredith, ich kann nicht helfen. Was geschehen ist, ist geschehen. Nach dem, was du angedeutet hast, kann man jetzt gar nichts tun, sondern nur die Konsequenzen tragen." Sie hielt einen Moment inne und biss sich auf die Unterlippe. „Außerdem habe ich hier ein eigenes Leben", fügte sie zögernd hinzu.

„Aber klar doch", schoss Meredith zurück, offenbar immer noch gekränkt, weil Ria nicht tat, was sie wollte. Meistens taten die Leute, was Meredith wollte. Es war einfacher so.

Normalerweise hätte Ria die höhnische Bemerkung ignoriert. Schließlich war sie für Merediths Verhältnisse recht harmlos gewesen. Aber etwas hatte sich verändert. Die Ria, die sonst immer eingesprungen war, wenn Not am Mann war – und zwar auch dann, wenn es besser gewesen wäre, es nicht zu tun –, war nicht mehr der Mensch, als der sie heute Morgen aufgewacht war. Nicht mehr die Frau, die sie gewesen war, bevor … bevor …

Bevor Landry Sutton dich geküsst hat.

„Pass auf", erklärte sie. „Ich bin stolz darauf, wer ich bin und womit ich meinen Lebensunterhalt verdiene. Vielleicht setze ich nicht die Finanzwelt in Brand wie du, aber meine Blumen sind schön und machen anderen Menschen Freude."

Meredith wartete einen Moment, bevor sie antwortete. „Natürlich, meine Liebe", sagte sie mit beißend süßer Stimme und daher herablassend ohne Ende. „Du schenkst anderen Menschen Freude. Aber wirft dein kleines Geschäft auch nur ansatzweise genug ab, um deine Rechnungen zu bezahlen? Wo wärst du ohne Franks Lebensversicherung und die vierteljährlichen Dividenden daraus? Und was ist mit dem fetten Gehalt, das Whittingford International dir nach dem College gezahlt hat? Wenn du nicht das meiste davon gespart hättest …"

Ria rieb sich mit den Fingern der rechten Hand die Schläfe und versuchte, so die sich anbahnenden Spannungskopfschmerzen zu verscheuchen. Whittingford International, die Firma ihres Vaters, die jetzt Meredith gehörte, hatte sie in der Tat gut bezahlt. Aber dafür hatte sie auch zwölf bis sechzehn Stunden täglich gearbeitet. Erst nach ihrer Heirat mit Frank war sie in der Firma ein wenig kürzergetreten. „Weißt du was, Meredith?", schoss sie zurück. „Das geht dich alles absolut nichts an. Ich habe verdient, was ich habe – alles davon. Und in etwa einer Sekunde lege ich auf. Aber da ich nicht unhöflich sein möchte: Auf Wiederhören."

Meredith setzte zu einer Erwiderung an, aber da die angekündigte Sekunde um war, beendete Ria das Telefonat.

Es klingelte beinahe sofort wieder, während sie steif ans andere Ende der Küche ging, ein Wasserglas aus dem Schrank nahm, es füllte und bis zum letzten Tropfen austrank. Sie hätte sich gern nach ihrer siebzehnjährigen Nichte Quinn erkundigt, der einzigen herzlichen Verwandten, die ihr nach dem Tod ihrer Mutter geblieben war. Sie stand der Tochter ihrer Halbschwester nah, und normalerweise hielten sie Kontakt per E-Mail und SMS, aber seit über einer Woche hatte sie nichts mehr von dem Mädchen gehört. Stimmte da etwas nicht?

Einen Augenblick überlegte Ria, ob sie Quinn direkt anrufen sollte. Sie kannte die Handynummer ihrer Nichte auswendig, beschloss aber zu warten, bis sie ein paar Reihen Zinnien gejätet, gewässert und gedüngt hatte. So konnte sie sich ein wenig abreagieren und die angestaute Wut loswerden, um unbelastet mit Quinn zu telefonieren.

Also ging sie aufs Feld hinaus und arbeitete, bis sie schwitzte und einen Sonnenbrand auf der Nase hatte. Leider hatte sie vergessen, die blaue Baseballkappe aufzusetzen, die sie normalerweise trug, wenn sie länger als ein paar Minuten draußen war. Auf dem Weg zurück ins Haus hörte sie übermütiges Hupen hinter sich, drehte sich um und sah Brylees Geländewagen die Einfahrt herunterkommen.

Ria lächelte, ging zur Rasenkante und wartete, bis der Wagen bei ihr hielt.

Brylee stieg aus, das so typische, warme und freundliche Lächeln im Gesicht. Ihr Hund Snidely sprang über den Fahrersitz zu Boden und blieb freundlich mit dem Schwanz wedelnd neben seinem Frauchen stehen.

Brylee, die ihre braun glänzenden Haare zu einem Pferdeschwanz gebunden hatte, hielt Ria einen mit einem Tuch bedeckten Korb hin, aus dem es verführerisch nach Butter, Zimt und Zucker duftete.

„Ich hoffe, wir stören nicht", sagte sie. „Ich hatte nur gerade mal wieder einen Anfall von Backwut."

Ria war ehrlich froh, ihre Freundin zu sehen, obwohl sie vermutete, dass mehr hinter dem Besuch steckte als nur ein Überschuss an Backwaren.

„Kommt mit rein", sagte sie.

Landry traf Zane zu Hause an, wo er mit seinem Wallach Blackjack vor dem Stall stand. Vornübergebeugt untersuchte er den rechten Hinterhuf des Tiers nach eingetretenen Steinen. Obwohl er seine Arbeit weder unterbrach noch sich aufrichtete, funkelte er Landry zornig an.

„Wie bitte?“, erwiderte er als Antwort auf Landrys Eröffnungssatz.

Seufzend rieb Landry sich das stoppelige Kinn. Seine Nervosität hatte nichts damit zu tun, dass er ihrem Vater per Internet fünftausend Dollar überwiesen hatte oder dass Zane darüber offensichtlich sauer war, aber alles mit dem ihn immer noch umwehenden Duft von Ria Manning und der verwirrenden Wirkung eines einzigen Kusses.

„Ich bin nicht hier, um dir meine Sünden zu beichten und um Absolution zu bitten, Bruderherz“, sagte er. „Ich dachte nur, du solltest wissen, dass unser alter Herr wieder irgendwas im Schilde führt. Das ist alles. Nur für den Fall, dass er persönlich hier aufkreuzt und Ärger macht.“

Ihr Halbbruder Nash hatte sich gut auf Hangman's Bend eingelebt. Aber wie jedes Kind wollte er unbedingt daran glauben, dass sein Vater ihn liebte, ganz gleich, wie viel dagegen sprach. Und das bedeutete, dass er anfällig für Jess' Einfluss war, leicht manipulierbar und verletzlich.

Jess würde keine Sekunde zögern, dem Jungen das Blaue vom Himmel zu versprechen und ihn zu benutzen, um seine eigenen Ziele zu erreichen – höchstwahrscheinlich einen oder auch beide ältere Söhne um Geld anzugehen. Und dann würde er Nash einmal mehr im Stich lassen.

Langsam ließ Zane Blackjacks Bein sinken, entfernte sich von dem Pferd und legte den Hufkratzer auf den nächsten Zaunpfosten. „Hat Jess gesagt, dass er hierher unterwegs ist?“, fragte er angespannt.

„Nicht direkt“, erwiderte Landry und schüttelte den Kopf. „Aber er hat gespielt, und ich glaube, dass er tief im Dreck steckt – vermutlich tiefer, als er mir gegenüber zugegeben hat.

Selbst wenn er seine Schulden bei den Typen bezahlt, von denen er mir gestern Abend erzählt hat, heißt das noch nicht, dass er aus dem Schneider ist." Er stockte, seufzte. „Ich glaube, er schwebt in Lebensgefahr, Zane."

„Und ich glaube, du bist ein Volltrottel", gab Zane zurück, aber seine Miene entspannte sich ein wenig. Er gab Landry einen leichten Klaps auf den Rücken. „Komm mit rein und lass uns reden."

4. KAPITEL

Der Fahrer des Sattelschleppers bog auf einen belebten Parkplatz am Rand von Three Trees, Montana, ein, brachte das schwere Fahrzeug mit zischenden Bremsen zum Stehen und lächelte Quinn Whittingford an. Seine Augen wirkten so traurig und sanft, dass die siebzehnjährige Quinn heftige Sehnsucht nach dem Vater bekam, den sie so sehr vermisste. Er warf einen Blick auf den kleinen Mischlingshund, der sich in ihre Arme gekuschelt hatte.

„Bist du sicher, dass du zurechtkommst?“, fragte er ruhig. Er hieß Tim Anderson, und an der Sonnenblende auf der Fahrerseite hing ein Foto von einer hübschen Frau und drei kleinen Mädchen. Seine Frau und seine Töchter, hatte er Quinn erzählt. Er hatte sie gestern am späten Abend auf dem letzten Rastplatz irgendwo im Süden von Idaho aufgesammelt. „Der kleine Kerl kann dich nicht beschützen, auch wenn er es noch so gern täte.“

Quinn drückte den grau-weißen Streuner, den sie Bones getauft hatte, an sich. Sie hatte ihn verlassen und hungrig auf dem Rastplatz gefunden – vielleicht hatte er sich verlaufen, aber wahrscheinlich war er ausgesetzt worden –, etwa fünf Minuten, bevor Mr Anderson angehalten hatte, um sich die Beine zu vertreten und einen Kaffee zu trinken. Er hatte Quinn die Leviten gelesen, sie ausgiebig über die Gefahren des Reisens per Anhalter aufgeklärt und ihr sein Handy angeboten, damit sie zu Hause anrufen und „ihre Leute“ informieren konnte, dass es ihr gut ging. Aber offenbar machte er sich immer noch Sorgen um sie.

Quinn hatte sich seine Predigt brav angehört, aber da sie nach dem Collegeabschluss Polizistin oder sogar FBI-Agentin werden wollte, hatte sie auch vorher schon ganz gut Bescheid gewusst.

Nur konnte er das natürlich nicht wissen. Zumal ihr Verhalten nicht erkennen ließ, dass sie sich der Risiken bewusst war. „Ich komme zurecht“, sagte sie. „Danke.“

Tim Anderson nickte. „Pass gut auf dich auf", mahnte er, als sie die schwere Tür des Sattelschleppers aufstieß, ihren Rucksack schulterte, auf das Trittbrett und von dort auf das Pflaster kletterte und dabei sorgsam darauf achtete, Bones nicht fallen zu lassen.

„Bist du sicher, dass du mein Handy nicht benutzen willst, um deine Mom und deinen Dad anzurufen?", fragte er noch einmal.

„Ganz sicher", erwiderte Quinn höflich. Tatsächlich hatte sie keinen Dad, und ihre Mom war vermutlich erleichtert, sie vorerst los zu sein – wenn sie überhaupt schon bemerkt hatte, dass sie fort war. In ihrem Rucksack steckte ihr eigenes Handy, aber der Akku war leer, und sie hatte das aus irgendeinem Grund nicht erwähnt. „Danke noch mal."

Sie trat zurück, und eine Abgaswolke quoll aus den glänzenden Auspuffrohren des Wagens. Tim Anderson drückte kurz auf die Hupe, ein schriller Abschiedsgruß, und winkte ihr hinter der riesigen Windschutzscheibe noch einmal zum Abschied zu. Erst jetzt stellte Quinn sich zum ersten Mal der Frage, die sie bislang erfolgreich verdrängt hatte: Was sollte sie tun, wenn Ria sie nicht aufnahm? Zwar hatte sie ihrer Tante immer sehr nahegestanden, aber dennoch war es möglich, dass Ria voll und ganz in ihrem neuen Leben aufging und weder die Zeit noch die Lust hatte, sich mit einem jugendlichen Ausreißer abzugeben.

Trotzdem konnte und wollte sie nicht zurück nach Hause, nicht nur, weil sie sich heftig mit ihrer Mutter zerstritten hatte, die darauf bestand, von ihr mit Meredith angesprochen zu werden, weil sie sich angeblich uralt fühlte, wenn sie Mom genannt wurde. Nein, es ging auch um Bones, der mit an Sicherheit grenzender Wahrscheinlichkeit im Tierheim landen würde.

Meredith mochte keine Hunde. Und auch keine Katzen. Sie machten ihr zu viel Dreck, zu viel Ärger und hatten andauernd irgendwelche Bedürfnisse. Genau wie Kinder …

Die Hausregeln waren streng. Schuhe ausziehen, bevor man den gefliesten Eingangsbereich verließ. Essen und Trinken nur in der Küche, am Esstisch oder an der Frühstückstheke. Kein Fernsehen oder Musikhören im Wohnzimmer.

Das Ganze erinnerte Quinn an ein gewaltiges und total verdrehtes Himmel-und-Hölle-Spiel – was sie auch tat, immer musste sie peinlich genau darauf achten, keine Grenzen zu berühren. Natürlich lud sie nie Freunde nach Hause ein, denn dann hätte sie wie ein Schießhund aufpassen müssen, dass niemand eine Regel verletzte. Darum verbrachte Quinn die meiste Zeit allein in ihrem Zimmer, wenn sie nicht in der Schule war, und fühlte sich selbst dort noch wie in Geiselhaft.

Sie war bei ihrer Freundin Rosalie gewesen, als Meredith angerufen und aus einem ganz normalen Tag den reinsten Horror gemacht hatte.

Quinn und Rosalie hatten richtig Spaß miteinander gehabt, bis Quinns Handy klingelte und Meredith ihr kurz und ohne jede Vorrede befahl, sofort nach Hause zu kommen und zu packen. In letzter Minute hatte sie ein Sommerferienlager ausfindig gemacht, in dem noch Plätze frei waren – Quinn hatte nicht einmal gewusst, dass sie danach suchte –, und ihre Tochter sofort für knapp drei Monate Kunst, Basteln und Singen am Lagerfeuer angemeldet. Sie sollte gleich am nächsten Morgen abreisen, per Bus, vom Parkplatz der Kirche aus.

Sie erinnerte Meredith daran, dass Ferienlager für Kinder gedacht waren – sie war siebzehn, nicht sieben – und sie vollkommen zufrieden damit wäre, den Sommer zu Hause zu verbringen. In nicht einmal mehr als einem Jahr würde sie schließlich aufs College wechseln, Himmel Herrgott noch mal.

Meredith hörte natürlich nicht zu. Sie beharrte darauf, dass Quinn in Camp Winna-Was-auch-immer eine Menge neue Freunde finden und wahnsinnig viel Spaß haben würde beim Schwimmen und Wandern und der vielen frischen Luft. Mit anderen Worten: Die Sache war beschlossen, und daran war nicht zu rütteln.

Offensichtlich wollte ihre Mom den Sommer ungestört von einer Tochter verbringen, obwohl sie das natürlich so direkt nicht gesagt hatte. Es war schon auffällig, dass Meredith zurzeit chronisch besorgt und zerstreut wirkte, viel mehr Stunden im Büro verbrachte als sonst und auch mehr geschäftlich unterwegs war. Irgendetwas stimmte absolut nicht in Merediths Leben, aber Quinn war der letzte Mensch, mit dem sie darüber gesprochen hätte.

Quinn verabschiedete sich sofort von Rosalie, fuhr nach Hause – Meredith war noch im Büro, und ihre Haushälterin Hannah hatte bereits Feierabend gemacht – und packte. Aber nicht fürs Ferienlager.

Nein, sie stopfte frische Unterwäsche, eine zweite Jeans, eins ihrer Lieblings-T-Shirts und ihr Tablet in ihren Rucksack, dazu ihr Handy und das Ladegerät, und sah zu, dass sie wegkam. Ein paar Meilen marschierte sie einfach drauflos, ohne genau zu wissen, was sie jetzt tun sollte. In einem Laden, in dem sie sich eine Flasche Wasser kaufte, hob sie am Geldautomaten die letzten achtzig Dollar von ihrem Konto ab und beschloss, nach Three Trees in Montana zu fahren. Zu Ria.

Zwei Cowgirls, die zu einem Rodeo in Idaho wollten, hatten ihr angeboten, sie bis dort mitzunehmen. Unterwegs kauften sie ihr einen Cheeseburger, stellten eine Menge Fragen – wie alt bist du? Ist zu Hause irgendwas nicht in Ordnung? – und setzten sie schließlich zögernd an der Raststätte ab, an der sie Bones fand und zu Tim Anderson in den Truck stieg.

Jetzt stand sie vor der Fernfahrerkneipe, verschwitzt, müde und schmutzig. Sie fragte sich, ob die Leute da drinnen sie wohl vor die Tür setzen würden, wenn sie Bones mit hineinnahm. Sie könnte etwas Kaltes zu trinken vertragen und vielleicht ein Sandwich. Außerdem musste sie dringend auf die Toilette.

Vielleicht konnte sie behaupten, Bones sei ein Blindenhund, aber da er eher aussah wie ein Staubwedel auf vier Pfoten, kam sie mit der Geschichte vermutlich nicht durch.

Trotzdem konnte sie sich nicht überwinden, ihn allein draußen zu lassen. Sie wollte nicht, dass der arme kleine Kerl auch nur eine Sekunde glauben musste, sie hätte in ihm Hoffnungen geweckt, nur um ihn wieder sitzen zu lassen. Ihr Magen knurrte vernehmlich, und als sie sich aufmerksam umsah, entdeckte sie ein öffentliches Telefon neben dem Zeitungsstand und dem Eisautomaten.

Bones unter einen Arm geklemmt, kramte sie in ihrem Rucksack herum, bis sie genug Kleingeld gefunden hatte – hoffte sie jedenfalls –, um ein Ortsgespräch zu führen. An Handys, SMS und E-Mails gewöhnt, hatte Quinn noch nie ein Münztelefon benutzt.

Sie näherte sich dem Ding und runzelte die Stirn, während sie die schmutzigen, abgegriffenen Tasten untersuchte. Zum Glück kannte sie Rias Nummer auswendig, denn das dünne Telefonbuch, das an einer Kette baumelte, sah aus, als hätte ein wildes Tier die Seiten gefressen.

Während sie Bones beruhigend zumurmelte, schob Quinn etliche Münzen in den Einwurfschlitz und wählte.

Bitte sei zu Hause und geh ran, dachte sie, als es am anderen Ende der Leitung klingelte – einmal, zweimal, dreimal.

„Hallo?“, meldete sich Ria, als Quinn gerade wieder auflegen, jemanden nach dem Weg fragen und zu Fuß zur Farm ihrer Tante aufbrechen wollte. „Wer ist da?“

Quinns Augen begannen zu brennen. „Ich bin es, Tante Ria“, brachte sie mühsam hervor.

„Quinn?“ Jetzt lag ein Lächeln in Rias Stimme. „Ist alles … Wo bist du?“

Obwohl sie den Tränen nahe war und ihr schwindelte, lachte Quinn. „Ich bin in Three Trees“, sagte sie. „Am …“ Sie stockte, drehte sich um und las das große Schild an der Straße. „An der Fernfahrerkneipe Whistle-By.“

„Was in aller Welt …“

„Ich wollte dich besuchen“, unterbrach Quinn sie fröhlich. „Kannst du uns hier abholen?“

Ria fragte nicht, wer mit „uns“ gemeint war, wie Meredith das getan hätte. Sie zögerte keine Sekunde. „Ich bin sofort bei dir. Sprich nicht mit Fremden.“

Zu spät, dachte Quinn und musste lächeln, während sie auflegte. „In Ordnung, mache ich nicht.“ Da praktisch jeder hier als Fremder zu betrachten war, hieß das wohl: den Mund halten, bis Ria aufkreuzte.

Und das war hoffentlich bald, denn sie brauchte dringend etwas zu essen, ein heißes Bad und ein paar Stunden Schlaf. So nett Tim Anderson auch gewesen war, sie hatte trotzdem Angst gehabt und die ganze Nacht kein Auge zugetan.

„Alles in Ordnung mit dir?“

Quinns Herzschlag beschleunigte sich. Sie drehte sich um, drückte den armen müden Bones schützend an ihre Brust und stand vor einem großen dunkelhaarigen Mann in Polizeiuniform. Seine Polizeimarke glänzte im Sonnenlicht so hell, dass sie förmlich geblendet war.

„Ähm, ja“, sagte sie leicht verunsichert. Der Sheriff sah eigentlich ganz nett aus mit seinen warm leuchtenden braunen Augen und dem schiefen Cowboylächeln, aber sie hätte sich trotzdem am liebsten umgedreht und wäre davongerannt.

Aber er war ein Polizist, und unter anderen Umständen hätte Quinn ihn mit Fragen zu seinem Job und seinem Leben gelöchert, da sie davon träumte, selbst einmal Gesetzeshüterin zu werden. Es war doch bestimmt ungefährlich, mit einem Polizisten zu reden.

Außerdem wäre es eine schlechte Idee gewesen, wegzulaufen, denn er hätte sie spielend eingeholt, bevor sie den Waldrand hinter der Kneipe erreicht hätte. Er sah jung aus und fit. Zwar glaubte sie, gegen kein Gesetz verstoßen zu haben – war es eigentlich illegal, von zu Hause fortzulaufen? –, aber die freundliche Intensität, mit der der Mann sie musterte, machte sie nervös. Er würde eindeutig nicht weichen, bevor sie ihm sagte, was er wissen wollte.

„Boone Taylor“, sagte er und streckte ihr die Hand entgegen.

Quinn musste Bones ein wenig verlagern, aber es gelang ihr, den Händedruck des Sheriffs zu erwidern. Ihre Kehle war wie zugeschnürt, ihr leerer Magen verkrampfte sich, und sie spürte, wie ihr der Schweiß ausbrach und sich auf ihrer Oberlippe und zwischen den Schulterblättern sammelte.

Sheriff Boone Taylor wartete ein oder zwei Sekunden, aber als Quinn keinen Ton herausbrachte, zog er eine Braue hoch und fragte: „Und du? Hast du auch einen Namen?“ In seinen Augen blitzte es belustigt.

Es hatte keinen Sinn zu lügen, so viel war ihr klar, und außerdem war sie eine saumäßig schlechte Lügnerin. Wenn sie versuchte, diesem Mann etwas vorzumachen, würde er sie sofort durchschauen. Ihr Gesichtsausdruck oder ihre Körpersprache würden sie verraten. Vermutlich beides.

„Quinn Whittingford“, brachte sie heiser krächzend hervor. „Ich bin hier, um meine Tante zu besuchen, Ria Manning. Vielleicht kennen Sie sie ja.“

Komm schon, Tante Ria, beeil dich!

„Sie ist eine gute Freundin meiner Frau“, antwortete er, und Quinn entspannte sich ein wenig, nur um erneut zu erstarren, als er weitersprach. „Ich habe gesehen, wie du aus dem Sattelschlepper ausgestiegen bist. Kanntest du den Fahrer, Quinn, oder warst du per Anhalter unterwegs?“

Wie weit war es eigentlich genau bis zur Blumenfarm ihrer Tante? Wenn Ria nun am Ende einer viele Meilen langen kurvigen Schotterpiste am anderen Ende Stadt lebte? Dann konnte sie ohne Weiteres eine Stunde brauchen, bis sie hier ankam. Oder noch länger.

„Per Anhalter“, gab sie zu.

Der Sheriff stemmte die Hände in die Hüften, und sein schwarzer Ledergürtel mit Halfter und Schusswaffe knarrte, als er das Gewicht verlagerte und sie nachdenklich musterte. „Nicht gut“, sagte er.

Sie fürchtete, gleich in Tränen auszubrechen, so verängstigt war sie. „Ich weiß“, sagte sie sehr leise. „Aber inzwischen ist meine Tante auf dem Weg hierher. Es ist alles in Ordnung, Officer. Wirklich.“

Er hörte ihr zu, ließ aber nicht erkennen, ob er ihr glaubte oder nicht, lächelte Bones an, berührte sanft den Kopf des kleinen Hundes und kraulte ihn hinter den Ohren. „Wer ist das?“, fragte er.

„Er heißt Bones“, antwortete Quinn wie aus der Pistole geschossen. Hoffentlich glaubte er jetzt nicht, sie hätte ein Verbrechen begangen, beispielsweise den Hund entführt. „Ich habe ihn gestern Abend auf einer Raststätte gefunden. Vielleicht hat er sich nur verlaufen, aber der Platz war ziemlich weit von irgendeiner Stadt oder Farm entfernt. Darum glaube ich, dass ihn jemand ausgesetzt hat.“

Boone schüttelte den Kopf, und einen Moment spannten sich seine Kiefer an. „In der Hölle wartet ein bestimmter Ort für Leute, die so was tun“, sagte er. „Er sieht aus, als könnte er ein paar Portionen Futter und ein Bad vertragen.“

Jetzt lächelte Quinn. Sie hätte nicht sagen können, warum, denn sie hatte immer noch schreckliche Angst, verhaftet oder nach Portland zurückgeschickt zu werden, ohne auch nur eine Chance zu bekommen, mit Ria zu sprechen. Ihre Mom würde ihr die Hölle heißmachen und sie stante pede in das Sommerlager schicken. Damit wäre die ganze Mühe umsonst. „Ja“, stimmte sie zu.

Im selben Moment sah sie, wie Rias Auto auf den Parkplatz neben dem großen Whistle-By-Schild bog.

Gerettet.

„Da ist meine Tante ja“, rief Quinn. Sie hoffte, Sheriff Taylor würde wieder in seinen Wagen steigen und davonfahren, zufrieden, dass der Ausreißer von einem verantwortlichen Erwachsenen unter die Fittiche genommen wurde und somit alles in Ordnung war. Kein Grund, länger zu verweilen. Bestimmt gab es auch hier draußen auf dem Land Verbrechen aufzuklären.

„Ich denke, ich rede mal mit ihr“, sagte Boone Taylor und stellte damit klar, dass er nicht lockerlassen würde, bevor er nicht wusste, was hier vorging. „Warum lässt du den Hund nicht bei mir, gehst rein und holst ihm ein bisschen Wasser?“

„Er hat kein Halsband“, meinte Quinn, obwohl sie liebend gern um Wasser für Bones gebeten hätte und auf die Toilette gegangen wäre.

„Ich pass auf ihn auf, solange du weg bist. Geh ruhig rein.“

Ria musste vor der Einfahrt zum Parkplatz warten, bis ein gewaltiger achtzehnrädriger Truck gewendet hatte und auf die Straße einbiegen konnte.

Behutsam setzte Quinn den Hund zu den Füßen des Sheriffs ab, erklärte dem Tier, dass sie gleich zurück sein würde, und betrat die Kneipe. Sie musste wirklich dringend und befürchtete außerdem, Bones könnte halb verdurstet sein.

Zuerst die Toilette. Sie pinkelte, wusch sich an einem der drei Waschbecken Hände und Gesicht, bevor sie sich langsam aufrichtete und ihr Spiegelbild betrachtete. Kein Wunder, dass der Sheriff nicht gehen mochte.

Ihre braunen Haare waren zerzaust, ihre Kleidung zerknittert. Sie sah aus wie auf der Flucht. Als wäre sie direkt einer Sendung über wahre Kriminalfälle entsprungen.

Na schön. Ria war draußen und wartete auf sie. Vermutlich plauderte sie inzwischen mit dem Sheriff.

Allerdings war Quinn damit noch keineswegs aus dem Schneider.

Schicksalsergeben beugte sie sich wieder übers Waschbecken und spritzte sich noch mehr kaltes Wasser ins Gesicht, bis sie sich wieder halbwegs wie ein Mensch fühlte.

Wieder hinter dem Steuer ihres Wagens, mit Quinn auf dem Beifahrersitz inklusive struppigem kleinem Hund auf ihrem Schoß, musste Ria ständig daran denken, was ihrer Nichte zwischen Portland und Three Trees alles Schreckliches hätte passieren können.

„Ich kann einfach nicht glauben, dass du getrampt bist“, wiederholte sie zum x-ten Male, weil sie nicht darüber hinwegkam.

Quinn ließ den Kopf in den Nacken sinken und seufzte. Sie hielt die Augen geschlossen, und ihre goldbraun bewimperten

Lider flatterten leicht. „Ich war verzweifelt", sagte sie schlicht und leise. „Meredith wollte mich für den ganzen Sommer in ein Ferienlager stecken. Ich wäre älter gewesen als die meisten Helfer, ganz abgesehen von den Kindern, die vermutlich alle unter zwölf sind."

Rias Mitgefühl verdrängte die plötzliche wilde Furcht darüber, dass Quinn die ganze Strecke hauptsächlich in Gesellschaft von Fremden zurückgelegt hatte. Ja, das Kind hätte dort draußen auf dem Highway verschleppt, vergewaltigt und ermordet werden können. Andauernd verschwanden Anhalter überall im Land, vor allem junge Frauen. Aber nichts dergleichen war geschehen. Quinn saß neben ihr, sicher und gesund, wenn auch ein bisschen abgekämpft.

„Deine Mutter muss außer sich sein vor Sorge." Sie waren inzwischen in Three Trees, und sie überlegte, ob sie beim großen Discounter anhalten sollte, um Hundefutter, ein Halsband und eine Leine zu kaufen sowie was immer Quinn gegebenenfalls brauchen mochte, aber sie kam zu dem Schluss, dass das noch ein wenig warten konnte.

Quinn öffnete die Augen und wandte sich Ria zu. „Schickst du mich zurück?"

„Ich weiß nicht", gab Ria aufrichtig zu. Ihre Hände verkrampften sich um das Lenkrad, ihre Handflächen wurden feucht. Was immer sie auch für Meredith empfinden mochte, Quinn war ihre Tochter. Inzwischen hatte ihre Halbschwester vermutlich die Polizei informiert, eine Belohnung ausgesetzt und sogar Privatdetektive engagiert, damit sie bei der Suche halfen. Wenn Ria an ihrer Stelle gewesen wäre, hätte sie das jedenfalls getan. „Du musst aber sofort deine Mutter anrufen, wenn wir bei mir zu Hause sind. Sie wird in Panik sein."

Quinn seufzte. „Verärgert", gab sie zu. „Auf jeden Fall genervt. Aber in Panik? Nie und nimmer. Schließlich war das der Sinn der ganzen Aktion Sommerlager: Sie wollte mich loswerden."

Beunruhigt verzichtete Ria auf einen Kommentar. Da sie gerade an einer Reihe Fast-Food-Restaurants vorbeikamen, wählte sie ohne lange zu überlegen eines davon aus und setzte den Blinker. „Du musst Hunger haben“, erklärte sie ein wenig verspätet.

„Ein bisschen“, sagte Quinn sehr leise. „Können wir Bones auch einen Burger kaufen? Ich habe etwas Geld in meinem Rucksack ...“ Sie deutete mit einer kurzen Kopfbewegung auf den Rücksitz, wo ihr einziges Gepäckstück lag. „Ich gebe es dir später zurück.“

„Das ist im Moment meine geringste Sorge.“

Ria fuhr ans Ende der Durchfahrtschlange, und als sie an die Reihe kamen, bestellte sie nach einer kurzen Beratung mit ihrer Nichte ein Fischfiletsandwich, Pommes frites und eine Diätcola für Quinn sowie einen Kinder-Cheeseburger für den Hund.

„Willst du denn gar nichts?“, fragte Quinn.

Sie klang so besorgt. Und so jung.

Rias Herz verkrampfte sich. Was musste bei ihr zu Hause los sein, dass Quinn einfach abhaute? Sie konnte sich nicht vorstellen, dass nur die Aussicht auf einen Sommer im Ferienlager schuld war.

Fragen über Fragen.

Und nicht der richtige Augenblick, sie zu stellen.

„Nein“, entgegnete Ria schließlich kopfschüttelnd, „jetzt nicht. Ich werde etwas essen, wenn wir zu Hause sind.“

Einen Moment herrschte Schweigen, ein zerbrechliches, zittriges, beinahe greifbares Schweigen.

„Bist du sauer auf mich?“, fragte Quinn schließlich.

Was sie damit ausdrückte, war klar: *Wenn du es nämlich bist, weiß ich nicht, wie ich damit umgehen soll. Ich muss dich auf meiner Seite wissen.*

„Nein.“

Vor ihnen waren noch drei Wagen an der Reihe, die einer nach dem anderen am Kassenfenster hielten, Bargeld oder Geldkarte hinausreichten und dafür Papiertüten mit Fettflecken und ölfassgroße Pappbecher entgegennahmen. Für die vollständige Antwort brauchte Ria ein wenig länger, denn sie musste ihre Worte sorgfältig abwägen.

„Ich bin nicht sauer“, sagte sie schließlich. „Jedenfalls nicht richtig, und schon gar nicht dauerhaft.“

Quinn kicherte nervös. „Das war alles andere als eine klare Aussage“, meinte sie.

„Per Anhalter zu reisen, ist einfach dumm, Quinn“, erklärte Ria und ärgerte sich dabei über sich selbst. Es war schließlich nicht nötig, auf etwas so Offensichtliches hinzuweisen, und obendrein klang es grässlich pedantisch.

„Ich weiß“, erwiderte Quinn, und Tränen schwammen in ihren hübschen grünen Augen.

Endlich waren sie an der Reihe. Ria bezahlte das Essen, nahm die duftende Tüte und Quinns Limo entgegen und reichte beides wortlos weiter. Was sie sonst noch zu sagen hatte, war nicht für die Ohren der gut gelaunten Kassiererin bestimmt.

Der Hund – Bones, wenn sie sich richtig erinnerte – hatte zusammengerollt auf Quinns Schoß gelegen, aber jetzt richtete er sich sofort auf, drückte seinem Frauchen die schmutzigen kleinen Pfoten an die Brust und schnüffelte aufgeregt.

Quinn lachte leise, kramte den Cheeseburger für den Hund aus der Tüte und riss ihm ein Stückchen davon ab.

Er verschlang es sofort, und wieder spürte Ria einen kleinen Stich. Dass die Welt da draußen so grässlich hart für die Hilflosen sein konnte, ob sie nun vier- oder zweibeinig waren, tat ihr in der Seele weh.

Während Quinn und der Hund abwechselnd aßen, fuhr Ria nach Hause, tief in Gedanken versunken.

Sie hatte ihrer Nichte noch so viele Fragen zu stellen, aber das Mädchen war offensichtlich erschöpft, halb verhungert und wer weiß, was sonst noch alles. Quinn brauchte Zeit, um sich zu erholen und zu fangen.

Als die Farm mit ihren endlosen Reihen blühender Zinnien, Gerbera und anderer farbenfroher Blumen in Sichtweite kam, richtete Quinn sich in ihrem Sitz auf. Bones, der seinen Cheeseburger verdrückt hatte, hatte es sich wieder auf ihrem Schoß bequem gemacht und döste vor sich hin.

„Wow“, murmelte Quinn überwältigt. „Ist das schön!“

Rias Stimmung hob sich ein wenig, obwohl ihr vor dem Anruf bei Meredith grauste. Sie hatte hart gearbeitet, um ihr kleines Unternehmen rentabel zu machen, hatte gejätet und gewässert, gegraben und gehackt, gepflanzt und wieder gepflanzt, hatte sich im letzten Winter Tag für Tag durch knietiefen Schnee zum Gewächshaus gekämpft, um die Säm- und Setzlinge und Ableger zu versorgen. Die ehrliche Bewunderung in Quinns Stimme bedeutete ihr viel. Vor allem, weil Meredith und die meisten von Rias Freunden in Portland der Meinung waren, das ganze Unternehmen sei eine unsinnige Zeit- und Geldverschwendung.

Sie räusperte sich. „Danke.“ Sie parkte den Wagen in der Einfahrt. Es lohnte sich nicht, ihn in die Garage zu stellen, da sie noch einmal in die Stadt musste, um einzukaufen. „Es macht jede Menge Arbeit und wirft nicht viel Geld ab, aber mir gefällt es trotzdem.“ Der Büffelbesuch vom Abend zuvor fiel ihr wieder ein. „Meistens jedenfalls“, fügte sie hinzu und spürte, wie sie rot anzulaufen drohte.

Denn bei der Erinnerung an den Zwischenfall mit den Büffeln fiel ihr natürlich auch Landry Sutton wieder ein. Und der Kuss.

Und die Verabredung für Samstagabend. Was hatte sie sich nur dabei gedacht, die Einladung anzunehmen? Wenigstens hatte sie jetzt eine gute Ausrede, um abzusagen: unerwarteter Besuch.

Obwohl dieser Gedanke sie aufmuntern sollte, empfand Ria stattdessen Enttäuschung.

Quinn, die nicht ahnte, was in ihrer Tante vorging, öffnete die Wagentür, stieg aus und setzte den Hund so sanft auf den Boden, dass es Ria seltsam anrührte. Das Mädchen sah sich um, nahm den berühmten weiten Himmel über sich wahr, die Bäume, die Berge und die Vorgebirge, die Three Trees und die Nachbarstadt Parable, die nur dreißig Meilen entfernt lag, umschlossen.

„Ich verstehe, warum du diesen Ort liebst", sagte sie, und ein Hauch von Ehrfurcht lag in ihrer Stimme. „Es ist so ruhig hier. So *friedlich*."

Der Hund lief inzwischen auf den Rasen, die Nase am Boden, schnupperte eine Weile herum und hob schließlich ein Hinterbein, um den Gartenzwerg aus Kunstharz zu taufen. Danach wedelte er mit dem Stummelschwanz und schaute sich munter nach Quinn und Ria um. Offenbar störte es ihn nicht, dass die beiden sich noch beim Wagen aufhielten, obwohl es so viel Neues zu erkunden gab.

„Tut mir leid", sagte Quinn sehr leise. „Wegen des Gartenzwergs, meine ich."

Ria grinste. „Macht nichts", gab sie zurück. „Schau, er lächelt immer noch."

Lachend holte Quinn ihren Rucksack vom Rücksitz des Wagens, aber ihr Gesichtsausdruck wurde wieder ernst, als sie sich Ria zuwandte.

„Meredith wird mir nicht erlauben, ihn zu behalten, weißt du", sagte Quinn. „Bones, meine ich. Wenn ich nach Portland zurück muss …"

Während Bones sich weiter der Untersuchung des Hofs widmete, legte Ria ihrer Nichte einen Arm um die Schultern und drückte sie kurz an sich. „Nun mal keine voreiligen Schlüsse, okay?", riet sie, obwohl sie wusste, dass Quinn wahrscheinlich recht hatte. Meredith hatte definitiv nichts für Tiere übrig. Genau genommen hatte sie nicht einmal etwas für Menschen übrig. Sie brauchte zu allem und jedem einen gewissen Abstand, und alles sollte möglichst steril sein – bis hin zur Zeugung eines Kindes.

Statt zu antworten, seufzte Quinn nur und lehnte sich leicht an Ria, während sie aufs Haus zugingen.

„Eins nach dem anderen, Schatz", erklärte Ria dem fast erwachsenen Mädchen an ihrer Seite. „Zuallererst müssen wir deine Mutter anrufen und sie wissen lassen, dass es dir gut geht. Wie es dann weitergeht, werden wir sehen."

Ihre Nichte versuchte zu lächeln, aber ihre Lippen zitterten, und sie scheiterte kläglich. Schon wieder stiegen ihr Tränen in die Augen.

Am liebsten hätte Ria mit ihr geweint, als sie die Haustür aufschloss und öffnete und Quinn sich umdrehte, um den Hund zu rufen. Er schoss auf sie zu, immer noch ein schmuddeliger kleiner Kerl, aber voller Elan, weil er etwas zu fressen bekommen hatte und ins Haus eingeladen worden war.

Noch bevor sie ihre Handtasche weggelegt und die Autoschlüssel in die blaue Schale auf dem kleinen Tisch neben der Haustür gelegt hatte, traf Ria eine Entscheidung. Wenn Meredith ihre Tochter zwang, nach Hause zu kommen – das war durchaus möglich –, kam Bones in kein Tierheim. Er würde hier bei ihr auf der Farm bleiben.

Sie führte das Mädchen durchs Haus – viel zu sehen gab es nicht, da es sehr klein war. Anschließend verschwand Quinn im Bad, um zu duschen, und nahm Bones mit.

Ria hatte kein Gästezimmer. Das zweite Schlafzimmer nutzte sie als Büro, aber immerhin stand eine Schlafcouch darin, die Quinn benutzen konnte.

Die Dusche lief und lief, und Ria hörte das Wasser rauschen. Eigentlich müsste das Kind inzwischen sauber sein. Der Hund vermutlich auch.

Wie es aussah, blieb die Aufgabe, Meredith anzurufen, an ihr hängen. Quinn gab sich alle Mühe, der Sache aus dem Weg zu gehen. Außerdem war sie emotional alles andere als gut drauf.

Niemand wusste besser als Ria, dass es schwer war, mit Meredith klarzukommen, selbst wenn man bester Laune war. Also holte sie ihr Adressbuch, suchte Merediths Nummern heraus und wählte zunächst die Büronummer.

Es war keine große Überraschung, dass Merediths Sekretärin sich meldete und Ria durchstellte.

Das „Hallo“ am anderen Ende der Leitung klang gestresst und ein wenig atemlos. Doch dass sie arbeitete, obwohl ihre Tochter weggelaufen war, sprach Bände.

„Sie ist hier“, erklärte Ria. „Quinn, meine ich.“

Und das Gespräch ging gleich den Bach runter.

Meredith weinte weder vor Freude und Erleichterung, noch fing sie an hysterisch zu schreien. Stattdessen sagte sie: „Das kleine Miststück treibt mich noch zum Wahnsinn.“

Ria schloss die Augen und zählte bis zehn. Ganz ruhig, ermahnte sie sich. Gespräche mit Meredith waren nie besonders erfreulich.

5. KAPITEL

Sorgfältig holte Highbridge den dampfenden Kuchen aus dem übergroßen Backofen in Landrys Küche, schnupperte und würdigte den Duft mit steifer Anerkennung.

Landry, der nach der Stallarbeit duschen wollte und auf dem Weg ins Bad an der Küche vorbeikam, blieb stehen. „Das riecht gut", sagte er. „Besser als gut, um genau zu sein."

Highbridge musterte seinen Arbeitgeber von oben herab – eine echte Leistung, da Landry größer war als er. „Das ist nicht für Sie", erklärte er. „Ich habe den Kuchen für Mrs Manning gebacken. Als Versöhnungsgabe."

Verärgert runzelte Landry die Brauen. Er liebte Obstkuchen, und dieser kam nicht nur frisch aus dem Ofen. Er duftete obendrein nach seiner Lieblingsfüllung: Kirschen und Rhabarber. Frustriert und wohl wissend, dass er die Schlacht schon verloren hatte, wenn nicht sogar den ganzen Krieg, sah er seinen Butler durchdringend an. „Haben Sie sich etwa auch mit der Lady angelegt?"

„Nein", gab Highbridge zurück. „Ich habe vor, ihn selbst zu ihr zu bringen, sobald er ein wenig abgekühlt ist. Als Zeichen der Entschuldigung – in Ihrem Namen."

Landry durchfuhr ein unangenehmer Adrenalinstoß. „Zufällig", stieß er beinah knurrend hervor, „habe ich mich bereits entschuldigt. Außerdem geht Ria – Mrs Manning – am Samstag zu der Party in der Boot Scoot Tavern." Eine wohl bemessene Pause folgte. „Mit mir."

Highbridge stellte den Kuchen auf die Küchentheke und legte die Backhandschuhe sorgfältig in die Schublade zurück, in die sie gehörten. Seine Miene drückte eine Mischung aus fasziniertem Interesse und purer Skepsis aus. „Sie führen sie in die Boot Scoot Tavern aus?", fragte er.

Landry spürte, wie sich seine Nackenhaare sträubten. Außerdem fühlte er sich in seiner Ehre getroffen. Irgendetwas an dem Wortwechsel erinnerte ihn an den unglücklichen Abend mit Walker Parrishs Pferd Pure Misery. „Ich hätte mich gern für etwas Nobleres entschieden", erklärte er dem Butler, „aber so, wie es aussieht, gibt es nichts dergleichen. Jedenfalls nicht in Parable County."

„Sie hat sich tatsächlich bereit erklärt, mit Ihnen auszugehen?", fragte Highbridge, als könnte er sich das beim besten Willen nicht vorstellen. Nicht, dass er viel Vorstellungskraft besaß. Für den Engländer zählte nur die harte Realität.

Wenn Landry der Typ gewesen wäre, der gern prahlte, hätte er den elektrisierenden Kuss erwähnen können. „Sagen Sie nicht, Sie hätten ein Auge auf die Lady geworfen", erwiderte er grinsend. „Sie ist nur etwa halb so alt wie Sie, falls Ihnen das entgangen ist."

Zum ersten und einzigen Mal, seit Landry ihn kannte, stieg dem Butler die Röte in die hageren Wangen.

„Das ist mir nicht entgangen", stellte Highbridge würdevoll fest. „Wenn ich mir die Bemerkung erlauben darf: Zwei Menschen können Freunde werden, ohne ..." Er stockte, schürzte die dünnen Lippen. „... ohne dass Sex dabei eine Rolle spielt."

Landry lachte kopfschüttelnd. „Aber Highbridge", gab er eher belustigt als verärgert zurück. „Ich glaube, Sie haben mich gerade beleidigt."

Damit wollte er keineswegs sagen, dass Sex zwischen ihm und Ria kein Thema war. Er wusste genau, dass es das durchaus war. Der Wahnsinnskuss war für ihn ein schlagender Beweis. Die bloße Erinnerung daran erregte ihn jedes Mal aufs Neue, wenn er sie nicht sofort verdrängte. Oder nicht verdrängen konnte, was ziemlich häufig vorkam.

Natürlich hatte er nicht vor, Highbridge davon zu erzählen. Oder jemand anderem. Manche Dinge waren privat.

Außerdem, sosehr ihn Ria auch reizte, missgönnte ein Teil von ihm ihr doch den hausgebackenen Kuchen. Highbridge war ein ausgezeichneter Koch, aber er buk viel zu selten.

Vielleicht sollte er anbieten, das Geschenk persönlich zu überbringen. Womöglich teilte sie dann mit ihm. Wobei es ebenso gut passieren konnte, dass sie ihm den Kuchen an den Kopf warf.

Bei diesen Gedanken kam so etwas wie Vorfreude in ihm auf.

Highbridge verschwendete keinen Blick mehr an Landry. Er verschwand in der Vorratskammer, wo er vermutlich nach einer Schachtel suchte. Nach etlichen Jahren treuer, wenn auch widerborstiger Dienste war er sehr berechenbar geworden.

„Ich bringe den Kuchen zu Ria“, verkündete Landry großzügig, als sein Butler – natürlich – mit einer Pappschachtel in der Hand wieder auftauchte. „Das macht mir nichts aus.“

Highbridge schnaubte nur. „Wenn Sie Mrs Manning einen Kuchen schenken wollen, Sir, müssen Sie ihn schon selbst backen.“

Damit zog er die Backhandschuhe wieder über, stellte den immer noch heißen Kuchen in die Schachtel, breitete ein sauberes Küchentuch darüber und ging zur Hintertür. Dort nahm er die Schlüssel seines uralten Bentley vom Haken an der Wand und stolzierte ohne ein weiteres Wort aus dem Haus.

„Mein Gott“, murmelte Landry in der leeren Küche. „Entschuldigung.“

Der vornehme, blitzblank polierte Wagen kam langsam Rias Einfahrt herunter. Sie lächelte, als sie ihn vom Fenster aus sah.

Highbridge.

Ria drehte sich um, um Wasser für Tee aufzusetzen. Losen Blatttee, wie ihr Freund ihn liebte. Die lautstarke Auseinandersetzung mit Meredith hatte an ihren Nerven gezerrt, und Quinns Weinkrampf nach der langen Duschorgie hatte nicht gerade zu ihrer Entspannung beigetragen.

Im Laufe des Telefonats hatte Meredith darauf bestanden, dass Quinn das Sommerferienlager besuchte. Es spiele überhaupt keine Rolle, ob ihr das gefalle oder nicht. Es gehe ums Prinzip, wütete sie. Solch empörenden Ungehorsam könne und wolle sie nicht hinnehmen.

Anfangs versuchte Ria, sie mit vernünftigen Argumenten zu überzeugen. Warum sollte Quinn nicht den Sommer hier bei ihr auf der Farm verbringen? Ria konnte ihre Hilfe gebrauchen, und sie war bereit, ihrer Nichte ein kleines Gehalt dafür zu bezahlen. Die Trennung würde Mutter und Tochter die Chance bieten, ihr Verhältnis wieder etwas nüchterner zu betrachten.

Aber Meredith ließ nichts davon gelten. Quinn hatte ihr nicht gehorcht, das war der Knackpunkt, und Meredith wollte ihr das nicht durchgehen lassen. Das Mädchen hatte zu tun, was ihr gesagt wurde, Ende der Diskussion.

Schließlich riss Ria der Geduldsfaden. Leise, aber deutlich sagte sie, Meredith sei stur und wolle nur ihren eigenen Kopf durchsetzen – wie immer. Ob sie denn gar nicht begreife, wie durcheinander Quinn gewesen sein musste, um einfach per Anhalter abzuhauen? Das Mädchen kannte die Gefahren des Trampens und war verzweifelt genug, sie in Kauf zu nehmen. Reichte das nicht als Beweis, dass sich etwas ändern musste?

Aber Meredith wollte nichts davon hören. Hitzig wies sie darauf hin, dass Ria ihre Nase nicht in Familienangelegenheiten stecken solle. Die gingen sie nämlich nichts an.

„Verdammt noch mal, Meredith, ich gehöre zur Familie!", rief Ria, während ein kompliziertes Gemenge alter Streitfragen wieder in ihr hochkochte. Zwar hatten sie nicht dieselbe Mutter, aber sie war trotzdem genauso die Tochter ihres Vaters wie ihre Halbschwester.

Wahrscheinlich würde sie Merediths eisige Antwort nie vergessen, geschweige denn verzeihen. „Hör auf zu träumen", hatte sie erwidert. „Deine Mutter war eine geldgierige Schlampe, eine Glücksjägerin, ein Niemand, den mein Vater in Las Vegas aufgesammelt hat – und wenn du nicht gewesen wärst, hätte er sie nie geheiratet!"

Damit knallte Meredith den Hörer auf die Gabel.

Wie angewurzelt stand Ria in der Küche, das Telefon noch in der Hand, zutiefst getroffen, wütend und schrecklich hilflos.

Ihre Mom Evie war tatsächlich ein Showgirl in Vegas gewesen – eines der besten zudem. Allerdings entsprach es nicht der Wahrheit, dass Evie Dayton die familienzerstörende Hure gewesen war, als die Meredith sie hinstellte. Evie hatte Rias Vater geliebt – aufrichtig und innig, und zwar ihr ganzes Leben lang, bis sie sechs Monate nach Franks Tod an einem Herzleiden gestorben war.

Seitdem trauerte Ria um ihre Mutter und ihren jungen Ehemann.

Ihre Augen brannten, und in ihren Schläfen hämmerte es, weil sie gegen Tränen der Wut und tief sitzenden Kummer kämpfte. Sie hatte ihre Mutter angebetet, sich auf sie verlassen und sich in so vielen Dingen gewünscht, so zu sein wie sie.

In diesen Gefühlsaufruhr war Quinn geplatzt, eingehüllt in Rias roten Chenille-Bademantel, die Haare nass vom Duschen, das Gesicht blass und die Augen riesig.

Und neben ihr Bones. Frisch gebadet und mit feuchtem Fell stand er klein und treu zu den Füßen des Mädchens.

Ria schüttelte stumm den Kopf, weil sie nicht wusste, was sie sagen sollte, und Quinn verschwand in das Büro, das ihr als Gästezimmer diente. Bones sauste hinterher.

Die Tür fiel krachend ins Schloss.

Es folgte das herzzerreißende Schluchzen eines jungen Mädchens in tiefer Verzweiflung.

Ria folgte ihrer Nichte zur Tür und wollte anklopfen und fragen, ob sie reinkommen dürfte, um zu reden. Aber sie zögerte zu lange, ließ schließlich die Hand sinken und ging.

Unnötig zu erwähnen, dass Highbridges unerwarteter Besuch eine willkommene Ablenkung von dem emotionalen Sturm war, der in ihr tobte. Er ließ sich Zeit beim Parken seines Bentleys, und als er schließlich an die Hintertür klopfte – wie immer, wenn er auf einen Tee und ein Plauderstündchen vorbeischaute –, hatte sie den schlimmsten inneren Aufruhr weitestgehend überwunden und sich abreagiert, indem sie auf und ab lief und schweigend Meredith beschimpfte.

„Kommen Sie rein", begrüßte ihn Ria, ein munteres, aber zittriges Lächeln auf den Lippen.

Highbridge musterte sie durch das Fliegengitter hindurch, öffnete mit einer Hand den Riegel und trat ein, eine große Schachtel im Arm. Was immer darin war, duftete absolut himmlisch.

„Mmmmmh", seufzte Ria. Nur mit Mühe beherrschte sie den Drang, dem Mann um den Hals zu fallen. „Sie haben wieder gebacken."

Er schenkte ihr ein berührend schüchternes Lächeln. Geboren in einem der ausgebombten Stadtteile von London kurz nach dem Zweiten Weltkrieg, war er in Zeiten ständiger Lebensmittel- und Brennstoffknappheit aufgewachsen, zusammen mit etlichen Brüdern und Schwestern, während ihre verwitwete Mutter sich abgemüht hatte, die Familie durchzubringen. Obwohl Highbridge nie erwähnt hatte, dass er in seiner Kindheit gehungert hatte, wusste Ria, dass die Entbehrungen seiner Generation weit über das Wenige hinausgingen, was er erzählt hatte.

Dass er ihr überhaupt etwas erzählt hatte, zeigte, wie sehr er Ria schätzte, und sie fühlte sich durch sein Vertrauen geehrt.

„Kirsch-Rhabarber-Kuchen", verkündete Highbridge und hielt die Schachtel ein wenig hoch. „Ihr Lieblingskuchen."

Der Teekessel auf dem Herd begann zu pfeifen. Ria schaltete die Platte aus, füllte ihre Porzellanteekanne mit heißem Wasser aus dem Wasserhahn und wärmte die Kanne so ein paar Augenblicke vor.

In den wenigen Momenten, in denen sie beschäftigt war, hielt sie das Gesicht abgewandt, damit Highbridge nicht sah, wie gerührt sie war. Obwohl ihr Freund seit Jahren gut lebte, prägte es die Menschen, wenn sie eine Zeit lang kaum das Nötigste gehabt hatten. Der Butler des Cowboys machte da keine Ausnahme. Dass ihr ausgerechnet dieser Mann etwas zu essen schenkte, war eine ganz besondere Geste.

„Gibt es einen besonderen Anlass?", fragte Ria, als sie sich endlich umdrehte und gegen die Theke lehnte. „Ich habe nicht Geburtstag ..."

Highbridge musterte sie aus freundlichen, klugen Augen. „Ich habe mir Sorgen um Sie gemacht", gab er zu, sah sich kurz um und wirkte ein wenig verlegen. „Wenn ich allerdings bei irgendetwas störe, bin ich gleich wieder weg. Ich hätte anrufen sollen, bevor ich losgefahren bin …"

„Unsinn", fiel Ria ihm ins Wort und winkte ab. „Sie stören nicht, und Sie sind jederzeit willkommen, wenn Ihnen danach ist, vorbeizuschauen." Warme Herzlichkeit für ihren Freund erfüllte sie, als sie sah, wie verlegen er dastand, die Kuchenschachtel immer noch in der Hand. „Setzen Sie sich doch bitte. Fühlen Sie sich wie zu Hause."

„Ich kann mich nicht setzen, solange Sie stehen", gab Highbridge förmlich zurück. „Ich bin schließlich ein Gentleman, und ein Gentleman setzt sich nicht, solange die Lady noch steht."

Lachend schüttelte Ria den Kopf. „Na schön. Dann beeile ich mich."

Sie goss den Tee auf, holte Teller, Gabeln und ein Messer, um den Kuchen aufzuschneiden, trug alles zum Tisch. Zuletzt holte sie noch ein paar Leinenservietten aus dem Schrank.

Dann setzten sie sich.

Immer noch gerührt sah Ria zu, wie Highbridge den köstlich anzusehenden Kuchen mit seiner goldbraunen Decke und der hochquellenden Füllung aufschnitt. „Also", sagte sie schließlich, nachdem sie tief Luft geholt hatte. „Sie sagten, Sie machen sich Sorgen um mich. Warum?"

„Nun, da gab es diesen Zwischenfall mit den entlaufenen Büffeln", erinnerte Highbridge sie nach vorsichtigem Räuspern. Er hob das erste Stück Kuchen auf einen der Teller und reichte ihn Ria über den Tisch.

„Wie Sie sehen, habe ich die Heimsuchung ganz gut überstanden. Ohne jeden Kratzer."

Highbridge lachte diskret. Man konnte sich einfach nicht vorstellen, dass dieser Mann vor Belustigung aus vollem Halse lachte, sich dabei die Seiten hielt und hinterher völlig außer Atem nach Luft rang.

„Ich bitte um Vergebung für das unmögliche Benehmen meines Arbeitgebers“, sagte er und nahm sich selbst ein Stück von dem Kuchen. Dann räusperte er sich erneut, die Kuchengabel bereits erhoben. „Mr Sutton sagt, er habe sich entschuldigt und …“

Highbridge verstummte. Jetzt sah er richtig verlegen aus.

„Und?“, hakte Ria sehr sanft nach, damit er weitersprach.

„Stimmt es, dass Sie zugesagt haben, ihn in ein Etablissement namens Boot Scoot Tavern zu begleiten?“ Highbridge ließ die Frage so bedeutungsschwer klingen, dass Ria beinah mit vollem Mund losgeprustet hätte. Das Ergebnis wäre natürlich katastrophal gewesen, zumindest in Bezug auf gute Tischmanieren.

Also kaute sie sorgfältig, schluckte und nahm einen Schluck von ihrem Tee. Bevor sie jedoch antworten konnte, tauchte Quinn auf, natürlich gefolgt von ihrem treuen Begleiter Bones.

„Wer hat dich wohin eingeladen?“, fragte das Mädchen. Ihre Augen waren noch vom Weinen und Schlafmangel gerötet, aber sie trug eine saubere Jeans und ein rotes Top. Die inzwischen trockenen Haare hatte sie sorgfältig gebürstet und zu einem Pferdeschwanz zusammengebunden, der sie viel jünger wirken ließ als siebzehn.

Highbridge schob seinen Stuhl zurück und stand auf, bevor Ria antworten konnte. Genauer gesagt, bevor ihr überhaupt eine angemessene Erwiderung einfiel.

„Highbridge“, stellte sich der Butler vor und streckte dem Mädchen eine Hand entgegen.

Quinn lächelte ihn strahlend an, ging zu ihm und ergriff selbstbewusst die dargebotene Hand. „Quinn Whittingford“, erwiderte sie und warf einen Blick auf den Tisch. „Obstkuchen?“

„Möchtest du ein Stück?“, fragte Ria leichthin, froh, dass Quinn sich seit dem Telefonat mit Meredith offenbar ein wenig gefangen hatte.

„Klar doch“, antwortete Quinn, holte sich einen Teller aus dem Schrank, fischte eine saubere Kuchengabel aus der Spülmaschine und kam zurück an den Tisch, um sich zu setzen.

Erst jetzt setzte auch Highbridge sich wieder auf seinen Stuhl.

„Beeindruckend", meinte Quinn. Ob sich die Bemerkung auf den Obstkuchen oder auf Highbridge und seine erlesenen Manieren bezog, blieb allerdings unklar.

„Quinn ist meine Nichte", erklärte Ria, während sich das Mädchen hungrig über das große Stück Kuchen auf ihrem Teller hermachte. Offenbar hatte das Mittagessen vom Fast-Food-Restaurant nicht lange vorgehalten.

„Das erklärt die Ähnlichkeit", bemerkte Highbridge, der Quinn mit freundlicher Belustigung beobachtete.

Ria, die keine Ähnlichkeit entdecken konnte, enthielt sich jeden Kommentars.

Ihre Nichte steckte Bones ein kleines Stück von der Kruste zu, und dieser verschlang es hastig.

„Das ist ganz große Klasse", stellte Quinn fest. „Der Kuchen, meine ich." Direkt darauf wandte sie sich Ria zu. „Zurück zu meiner Frage von vorhin. Irgendwer hat dich eingeladen. Wer, und wohin geht ihr?"

Highbridge lachte erneut und äußerst vornehm und nahm einen Schluck von seinem Tee.

„Und wenn ich jetzt sage, das geht dich nichts an, junge Dame?", fragte Ria und funkelte ihre Nichte gespielt ungehalten an.

Da strahlte Quinn und stach wieder mit der Gabel in die üppige Füllung des Obstkuchens. „Ich komme ja doch dahinter", gab sie fröhlich zurück. Sie schluckte ihren Bissen und nahm Ria über den Tisch hinweg ins Visier, als untersuchte sie den Schauplatz eines Verbrechens nach Hinweisen. „Du hast jemanden kennengelernt", bohrte sie weiter. „Wen? Wie ist er so?"

Ria öffnete den Mund – und schloss ihn wieder.

Im Grunde hatte sie eine Herausforderung angenommen, als sie Landry Suttons Einladung für Samstagabend akzeptierte – eine echte Verabredung oder so was war das nicht. Aber wie sollte sie das einer neugierigen Siebzehnjährigen mit ausgeprägt romantischer Ader erklären?

„Er ist … ein Nachbar“, antwortete Ria schließlich nach einem kurzen Blickwechsel mit Highbridge.

„Ein heißer Typ?“, wollte Quinn wissen.

Highbridge verschluckte sich an seinem Tee, erholte sich aber bemerkenswert schnell. „Heiß?“, fragte er.

„Ein Adonis“, übersetzte Quinn freundlich.

Das stürzte den Butler offensichtlich in Verwirrung.

Und Ria, die sich angestrengt bemühte, locker zu bleiben, überfiel eine plötzliche Welle des Verlangens. Einen Moment lang, vielleicht auch länger, war ihr, als hätte Landry sie gerade erst geküsst. Das Raum-Zeit-Kontinuum schien in sich zusammenzubrechen und sich mit einem heftigen Ruck neu zu arrangieren.

Ist Landry Sutton ein heißer Typ? Ein Adonis? Haben Baumstachler Stacheln? Klettern Eichhörnchen auf Bäume?

„Darüber habe ich noch gar nicht nachgedacht“, log Ria.

„Ich bitte dich“, gab Quinn grinsend zurück.

Hilfe suchend sah Ria Highbridge an, aber offensichtlich war er nicht im Edler-Ritter-Modus – oder es hatte ihm schlicht die Sprache verschlagen.

„Noch ein Stück Kuchen?“, fragte er schließlich nach etlichen Sekunden gespannten Schweigens.

Neben Quinns Stuhl erhob Bones sich auf die Hinterbeine und stützte seine Vorderpfoten auf ihren Oberschenkel.

Sie lachte und gab ihm noch ein Stückchen Kuchenkruste.

„Nein, danke, ich habe genug“, antwortete sie ein wenig verspätet auf Highbridges Frage. Sie lächelte, schob ihren Stuhl zurück, stand auf, den leeren Teller und die Gabel in der Hand, und stellte ihre Sachen in die Spüle. „Dürfen Bones und ich nach draußen gehen und uns ein bisschen umschauen?“

Ria nickte zerstreut. „Natürlich.“

Nachdem die Hintertür hinter dem Mädchen und dem Hund zugefallen war, räusperte Highbridge sich noch einmal und sagte mit kaum spürbarer Zurückhaltung: „Nettes Kind.“

„Ja, wirklich“, stimmte Ria ihm zu.

„Sie hatten sie nicht erwartet", erriet Highbridge.

„Nein", gab Ria zu, „aber ich würde mich freuen, wenn sie bleiben könnte. Wenigstens über den Sommer."

„Das geht nicht?"

„Ihre Mutter ist dagegen."

„Oh." Mehr sagte Highbridge dazu nicht, denn er mischte sich grundsätzlich nicht in private Angelegenheiten anderer ein.

Familienangelegenheiten, schoss es Ria durch den Kopf, und sofort musste sie wieder an die Auseinandersetzung mit Meredith denken. Ihre Schultern verspannten sich erneut.

„Ich habe Sie lange genug aufgehalten", erklärte Highbridge ein paar Augenblicke später, als klar war, dass es nicht mehr viel zu sagen gab. Er stand auf und machte Anstalten, den Rest Obstkuchen, Teller und Besteck zusammenzuräumen. „Dann mache ich mich mal wieder auf den Heimweg."

„Lassen Sie mich das tun", wehrte Ria ab und übernahm das Abräumen. „Müssen Sie wirklich schon wieder gehen?"

„Nachbarliche Besuche sind wie Obstkuchen", entgegnete er weise. „Man serviert sie am besten in kleinen Portionen." In seinen Augen blitzte es leicht.

Ria lächelte, kramte zwischen den vielen schlichten Glasvasen herum, die in einem der Küchenschränke standen, fand eine passende, füllte sie mit Wasser und ging voran zur Hintertür. Dort wartete sie, während Highbridge den Kuchen sorgfältig in ihrem Kühlschrank verstaute.

„Erlauben Sie mir wenigstens, dass ich Ihnen zum Dank ein paar Blumen mitgebe", bat sie ihren Freund.

Highbridge nickte. Er freute sich, auch wenn er sich kaum etwas anmerken ließ, und gemeinsam gingen sie zu den Feldern. Ria benutzte eine kleine Gartenschere, die sie in ihrer Hemdtasche mit sich trug, um einen großzügigen Strauß Zinnien, Gerbera und Nelken zu schneiden.

Diese Schönheit nur in Händen zu halten, machte sie glücklich und überzeugte sie davon, dass das Leben eine gute Sache war und jemand über allem wachte, auch wenn manchmal ein sinnloses Durcheinander zu herrschen schien.

Sie steckte den dicken Strauß in die Vase und reichte sie Highbridge.

„Sie sind so ein wunderbarer Freund", sagte sie leise.

Highbridge nahm die Vase mit den farbenfrohen Blumen entgegen, bewunderte das Arrangement ein Weilchen und sah Ria dann wieder an. „Danke", sagte er gemessen, drehte sich um und ging.

Ihr Blick folgte ihm, bis er hinter dem Steuer seines alten Wagens saß. Die ganze Szene vermittelte ihr kurz die Illusion, durch einen Riss in der Alltagsstruktur der Welt gerutscht und in einem Reich von Eleganz, Tee und Blumen gelandet zu sein, das es bedauerlicherweise schon lange nicht mehr gab.

Highbridge drückte kurz auf die Hupe, wendete den Wagen in einem eleganten Schwung und fuhr in Richtung Straße davon.

„Ich glaube, der alte Herr ist ein bisschen in dich verliebt", meinte Quinn und schreckte Ria damit hoch, die das Mädchen nicht hatte kommen hören. Bones jagte nur eine Blumenreihe weiter einen Schmetterling. Das durfte er, weil er sowieso keine Chance hatte, ihn zu fangen.

Quinn stieß ihr sanft den Ellenbogen in die Seite. „Erzähl mir von dem Nachbarn", drängte sie. „Dem Typen, der mit dir ausgeht, meine ich."

„Er heißt Landry Sutton. Und er geht nicht mit mir aus. Wir versuchen einfach nur, Freunde zu sein. Das ist alles."

„Und, wie läuft das?", fragte Quinn und beugte sich vor, um eine rote Zinnie zu bewundern.

„Ich bin mir nicht sicher", gab Ria ehrlich zu. Beinahe traurig – Highbridge und sein Bentley waren längst nicht mehr zu sehen – hielt sie den Blick auf die Staubwolken gerichtet, die der Wagen aufgewirbelt hatte.

Als Quinn weitersprach, klang sie unglaublich sanft und bemerkenswert weise. „Es ist Zeit", sagte sie leise. „Ich weiß, dass du Onkel Frank geliebt hast. Ich verstehe, wie sehr du ihn vermissen musst, obwohl ich erst siebzehn bin. Aber er ist nicht mehr, Ria, und du bist noch jung. Du brauchst einen Mann, Kinder, eine Familie."

Rias Augen brannten, obwohl sie trocken blieben. Mann – Kinder – Familie. Die Schlagwörter ihrer Seele. Die Dinge, die sie sich über alles in der Welt wünschte. Schon immer gewünscht hatte. War es falsch, sich nach so einer Liebe zu sehnen? Einer so hoffnungslos altmodischen, politisch inkorrekten Liebe?

„Niemand hat alles, Quinn", erwiderte sie sehr leise. Sie hatte Frank so geliebt, von ganzem Herzen, mit ganzer Seele, und sie hatte ihn verloren. Er war bei der Arbeit gestorben, die er aus tiefster Überzeugung leistete. Frank hatte dafür gelebt, die zerstörerische Macht der Flammen zu besiegen, Menschen und Tiere vor dem Tod zu retten, und war dabei selbst ums Leben gekommen.

„Du hast es verdient, glücklich zu sein, Tante Ria", beharrte Quinn, und dann brach sie in Tränen aus. Schon immer war sie mitfühlender und sensibler gewesen, als ihr guttat. „Du hast diese tolle Farm – ich sehe, dass du das Leben liebst, das du hier führst. Aber es reicht dir nicht, richtig?"

Niedergeschlagen schüttelte Ria den Kopf. Quinn hatte recht. Obwohl es mehr gab, wofür sie dankbar sein konnte, als sie hätte aufzählen können, reichte ihr das nicht. Zwar würde sie ihre Erdenzeit nicht als verschwendete Zeit betrachten, wenn sie nie das glückliche Zuhause und die gesunde Familie bekommen sollte, nach der sie sich sehnte, aber sie wusste, dass sie diese Lücke zutiefst bedauern würde, wenn das Ende kam.

Lächelnd, die Tränen mit beiden Händen fortgewischt, umarmte Quinn ihre Tante.

„Versuch es", drängte das Mädchen flüsternd. „*Riskiere etwas.*"

Schließlich hatte Ria sich wieder so weit gefangen, dass sie schniefte – *habe ich etwa geweint, ohne es zu merken?* –, den Rücken streckte und die Schultern straffte. „Wir werden sehen", sagte sie. „Jetzt fahren wir erst einmal in die Stadt und kaufen ein bisschen ein."

Einen Moment wirkte Quinn leicht besorgt. Sie sah aus, als wollte sie ihre Tante möglicherweise daran erinnern, dass sie nur wenig oder gar kein Geld hatte, aber dann seufzte sie nur lautlos, aber erkennbar. „Okay."

Genauso wie Highbridges Besuch und sein Obstkuchen trug auch ihr kleiner Ausflug dazu bei, Rias und Quinns Stimmung zu heben. Wenigstens eine Weile konnten sie mit offenen Fenstern über Landstraßen fahren, während der CD-Player lautstark Oldies spielte.

Bones schien zufrieden damit, zu Hause zu bleiben. Er hatte sich auf einer zusammengefalteten Decke in einer Küchenecke zusammengerollt. Eine volle Schüssel mit frischem Wasser stand in der Nähe.

In dem riesigen Discounter am Highway besorgten Ria und Quinn Hundefutter und ein Körbchen, ein Halsband, eine Leine, ein paar Leckerlis und Spielzeug für Bones. Weil der Einkaufswagen damit bereits gut gefüllt war, holte Quinn einen zweiten.

Das Mädchen schien Spaß daran zu haben, sich Jeans und Tops, Sneakers und Arbeitsstiefel, Socken und Unterwäsche auszusuchen. Zum Teil, so vermutete Ria, lag das wohl daran, dass ihre Mutter von den „billigen" Kleidungsstücken nicht begeistert wäre. Obwohl sie mit ihrer Zeit und Zuneigung knauserte, jedenfalls in Bezug auf ihre Tochter, pflegte Meredith gewisse Standards. Sie erzählte jedem, dass sie keine Firmen unterstützte, die ihre Produkte billig von Lohnsklaven in der Dritten Welt anfertigen ließen.

Oh, nein. Meredith kaufte Quinns Sachen samt und sonders in gehobenen Kaufhäusern, wo sie sich von geschultem Personal bedienen ließ. Allerdings hätte ihre Ablehnung von Lohnsklaverei in der Dritten Welt überzeugender gewirkt, wenn sie konsequenter gehandelt hätte. Die maßgeschneiderten Hosenanzüge und Kostüme, die Meredith selbst zu tragen pflegte, nähten nämlich frisch eingewanderte, abgehetzte hispanische, russische oder asiatische Frauen, die in einer dicht gedrängten Ladenzeile in Portland arbeiteten, wo Fenster und Türen vergittert waren und selbst die Polizei sich nach Einbruch der Dunkelheit nur ungern blicken ließ.

„Das macht Spaß", gestand Quinn, als sie jede Menge Einkaufstüten im Kofferraum von Rias Auto verstauten. Aber die gute Stimmung hielt nicht lange vor. Als sie sich auf den Beifahrersitz setzte, sackten ihre Schultern nach unten. „Zu dumm, dass Meredith wahrscheinlich alles kaputt machen wird."

Da sie insgeheim dasselbe befürchtete – etwas kaputt machen konnte Meredith ganz besonders gut –, sagte Ria nichts dazu. Sie schnallte sich an, setzte ihre Sonnenbrille auf und drehte den Schlüssel im Zündschloss um.

Doch Quinn redete weiter. „Wenn sie mir erlauben würde, bei dir zu bleiben, könnte ich für dich arbeiten. Auf der Farm, meine ich. Dir diese Kleidungsstücke und die Sachen, die du für Bones gekauft hast, zurückzahlen …"

Ria blinzelte heftig, weil ihr die Tränen kamen. Ihre Kehle war wie zugeschnürt. Sie brachte kein Wort heraus.

Eine Weile schwieg Quinn. Dann fragte sie schließlich leise: „Tante Ria?"

„Ja?", presste Ria mühsam hervor, den Blick fest auf die Straße gerichtet. Sie war nicht sicher, ob die Sonnenbrille verbarg, was in ihr vorging.

„Wenn ich nach Portland zurück muss", fuhr Quinn leise flüsternd fort, „wenn sie mich ins Ferienlager steckt – behältst du Bones dann für mich? Er wäre bei dir in Sicherheit, und ich glaube, es würde ihm gefallen, auf der Farm zu leben."

Das gab Ria den Rest. Der Damm brach.

Sie lenkte den Wagen an den Straßenrand, schaltete die Warnblinkanlage ein und ließ die Stirn auf das Lenkrad sinken. Ihre Schultern bebten, während sie heftig, aber lautlos schluchzte.

6. KAPITEL

Wenn Ria eine Liste all der Leute angefertigt hätte, von denen sie nicht so – mit Nervenzusammenbruch am Straßenrand in ihrem alten staubigen Kleinwagen sitzend, während ihre Nichte hilflos danebensaß – gesehen werden wollte, dann wäre diese Liste ziemlich lang geworden. Und Landry Sutton hätte ganz oben gestanden.

Also tauchten er und sein großer Wagen naturgemäß binnen weniger Augenblicke auf wie herbeigezaubert. Groß, stark und sehr präsent schien er mehr Platz einzunehmen, als ihm zustand, während er ausstieg, zu ihnen kam und besorgt durch das Fahrerfenster in den Innenraum des Wagens spähte.

Seine Lippen formten die Worte: *Alles in Ordnung mit dir?*

Zwar ließ Rias Weinkrampf allmählich nach, aber alles in Ordnung? Nein, ganz und gar nicht. Sie öffnete das Autofenster, weil sie wusste, dass Landry die Tür öffnen würde, wenn sie es nicht tat. Er war ganz offensichtlich nicht geneigt zu gehen, solange er nicht wusste, was los war.

Während sie versuchte, Atem zu schöpfen und wenigstens ein bisschen Haltung anzunehmen, beugte Quinn sich in ihrem Sitz vor, lugte an Ria vorbei und musterte Landry. „Ist er das?", fragte sie atemlos.

Ria konnte nur hoffen, dass Landry die Frage nicht gehört hatte. Sonst wüsste er, dass sie erst kürzlich über ihn gesprochen hatten, und zog daraus womöglich – nein, ganz sicher! – die falschen Schlüsse.

„Probleme mit dem Wagen?", fragte Landry. Aus dem Augenwinkel sah Ria, wie er sich aufrichtete. Ihr war bewusst, dass er sie immer noch argwöhnisch musterte, denn sie spürte seinen Blick in sämtlichen Nervenenden ihrer Haut.

Stumm schüttelte Ria den Kopf, zwang sich, ihm in die kornblumenblauen Augen zu sehen, die sich langsam verdunkelten, während er sie beobachtete und auf ihre Antwort wartete. „Nein", sagte sie verlegen und zugleich erleichtert, ihr Gleichgewicht so weit wiedergefunden zu haben, dass sie sprechen konnte. „Wir sind nur …"

Sie verstummte, angeschlagen, verwirrt und voller Angst. Nicht etwa Angst vor Landry, sondern vor sich selbst. In ihrem ganzen praktischen, vernunftbestimmten Leben war sie noch nie so zusammengebrochen wie jetzt.

Sicher, sie hatte um Frank getrauert – eine tiefe, sehr lang anhaltende, die Seele zermürbende Trauer. Und doch hatte sie sich immer zusammengerissen, zumindest wenn sie unter Menschen war.

Für Ria war Trauer etwas Privates, Schweigendes, Unterirdisches, eine dunkle Nacht der Seele, die man allein durchstehen musste.

„Nur was?", hakte Landry nach.

Glücklicherweise kam Quinn ihr zu Hilfe. „Ich glaube, ich habe Tante Ria so durcheinandergebracht", erklärte sie fröhlich-sachlich und beugte sich vor, um Blickkontakt zu Landry herzustellen. „Weil ich sie gefragt habe, ob sie sich um meinen Hund kümmert. Wenn ich zurück nach Oregon muss, meine ich. Ich bin sicher, es geht ihr bald wieder gut."

Wieder ließ Ria die Stirn auf das Lenkrad sinken und schloss die Augen. Diesmal jedoch, weil ihr das Ganze zutiefst peinlich war.

„Okay", meinte Landry ein wenig heiser. Überzeugt klang er nicht.

„Ich fahre uns nach Hause", verkündete Quinn, öffnete die Beifahrertür und stieg aus. „Ich habe meinen Führerschein dabei."

„Das ist vermutlich eine gute Idee", stimmte Landry zu, rührte sich aber nicht von der Stelle. Das wusste Ria, ohne hinzusehen. Sie hätte es gespürt, wenn er gegangen wäre.

Da sie in ihrer jetzigen Verfassung wirklich besser nicht fahren sollte, stieg Ria aus und überließ Quinn ihren Platz hinter dem Lenkrad. Und dann stand sie einfach da, in der Hoffnung, dass ihre Knie sie tragen würden. Ganz sicher war sie sich nicht, ob sie um den Wagen herumgehen konnte, denn ihre Beine fühlten sich an wie Wackelpudding.

„Ria und ich fahren dir in meinem Auto hinterher“, sagte Landry. Sein Entschluss stand offenbar fest.

Ria spürte leichte Verärgerung in sich aufsteigen und wertete das als gutes Zeichen.

Quinn richtete einen fragenden Blick auf Ria.

Die nickte zum Zeichen, dass es ihr recht war, in Landrys Wagen mitgenommen zu werden. „Du kennst den Weg zurück zur Farm, oder?“, fragte sie ihre Nichte.

Grinsend verdrehte Quinn die Augen. „Natürlich. Ich habe einen guten Orientierungssinn.“

„Dann bis gleich“, meinte Landry zu ihr, hob Ria ohne Vorwarnung hoch, trug sie zu seinem Pick-up, setzte sie hinein, blieb einen langen Augenblick stehen und musterte sie sehr nachdenklich.

„Mir geht es gut“, sagte Ria. „Ehrlich.“

„Du siehst aber nicht so aus“, gab Landry knapp zurück. „Schnall dich an.“

Damit schlug er die Tür zu, umrundete den Wagen und stieg auf der Fahrerseite ein.

Ria wehrte sich gegen den Impuls, nach dem Rückspiegel zu greifen, ihn zu drehen und ihr Aussehen zu überprüfen. Wie sah sie aus? Durchgeknallt? Sterbenselend?

Sie war weder das eine noch das andere, und sie wollte sicherstellen, dass Landry Sutton das wusste. Wusste, dass sie keine schwache Frau war, die zu Nervenzusammenbrüchen neigte. Ganz und gar nicht.

„Wer ist die Kleine?“, fragte Landry, als Quinn vom Straßenrand anfuhr.

Aus irgendeinem Grund ärgerte die Frage Ria.

„Die Kleine“, gab sie steif zurück, den Blick fest auf den Wagen vor ihnen gerichtet – ihren Wagen, der alles andere als ausgefallen und schick war, „ist meine Nichte Quinn Whittingford.“

Landry seufzte hörbar, erwiderte aber nichts.

Zu ihrem großen Erstaunen redete Ria weiter, obwohl es klüger gewesen wäre zu schweigen. Sie hatte sich bereits zum Narren gemacht, und mit Reden riskierte sie nur, dass sie es noch einmal tat.

Trotzdem sprudelten die Worte nur so aus ihr heraus. „Quinn ist siebzehn. Sie ist von zu Hause weggelaufen, und auf ihrem Weg hierher – nach Three Trees, meine ich – hat sie auf einem Rastplatz einen ausgesetzten kleinen Hund aufgelesen. Wenn ihre Mutter sie zwingt, wieder nach Hause zu kommen, was mit neunundneunzig prozentiger Sicherheit passieren wird, landet Bones keine fünf Minuten später in einem Tierheim." Sie wollte den Mund halten, musste aber feststellen, dass sie es nicht konnte. Irgendwie war es befreiend, all diese Dinge Landry anzuvertrauen, obwohl ihr völlig unklar war, warum. Schließlich konnten sie einander eigentlich nicht einmal ausstehen.

Was sie noch mehr verwirrte, war ihr Körper, der schamlos erregt reagiert hatte, als er sie in seinen starken Armen trug, und den immer noch seltsame Empfindungen durchtosten.

„Jedenfalls ...", fuhr sie hastig fort. Ihr war nur zu bewusst, dass sie das dringende Bedürfnis hatte, von diesen Armen gehalten zu werden – nur gehalten, bis sie wieder zu sich selbst gefunden hatte –, und sie war wild entschlossen, diesem Bedürfnis auf keinen Fall nachzugeben. „Jedenfalls hat Quinn mich gefragt, ob ich mich um Bones kümmere, wenn sie fort muss. Das hatte ich ohnehin vor, aber aus irgendeinem Grund ... Aus irgendeinem Grund ..."

Hier wusste sie nicht mehr weiter. Sie schluckte deutlich hörbar.

„Aus irgendeinem Grund", ergänzte Landry leise und sanft, „hast du dein Visier fallen lassen, und die Schleusentore haben sich geöffnet. So was kommt vor, Ria. Wahrscheinlich hat es dir gutgetan."

Verstohlen warf sie ihm einen Blick zu, bewunderte sein Profil, die Haare, die vom Fahrtwind zerzaust wurden, die kräftigen

Hände auf dem Lenkrad, die beinah griechische Vollkommenheit seiner Gesichtszüge.

„Du hältst mich nicht für verrückt?“, fragte sie, ohne es zu wollen. Es war ein Reflex, der die Fassade aus unbeugsamem Pragmatismus und eisernem Unabhängigkeitswillen durchbrach, hinter der sie sich normalerweise versteckte.

Ein kurzer Blick in ihre Richtung, und sie sah das Lächeln in seinen Augen. Sah, wie sich seine Mundwinkel kaum merklich verzogen.

Ihre innere Stimme warnte sie: Denk nicht über seinen Mund nach! Gedanken über den Mund dieses Mannes – und andere Teile seines Körpers – hatten ihr schon letzte Nacht den Schlaf geraubt, und sie legte keinen Wert auf eine Wiederholung dieser Erfahrung.

Als Landry schließlich antwortete, klang er ernst und so sicher, wie ein Mensch nur sein konnte. *Wie das wohl ist, wenn man sich immer so verdammt sicher ist?*

„Ich glaube, dass du eine Frau aus Fleisch und Blut bist und dich viel zu oft zu sehr bemühst, stark zu sein. Und gerade jetzt könnte ich mir nichts Schöneres vorstellen, als irgendwo an einem dunklen, kühlen und ruhigen Ort mit dir zu liegen und dich in den Armen zu halten.“

Ein Feuer durchlief Rias Körper, brannte in ihren Adern, versengte ihre Haut, löste einen seltsam süßen Schmerz tief in ihrem Becken aus. Ihre Reaktionen waren so urgewaltig, so primitiv, dass ihr Verstand sich zunächst weigerte, die Tatsache zu erfassen, dass sie nur wenige Augenblicke zuvor dasselbe gedacht hatte. Erst sehr viel später wurde ihr das bewusst, und sie fragte sich nicht zum ersten Mal, ob Landry ihre Gedanken lesen konnte.

Vor ihnen setzte Quinn den Blinker, um auf Rias gewundene Einfahrt abzubiegen.

Landry blinkte ebenfalls, schaute kurz zu Ria hinüber, lachte leise und schüttelte leicht den Kopf. „Keine schlagfertige Retourkutsche?“, fragte er neckend in leicht heiserem, intimem

Tonfall, als lägen sie bereits an dem dunklen, kühlen und ruhigen Ort, den er erwähnt hatte. Sie konnte beinahe spüren, wie er sie streichelte, wie seine Lippen ihren Körper erforschten, während er sie langsam von ihren Sachen und ihren Hemmungen befreite. „Du siehst mich überrascht. Vielleicht sogar ein bisschen enttäuscht."

Sie sagte nichts, weil sie all ihre Konzentration brauchte, um das verbale und emotionale Minenfeld vor ihr heil zu überqueren.

Quinn parkte Rias Wagen neben dem Haus, während Landry sein Auto vor dem Haus zum Stehen brachte.

Immerhin hatte Ria sich so weit gefangen, dass sie den Sicherheitsgurt lösen und die Beifahrertür öffnen konnte. „Danke fürs Herfahren", sagte sie knapp. Dann sprang sie zu Boden, das Gesicht sorgfältig abgewandt. Es war nicht ganz einfach, die Tür wieder zu schließen, ohne sich noch einmal umzudrehen, aber sie schaffte es.

Irgendetwas an seinem Lachen verriet ihr, dass er es wusste: Er hatte wieder einen Nerv getroffen. Genau wie bei dem unverschämten Kuss am Tag zuvor. Und wieder hatte sich der Punktestand verändert – natürlich zu seinen Gunsten.

„Bis Samstagabend", rief er ihr lässig zu.

Dann fuhr er davon und ließ eine komplett aufgewühlte und über sich selbst verärgerte Ria zurück. Da erlitt sie einen emotionalen Kurzschluss oder so was Ähnliches, und prompt war Landry aufgetaucht, bevor sie sich wieder gefasst hatte. Er hatte sie zu seinem Pick-up getragen, verdammt noch mal, und sie hatte das zugelassen. Ausgerechnet sie führte sich auf wie eine verträumte, mit den Wimpern klimpernde Stummfilmheldin! Und dann hockte sie in seinem Wagen wie ein Dorftrottel und ließ etwas über sich ergehen, was nur als eine Art Vorspiel bezeichnet werden konnte. Ach was, *genossen* hatte sie es.

„Das war er doch, nicht wahr?", fragte Quinn neugierig, nachdem sie Ria über den Hof entgegengelaufen war. „Der Typ, mit dem du ausgehst?"

„Ja“, gab sie erschöpft zu. Sie brachte weder den Willen noch die Kraft auf, um Ausflüchte zu suchen.

Quinns Züge wurden weich, und sie legte einen Arm um Rias Taille, während sie zum Vordereingang gingen. Im Haus verkündete Bones aufgeregt bellend, wie sehr er sich über ihre Rückkehr freute. „Er ist ein ungeheuer heißer Typ“, schwärmte Quinn. „Ich meine, wow, also wirklich …“

Trotz ihrer Nervosität musste Ria lachen. „Er hat einen Namen: Landry Sutton. Und ja, er sieht gut aus. Aber ich glaube – na ja – er ist eine Nummer zu groß für mich.“ Quinns Augen war anzusehen, dass sie gleich widersprechen würde. Also sprach Ria schnell weiter, während sie die Haustür aufschloss. „Er ist weltgewandter als ich, das ist alles. Erfahrener und …“ Sie seufzte, als Bones sich überglücklich auf sie beide stürzte. „Ich rede Unsinn, nicht wahr?“

Ihre Nichte bückte sich, nahm den kleinen Hund auf den Arm und drückte die Nase in seinen pelzigen Nacken. Das Tier wand sich begeistert in ihren Armen. „Ja, das tust du. Es ist schließlich nicht so, dass du nicht selbst weltgewandt wärst. Erfahren bist du auch. Und siehst gut aus. Wirf demnächst mal einen Blick in einen Spiegel, hörst du? Du siehst einfach toll aus.“

„Und du bist voreingenommen“, erwiderte Ria.

„Du hast gesagt, er wäre eine Nummer zu groß für dich. Und das stimmt einfach nicht.“

Sie landeten automatisch in der Küche, dem Zentrum jedes Hauses auf dem Land. Ria setzte sich in ihren Schaukelstuhl aus Weidengeflecht, der in der Nähe eines großen Fensters stand, streifte sich die Schuhe ab und ließ den Blick über die Blumenfelder schweifen. Wie immer entspannte sie sich beim Anblick der scheinbar endlosen Reihen bunter Blüten.

Quinn wartete. Sie hielt Bones immer noch auf dem einen Arm, den anderen hatte sie in die Hüfte gestemmt. Ihr Gesichtsausdruck ließ keine Zweifel aufkommen: Sie würde das Thema nicht ruhen lassen, solange Ria ihr keine zufriedenstellende Antwort gegeben hatte.

„Ja, du hast recht", gab Ria nach, ein wenig verwirrt von der seltsamen Mischung aus Stärkung und totaler Erschöpfung, die sie empfand. „Ich nehme das zurück. Er ist mir keine Nummer zu groß."

Es stimmte, dass sie sich Landry nicht unterlegen fühlte. Ria mochte und achtete sich selbst. Sie war stolz auf den selbst gewählten Lebensweg und darauf, wie sie die vielen Hindernisse genommen hatte, die sich ihr in den Weg gestellt hatten.

Landry wusste, wie er ihren Panzer überwinden und sie mit nur einem Wort oder einem Blick an ihren empfindlichsten Stellen treffen konnte. Die beunruhigende Wahrheit war: Sie wollte alles, was er ihr anbot, und noch mehr.

Wollte es immer noch.

Wenn Quinn nicht hier wäre und sie miteinander hätten allein sein können, und sei es nur für ein paar Stunden, dann hätte sie Landry nicht fortfahren lassen. Das wusste Ria. Sie hätte ihn hereingebeten und durch das stille kleine Haus direkt zu ihrem Bett geführt. Dort hätte sie sich in seine Umarmung geflüchtet. Hätte keinen Moment widerstanden oder gezögert, sondern diese erste kleine Kapitulation genossen. Wohl wissend, dass dies nur der Anfang war und eine weitere, wilde, frohlockende, völlig gelöste Kapitulation auf sie beide wartete – in dem Herzschlag, der auf den unausweichlichen Moment folgte, in dem ihre Lippen sich trafen.

„Gut", sagte Quinn, als wäre damit eine Sache mehr oder weniger entschieden. „Bleib sitzen und ruh dich aus. Bones und ich räumen den Wagen aus."

Ria, die auf keinen Fall mit ihren Gedanken allein bleiben wollte, bestand darauf zu helfen. Sie erkannte schnell, dass dies die richtige Entscheidung war. Körperliche Arbeit schaffte es fast immer, ihre Gedanken zu entwirren und den Kopf wieder klar zu bekommen.

Und nichts brachte das Räderwerk in ihrem Kopf so sehr durcheinander wie eine Begegnung mit Landry Sutton.

Nachdem sie die Einkäufe ins Haus getragen und weggeräumt hatte, kochte Ria eine Kanne Tee, während Quinn sich eine Limo öffnete.

Gerade als sie sich setzen und eine Pause machen wollten, klingelte das Telefon an der Wand, ein schriller Misston, der die stille Nachmittagshitze durchschnitt.

Quinn und Ria schauten sich an. Eine seltsame Vorahnung ließ sie frösteln, und sie spürte, dass es ihrer Nichte ähnlich ging, denn das Mädchen erstarrte für einen Moment.

Dann nahm sie ihren ganzen Mut zusammen und hob den Telefonhörer von der Gabel. „Hier bei Ria Manning", meldete sie sich entschlossen. Aber ihr Gesichtsausdruck wandelte sich sofort, und ihre Stimme zitterte leicht, als sie sagte: „Oh, Meredith. Hallo."

Ria hatte daran gedacht, nach draußen zu gehen, um ein wenig zu jäten und zu wässern, aber Quinns Gesichtsausdruck und der Name ihrer Halbschwester machten ihr einen Strich durch die Rechnung.

„Ja, sie ist hier", sagte Quinn, nachdem sie eine Weile zugehört hatte. „Stimmt irgendwas nicht? Du klingst seltsam ..."

Ein Strom unverständlicher Worte drang aus dem Hörer – es hörte sich fast an wie statisches Rauschen. Quinn hielt ihn Ria hin und wartete stumm, dass ihre Tante das Gespräch übernahm.

Schweren Herzens stand Ria auf, durchquerte die Küche und sprach mit ruhiger, vernünftiger Stimme ins Telefon, während ihr Magen rumorte. „Meredith? Was ist los?"

Was folgte, erschütterte Ria. Ein Gefühlsausbruch, so heftig, dass er beinahe greifbar war. Obendrein weinte Meredith.

Dabei weinte Meredith, die sehr viel härtere der beiden Schwestern, nie. Aber jetzt erklang ein ersticktes Schluchzen aus dem Hörer, das Ria trotz der Distanz zwischen ihnen wehtat.

„Es bricht alles zusammen. Ria, es ist alles verloren – verloren ..." Meredith brach schluchzend ab, und es klang schrecklich in Rias Ohren. „Ich hatte keine Ahnung, was da vorging – ich wusste nicht – ich könnte mich erschießen ..."

„Meredith“, fiel Ria ihr fest, aber dennoch sanft ins Wort. „Atme langsam und tief ein. Lass dir Zeit. Reiß dich zusammen … Was du redest, ergibt keinen Sinn.“

Vielleicht sind wir zwei gar nicht so verschieden, wie du am liebsten glauben würdest, Ria Manning, dachte sie. Die Erinnerung an ihren eigenen Nervenzusammenbruch stand ihr deutlich vor Augen, während sie darauf wartete, dass Meredith sich weit genug fing, um sich verständlich zu äußern.

Es dauerte eine Weile, bis sie die ganze Geschichte kannte, denn Meredith unterbrach sich immer wieder, um zu fluchen, zu schluchzen oder frustriert aufzuschreien. Was sich letztlich herausschälte, war Folgendes: Das Problem in der Niederlassung in Seattle war die geringste Sorge, die Meredith hatte. Sie war gerade mit unumstößlichen Beweisen konfrontiert worden, dass zwei der Finanzberater, denen sie am meisten vertraut hatte, seit Jahren heimlich Geld von der Firma abzweigten. Schlimmer noch – sie hatten Meredith die Steuerabrechnungen vorgelegt und unterschreiben lassen, aber die Zahlungen waren nie erfolgt. Da sie ihr die gesamte Korrespondenz diesbezüglich unterschlagen und die entsprechenden Anrufe auf ihren Anschluss umgeleitet hatten, war Meredith nie ein Verdacht gekommen.

Jetzt forderten Investoren ihr Geld zurück, und Merediths Rechtsberater hatten ihr dringend angeraten, alle sechs Niederlassungen der Firma zu schließen, damit die Bücher sofort und umfassend geprüft werden konnten. Gläubiger, von denen sie nichts gewusst hatte, drohten damit, ihre privaten Konten sperren zu lassen.

Wenigstens war sie nicht obdachlos. Noch nicht.

Ria, die den Hörer so fest an ihr Ohr gepresst hielt, dass es schmerzte, ließ sich auf ihren Schreibtischstuhl sinken. Das Kabel war dafür gerade eben lang genug. „Was kann ich tun?“, fragte sie, als sie einigermaßen sicher war, dass Meredith alles erzählt hatte.

Ein bitteres Auflachen war die Antwort. „Tun? Was du tun kannst, willst du wissen?“

„Hast du nicht deshalb angerufen?“, fragte Ria freundlich nach. „Um mich um Hilfe zu bitten?“

Ihre Schwester schwieg ziemlich lange. Dann gab sie ungewöhnlich kleinlaut zu: „Ich hoffe, dass – nun ja – dass Quinn eine Weile bei dir bleiben kann. Bis – bis sich der Staub gelegt hat, meine ich.“

Es tat ihr in der Seele weh, dass ihre Schwester nicht einmal jetzt in der Lage war, sich ihr anzuvertrauen. „Natürlich kann Quinn bei mir bleiben“, antwortete sie. Ihre Nichte, die blass und mit weit aufgerissenen Augen zuhörte, bekam ein wenig Farbe, als sie das hörte. „Aber, Meredith, du brauchst doch bestimmt … Wie sieht es mit Geld für Einkäufe aus – Lebensmittel und was du sonst noch so brauchst?“

Sofort klappte Meredith ihr Visier wieder herunter. „Ich komme schon zurecht“, erklärte sie kühl.

Wie? Ria überlegte. Sie hatte zwar nicht genug Geld, um die Steuerrückstände der Firma zu bezahlen, aber pleite war sie auch nicht. Sie hatte gespart, klug investiert, und obwohl die Farm noch keinen Gewinn abwarf und sie ihre Ausgaben sorgfältig planen musste, konnte sie es sich doch leisten, Meredith finanziell auszuhelfen. Bevor sie das allerdings in Worte fassen konnte, redete Meredith schon wieder.

„Kümmer dich einfach um Quinn“, sagte sie. „Bitte.“

„Selbstverständlich“, erwiderte Ria. „Du lässt mich wissen, wenn du … wenn …“

„Ich will dein Geld nicht, Ria“, fiel Meredith ihr ins Wort. Die Verletzlichkeit, die sie eben noch gezeigt hatte, war wie weggeblasen. „Als ich dich um deine Hilfe gebeten habe, hast du mich abblitzen lassen. Du erinnerst dich sicherlich.“ Sie schwieg einen Augenblick. „Sag Quinn, dass ich mich bei ihr melde. Vermutlich per E-Mail.“

„In Ordnung“, antwortete Ria lahm. Was sollte sie auch sonst sagen?

Ohne sich zu verabschieden, legte Meredith auf.

„Sie ist in Schwierigkeiten, oder?“, fragte Quinn. Sie war wieder blass geworden.

„Ja“, gab Ria zu. Manche Dinge konnten nicht beschönigt werden, sie durften es nicht einmal. Und Quinn war schließlich eine junge Frau und kein Kind mehr. Diese Katastrophe würde sich stark auf sie auswirken, jetzt und in Zukunft. Also erzählte Ria dem Mädchen, was sie wusste. Viel war es nicht. Sie schmückte nichts aus und ließ nichts unter den Tisch fallen. Und Quinn hörte aufmerksam und vernünftig zu. Ein paarmal nickte sie, um zu zeigen, dass sie verstand.

„Aber ich kann hierbleiben? Bei dir? Mit Bones?“

„Ja“, wiederholte Ria. „Vorerst jedenfalls. Bis Meredith die Sache in den Griff bekommt.“

Eine Weile schwiegen beide, sortierten ihre Gefühle.

Dann straffte Quinn ihre Schultern und strahlte. „Ich kann hier bei dir bleiben“, wiederholte sie froh.

Sie warf einen Blick aus dem Fenster über der Spüle. „Es bleibt noch eine ganze Weile hell“, sagte sie. Tapfere Entschlossenheit lag in ihrer Stimme und rührte Rias Herz an. „Lass uns rausgehen und noch ein bisschen was schaffen.“

Bevor sie langsam zustimmend nickte, musterte Ria ihre Nichte eine Weile. „Weißt du was?“, fragte sie, während sie versuchte, das Echo von Merediths Vorwurf, der ihr wieder und wieder durch den Kopf ging, aus ihren Gedanken zu verbannen. *Als ich dich um deine Hilfe gebeten habe, hast du mich abblitzen lassen.*

„Was?“, fragte Quinn zurück. Die Fliegengittertür quietschte in ihren Angeln, als sie sie öffnete, um nach draußen zu gehen.

„Du hast Mut, Quinn Whittingford, und ich bin sehr, sehr stolz auf dich.“

Als er nach Hause kam, in Gedanken immer noch bei der Begegnung mit Ria, fütterte Landry seine Pferde, schaute nach Bessie und dem Kalb, die friedlich auf ihrer Weide grasten, und kam zu dem Schluss, dass er zu viel freie Zeit hatte. In Chicago hatte er sechzehn bis achtzehn Stunden am Tag gearbeitet, und das an sechs bis sieben Tagen in der Woche. Das war vermutlich einer der Gründe, warum seine chronisch problematische Ehe schließlich gescheitert war. Jedenfalls lag es ihm einfach nicht, müßig zu sein, weder geistig noch körperlich.

Da er keine Lust hatte, ins Haus zu gehen, lief er stattdessen einmal darum herum. Er ließ das ganze Gebäude auf sich wirken. Da war der fertige Teil, der Mauern, Fenster und ein solides Dach hatte. Da war aber auch der unvollendete Teil, der mehr als die Hälfte ausmachte, eingerüstet und nur mit riesigen dicken Planen gegen Wind und Wetter geschützt.

Ein Psychologe – oder ein Mystiker – würde vermutlich sagen, das Gebäude sei ein Spiegelbild seiner Psyche, vielleicht sogar seiner Seele, und damit läge er wahrlich nicht völlig verkehrt.

Landry seufzte. Er war wankelmütig und hin- und hergerissen. Das war sein Problem. Einerseits Rancher, andererseits ein erstklassiger Finanzmogul, stand er mit einem Bein in seinem alten Leben und mit dem anderen im neuen.

Wie sein Bruder Zane und Highbridge schon sehr lange sagten, war es an der Zeit, eine klare Entscheidung zu treffen und sich entsprechend zu verhalten: fortgehen oder bleiben. Rancher sein oder in die Finanzwelt zurückkehren.

Beide Möglichkeiten hatten ihre Vorteile. Er liebte den Frieden und die offene Weite der Ranch, aber zugleich vermisste er auch das Tempo des Stadtlebens, die Art und Weise, wie es ihn mit Beschlag belegte und ihm nur wenig bis gar keine Zeit ließ, über sein persönliches Leben nachzudenken.

Bis heute hatte Landry nicht geglaubt, dass er wirklich so unentschlossen war, ganz gleich, wie Zane und Highbridge das Ganze sahen. Er war schließlich hier, oder etwa nicht? In Parable County, Montana. Züchtete Büffel, hielt Pferde, ritt Bullen und bockige Broncos, wenn sich ihm die Gelegenheit bot, und fuhr den für all das notwendigen großen Pick-up.

Über Susan war er längst hinweg. Im Grunde war er das schon gewesen, bevor er sie zum ersten Mal geheiratet hatte. Die wenig schmeichelhafte Wahrheit? Sie war auch nur ein Statussymbol gewesen, eine Trophäe, so wie seine Sammlung klassischer Autos, seine maßgeschneiderten Anzüge, seine teure Armbanduhr und der ganze Rest.

Susan war nicht nur eine umwerfende Schönheit, sondern auch eine kluge Frau. Sie musste die ganze Zeit gewusst haben, dass er sie nicht liebte, und das musste wehgetan haben. Na schön, er war also nicht gerade der beste Ehemann gewesen. Immerhin war er nie untreu gewesen, denn das hätte bedeutet, dass er genauso war wie sein Vater, was er auf keinen Fall wollte. Kein besonders ehrenwertes Motiv, aber immerhin. Er hatte Susan mit teuren Geschenken überhäuft, mit ihr Luxusurlaube verbracht, brav ihre endlosen Wohltätigkeitsveranstaltungen besucht, obwohl er es hasste, in einem affigen Anzug zu stecken und mit ihren reichen Freunden belangloses Geplauder auszutauschen.

Sie hatten nichts gemeinsam – außer natürlich Ingersoll Investments. Landry war trotz seines Erfolgs tief in seinem Inneren immer das Kind einer Kellnerin geblieben, ein Herumtreiber, der ständig das Gefühl hatte, der nächsten Katastrophe nur einen Schritt voraus zu sein. Ihr Zuhause, wenn sie denn eins hatten, war in seiner Kindheit entweder ein gemieteter Trailer, ein billiges Motelzimmer oder der Wohnzimmerfußboden bei Bekannten gewesen.

Susan dagegen war in Villen und Penthousewohnungen aufgewachsen. Sie hatte die besten Internate besucht, zusammen mit den Söhnen und Töchtern von Senatoren und Präsidenten, war auf Yachten auf allen sieben Weltmeeren unterwegs gewesen und hatte den ganzen Globus in Privatjets bereist.

Trotzdem hatte sie ihn tatsächlich geliebt und sich Kinder von ihm gewünscht. Irgendwann einmal jedenfalls. Im Grunde hatte er ihr nichts gegeben, was sie sich nicht selbst hätte zulegen können. Gar nichts. Stattdessen hatte er sie benutzt.

Es tut mir leid, sagte er ihr im Stillen, obwohl das alles lange her war. Bringt herzlich wenig, dass es mir jetzt leidtut, schoss es ihm durch den Kopf.

Hoch über ihm, über den Wolken, dem Weltraumschrott, der die Erde umkreiste, und der Ozonschicht, leuchteten nach und nach die Sterne auf. Sterne, die so alt und so weit fort waren, dass einige von ihnen schon seit Millionen von Jahren nicht mehr existierten. Trotzdem reiste ihr Licht noch silbrig und geisterhaft durchs All und leuchtete hell genug, um Schiffen und Flugzeugen den Weg zu weisen.

„Sir?", erklang hinter ihm eine Stimme aus dem Dämmerlicht.

Highbridge.

„Was?", fragte Landry in wenig liebenswürdigem Tonfall, obwohl er im Grunde dankbar für die Ablenkung war.

Der Butler räusperte sich und trat zögernd näher. „Ist alles in Ordnung mit Ihnen?"

„Warum sollte etwas nicht in Ordnung sein?"

Trotz des schroffen Tons zuckte Highbridge nicht einmal zusammen, und das gab Landry noch mehr das Gefühl, ein Arsch zu sein, als ohnehin schon. „Nun ja", meinte der ältere Mann tapfer, „üblicherweise essen Sie um sechs zu Abend, und jetzt ist es halb acht."

Landry lachte überrascht auf. „Deshalb machen Sie sich Sorgen? Weil ich zu spät zum Abendessen komme?"

„Ich habe nicht gesagt, dass ich mir Sorgen mache."

„Sollten Sie nicht längst Feierabend haben?" Langsam ging Landry auf den Mann zu.

„Ganz recht", gab Highbridge ein wenig beleidigt zu. Er rückte seine perfekt gebundene Krawatte zurecht, straffte die Schultern, wandte sich um und wollte gehen.

„Highbridge", sagte Landry mit ruhiger Hochachtung. „Ich muss Sie um Entschuldigung bitten."

Sie und Susan und eine Menge anderer Leute.

„Unsinn, Sir", widersprach Highbridge, ohne stehen zu bleiben. Mit seinen langen Beinen und seiner förmlichen Kleidung ähnelte er einem Kranich, der mehr schlecht als recht einen Pinguin nachahmte. „Ihr Abendessen steht im Backofen. Ich habe es Ihnen warmgehalten."

Landry holte ihn ein und begleitete ihn zum Haus. „Das ist gut“, sagte er. „Danke.“

Highbridge blieb stehen, als sie die Hausecke erreichten, und musterte Landry mit feierlicher Geduld. „Sie müssen mir dafür nicht danken, Sir. Es ist mein Job, Ihnen Ihre Mahlzeiten zuzubereiten.“

Tatsächlich war es keineswegs Highbridges Job, für ihn zu kochen, aber darüber hatten sie schon unzählige Male ergebnislos diskutiert. Also ließ Landry ihm das durchgehen. „Ich wünschte, Sie würden mich nicht Sir nennen“, sagte er stattdessen, auch das nicht zum ersten Mal.

„Sie dürfen wünschen, so viel Sie wollen“, erwiderte Highbridge in vollendeter Würde. „Sir.“

Landry lachte. „Verdammt, sind Sie dickköpfig.“

Sein Butler deutete eine leichte Verneigung an. „Danke“, gab er todernst zurück. Dann holte er tief Luft. „Wenn das alles ist, Mr Sutton? Heute ist Bingo-Abend, und ich bin an der Reihe zu fahren. Miss Cleo reißt mir den Kopf ab, wenn ich sie nicht rechtzeitig abhole.“

Landry stellte sich seinen Butler im Kellerraum irgendeiner Kirche vor, über eine Reihe Bingokarten gebeugt, und lächelte über das Paradoxon namens Highbridge.

„Grüßen Sie Cleo von mir“, sagte er, während Highbridge entschlossen seinem auf Hochglanz polierten Bentley zustrebte.

Er bekam keine Antwort.

Im Haus wusch Landry sich an der Küchenspüle, holte sein Abendessen aus dem Ofen und befreite es von der Alufolie. Lasagne, eines seiner Lieblingsessen und – im Kühlschrank – ein grüner Salat.

Wenn es nach seinem Appetit gegangen wäre, hätte Landry nichts gegessen. Sein Körper verlangte jedoch nach Nahrung.

Also setzte er sich mit einem gut gekühlten Bier an den Tisch und nahm sein einsames Mahl zu sich. Mit grimmiger Belustigung rief er sich Susans Zen-Phase in Erinnerung. Vor ein paar Jahren hatte sie regelmäßig meditiert, Räucherwerk verbrannt und darauf bestanden, alles „achtsam“ zu tun, ob es nun ums Zähneputzen ging oder um die Liebe. Während dieser sehr kurzen Phase – Susan war äußerst wankelmütig – hatte sogar Landry einen Gang heruntergeschaltet. Er war nicht mehr so getrieben und hatte es genossen, den viel beworbenen Augenblick zu erleben. Insbesondere, wenn es um Sex ging.

Ach ja, Sex. Wie lange war das her? Besser nicht nachrechnen.

Landry seufzte, beendete seine Mahlzeit, räumte den Tisch ab, spülte Teller und Besteck und stellte alles in die Spülmaschine.

Danach wusste er nichts mit sich anzufangen.

Es war noch zu früh, um schon ins Bett zu gehen, Fernsehen lag ihm nicht, und er fühlte sich zu aufgedreht, um zu lesen. Also wanderte er durchs Haus, ähnlich wie er das schon früher am Abend draußen getan hatte.

In das eindrucksvolle Wohnzimmer mit der hohen Balkendecke, den Hartholzdielen auf dem Boden, dem Natursteinkamin und den deckenhohen Fenstern. Die gut bestückte Bar in der Ecke lockte ihn nicht, also blieb sein Blick auch nicht daran hängen.

Es gab einige Möbelstücke, die nicht zusammenpassten, Krempel, der in seiner Chicagoer Wohnung gut ausgesehen hatte, hier im ländlichen Montana aber völlig überkandidelt und daher fehl am Platz wirkte.

Die Wände waren kahl, denn Susan hatte die meisten Fotos und sämtliche Gemälde für sich beansprucht. Die Fußböden fühlten sich unabhängig von der Jahreszeit immer kalt an, wenn er ohne Stiefel darüberging.

Hinter diesem hallenden Raum lag Landrys Schlafzimmer. Es war ebenso kahl wie das Wohnzimmer und ebenfalls sehr geräumig. Hier standen eingebaute Bücherregale. Der Kamin war so groß wie im Wohnzimmer, und hohe Rundbogenfenster füllten eine ganze Wand aus. Das Hauptbad hatte etwas von Vergnügungssucht mit seiner gewaltigen Wanne, der hochmodernen Duschkabine mit vielen verschiedenen Duschköpfen und Sprühern, den fein ausgearbeiteten Mosaikfliesen auf dem Boden und den Marmorplatten auf den Unterschränken. Dennoch strahlte es wie die anderen Teile des Hauses so viel Wärme aus wie ein enger kahler Canyon in einer Winternacht.

Es war Zeit, ein paar Entscheidungen zu fällen. Chicago oder Montana. Überhol- oder Kriechspur.

Fort von Ria Manning, ein für alle Mal, oder ab in ihr Bett und abwarten, was danach geschah, wenn überhaupt …

Feuerwerk oder Wunderkerze?

Es gab natürlich nur einen Weg, das herauszufinden.

7. KAPITEL

Am Samstagmorgen war Ria schon vor Einbruch der Dämmerung auf, um alles für den vom zeitigen Frühjahr bis zum Spätherbst wöchentlich auf dem Festplatz in Parable ansässigen Bauernmarkt vorzubereiten.

Routine tat ihr wie immer gut, und so werkelte sie vor sich hin, ließ Bones raus und nach ein paar Minuten wieder herein. Dann fütterte sie den Hund, kochte sich eine Tasse Kaffee, überlegte, ob sie Quinn noch ein Weilchen schlafen lassen oder sie lieber hochscheuchen sollte, damit sie ihr half, Zinnien, Gerbera und Nelken zu schneiden, in Kunststoffeimer zu stellen und sie auf die Ladefläche des alten Pick-up zu packen, der im Traktorschuppen stand.

Ein geschäftiger Tag lag vor ihr: dreißig Meilen Fahrt nach Parable, den Stand aufbauen, acht Stunden lang mit anderen Verkäufern und Kunden plaudern, Wechselgeld herausgeben und Sträuße in feuchtes Zeitungspapier wickeln.

Sie beschloss, Quinn noch eine knappe halbe Stunde schlafen zu lassen, bevor sie sie weckte.

Schließlich war sie nicht in Eile, und außerdem liebte Ria die frühen Morgenstunden, wenn die Sonne noch hinter den Bergen im Osten verborgen war und die beinahe greifbare Stille eine Seelensinfonie spielte. Das Gras war noch feucht vom Tau – und fühlte sich unter bloßen Füßen einfach wunderbar an –, die Nachtlebewesen kehrten allmählich in ihre Nester, Erdbauten und hohlen Bäume zurück. Derweil rührten sich die ersten Vögel unter den Dachgesimsen von Scheunen und Häusern sowie hoch in den Zweigen der Bäume und bereiteten sich darauf vor, den neuen Tag herbeizusingen.

Lächelnd sah Ria zu dem Hund, der eifrig seine Portion Hundefutter vertilgte. Er war eine echte Bereicherung, ein warmes, lustiges, anhängliches Wesen, und sie fragte sich, warum sie sich nicht längst einen Hund oder eine Katze zugelegt hatte.

Am anderen Ende des kurzen Flurs knarrte die Bürotür in ihren Angeln, und Quinn tappte in ihrem kurzen Pyjama vorbei, um im Bad zu verschwinden – ohne ein Wort zu sagen oder einen Blick in ihre Richtung zu werfen, mit zerzausten Haaren und den langsamen, schlurfenden Bewegungen einer Schlafwandlerin oder eines Menschen mit verbundenen Augen.

Ihre Nichte war ein echter Morgenmuffel.

Sie machte eine zweite Tasse Kaffee, in der Hoffnung, das Mädchen damit wach zu bekommen.

Die Toilettenspülung rauschte, das Wasser im Waschbecken wurde aufgedreht und kurz darauf mit hörbarem Quietschen des Wasserhahns wieder abgestellt.

Ein paar Minuten später kam Quinn in die Küche, die Haare frisch gebürstet, die Gesichtshaut rosig vom kalten Brunnenwasser. Sie nahm den Becher Kaffee, den Ria ihr hinhielt, murmelte mühsam ein Dankeschön, hob das Gefäß mit beiden Händen an den Mund und nippte daran.

„Es kann noch nicht Morgen sein", beschwerte sie sich brummend, nachdem sie sich über die Lippen geleckt und kurz aus dem nächsten Fenster gespäht hatte. „Es ist noch dunkel."

Ria lachte. „Doch, doch, es ist Morgen. Hast du Hunger?"

Quinn schüttelte den Kopf und blinzelte sich den Schlaf aus den Augen. Inzwischen hatte Bones an ihr rechtes Knie gestupst und wollte begrüßt werden. Das Mädchen kicherte, beugte sich zu ihm hinunter und tätschelte ihm den Kopf. „Ich habe es mir zur Regel gemacht, niemals etwas zu essen, wenn ich nicht bei vollem Bewusstsein bin", erklärte sie Ria.

Wieder musste Ria lachen. „Gute Idee", sagte sie. „Ich hole mir normalerweise auf dem Bauernmarkt mein Frühstück, nachdem ich den Stand für den Tag aufgebaut habe. Es gibt einen Imbisswagen, der Pfannkuchen, Schinken, Würstchen, Rührei und Müsli anbietet. Sogar französischen Toast und Crêpes. Der Kaffee ist auch gut."

Je mehr Kaffee Quinn trank, desto munterer wirkte sie. Bones saß wieder an der Hintertür und wollte raus.

„Hmm", meinte Quinn und ging zu Bones, um ihn auf den Hof zu lassen. „Dann sollte ich mich wohl beeilen", fügte sie hinzu und beobachtete dabei den Hund durch das Fliegengitter. „Wie sagte Onkel Frank noch immer? Wir verbrennen jede Stunde Tageslicht?"

Bei der Erinnerung spürte Ria einen leichten bittersüßen Stich. „Genau", bestätigte sie.

Als Feuerwehrmann und Rettungssanitäter hatte Frank im Schichtdienst gearbeitet: vier Tage Dienst, drei Tage frei. Wenn er nicht in der Feuerwache war und rund um die Uhr in Bereitschaft für die unvermeidlichen Notrufe, zog es ihn aus der Stadt. Er ging angeln oder wandern oder im Sommer Wasserski laufen, und da sie sich schon nicht besonders viel sahen, wenn er Dienst hatte, wollte er Ria dabeihaben. Manchmal, wenn es regnete, ließ er sich überreden, einen Hallenflohmarkt zu besuchen oder ins Kino zu gehen, aber meistens drängte es ihn nach körperlicher Betätigung – und am liebsten an der frischen Luft.

Und Ria hatte mitgemacht. Manchmal hätte sie zwar lieber etwas anderes unternommen, aber meistens machte es ihr nichts aus. Ausgeglichen und immer fröhlich, war Frank ein guter Gesellschafter. Außerdem war er klug und ausgesprochen witzig. So altmodisch es auch im Nachhinein schien, Ria hatte ihren Mann gern glücklich gemacht. Oh ja, dachte sie jetzt und kaute an ihrer Unterlippe. Sie war damals wirklich verliebt gewesen.

Aber hatte sie Frank auch wirklich von ganzem Herzen geliebt?

Ja, entschied sie in Sekundenbruchteilen. Aber keine Ehe war vollkommen, und sie hatte nach seinem Ausrutscher das Vertrauen in ihn verloren, ob nun bewusst oder unbewusst. Auf einem besonderen zweiwöchigen Trainingsseminar hatte er sich, nachdem er mit seinen Kumpels in der Hotelbar zu viel getrunken hatte, einsam und sehr deprimiert gefühlt. Und so war er mit Carly, einer Mitseminaristin und Sanitäterin aus einem anderen Bundesstaat, im Bett gelandet.

Zu Hause erzählte er Ria, was passiert war. Sie hatten abgemacht, dass sie nie Geheimnisse, gleich welcher Art, voreinander haben wollten. Er schwor, er habe sie noch nie zuvor betrogen und werde es auch nie wieder tun. Mit Tränen in den Augen bat er sie um eine zweite Chance.

Natürlich war Ria verletzt gewesen. Nein, nicht nur verletzt, sondern zutiefst im Innersten ihrer Seele getroffen. Aber sie wusste, dass Frank kein Lügner war. Das hatte er ihr schon mit dem Geständnis bewiesen. Viele Männer hätten den Seitensprung verschwiegen – aus Angst vor den Konsequenzen, vielleicht sogar in der bequemen Überzeugung, es sei gütiger, nichts zu sagen.

Langsam und unter Schmerzen vergab sie ihm. Genauer gesagt hatte sie zumindest geglaubt, ihm vergeben zu haben. Jetzt, als der alte Schmerz in ihrem Herzen bohrte, fragte sie sich, ob sie das wirklich getan hatte.

Sie und Frank machten weiter, ließen den Zwischenfall hinter sich, so gut es ging, aber irgendetwas in Ria war unwiderruflich zerbrochen. Ohne das sichere Fundament des Vertrauens veränderte sich ihre Liebe. Sie erodierte Stück für Stück.

Und dieses Misstrauen, dieser subtile Zynismus, war ein Grund dafür, dass sie im Umgang mit Landry Sutton so argwöhnisch und reizbar war, trotz – oder vielleicht gerade wegen – der atemberaubenden und überwältigenden Anziehungskraft zwischen ihnen. Womöglich, durchfuhr es sie schmerzlich, könnte sie nie wieder einem Mann trauen. Weder Landry noch einem anderen.

Entmutigt überlegte sie, welche Konsequenzen sich daraus ergeben könnten: keine glückliche Familie für sie. Kein Mann, keine Kinder. Nur mit Mühe gelang es Ria, diese trübseligen Gedanken zu verscheuchen und an etwas anderes zu denken. Doch auch das führte sie zurück zu Frank.

Während Ria in Portland gelebt hatte, hatte Quinn viel Zeit mit ihrer Tante und deren Mann verbracht und sie oft auf ihren Tagestouren begleitet. Sie murrte zwar, freute sich aber doch, wenn Frank in der Tür zum Gästezimmer in die Hände klatschte, um sie schon bei Tagesanbruch zu wecken, und verkündete, sie wollten das Tageslicht verbrennen. Dabei schwor er, jede Strophe der Nationalhymne zu singen, wenn sie nicht auf der Stelle aufstehe.

Da Frank nicht singen konnte, war das keine leere Drohung. Außerdem hatte er noch andere Methoden, die Familie zu wecken – und die Nachbarschaft gleich mit. Einmal hatte er seine Schultrompete in einer Kiste auf dem Dachboden gefunden, sie sorgfältig entstaubt, sich in den Flur zwischen den beiden Schlafzimmern der Wohnung gestellt und ein Wecksignal gespielt.

Ein *Wecksignal*. Nicht nur, dass er laut spielte, sondern obendrein auch noch schlecht: Die Trompete gab ein ohrenbetäubendes Kreischen von sich.

Diese Aktion blieb eine einmalige Angelegenheit, da Ria und Quinn ihn anschrien und die Nachbarn oben, unten und zu beiden Seiten in wütendem Protest gegen Wände, Decken und Fußböden trommelten.

Frank brachte die Trompete wieder auf den Dachboden, aber wirklich geändert hatte er sich nicht. Als der nächste Ausflug anstand und seine Frau und seine Nichte sich noch im Bett lümmelten, krähte er wie ein Hahn. Natürlich beschwerten sich die Nachbarn auch darüber, also griff er künftig zu Wasserpistolen und dummen Witzen. Ria kitzelte er einfach durch.

Als sie merkte, dass ihre Gedanken schon wieder in die gleiche Richtung liefen, erdete Ria sich bewusst im gegenwärtigen Augenblick, lächelte aber ein bisschen wehmütig über die Erinnerungen.

Inzwischen hatte Quinn ihren Kaffeebecher ein zweites Mal gefüllt und sich angezogen. Jetzt trug sie eine Jeans, ein rosa T-Shirt, Sneakers und eine leichte Jacke, alles Sachen, die sie am Abend zuvor gekauft hatten. Während Bones fröhlich um sie herumtollte und das erste Tageslicht die Bergspitzen in einen rosa Schimmer tauchte, bewaffneten Ria und ihre Nichte sich mit Gartenscheren und halb vollen Wassereimern und gingen hinaus auf die Felder.

Im schwachen Dämmerlicht schnitten sie jede Menge Blumen, wählten die farbenfrohsten und frischesten aus, die gerade den Höhepunkt ihrer Schönheit erreicht hatten, sortierten sie nach Farbe und Sorte in Eimer und füllten Wasser nach, damit sie auf der Fahrt in die Stadt nicht anfingen zu welken.

Danach rangierte Ria den Pick-up aus der Scheune. Der Motor ratterte, der Auspuff gab ab und zu knallende Geräusche von sich. Sie schickte das übliche Dankgebet gen Himmel, dass das Vehikel immer noch lief. Gekauft hatte sie es von einem der Nachbarn, als sie in die Gemeinde gezogen war – mit wenig Geld und umso mehr Glauben. Das Fahrzeug funktionierte ganz gut, solange die Temperatur nicht unter null Grad sank, was im Winter regelmäßig passierte. Der Kilometerzähler hatte offenbar schon Jahre, bevor Ria den Wagen kaufte, seinen Vorrat an Ziffern verbraucht. Irgendwann hatte er das Zählen aufgegeben, und die letzte Stelle war zwischen der Fünf und der Sechs hängen geblieben.

Quinn lachte, als sie den Wagen sah, und rief etwas, um das grollende Tuckern des Motors zu übertönen. Seltsame Dinge klapperten unter der Haube, der Auspuff knallte noch ein paarmal, als feuerte er das Magazin einer Schusswaffe leer. „Was für ein Relikt“, rief sie grinsend. „Hat es unter all dem Rost auch eine Farbe?“

Ria tat so, als wäre sie gekränkt. Dann lachte sie auch. „Das Auto ist zufälligerweise blau, das nur zu deiner Information. Wollen wir die Blumen aufladen?“

Franks Stimme hallte in ihrem Kopf wider. Wir verbrennen Tageslicht.

„Bones darf doch mitkommen, oder?“, fragte Quinn zögernd, als sie den Pick-up mit blumengefüllten Eimern voll beladen hatten.

Sie schien den Atem anzuhalten, während sie auf Rias Antwort wartete. Hatte Meredith diesem Kind je eine Bitte erfüllt? Ganz offensichtlich war es auf ein Nein gefasst.

Ria verkniff sich jeden Kommentar – schon immer hatte sie sich bemüht, Meredith nicht in Quinns Gegenwart zu kritisieren – und nickte einfach. Natürlich durfte Bones mitkommen. „Aber er muss die ganze Zeit Halsband und Leine tragen. Es geht nicht an, dass er umherstreunt oder Kunden und andere Händler belästigt."

Ihre Nichte strahlte vor Freude, versprach, Bones die ganze Zeit im Auge zu behalten, und rannte ins Haus, um Halsband, Leine, Wasserschüssel, Futterschale und Trockenfutter in einem versiegelten Vorratsbeutel zu holen.

Kurz darauf rumpelten die drei über kurvige Landstraßen in Richtung Stadt.

„Wie weit ist es bis Parable?", fragte Quinn, als sie nach wenigen Minuten durch Three Trees kamen. Alle Geschäfte und die meisten Häuser waren noch dunkel, nur hier und da war ein Fenster erleuchtet.

„Bedauerst du, nicht gefrühstückt zu haben?"

Quinn schüttelte den Kopf. „Reine Neugier", sagte sie.

„Gut. Denn keine der Imbissbuden und Schnellrestaurants öffnet vor sechs. Und um deine eigentliche Frage zu beantworten: Von hier bis Parable sind es etwa dreißig Meilen."

Eine Weile fuhren sie schweigend weiter, jede in ihre eigenen Gedanken vertieft.

Dann wagte Quinn eine vorsichtige Frage. „Wird *er* da sein?"

„Er?", fragte Ria zurück, obwohl ihr klar war, von wem ihre Nichte sprach.

„Landry Sutton", antworte Quinn in einem Ton, der unmissverständlich klarstellte, dass sie nicht von gestern war.

Bis zu diesem Moment war es Ria gelungen, jeden Gedanken an Landry und den bevorstehenden Abend in der Boot Scoot Tavern zu unterdrücken. Aber jetzt überfiel er sie förmlich. Wenn sie nicht aufpasste, würde sie sich schon vor der Zeit ausmalen, wie es wohl wäre, mit ihm in einer schummrigen und überfüllten Bar zu tanzen, die nur von einer Jukebox und den vermutlich in jeder Bar im ganzen Land hängenden Neonreklamen für Bier erleuchtet wurde.

Ein wohliger Schauer erfasste sie angesichts der Vorstellung, an seine harte Brust und die muskulösen Schenkel gedrückt zu werden.

Holla, rief Ria sich im Stillen zur Ordnung, richtete sich in dem vielfach mit Klebestreifen geflickten und unbequemen Sitz des alten Wagens auf, reckte das Kinn ein wenig vor und straffte ihre Schultern so heftig, dass es wehtat. Die Ablenkung funktionierte so gut, dass sie darüber Quinns Frage vergaß.

Aber so schnell ließ Quinn nicht locker. Feixend wiederholte sie ihre Frage.

„Vermutlich nicht", antwortete Ria ein wenig heiser. Sie räusperte sich. „Manchmal lassen sich aber sein Bruder Zane und seine Frau Brylee blicken. Und vielleicht lernst du noch ein paar andere Freunde von mir kennen. Der Markt ist sehr beliebt."

Quinns Züge wurden nachdenklich. „Zane Sutton?", fragte sie ehrfürchtig. Bones, der sich von Berühmtheiten glücklicherweise nicht beeindrucken ließ, lag zusammengerollt auf ihrem Schoß und döste vor sich hin. „Der Filmstar?"

„Genau der", gab Ria zurück. Die offensichtliche Verwunderung ihrer Nichte freute sie. Obwohl sie sich oft per Telefon, E-Mail oder SMS austauschten, hatte sie nie erwähnt, dass sie Prominente kannte. Das wäre ihrer Meinung nach falsch gewesen. Schließlich war Zane Sutton genau wie Casey Elder vor allem deshalb nach Parable County gezogen, um in Ruhe zu leben und nicht ständig im Rampenlicht zu stehen.

„Wie das Leben so spielt, haben wir noch andere berühmte Nachbarn. Die Countrysängerin Casey Elder – hier rufen die meisten Leute sie entweder beim Vornamen oder sagen Mrs Parrish –, lebt nur ein Stückchen weiter die Straße hinunter mit ihrem Mann Walker und den Kindern."

Quinn stand der Mund offen, und ihre Augen weiteten sich. „Das ist nicht wahr, oder?", staunte sie, als sie sich einigermaßen gefangen hatte.

„Doch, doch. Aber stell dich bloß nicht auf irgendwelchen Glamour ein. Casey und Zane sind beide total bodenständig, und sie möchten wie jeder andere hier behandelt werden. Wie ganz normale Menschen."

„Was sie aber nicht sind", widersprach Quinn.

„Du wirst dich wahrscheinlich wundern", gab Ria zurück. Wärme durchflutete sie, wenn sie an Zane Sutton dachte, der ihrer Meinung nach viel netter war als sein Bruder. Und dann war da noch Casey – immer lächelnd, immer hilfsbereit, wenn Not am Mann war, und so durch und durch bescheiden, wie jemand nur sein konnte.

Sie erzählte ein paar Geschichten aus der Nachbarschaft, und so vergingen die dreißig Meilen zwischen Three Trees und Parable wie im Flug. Als sie auf den Parkplatz des Marktes einbogen, war die Sonne bereits aufgegangen. Schon jetzt standen viele Personenwagen und Trucks dort, und Händler luden ihre Waren ab.

Sofort tauchten zwei Jungen auf und bestanden darauf, die schweren, mit Wasser und Blumen gefüllten Eimer bis zu Rias Stand zu schleppen. Sie trugen beide abgewetzte Jeans, saubere, aber abgetragene Baumwollhemden und Cowboyhüte aus geflochtenem Stroh – wie beinahe jeder hier in Montana.

Ria stellte ihrer Nichte die beiden Jungen schlicht als Shane und Nash vor. Die Nachnamen und die verwandtschaftlichen Beziehungen konnte sie später immer noch nachliefern. Die beiden tippten sich an die Hutkrempe, grüßten mit „Howdy" und lächelten schüchtern.

Die bewundernden Blicke, die die Jungen Quinn zuwarfen, ließen sich beim besten Willen nicht übersehen. Doch erst als sie fertig abgeladen, sich mit einem sehr aufgeschlossenen Bones vertraut gemacht, höflich jede Bezahlung für ihre Hilfe abgelehnt und sich schließlich verabschiedet hatten, flüsterte sie: „Süß die beiden, aber viel zu jung für mich." Sie schwieg einen Moment und zog dann schelmisch die Brauen hoch. „Haben sie zufällig noch ältere Brüder?"

Ria grinste, während sie die Blumeneimer zurechtrückte und den farbenfrohen Inhalt ein wenig auflockerte. „Tja, Nash ist der jüngere Bruder von Zane und Landry Sutton, aber soweit ich weiß, gibt es sonst keine Geschwister. Pech gehabt, fürchte ich. Und Shane hat nur eine ältere Schwester und zwei kleine Brüder. Noch mal Pech für dich."

Quinn zog eine Grimasse, tat so, als wäre sie furchtbar enttäuscht, und sagte nichts.

Trotz der frühen Stunde war schon eine Menge los. Es war nicht sonderlich überraschend, dass viele im County, ob sie nun in der Stadt oder auf dem Land lebten, selbst Blumen und Gemüse zogen, dennoch gab es genug Leute ohne Garten und eine Menge Touristen, sodass der Markt den ganzen Sommer über und bis Ende Oktober, wenn die große Zeit für Kürbisse begann, genug abwarf.

Außerdem standen noch viele andere Dinge zum Verkauf – von biologisch gezogenen Kräutern über handgearbeitete Quilts, Seifen und Kerzen, wunderschön gearbeitete Lederwaren wie Gürtel und Zaumzeug, Secondhand- und selbst genähte Kleidung, farbenfrohe Schürzen, individuell bedruckte T-Shirts bis hin zu rostigen Farmgeräten und alten Büchern. Im Frühjahr wurden an einigen Ständen Sämlinge angeboten, die in alten Eierkartons und kleinen Torftöpfchen wuchsen, und fast zu jeder Jahreszeit standen hier und dort schimmernde Gläser mit selbst gemachter Konfitüre und Gelee auf den improvisierten Verkaufstischen und -regalen.

Ria liebte den Markt und die Leute. Das Geld, das sie hier verdiente, summierte sich im Laufe der Saison zu einem stattlichen Betrag.

Als Ria trotz des Geplauders ringsumher und der vielen Verkaufsgespräche den Magen ihrer Nichte vernehmlich knurren hörte, schickte sie das Mädchen an den Imbissstand, damit sie Frühstück für sie beide besorgte. Sie hatte bereits etliche Sträuße verkauft, als Quinn mit französischem Toast, der mit Sirup getränkt war, und ein paar Würstchen – „ein bisschen Eiweiß muss sein", wie sie sagte – in Fast-Food-Schachteln zurückkam. Sie brachte auch Kaffee mit, brühheiß, als sie ihn vor Ria abstellte, aber längst kalt, als diese endlich eine Chance bekam, davon zu trinken. Mit ihrem Frühstück ging es ihr nicht besser, während es Quinn irgendwie gelang, einen Großteil ihrer Portion zu verdrücken.

„Puh", meinte sie in einer ganz kurzen Verschnaufpause, „ist hier immer so viel los?"

„Nein", gab Ria zurück, während sie in Gedanken den Kalender durchging. „Nächstes Wochenende beginnt das Rodeo. Das ist eine große Sache, eine Art Vorspiel für den Unabhängigkeitstag, der hier quasi heilig ist. Aus dem ganzen Bundesstaat und von noch weiter her reisen dann Besucher an, um sich den Spaß nicht entgehen zu lassen."

„Nächstes Wochenende?", fragte Quinn, nachdem sie einen Strauß rosa Gerbera verkauft und einen Zwanzigdollarschein gewechselt hatte. „Kommen die Leute dann nicht viel zu früh?"

Ria arbeitete, lächelte, verkaufte noch mehr Blumen und antwortete nebenher. „Einige machen hier Urlaub, besuchen Verwandte oder zelten. Andere verkaufen Lebensmittel, Andenken und anderes Zeugs. Und dann sind da noch die Schausteller, die ihre fliegenden Bauten aufstellen, und natürlich die Feuerwerker. Deren Vorbereitungen sind ziemlich kompliziert. Andere wieder kommen, um sich für eine der Rodeoveranstaltungen einzuschreiben und an den Wettkämpfen teilzunehmen. Die Motels hier im Ort und in Three Trees sind offenbar schnell ausgebucht, und nur wer rechtzeitig kommt, ergattert ein Zimmer."

Als der Käuferansturm schließlich ein wenig nachließ, führte Quinn Bones spazieren, füllte seine Wasserschüssel an einem Hahn über den Pferdetränken neu und kam gerade rechtzeitig zurück zum Verkaufsstand, um Clare, die Tochter von Casey und Walker Parrish, kennenzulernen.

Clare war nur etwas jünger als Quinn, eine hübsche Rothaarige mit der lebhaften Persönlichkeit, den faszinierenden grünen Augen, dem schnellen Lächeln und, wenn man den Gerüchten

Glauben schenken durfte, der musikalischen Begabung ihrer berühmten Mutter.

Kein bisschen schüchtern, reichte Clare – gekleidet in schlichte Jeans, ein gerüschtes grünes Top und abgestoßene Stiefel – Quinn ihre Hand und stellte sich vor. Sie musste sich dafür über die Blumeneimer auf dem Verkaufstresen strecken, einem Brett, das über zwei Holzfässer gelegt war.

Quinn gab sich Mühe, nicht zu zeigen, wie beeindruckt sie war. Rias Nichte hatte Clare nämlich sofort erkannt, vermutlich, weil sie Casey sehr ähnlich sah. Vielleicht aber auch, weil Clare es vor ein paar Jahren in die Klatschspalten der Illustrierten geschafft hatte. Sie war als Kind kaum zu bändigen gewesen, aber Casey und Walker waren gute Eltern. Seit Clare sich daran gewöhnt hatte, auf einer Ranch zu leben statt in Luxushotelzimmern und komfortabel ausgestatteten Tourneebussen, war sie viel ausgeglichener.

„Hi", grüßte Quinn das andere Mädchen und entspannte sich ein wenig. „Ich bin Quinn Whittingford."

Clare lächelte herzlich und ein bisschen schelmisch. Sie nickte Ria freundlich zu, bevor sie ihre Aufmerksamkeit wieder Quinn zuwandte. „Heute Abend schmeiße ich eine Pyjamaparty auf unserer Ranch Whisper Creek. Mit großem Zelt, klasse Musik und einem unvergesslichen Grillabend. Hast du Lust zu kommen?"

Quinn errötete leicht, so erfreut und vermutlich auch überrascht war sie von der Einladung. Ria wusste, dass Meredith das Mädchen in Portland an der kurzen Leine hielt. Da sie sicher sein konnte, dass Casey und Walker die Party sorgsam im Auge behalten würden, sah sie keinen Grund, ihrer Nichte den Besuch zu verbieten.

„Dürfte ich meinen Hund mitbringen?"

Ria war froh, dass Quinn so schnell Anschluss fand.

„Natürlich", versicherte ihr Clare und lächelte erneut strahlend. „Bei uns laufen jede Menge Viecher rum. Eines mehr fällt da gar nicht auf."

„Bist du einverstanden?", wandte Quinn sich an Ria. „Dass ich zu der Pyjamaparty gehe, meine ich?" Schon wieder schien ihre Nichte von einem Nein auszugehen.

Ria lächelte die beiden Mädchen an. „Ich wüsste nicht, warum nicht", sagte sie. „Klingt, als würdet ihr eine Menge Spaß haben."

Quinn strahlte vor Freude.

Clare erklärte, sie würde Quinn gegen halb sieben von der Farm abholen, sofern das nicht zu früh sei.

Nach einem forschenden Blick auf Ria, die nickte, erklärte Quinn, immer noch ein bisschen schüchtern, sie werde um die Zeit fertig sein.

Die nächsten Stunden vergingen wie im Flug, und da sie schon gegen vier alle Blumen verkauft hatten, beschloss Ria, den Stand frühzeitig zu schließen. Sie und Quinn luden die leeren Eimer auf den Wagen, nachdem sie das Wasser außerhalb der Ausstellungshalle ausgegossen hatten, reinigten den Verkaufsstand und gingen. Auf dem Weg nach draußen blieben sie an etlichen Stellen stehen, und Ria stellte ihre Nichte einigen der anderen Händler und ein paar Kunden vor.

Vorsichtshalber ließen sie Bones noch eine Runde auf dem Parkplatz drehen. Dann stiegen sie in das Fahrzeug, um nach Hause zu fahren.

Das hieß, Quinn war bereit. Ria hingegen wurde immer nervöser, denn heute Abend war es so weit. Eine schlichte Verabredung wäre schon aufregend genug gewesen, aber hier ging es um mehr als eine Verabredung. Landry hatte Ria regelrecht herausgefordert, mit ihm auszugehen und ihm zu widerstehen. Dieser Egomane.

Kneifen ging nicht, auch wenn das sicher vernünftig gewesen wäre. Doch damit hätte sie nur zugegeben, dass Landry recht hatte. Dass sie Angst vor zu viel Nähe hatte. Angst, sich eine Blöße zu geben. Angst vor so ziemlich allem.

Die Ironie an der Sache? Sie hatte Angst.

Trotzdem würde sie mit Landry Sutton in die Boot Scoot Tavern gehen, vor allem weil ihr Stolz sich gegen ihren gesunden Menschenverstand durchgesetzt hatte.

Ein ominöses Knirschen war die einzige Reaktion des Wagens, als Ria den Schlüssel im Zündschloss umdrehte. Danach – nichts mehr. Nicht mal ein schwaches Surren oder Brummen.

Neuer Versuch, selbes Ergebnis.

Sie brauchte dringend eine Dusche und ein paar Minuten, um die Füße hochzulegen und nichts zu tun. Frustriert fluchte Ria in sich hinein.

Quinn verdrehte wortlos die Augen, während Bones auf den Hinterbeinen auf ihrem Schoß stand und mit seiner feuchten Nase das Beifahrerfenster beschmierte.

Bevor Ria ihrer Nichte versichern konnte, dass sie Clares Party nicht verpassen würde, entdeckte sie zwei vertraute männliche Gestalten, die aus verschiedenen Richtungen auf sie zustrebten.

Ihr direkter Nachbar Walker Parrish und Slade Barlow, der Sheriff von Parable County. Er lebte mit seiner Frau Joslyn, einer Horde Kinder, einer beachtlichen Herde Rinder und etlichen Pferden auf einer Ranch kurz hinter der Stadtgrenze von Parable.

Die Männer trafen sich vor der Motorhaube von Rias Wagen. Beide lächelten Ria durch die Windschutzscheibe schief an und zupften kurz an ihren Hutkrempen.

„Edle Ritter in schimmernder Rüstung?“, fragte Quinn hoffnungsvoll. Natürlich machte sie sich Sorgen, dass sie nicht rechtzeitig für die Party nach Hause kommen und damit die Chance verpassen würde, ein paar Jugendliche in ihrem Alter kennenzulernen.

„So was in der Art“, antwortete Ria lächelnd und kurbelte bereits ihr Fenster herunter.

Slade schob seinen Hut in den Nacken, kratzte sich nachdenklich am Kopf und wuchtete die rostige Motorhaube hoch. Als sie sich quietschend öffnete, trat Walker an die Fahrertür.

„Was gibt’s für Probleme?“, fragte er gelassen. Einfach ein Cowboy, der locker mit solchen Sachen fertig wurde. Null Problemo.

„Ich weiß nicht", sagte Ria. „Er springt nicht an."

Walker nickte. Da er kein Mann vieler Worte war, ebenso wenig wie Slade, sagte keiner der beiden auch nur „Hallo" zu Quinn. Ihr Gruß beschränkte sich auf ein Nicken.

„Wir schauen mal, was wir tun können", meinte Walker, ging nach vorn, um sich den Motor anzuschauen, und verschwand wie Slade unter der Motorhaube.

„Sind eigentlich alle Männer in dieser Stadt so heiße Typen?", fragte Quinn laut flüsternd.

Ria bedeutete ihr, nicht so laut zu reden.

Die beiden Männer untersuchten ein paar Minuten den Motor. Dann holte Walker seinen Pick-up und parkte ihn neben Rias Wagen. Slade spannte ein Starthilfekabel zwischen die beiden Fahrzeuge.

Auf einen Wink von Walker drehte Ria erneut den Zündschlüssel um.

Ein leises Brummen ertönte, aber der Motor sprang immer noch nicht an.

Ria sah durchaus Vorteile darin, hier festzusitzen. Immerhin lieferte ihr das eine glaubwürdige Ausrede, um den Abend mit Landry abzusagen, ohne dass es nach Kneifen aussah. Aber sie wusste natürlich, dass Quinn es eilig hatte, nach Hause zu kommen. Das Mädchen kaute an seiner Unterlippe, streichelte Bones mit einer Hand und starrte sehnsüchtig ins Leere.

Beim nächsten Versuch, nach einem weiteren Wink von Walker, erwachte der uralte Motor des Wagens röhrend zum Leben. Die Männer ließen die Motorhaube zufallen.

Also doch kein leichter Ausweg, dachte Ria und stellte überrascht fest, dass sie nicht sonderlich enttäuscht darüber war. Im Gegenteil: In ihrem Bauch tanzten Schmetterlinge, und zwischen ihren Beckenknochen kribbelte gespannte Erwartung.

Röte schoss ihr in die Wangen wegen der Bilder, die dieses verdammte Kribbeln in ihrem Kopf hervorrief, während sie Walker und Slade für ihre Hilfe dankte. Die beiden nickten nur, unterhielten sich noch kurz und gingen dann ihrer Wege.

„Was ziehst du heute Abend an?“, fragte Quinn, während sie auf dem Weg zum Highway, der nach Three Trees führte, Parable durchquerten. „Zu deiner Verabredung, meine ich?“

Das Kribbeln im Hals schluckte Ria hinunter. Das Kribbeln im Bauch und zwischen ihren Schenkeln dagegen ließ sich nicht verscheuchen. „Lass uns lieber über deinen Abend reden“, schlug sie vor. „Du brauchst einen Schlafsack – ich glaube, ich habe noch einen im Keller liegen –, auch wenn du vermutlich nicht viel zum Schlafen kommen wirst.“

Das Funkeln in Quinns Augen verriet, dass sie nicht so leicht zu täuschen war, obwohl sie sich auf das Ablenkungsmanöver einließ. „Ich kann noch gar nicht glauben, dass ich das tun darf“, staunte sie leise.

„Du hast doch bestimmt schon öfter an Pyjamapartys teilgenommen …“

Quinn schüttelte den Kopf. „Nein. Meredith hält Übernachtungsgäste für eine Bedrohung unserer Zivilisation.“

Angenehm müde von einem langen Arbeitstag und im Geiste bereits den wenig beeindruckenden Inhalt ihres Kleiderschranks nach etwas Passendem für einen Abend in einer Cowboy-Bar durchforstend, musste Ria laut lachen.

Ein Lachen reinster Freude.

8. KAPITEL

Landry, der den größten Teil des Tages bei Zane und Brylee verbracht und dabei geholfen hatte, Vieh von einer Weide auf eine andere zu treiben, kontrollierte anschließend noch ein paar Zäune und fuhr dann nach Hause, um seinen eigenen Pflichten nachzukommen und lange heiß zu duschen.

Er betrat die Küche in sauberen Klamotten und einem Paar Stiefel, das er für Gelegenheiten reserviert hatte, die nichts mit Matsch oder Mist zu tun hatten. Begräbnisse zum Beispiel oder eine Essenseinladung bei anderen Leuten. Zwar lag es ihm nicht, den Unnahbaren zu spielen, aber zu interessiert wollte er auch nicht erscheinen, wenn er in einer halben Stunde an Rias Tür klopfte.

Vermutlich hatte er es ein wenig mit dem Aftershave übertrieben, und er hatte sich fast den Zahnschmelz von den Zähnen geschrubbt, bevor er ordentlich mit Mundwasser nachspülte – das grässliche Zeug schmeckte nach Kerosin –, aber allzu auffällig würde das nicht sein.

Highbridge, der am Küchentisch saß, seinen privaten Laptop vor sich, zog bei Landrys Anblick beide Brauen in die Höhe. Seine Nase zuckte leicht, als er den Duft des Aftershave wahrnahm.

„Ah“, meinte der ehrenwerte Butler tonlos und ohne eine Miene zu verziehen. „Samstagabend. Zeit, eine kesse Sohle aufs Parkett zu legen. Beziehungsweise auf das, was in einer verqualmten Cowboykaschemme mit Sägemehl auf dem Fußboden als Tanzfläche bezeichnet wird.“

Landry grinste. „Was für eine blumige Beschreibung“, sagte er, ging zu den Hängeschränken, nahm ein Glas heraus und füllte es mit kaltem Leitungswasser. „Um ehrlich zu sein, kann ich mich nicht erinnern, wann ich das letzte Mal den Ausdruck ‚eine kesse Sohle aufs Parkett legen‘ gehört habe. Muss ich daraus schließen, dass Sie das Ganze immer noch nicht gut finden – wie üblich?“

Dann leerte er das Glas bis zur Hälfte. Das spülte den Geschmack des Mundwassers wenigstens teilweise weg. Außerdem wurde ein Mann nun mal durstig, wenn er den Tag auf dem Pferderücken verbrachte, Vieh zusammentrieb und die Zäune auf Löcher untersuchte.

„Ich habe nichts gegen Cowboybars", erklärte Highbridge von oben herab. „Aber zu meiner Zeit hat man eine Lady nicht an einen solchen Ort ausgeführt. Ein leichtes Mädchen vielleicht, aber keine Lady."

Ein leichtes Mädchen? Seltsame Ausdrucksweise, aber so war Highbridge nun mal – durch und durch seltsam.

Bemüht, auf keinen Fall zu lachen, weil er sich sonst entweder verschlucken oder Wasser durch die Gegend prusten würde, konzentrierte Landry sich aufs Schlucken, leerte das Glas und stellte es neben der Spüle ab. „Tja", sagte er, „da wir gestern den Bingoabend verpasst haben und in naher Zukunft weder gesellige Abende bei Eiscreme noch festliche Bälle anstehen, schätze ich, bleibt nur das Boot Scoot – jedenfalls dieses eine Mal."

Highbridge seufzte verärgert. „Ria Manning ist eine gute Frau", sagte er.

Landry nickte. „Ja, das ist sie."

Obwohl Highbridge seinen Stuhl zurückschob und sich von seinem Laptop abwandte, stand er nicht auf. „Vergessen Sie das nicht", meinte er stattdessen knapp.

Landry ließ die Warnung an sich abprallen und salutierte kurz, aber natürlich fiel ihm die Schachtel Kondome ein, die er im Handschuhfach seines Pick-ups deponiert hatte. Sie lag schon eine Weile dort, und er hoffte, dass sie noch in Ordnung waren. Nicht, dass er glaubte, tatsächlich eine Chance zu bekommen, sie auch zu benutzen. Jedenfalls nicht so früh in diesem Spiel.

In diesem Spiel?

Nur gut, dass Highbridge nicht hören konnte, was er dachte.

Natürlich hatte Landry die Absicht, mit Ria im Bett zu landen, je früher, desto besser. Aber er spielte nicht mit ihr, wie

Highbridge anscheinend glaubte. Was immer sonst Ria Manning auch sein mochte, für ihn war sie eine ernste Angelegenheit.

Highbridge, dessen bislang ausdrucksloses Gesicht jetzt Missbilligung zeigte, stand auf, klappte seinen Laptop zu und klemmte ihn sich unter den Arm. Damit demonstrierte er, dass er für heute genug erduldet hatte. Bevor er aber in seine Wohnung hinter der Küche ging, blieb er noch einmal stehen, wandte den Kopf und warf Landry einen zornig warnenden Blick zu.

So wie der Mann sich verhielt, dachte Landry leicht verärgert, könnte man glauben, er wäre Rias Vater oder vielleicht ein überbehütender großer Bruder oder Onkel, aber kein viel älterer Freund. „Ich wünsche Ihnen eine gute Nacht, Sir“, sagte der Butler steif.

Landry konnte sich eine leichte Spitze nicht verkneifen. „Bleiben Sie meinetwegen nicht auf“, gab er zurück.

Zu Hause angekommen, fuhr Ria den Wagen wieder in den Geräteschuppen, lud die leeren Eimer ab und stapelte sie in einer Ecke. Quinn ließ Bones eine Weile auf dem Hof herumtollen, gegen die rosenberankte Laube pinkeln und sich ein bisschen abreagieren, nachdem er den ganzen Tag ein sehr, sehr braver Hund gewesen war.

Im Haus wusch Ria sich die Hände in der Küchenspüle, warf einen Blick auf die Uhr und wurde schlagartig nervös.

Die große Verabredung.

Jetzt passiert es wirklich.

Was für ein Dummkopf ich doch gewesen bin, mich so von Landry herausfordern zu lassen. Ria wusste das nur zu gut, aber jetzt gab es kein Zurück mehr, wenn sie nicht als Feigling dastehen wollte. Also blieb ihr nur, sich bestmöglich vorzubereiten und sich gegen die ernste Versuchung zu wappnen.

In dem Versuch, im Hier und Jetzt zu bleiben, suchte sie nach dem Schlafsack für Quinn, fand ihn, rollte ihn auseinander und hängte ihn im Hinterhof zum Lüften auf die Wäscheleine.

Als sie ins Haus kam, hörte sie die Dusche rauschen. Verbrauch bitte nicht das ganze heiße Wasser, flehte sie innerlich. Wie immer nach einem Arbeitstag war sie verschwitzt und schmutzig. Ihr praktisches Ich hätte ein heißes Bad, ein leichtes Abendessen und ein Buch der Verabredung mit dem heißesten Cowboy in Parable County, wenn nicht gar in ganz Montana, vorgezogen. Aber ihr anderes Ich hatte die Oberhand gewonnen, und dieses Ich wollte mit dem Feuer spielen, am Rand des Abgrunds tanzen, die Flügel ausbreiten und am Himmel kreisen.

Landry Sutton, zum Greifen nah. Ihm zu widerstehen, war eine echte Herausforderung. Aber sie würde ihm widerstehen, und sei es nur, um zu beweisen, dass sie es konnte. Sie und Landry hatten eine Art Wette abgeschlossen, und Ria hatte die Absicht, sie zu gewinnen.

Da sie nicht in die Zeit zurückreisen und die Einladung ausschlagen konnte, was sie am liebsten getan hätte, blieb ihr keine andere Wahl, als Bones zu füttern und sich in die Tiefen ihres Kleiderschranks zu stürzen, um etwas Passendes zum Anziehen zu finden.

Ria besaß nichts, was man als sexy bezeichnen konnte, nur Sommerkleider aus Baumwolle, die sie zur Kirche trug – wenn sie denn mal in die Kirche ging. Dazu ein paar leichte Cardigans, ein Dutzend T-Shirts, zwei Sommertops und eine Menge Jeans.

Und bei den Schuhen sah es nicht viel anders aus: Sneakers, Hausschuhe, Arbeitsschuhe, ein paar hochhackige Pumps, Überbleibsel aus ihrer Zeit als Buchhalterin in Merediths Firma, und ein Paar schwarze Westernstiefel, von denen sie nicht mal wusste, dass sie sie gekauft hatte.

Ziemlich uninspirierend.

Na schön, sie konnte Landry also nicht mit einem tollen Outfit beeindrucken. Trist und farblos wollte sie aber auch nicht aussehen.

Schließlich entschied sie sich für ihre neueste Jeans und ein ausgeblichenes, ärmelloses gelbes Oberteil mit gemäßigtem

Ausschnitt und ein paar Rüschen. Zusammen mit frischer Unterwäsche und dünnen Socken legte sie die Sachen auf ihr Bett.

Als Quinn schließlich, gefolgt von dichten Dampfschwaden und einem kleinen, sehr aufmerksamen Hund aus dem Bad kam, griff Ria sich ihren blauen Bademantel und hoffte, dass das Wasser inzwischen nicht völlig kalt war, denn sie wollte sich nicht nur gründlich abschrubben, sondern auch die Haare waschen.

Wie sich herausstellte, war das Wasser nicht ganz kalt, sondern nur lauwarm. Sie seifte sich ein, rasierte ihre Beine und wusch sich zum Abschluss die Haare. Als sie die Duschkabine verließ, wickelte sie sich hastig in ein Handtuch und trat vor den Spiegel über dem Waschbecken.

Das Wasser war zum Schluss doch noch richtig kalt geworden. Aber so ist wenigstens der Spiegel nicht beschlagen, dachte sie, während sie am ganzen Körper eine Gänsehaut bekam. Es war sehr lange her, dass sie ihr Bad mit jemandem teilen musste, und es würde einige Zeit dauern, bis sie sich daran gewöhnt hatte, mit einem Teenager zusammenzuleben.

Nachdem sie sich entschieden hatte, nur einen Hauch Make-up aufzulegen – getönte Feuchtigkeitscreme, etwas Mascara, Rouge und Lipgloss –, putzte Ria sich die Zähne, föhnte ihr Haar und ging zurück in ihr Zimmer, um sich anzuziehen.

Die Jeans lag noch da, wo sie sie vor fünfzehn Minuten hingelegt hatte. Auch Stiefel, Unterwäsche und Socken waren noch an Ort und Stelle. Das gelbe Baumwolltop jedoch war auf geheimnisvolle Weise verschwunden und hatte einem engen rosa Etwas mit tiefem V-Ausschnitt Platz gemacht.

„Quinn?", rief Ria.

Ihre Nichte öffnete die Tür und blieb grinsend auf der Schwelle stehen. „Das Oberteil sah aus wie ein aufgearbeiteter Mehlsack", erklärte sie. „Also habe ich es gegen eins meiner Tops ausgetauscht."

„Was verstehst du denn von Mehlsäcken?", fragte sie, um überhaupt etwas zu sagen. So konnte sie Zeit schinden und den Moment hinausschieben, in dem sie und Quinn die Verabredung ansprechen mussten. „Ich wette, niemand hat seit den sechziger Jahren des vorigen Jahrhunderts auch nur einen gesehen.“

„Denkste“, gab Quinn kess zurück. „Es gab einen Riesenhaufen davon auf dem Bauernmarkt – am Stand des Quilting-Clubs. Sie wurden als Vintage-Stoffe verkauft und gingen weg wie warme Semmeln.“

Seufzend musterte Ria noch einmal das rosa Top. Wahrscheinlich hatte sie es am Abend zuvor für Quinn gekauft, zusammen mit einem Haufen anderer Kleidungsstücke, an die sie sich nicht genau erinnerte. Es war nur ein dünner Fetzen schimmernder Weiche, der an Quinn süß und unschuldig aussehen würde. An ihr dagegen würde es so subtil wirken wie eine Reklametafel mit der Aufschrift „Nimm mich jetzt, Cowboy – ich gehöre dir“.

„Das kann ich nicht tragen“, protestierte sie schwach. Die Farbe des Tops erinnerte sie an rosa Zuckerwatte. Oder die zarten Blütenblätter früher Tulpen. Der Stoff fühlte sich seidig an zwischen ihren Fingern …

Sie ließ das Kleidungsstück fallen und zog ihre Hand zurück, als hätte sie sich verbrannt.

„Warum nicht? Es wird dir großartig stehen.“

„Vielleicht will ich nicht, dass es mir großartig steht“, meinte Ria, wobei sie ihre Nichte verdrießlich ansah. Allerdings war sie bereits am Schwanken, und das wusste Quinn vermutlich.

Vielleicht wäre es ja ganz nett, zur Abwechslung mal etwas Zartes und sehr Feminines zu tragen?

„Probier's einfach an“, drängte Quinn sie sanft. Dann trat sie zurück und schloss die Schlafzimmertür, ohne auf eine Antwort zu warten.

Ria zögerte eine gefühlte Ewigkeit, in Wirklichkeit aber nur ein paar Sekunden. Dann gab sie gereizt der Versuchung nach, zog sich das Top über den Kopf und ging zum Spiegel über der Kommode.

Sie sah – nun ja – anders aus, ganz und gar nicht wie ihr alltägliches T-Shirt-bekleidetes Ich. Ihre Haut schien zu schimmern, und obwohl sie noch kein Make-up aufgelegt hatte, strahlten ihre Wangen in einem hübschen, sehr blassen Apricot. Ihre Augen leuchteten umwerfend blau, das frisch gewaschene Haar glänzte wie poliertes Ebenholz und fiel ihr sanft ums Gesicht. Außerdem entdeckte sie in ihrem Spiegelbild, im Augenblick noch gut versteckt, etwas Sinnliches, das nur darauf zu lauern schien, sie im richtigen Moment anzuspringen. Oder wohl eher Landry anzuspringen.

„Du meine Güte", flüsterte sie.

Im selben Augenblick begann Bones aufgeregt zu bellen, und Ria hörte vor dem Haus einen Wagen vorfahren und halten. Eine Tür wurde zugeschlagen, dann eine zweite.

Quinns Mitfahrgelegenheit zur Party auf Whisper Creek war gekommen, und Ria musste nach draußen und wenigstens Hallo sagen. Außerdem wollte sie Quinn noch viel Spaß wünschen und sie ermahnen, sich anständig zu benehmen.

Das rosa Top behielt sie an, schlüpfte rasch in ihre Jeans und eilte ins Wohnzimmer.

Quinn war abfahrbereit. Den Schlafsack hatte sie bereits von der Leine geholt, fein säuberlich zusammengerollt und neben die Eingangstür gelegt. Daneben stand ihr Rucksack. Auch Bones wartete dort, still jetzt, nachdem seine persönliche Göttin ihm gesagt hatte, er solle nicht solchen Radau machen.

Auf der Veranda ertönten Schritte, das entschlossene Klacken von Männerstiefeln und das leichtere Quietschen von Mädchenturnschuhen. Quinn öffnete die Tür, bevor jemand klopfen konnte.

Vor der Fliegengittertür stand Walker Parrish, Clare neben sich. Einer der Ranchwagen wartete im Hof.

Walker lächelte Quinn an, die an der Verriegelung der Fliegentür herumfummelte; dann schaute er an dem Mädchen vorbei und lächelte Ria zu.

„Lange nicht gesehen", frotzelte er und trat ein.

Ria lachte, aber ein Teil von ihr fragte sich, ob Walker von ihrer Verabredung mit Landry wusste. Womöglich hatte Quinn auf dem Bauernmarkt Clare etwas erzählt, natürlich hinter Rias Rücken. Inzwischen konnte schon das ganze County Bescheid wissen, wenn man bedachte, wie Neuigkeiten sich in kleinen Gemeinden herumsprachen.

„Dein Dad ist einer der Männer, die uns vorhin geholfen haben, das Auto zum Laufen zu bringen. Drüben auf dem Markt", wandte Quinn sich an Clare. In ihrer Welt, der großen Stadt, ging es Ria durch den Kopf, hatte man es hauptsächlich mit Fremden zu tun.

„Die Welt ist klein", gab Clare zurück. Ihre Augen lachten, vermutlich aus Vorfreude auf den Spaß, der sie heute noch erwartete.

„Hier jedenfalls", erwiderte Quinn. Sie sah ähnlich aufgeregt aus wie ihre neue Freundin.

Walker griff nach Quinns Schlafsack und Rucksack. „Schätze, wir sollten los", meinte er grinsend. „Da wollen noch mehr junge Damen abgeholt werden."

Ria konzentrierte sich wieder auf Quinn. Zwar war sie nicht die Mutter des Mädchens, aber sie fühlte sich trotzdem für sie verantwortlich. „Viel Spaß auf der Party", sagte sie und küsste ihre Nichte auf die Stirn. „Benimm dich anständig."

Ihre Nichte nickte hastig und nahm Bones auf den Arm. Er trug noch sein Halsband, und sein Frauchen hatte die Leine um ihr linkes Handgelenk geschlungen.

„Und du auch", sagte Ria und drohte dem kleinen Hund spielerisch mit dem Zeigefinger.

Im nächsten Moment stürmten Clare und Quinn aus dem Haus, über die Veranda und die Stufen hinunter. Sie flogen förmlich über den Weg, bereits in ein Gespräch vertieft, und rannten zu Walkers auffälligem Wagen.

Walker blieb auf der abgetretenen Fußmatte stehen, Schlaf- und Rucksack im Arm, mit leicht wehmütigem Blick. Wahrscheinlich ging ihm dasselbe durch den Kopf wie Ria: Die Kinder wurden einfach viel zu schnell erwachsen. „Wir passen auf Quinn auf", sagte er völlig unnötigerweise. „Einer von uns bringt sie morgen nach Hause, entweder Casey oder ich. Wahrscheinlich aber erst nach dem Mittagessen, denn solche Partys dauern üblicherweise bis zum Morgengrauen. Dann kippen alle um, und man muss schon eine Kanone abfeuern, um sie zu wecken."

Ria hatte schon wieder einen Kloß im Hals, und sie konnte kaum sprechen. „Danke, Walker. Grüß Casey von mir."

Ein Nicken war die Antwort, er zupfte kurz an seiner Hutkrempe und ging. Ria sah ihm nach, bis er bei den Mädchen und dem Hund im Wagen war. Dann schloss sie sehr leise und ein wenig zögerlich die Tür. Irgendwie war das eben ein Schlusspunkt gewesen.

Allein im Haus, wandte sie der Tür den Rücken zu, lehnte sich dagegen, schloss die Augen und atmete langsam tief aus.

Wird schon schiefgehen, dachte sie.

Während Landry auf Rias Haustür zuging, einen Strauß roter, gelber und weißer Blumen, die er aus dem Garten seiner Schwägerin hatte, in einer Hand – Eulen nach Athen tragen, hätte Highbridge das genannt, denn das hier war schließlich eine Blumenfarm –, spürte er, wie seine Handflächen feucht wurden. Sein Magen tat einen Augenblick später so, als säße er in einem abstürzenden Flugzeug.

Er war vierunddreißig, aber im Moment hätte er ebenso gut ein Vierzehnjähriger sein können. So nervös war er.

Woran lag das nur? Er war mit vielen Frauen zusammen gewesen, vor Susan und auch danach. Zugegeben, seit er nach Montana gekommen und sich entschlossen hatte, eine Weile zu bleiben, um zu sehen, ob es ihm hier gefiel, war das weniger geworden. Es hatte ein paar sexuelle Abenteuer gegeben – schließlich war er kein Mönch –, aber er hatte darauf geachtet, sich dabei auf Missoula oder Great Falls zu beschränken, wo man ihn nicht kannte. Wenn er sich in Parable County durch die Betten schlief, hätte das nur Tratsch zur Folge. Immerhin kannte hier jeder jeden und wusste über dessen Angelegenheiten Bescheid.

Gerede machte ihm persönlich zwar nicht viel aus, aber Frauen sahen das im Allgemeinen anders. Sie mussten sich um ihren Ruf sorgen, und die meisten suchten einen Ehering. Oder wenigstens einen Verlobungsring.

Ria war offensichtlich unabhängig und nicht auf der Suche nach einem Ehemann. Eine Frau war sie trotzdem, und was andere Leute dachten, ließ sie nicht kalt.

Unbeabsichtigt tauchte ein sehr lebensechtes Bild von Ria vor seinem inneren Auge auf – köstlich nackt, herrlich bereitwillig, und zwar für ihn. Das war ihm in letzter Zeit sehr oft passiert. Landrys Leistengegend verhärtete sich schmerzhaft, und er senkte den Strauß auf Hüfthöhe für den Fall, dass man sehen konnte, wie sehr er diese Frau begehrte.

Du bist dumm, ach was, regelrecht kindisch, schalt er sich selbst, bot all seinen Mut auf und zögerte einen langen Augenblick, bevor er mit einer Hand entschlossen an den Holzrahmen um Rias Tür klopfte.

„Bin gleich da“, erklang ihre Stimme fröhlich von irgendwo im Inneren des Hauses.

Landry wartete.

Als sie die Tür öffnete, fiel ihr Blick auf den Strauß, aber sie sah sofort wieder hoch in Landrys Gesicht. „Hi“, grüßte sie ein bisschen verspätet.

Sie trug ein Top. Ein rosa Ding, das kaum substanzvoller war als ein Flüstern im Dunkeln, dazu eng anliegende Jeans, Stiefel und – wenn er sich nicht komplett täuschte – Lippenstift und Lidschatten.

Landrys Stimmung hob sich ein bisschen. Leider hob sich auch noch etwas anderes.

„Hallo“, sagte er schließlich, ebenfalls mit Verspätung.

„Komm rein“, lud Ria ihn ein wenig zu herzlich ein und trat einen Schritt zurück, um ihn einzulassen. „Ich stelle nur die Blumen ins Wasser, bevor wir gehen.“

Mit Mühe brachte Landry ein raues „In Ordnung“ hervor, nickte dazu und hielt den Strauß krampfhaft unterhalb der Gürtellinie, während er das Haus betrat. Überflüssig hin oder her, er war verdammt froh, die Blumen mitgebracht zu haben – wie hatte Brylee sie noch genannt? –, denn er fühlte sich, als hätte er sich ein Scheit Feuerholz in die Hose gesteckt, und brauchte unbedingt etwas, hinter dem er in Deckung gehen konnte.

Er folgte Ria durch das kleine Haus und registrierte dabei, dass es aufgeräumt und fast ebenso sparsam möbliert war wie sein eigenes. Als sie schließlich in der Küche landeten, blieb er vorsichtshalber hinter einem der Stühle mit hohen lederbezogenen Rückenlehnen stehen, die um den Tisch gruppiert waren.

„Pfingstrosen." Ria lächelte, nahm den Strauß entgegen und bewunderte ihn einen Moment. „Meine lassen schon die Blütenblätter fallen."

Pfingstrosen. Richtig, so hatte Brylee sie genannt. Was für ein dummer Name. Landry schluckte und kam sich immer noch wie ein Teenager vor.

Er konnte doch nicht einfach nur dastehen. Irgendwas musste er sagen. „Brylee meinte, es sei eine besondere Art", stieß er krächzend hervor. Mist, dachte er. Was passiert als Nächstes? Kiekser wie im Stimmbruch? Ein spontaner Ausbruch von Akne?

Entschlossen räusperte er sich. „Sie blühen spät", fügte er hinzu, womit er immer noch Brylee zitierte, denn er hatte nicht die leiseste Ahnung von Pflanzen. Seine Schwägerin war erfreut gewesen, ein bisschen zu erfreut für seinen Geschmack, als er vor etwa zwanzig Minuten bei ihr aufgekreuzt war und um ein paar Blumen gebeten hatte.

Reiß dich zusammen! Wohin hat sich eigentlich dein sonst so ausgeprägtes Selbstvertrauen verflüchtigt?

Etwa drei Minuten lang wandte Ria ihm den Rücken zu, während sie eine Vase aus einem Oberschrank holte – sie musste dafür auf die Zehenspitzen gehen und sich strecken –, sie an der Spüle mit Wasser füllte und jeden einzelnen Blütenstängel anschnitt, bevor sie ihn in die Vase stellte. Das gab ihm ein wenig Zeit, seine Erregung in den Griff zu bekommen. Ganz hatte er das noch nicht geschafft, als sie sich schließlich umdrehte, aber er hatte Glück. Ria konzentrierte sich voll auf die Blumen, stellte sie mitten auf den Tisch, lockerte den Strauß ein wenig auf und ordnete ein paar Blüten neu, bis sie mit dem Anblick zufrieden war.

Dann erst schaute sie Landry wieder an und runzelte die so wunderbar glatte Stirn.

„Stimmt irgendetwas nicht?“, fragte sie, während ihr Blick auf Landrys Finger fiel, die die Stuhllehne immer noch so fest umklammerten, dass die Knöchel weiß waren.

Wieder räusperte Landry sich und rang sich ein schwaches Grinsen ab, das eigentlich übermütig wirken sollte. „Ganz und gar nicht“, log er. „Mir geht es bestens.“

„Und warum klammerst du dich dann an den Stuhl, als hinge dein Leben davon ab?“, hakte Ria nach. „Wenn du dich nicht gut fühlst, können wir das Ganze verschieben …“

Wenn es danach ging, wie er sich fühlte, war die Sache klar: wie ein Volltrottel am Rand eines tiefen, rutschigen Hangs, unterhalb dessen noch Schlimmeres auf ihn wartete.

Diese Einsicht versetzte seinem Stolz einen Stich und sorgte dafür, dass er sich zusammenriss und wieder etwas normaler verhielt. Bewusst löste er die verkrampften Finger von der Stuhllehne. „Mir geht es gut“, wiederholte er.

Ria musterte ihn immer noch besorgt.

„Ehrlich“, beharrte Landry verbissen. Ganz so hart war er nicht mehr, aber es gab immer noch eine Beule, wo keine sein sollte. Verdammt, wenn er bloß nicht den Hut im Pick-up gelassen hätte. Dann hätte er ihn als Sichtschutz benutzen können, so wie die Blumen.

„Du musst deswegen nicht so schlecht gelaunt sein“, erwiderte Ria ein wenig gereizt. „Wenn du lieber nicht ausgehen möchtest, sag es einfach. Mir soll es recht sein.“

Damit glitt sie an ihm vorbei, ohne ihm eine Chance zu lassen, ihr zu antworten. Wohin sie wollte, war ihm allerdings ein Rätsel.

Er wusste nur eines: Gehen lassen konnte er sie nicht. Noch nicht.

Also fasste er sie am Ellenbogen, wobei er sorgsam darauf achtete, ihr nicht wehzutun. Dennoch war er nicht bereit zuzulassen, dass sie einfach ging und ihn wie einen dummen Jungen in der Küche stehen ließ.

Sie zu berühren war ein Fehler. Als ihm das klar wurde, war es jedoch bereits zu spät.

Ebenso gut hätte er seine Finger um einen Strom führenden Draht schließen können. Der Schlag traf ihn hart und heiß, gab ihm einen Ruck, gab auch ihr einen Ruck, und spannte einen unsichtbaren Lichtbogen zwischen ihnen.

Im nächsten Moment hatte Landry sie auch schon an sich gezogen, die Finger einer Hand in ihre seidigen dunklen Haare geschoben und ihren Kopf nach hinten geneigt, sodass er ihr direkt in die Augen sehen konnte.

Er erwartete, dass sie sich versteifte und sich wehrte, sich losriss oder ihm gar hart ins Gesicht schlug. Stattdessen gab sie ein winziges kehliges Wimmern von sich, fast ein Seufzen, und starrte ihn aus großen Augen an.

„Was zur Hölle geschieht hier?“, murmelte Landry. Im Grunde dachte er nur laut und rechnete nicht mit einer Antwort.

Aber Ria gab ihm eine. Sie dachte einen Moment nach, schüttelte dann leicht den Kopf. „Ich habe nicht die leiseste Ahnung“, gab sie heiser flüsternd zu.

Daraufhin küsste Landry sie – wider besseres Wissen und gegen jede Vernunft. Sanft zunächst, zärtlich, und dann immer heißer und leidenschaftlicher.

Und sie erwiderte den Kuss.

Ihre Zungen spielten miteinander, und Landry wurde klar, dass er endgültig geliefert war.

Trotzdem, vielleicht weil sie beide dringend Sauerstoff brauchten, lösten sich ihre Lippen plötzlich voneinander, als hätten sie sich schweigend darauf geeinigt. Sie schnappten nach Luft wie Schnorchler, die zu lange unter Wasser geblieben waren.

Landry hielt Ria bei den Schultern und trat einen halben Schritt zurück, um ihr Freiraum zu geben.

„Ich schätze, wir sollten jetzt besser los“, stieß er heiser hervor, nachdem er endlich wieder zu Atem gekommen war.

Sie nickte. „Sehe ich auch so“, stimmte sie zu, sichtlich aus der Fassung gebracht.

Obwohl sie beide entschlossen waren, die Sache zu beenden, bevor sie noch weiter aus dem Ruder lief, rührte sich keiner von ihnen, und das gefühlt eine ganze Minute lang.

Erneut war Landry hart, aber diesmal konnte er es nicht verbergen. Da auch nicht zu erwarten war, dass sich die Lage bald besserte – es sei denn, sie stiegen sofort miteinander ins Bett und schafften so diese seltsame Anziehungskraft zwischen ihnen aus der Welt –, würde er die Unbequemlichkeit einfach ertragen müssen.

Zu jedem anderen Zeitpunkt seines Erwachsenenlebens hätte er, ohne auch nur eine Sekunde zu zögern, die nächste weiche flache Oberfläche angesteuert. Aber Ria war anders als jede Frau, der er jemals begegnet war oder mit der er geschlafen hatte.

Wenn er sie liebte – ihm war klar, dass es irgendwann geschehen würde, so sicher wie das Amen in der Kirche –, wollte er, dass sie sich bewusst dafür entschied, weil sie es wollte und nicht weil sie so wie jetzt durcheinander war. Zweifellos hätte er sie jetzt nehmen können, doch hinterher würde sie ihn womöglich hassen. Und sich selbst auch.

Beides war für ihn inakzeptabel.

Dennoch hatte er immer noch das Verlangen, sie zu berühren. Also strich er mit den Knöcheln der rechten Hand über ihre Wange. Sehr sanft und erstaunt von der Erkenntnis, dass er noch nie eine Frau so begehrt hatte wie diese und dass sich daran vermutlich auch nie etwas ändern würde.

Sein gesunder Menschenverstand kämpfte gegen seinen Instinkt, und er spürte, wie seine Entschlossenheit wankte. Jetzt und hier drängte ihn die dunkle Seite seines Bewusstseins, auf der die Schatten lauerten. Landrys bessere Seite gewann den Kampf schließlich, allerdings nur um Haaresbreite.

Er drehte Ria um, legte ihr eine Hand auf den Po und schob sie sanft aus der Küche, durchs Wohnzimmer hinaus auf die Veranda und damit in das Dämmerlicht des Sommerabends.

Ihre Schlüssel klirrten leise, als sie versuchte, die Haustür abzuschließen.

Landry unterdrückte den Impuls, sich nur ein klein wenig vorzubeugen und mit den Lippen den schmalen Streifen Haut in ihrem Nacken zu streifen.

Stattdessen nahm er ihr die Schlüssel aus den Fingern, sperrte die Tür ab und dirigierte sie zur Beifahrerseite seines Wagens. Er hatte nicht daran gedacht, das Fahrzeug zu waschen, aber es sah annehmbar sauber aus, also entschied er, sich darüber nicht den Kopf zu zerbrechen. Dabei wäre selbst das ihm im Moment eine willkommene Ablenkung gewesen.

Es gab einen peinlichen Augenblick, als Ria auf das Trittbrett stieg, dabei stolperte und beinah rückwärts in seine Arme gefallen wäre. Von dort bis in das weiche Gras zu ihren Füßen wäre es schnell gegangen, dachte Landry belustigt und resigniert zugleich, und dann wäre alles möglich gewesen. Schließlich war niemand in der Nähe.

Dazu kam es jedoch nicht. Glücklicherweise.

Oder leider.

Landry half ihr wieder ins Gleichgewicht, und sie setzte sich mit hochrotem Kopf und den Blick starr geradeaus gerichtet in den Sitz. Wieder einmal blieb die Zeit stehen, ließ sie beide in einem Moment verharren, von dem er sich wünschte, er würde niemals enden.

Während der Fahrt nach Parable war die Atmosphäre zu Landrys großer Erleichterung nicht mehr ganz so sexuell aufgeladen, warum auch immer, und sie wurden beide ein wenig ruhiger.

Ria kurbelte ihr Fenster herunter und ließ den Wind mit ihren Haaren spielen, die Lider gesenkt, ein zufriedenes Lächeln auf den Lippen.

Später sollte Landry sich für den Rest seines langen Lebens daran erinnern, wie sie in diesem Augenblick aussah, an den Duft ihrer Haut und ihres Haars, an den glatten rosigen Schimmer ihres Teints. Und daran, dass er sich genau in diesem Moment endgültig in Ria Manning verliebte, heftig, intensiv und für alle Zeiten.

9. KAPITEL

Ria wusste nicht recht, ob sie sich Sorgen machen musste oder erleichtert sein sollte, als sie und Landry auf den vollen Parkplatz der Boot Scoot Tavern einbogen. Die Bar lag in einem heruntergekommenen ungestrichenen Gebäude, das nicht nur bessere Tage, sondern bessere Jahrzehnte, wenn nicht sogar Jahrhunderte gesehen hatte, denn der örtlichen Überlieferung nach stammte es aus den achtziger Jahren des neunzehnten Jahrhunderts. Damals noch ein Saloon, hatte sich das Etablissement kaum verändert. In Parable war es eine Institution, ähnlich wie das Gerichtsgebäude oder der Friedhof der Pioniere, auf dem Generationen von Stammkunden begraben waren. Ebenso wie natürlich auch Abstinenzler und alle anderen Leute, die irgendwo auf der Skala zwischen diesen Extremen lagen.

Jetzt dröhnte laute Countrymusik und der Lärm der feiernden Gäste aus der von Bierfässern offen gehaltenen Doppelschwingtür ins schwindende Tageslicht. Gäste kamen und gingen, Frauen in knappen Sommertops und Jeans mit Strasssteinen auf den Gesäßtaschen und modischen Stickereien auf den bunten Stiefeln, Männer im Cowboy-Look in ihren besten Jeans, akkurat gebügelten Baumwollhemden, ausnahmslos langärmelig, und Hüten, die sie nur zum Ausgehen trugen, aber niemals bei der Arbeit. Die hochglanzpolierten Stiefel gehörten natürlich dazu, aber verglichen mit denen der Frauen waren sie schlicht und entweder braun oder schwarz und vorn bequem breit, niemals spitz. Vorn spitz zulaufende Stiefel, so hatte Ria etwa fünf Minuten nach dem Passieren der Staatsgrenze zu Montana gelernt, trugen nur Möchtegerncowboys und Angeber.

Ein richtiger Cowboy würde so etwas niemals anziehen.

Diese Überlegungen hielten ihre Nervosität ein paar Minuten in Schach, aber auf Dauer ließ sich nicht ignorieren, dass sie am Ziel angekommen waren.

Jeder in seine eigenen Gedanken vertieft und ohne einander anzuschauen, stiegen sie aus dem Auto.

Unmittelbar vor dem Betreten der Bar jedoch verließ Ria die künstlich erzwungene Ruhe, die sie so sorgfältig aufrechterhalten hatte. Stattdessen war sie plötzlich in Alarmbereitschaft und fühlte sich wie ein Fisch auf dem Trockenen. Sie dachte an die Cowgirls mit den glitzernden Strasssteinen auf den Jeans. Verglichen damit schnitt sie schlecht ab. Definitiv zu wenig Glitzer, dachte sie trübsinnig, nicht ein einziger funkelnder Stein am ganzen Körper. Und trugen etwa alle weiblichen Gäste Slim Fit Jeans in Mädchengröße? Der Gedanke an ihre eigenen Feminine Fit Jeans, die selbst frisch aus dem Trockner lose saß, war kein bisschen hilfreich.

Landry schenkte ihr ein schiefes Lächeln, als sie kurz vor dem Eingang stehen blieben. Er nahm ihre Hand und drückte sie leicht. Ebenso gut könnte ich ein digitales Display auf der Stirn haben, dachte Ria, denn wenn er nicht genau erraten hatte, was ihr durch den Kopf ging, so war er doch ziemlich nahe dran.

„Vielleicht habe ich versäumt, es zu erwähnen“, sagte er leise und nur für ihre Ohren bestimmt, „aber so, wie du heute Abend aussiehst, stockt mir immer wieder der Atem.“

Sie war dankbar für den Adrenalinstoß, den diese Bemerkung in ihr auslöste, und zugleich ausgesprochen misstrauisch. Versuchte er, ihr einen Bären aufzubinden? Wenn ja, hatte es vielleicht sogar die erwünschte Wirkung.

Und wenn nicht? Wenn Landry wirklich meinte, was er gerade gesagt hatte …

Ein süßes, schmerzhaftes Ziehen durchfuhr sie.

Landry, der sie genau im Auge behalten hatte, lachte. „Du bist sogar noch hübscher, wenn du dich fragst, was ich im Schilde führe“, sagte er, fasste ihre Hand fester und führte sie in das dämmrige, laute, wummernde Herz der Boot Scoot Tavern.

Es dauerte ein Weilchen, bis Rias Augen sich an den Wechsel vom schwindenden Tageslicht zur schummrigen Beleuchtung im Inneren der Bar gewöhnt hatten, aber als sie wieder richtig sehen konnte, stellte sie fest, dass die legendäre Kneipe tatsächlich fast ganz genau so war, wie sie sich ausgemalt hatte. Der Laden war gerammelt voll, die Stimmung der Anwesenden rangierte von mürrisch bis ausgelassen, die Jukebox war so voll aufgedreht, dass Wände und Boden vibrierten, und die bunten Stroboskoplichter der Anlage erinnerten Ria an ein außerirdisches Raumschiff, das entweder gerade landen oder starten wollte.

Kellnerinnen in knallengen Jeans und sexy Tops wuselten zwischen den Tischen umher, balancierten geschickt Bierflaschen und Cocktailgläser auf winzigen runden Tabletts, lachten und scherzten mit den Gästen. Paare tanzten, wo immer sie eine freie Fläche in der Menge finden konnten. Irgendwo klickten Billardbälle.

Bereits völlig überreizt musste Ria blinzeln. Sie fühlte sich immer noch unbehaglich, war aber zugleich fasziniert. Natürlich hatte sie schon andere Bars betreten, aber diese hatte ihren eigenen ungehobelten Charme und wirkte irgendwie geheimnisvoll und nicht ganz von dieser Welt, wie ein geheimer Ort an einem geheimen Ort. *Brigadoon* mit Stiefeln und Cowboyhüten statt Schottenröcken.

Sie nahm die Szenerie in sich auf, genoss sie und war doch von ihr verunsichert.

Hier geschehen Dinge, dachte sie, hier nehmen Dinge ihren Anfang und ihr Ende. *Hier, innerhalb dieser Mauern, unter diesem wackligen Dach verlieben sich Menschen und entzweien sich manchmal auch. Hier werden heimliche Küsse getauscht, Faustkämpfe ausgetragen, Versprechen gegeben, Versprechen gebrochen.*

Schließlich holte Landry sie mit einem sanften Stupser aus ihrem seltsamen Tagtraum, und das war auch gut so, denn Rias durch und durch pragmatisches Ich bekam allmählich Angst vor diesen merkwürdigen Grübeleien. Nur für den Bruchteil einer Sekunde tat es ihr um die Magie dieser Momente leid, und sie wünschte, sie hätte sie nicht losgelassen.

„Lass uns was zu essen bestellen", schlug Landry dicht an ihrem Ohr vor. „Ich werde das Gefühl nicht los, dass wir die Stärkung brauchen."

Wundersamerweise war ein Tisch für zwei frei, und Landry, der immer noch Rias Hand hielt, führte sie durch die Menge, nickte Leuten zu, die ihn grüßten, tauschte mit dem einen oder anderen ein „Hallo" aus.

Obwohl Ria genauso lange in Parable County lebte wie er und viele der Leute kannte, die sie trafen, schien er mit jedem Einzelnen von ihnen vertraut zu sein, ob Mann oder Frau. Das seltsame Gefühl, nicht dazuzugehören, im Grunde eine Fremde in einem fremden Land zu sein, überfiel sie erneut mit der Wucht einer Flutwelle.

Normalerweise war sie ein vernünftiger Mensch, und folgerichtig versuchte sie zu analysieren, was sie empfand. Aufregung? Angst? Weder noch und doch beides. Nein, eine Selbstanalyse brachte sie nicht weiter.

Als sie ihren Tisch erreichten, der klein und rund in einer Ecke stand, in das farbenfrohe Licht der Jukebox getaucht, und Landry ihr wie ein Gentleman den Stuhl zurückzog, gestattete sie ihren Knien, was diese schon seit dem Augenblick zu tun drohten, in dem sie ihm am Abend die Haustür geöffnet hatte: einfach nachzugeben.

Sie saßen einander gegenüber, und ihre Knie berührten sich.

Ria befürchtete fast, allein schon von diesem bisschen Körperkontakt spontan in Flammen aufzugehen. Schweiß kitzelte auf der Haut zwischen ihren Brüsten, juckte zwischen ihren Schulterblättern. Sie wand sich ein wenig auf dem Vinylpolster des Stuhls, kaute an ihrer Unterlippe, während sie überlegte, ob sie ein paar Zentimeter zurückrutschen sollte, um den ständig hin- und herspringenden elektrischen Entladungen zwischen ihrem und Landrys Körper zu entgehen.

Allerdings hatte der Plan einen Haken. Genauer gesagt sogar zwei.

Die Handlung wäre zu offensichtlich, zumal in der gegebenen

Enge. Landry könnte sie als eine Art Zugeständnis betrachten und einen weiteren Sieg für sich verbuchen. So wie schon die zwei Küsse – waren es wirklich nur zwei gewesen? – die Welt zum Stillstand gebracht hatten, jedenfalls für Ria. Obendrein hatte sie nicht genug Platz, um auszuweichen. Sie saß mit dem Rücken zur Wand, im wörtlichen wie im übertragenen Sinne.

„Entspann dich", meinte Landry. Belustigung spiegelte sich in seinen viel zu blauen Augen. Vielleicht hatte er das auch gar nicht laut ausgesprochen, sondern nur gedacht und diesen Gedanken irgendwie telepathisch übertragen? Schwer zu sagen, jetzt wo sie offensichtlich in das Kaninchenloch gefallen war. *Hier entlang ins Wunderland.*

Eine lächelnde Kellnerin trat an ihren Tisch, gekleidet wie alle anderen Frauen in der Bar, aber pummelig genug, um Rias Theorie, dass hier ausschließlich Slim Fit Jeans in Mädchengröße getragen wurden, über den Haufen zu werfen. Die Kellnerin fragte, ob sie etwas essen wollten, und reichte ihnen fleckige, in Folie eingeschweißte Speisekarten, als Landry die Frage bejahte.

Sobald Ria begriff, dass sie in etwa so viel über sich selbst bestimmen konnte wie das Kaninchen vor der Schlange – oder wie Alice, die in eine Welt fiel, in der Kaninchen Taschenuhren trugen und Spielkarten Rosen rot anmalten –, geriet sie wieder völlig durcheinander. In der Hoffnung, das überspielen zu können, tat sie so, als wäre sie völlig in die Tageskarte vertieft, die in ihre Speisekarte eingelegt war. Die Wörter purzelten in ihrem Kopf durcheinander, wurden zu Buchstabenkombinationen ohne jeden Sinn, und sie begriff nichts von dem, was sie las. Konnte man von einem Moment auf den anderen zum Analphabeten werden?

Vielleicht hätte sie sich den ganzen restlichen Abend mit Grübeleien gequält, wenn Landry ihr nicht die Speisekarte abgenommen, sie beiseitegelegt und seine starken Hände um ihre geschlossen hätte.

„Ria", sagte – oder dachte – er, „immer mit der Ruhe, hörst du? Es wird alles gut, das verspreche ich."

Seine Berührung beruhigte sie einerseits. Andererseits wühlte sie sie noch stärker auf. Jetzt, wo ihre Hände *und* ihre Knie sich berührten, war der Stromkreislauf geschlossen. Jetzt knisterte es nicht mehr, jetzt floss pure Energie.

Die Kellnerin, die irgendwann im Lärm der Kneipe verschwunden sein musste, tauchte mit zwei riesigen Glashumpen, die man auch als Schirmständer hätte verwenden können, mit frisch gezapftem Bier auf ihrem Tablett wieder auf.

Erschrocken riss Ria die Augen auf. Sie konnte sich nicht entsinnen, einen Drink bestellt zu haben. Hatte sie auch nicht. Im College war ihr einmal nach Rotwein speiübel geworden, und seitdem hatte sie um Alkohol einen großen Bogen gemacht.

Landry musste für sie bestellt haben, während sie geistesabwesend gewesen war.

Nicht dass sie das jetzt nicht mehr wäre. Hier in Brigasaloon oder Wunderland – sie hatte keine Ahnung, wo sie gelandet war – galten andere Regeln. Und sie selbst war auch anders.

Landry lächelte sie an, ließ seine Hände, wo sie waren, wärmte damit ihre Finger und wechselte ein paar Worte mit der Kellnerin. Die nickte, lächelte ebenfalls und verschwand wieder.

„Ich hoffe, du magst Fisch und Chips“, sagte er und beugte sich dabei so weit vor, dass sein Gesicht unmittelbar vor ihrem schwebte. Sein Aftershave, subtil und vermutlich teuer, erfüllte ihre Sinne und ließ sie ein wenig schwindeln. Das elektrische Knistern, das zwischen ihnen herrschte, wurde stärker, beinah mit den Händen greifbar.

„Fisch und Chips sind mir recht“, erwiderte Ria und streckte ihren Rücken. Als ob sie überhaupt ein Wörtchen mitzureden hätte.

Landry grinste. Er beobachtete sie sehr intensiv und sah vermutlich alles, was sie so krampfhaft zu verbergen versuchte, wo sie doch offenbar komplett den Verstand verloren hatte. Das befürchtete sie jedenfalls. Wenn sie jetzt noch den Verrückten Hutmacher oder die Rote Königin entdeckte, war sofortige Flucht angesagt.

Nachdem sie wenigstens diesen Beschluss gefasst hatte, befreite sie ihre Hände, griff mit ihnen nach ihrem riesigen Bierkrug, hob ihn und prostete Landry zu. Dann atmete sie tief durch und nahm einen kräftigen Schluck von dem Zeug. Nicht übel, dachte sie, und so folgte ein Schluck auf den anderen.

Landry hob in Erwiderung ihres Prosts seinen eigenen Krug. Aber anders als Ria nippte er nur an seinem Bier und schien jeden einzigen Schluck zu genießen.

Kein Wunder, dass es ihm leichtfällt, dachte Ria, während sie immer noch viel zu schnell und viel zu viel trank. Er ist schließlich nicht nervös, ja, nicht einmal ein bisschen verunsichert. Nein, Sir, Landry Sutton ist in der Boot Scoot Tavern zu Hause. Er kennt hier jeden und fühlt sich absolut wohl in seiner Haut. Und er stürzt sein Bier auch nicht hinunter.

Sie hingegen hätte sich am liebsten kopfüber in ihren Krug gestürzt, war völlig verunsichert und mit den Nerven am Ende.

Nach ein paar Minuten setzte die erhoffte Wirkung des Biers ein. Es beruhigte Rias Nerven ein wenig, legte einen Weichzeichner über die Szene, hielt die hämmernde Musik und die wild feiernde Menge auf Abstand. Letztere war ausgelassener, als die Polizei erlaubte, und der Aufenthalt in der Kneipe daher alles andere als ungefährlich.

Wo steckte Sheriff Boone Taylor, wenn man ihn brauchte?

Das Essen wurde gebracht und unterbrach Rias Gedanken, die schon wieder auf Abwegen waren. Brocken von paniertem Fisch und gewaltige Pommes auf fettigen Papptellern in Plastikkörben, denen man den langen und ständigen Gebrauch ansah.

Da sie ihr Bier schon fast ausgetrunken hatte, bestellte Ria sich ein zweites.

Landry sagte nichts dazu. Sie hätte es auch nicht gehört, wenn er etwas gesagt hätte, denn es war einfach viel zu laut in der Kneipe. Zwar schwieg die Jukebox inzwischen, aber stattdessen spielte eine Liveband, ausgerüstet mit Verstärkern und elektrischen Gitarren, und machte einen ohrenbetäubenden Lärm.

Die Texte waren vertraut, rührselig und seltsam tröstlich. Es ging um treue alte Hunde, die ihr Leben aushauchten, Pick-ups, die liegen blieben, Zugpfeifen in dunklen, einsamen Nächten, eine Mom, die starb, bevor sie die versprochene Waschmaschine bekam, und natürlich die unausweichliche und zugegebenermaßen verdiente Gefängnisstrafe.

Landry hob eine Braue, als der nächste riesige Bierkrug vor Ria abgestellt wurde. Sein Mundwinkel, der so sehr zum Küssen einzuladen schien, zuckte ebenfalls leicht hoch. Dann seufzte Landry sichtlich, zu hören war es natürlich nicht, und widmete sich seinem Essen.

Ria nahm ein paar Bissen von ihrem. Es schmeckte ganz gut, wenn man sich nicht an Transfetten, viel zu viel Salz und jeder Menge Konservierungsstoffen störte, aber sie hielt sich lieber an ihr Bier. Allmählich fühlte sie sich nicht nur besser, sondern richtig gut.

Warum habe ich eigentlich so lange auf dieses Zeug verzichtet?

Schließlich wurden die Essenskörbe abgeräumt – Rias Pappteller war noch fast voll –, und Landry, der fröhlich und verzagt zugleich wirkte, zog Ria hoch und drängte sich unter Ellenbogeneinsatz mit ihr auf die Tanzfläche. Er hielt sie eng an sich gedrückt, und sie gestattete sich zu genießen: seine Härte, die Hitze, die er ausstrahlte, den männlichen Duft seines Aftershaves und seiner Haut, das Gefühl, von ihm gehalten zu werden.

Selbstverständlich war sie nicht *betrunken*. Ganz und gar nicht. Sie konnte sich nicht entsinnen, wann sie sich das letzte Mal so verwegen, so frei und so sexy gefühlt hatte.

Landrys Atem streifte leicht kitzelnd ihr Ohr, und natürlich löste das sofort wieder wohlige Schauer aus. „Vielleicht sollten wir ein bisschen frische Luft schnappen“, flüsterte er.

„Mir gefällt die Luft hier drin“, gab Ria zurück. Das Boot Scoot war trotz seiner seltsamen Magie neutrales Gebiet.

Wenn Landry Sutton glaubte, dass sie auf den uralten Trick mit der „frischen Luft“ hereinfiel, dann war er schief gewickelt. Glaubte er denn wirklich, sie wüsste nicht, dass er sie küssen würde, kaum dass er sie draußen unterm Sternenhimmel hatte?

Und wenn das geschah – das war Ria nur zu klar –, würde sie sich schon bald wieder in seinem großen Wagen finden und Ja sagen, wenn die richtige Antwort nur Nein lauten konnte.

Landry lachte wieder, und sie spürte, wie dieses Lachen in seiner Brust vibrierte.

„Diese Luft", gab er rau zurück, die Lippen wieder dicht an ihrem Ohr, „wird dich aber nicht wieder nüchtern machen."

„Willst du damit etwa andeuten, dass ich – angetrunken bin?", fragte sie beleidigt.

„Ich deute gar nichts an", erwiderte Landry. „Ich stelle einfach nur fest. Du bist nicht nur angetrunken, du hast mächtig einen sitzen. Du hast einen in der Krone, bist voll wie eine Haubitze …"

„War das alles?", unterbrach Ria ihn. Sie schwankte leicht. „Oder kennst du noch mehr Umschreibungen?"

Im selben Moment endete die Musik in einem vibrierenden Trommelwirbel, der langsam verklang und in eine seltsam nachbebende Stille mündete.

„Vermutlich", erwiderte er leichthin, „aber im Moment fallen mir keine weiteren ein. Ich könnte die Thesaurus-App auf meinem Smartphone befragen, wenn du neugierig bist."

„Ich bin nicht neugierig", entgegnete Ria kühl. „Und ich möchte mich hinsetzen."

Sie war entspannt, ja. Das konnte sie zugeben, zumindest vor sich selbst. Vielleicht war sie sogar ein kleines bisschen angeheitert. Aber ganz gewiss war sie nicht betrunken. Dessen war sie sich absolut sicher, obwohl sie sich noch nie exakt so gefühlt hatte wie jetzt und diesen äußerst angenehmen Zustand mit nichts vergleichen konnte.

Bis auf jenen Abend im College, als sie auf einer Party zu viel Rotwein getrunken hatte, aber – Gott und einer Legion Schutzengel sei Dank – trotzdem allein in ihrem schmalen Wohnheimbett gelandet war und sich gewünscht hatte, der Raum würde endlich aufhören, sich zu drehen und zu schaukeln.

Das war aber eine ganz andere Situation gewesen. Seitdem

waren Jahre vergangen, und sie war nicht mehr das schüchterne Mädchen, das sich so angestrengt bemühte, sich anzupassen. Inzwischen war sie eine erwachsene Frau, stark, selbstsicher, selbstbestimmt.

An ihrem Tisch erwarteten sie frisch gefüllte, offenbar eisgekühlte Bierkrüge. Die Kellnerin verdiente nach Rias Ansicht auf jeden Fall ein anständiges Trinkgeld.

Landry setzte sie auf ihren Stuhl. Ein bisschen befremdlich fand sie, dass er meinte, das tun zu müssen. Dann ließ er sich auf seinem eigenen Stuhl ihr gegenüber nieder.

Wieder berührten sich ihre Knie. Und während Ria vorhin noch ängstlich darauf reagiert hatte, gestattete sie sich jetzt, das Gefühl zu genießen. Ach was, sie schwelgte darin und wollte mehr davon.

Die Band spielte ein paar Akkorde, die in einer sanften Ballade mündeten, untermalt von statischem Rauschen aus den Verstärkern.

„Highbridge hatte recht." Ria war sich nicht sicher, ob Landry das wirklich gesagt hatte. Er strich sich mit den gespreizten Fingern einer Hand durchs Haar und weckte damit in ihr das dringende Bedürfnis, sich vorzubeugen und ihm mit ihren eigenen Fingern ebenfalls durchs Haar zu streichen.

„Womit?", rief sie, um den Lärm zu übertönen. Schließlich war es ihr wichtig, was Highbridge über sie dachte.

„Er sagte, das Ganze sei keine gute Idee."

Dann schüttelte er reumütig den Kopf, schob seinen Stuhl abrupt zurück, stand auf, zog ein paar Geldscheine aus seiner Jeanstasche und legte sie auf den Tisch. Es war mehr als genug für Bier und Essen und enthielt ein sehr großzügiges Trinkgeld, meldete sich die Buchhalterin in Ria aus einer entlegenen, vernünftigen Ecke ihres Gehirns zu Wort.

Offenbar hatte Landry beschlossen aufzubrechen. Na schön. In der Kneipe war es laut und heiß und bei Weitem zu voll, und wenn in ihr ein Cowgirl schlummerte, hatte es sich an diesem Abend nicht blicken lassen.

Nur um Landry klarzumachen, dass er sie nicht herumkommandieren konnte, zögerte Ria den Aufbruch hinaus und trank noch mehr von ihrem Bier. Schließlich konnte man das Zeug doch nicht umkommen lassen, immerhin war es von medizinischem Wert.

Irgendwann nahm Landry ihr mit sanfter Gewalt den Krug aus der Hand und stellte ihn auf den Tisch. Er führte sie durch die dicht gedrängte Menge, aus der Tür hinaus und auf den Parkplatz.

Der erste Hauch kühler frischer Luft, der ihr Gesicht traf, machte ihr mit einem Schlag klar, wie es um sie stand. Ria konnte es nicht länger leugnen. Sie war eindeutig betrunken.

Es tat ihr allerdings nicht leid, denn ausnahmsweise tat ihr einmal nichts weh. In den letzten Jahren hatte sie sich so daran gewöhnt, ihr gebrochenes Herz zu verstecken, dass sie den ständig gegenwärtigen Schmerz schon fast nicht mehr wahrnahm.

„Du brauchst Kaffee", erklärte Landry, schlang einen Arm um ihre Hüfte und trug sie beinahe zu seinem Pick-up. „Je mehr, desto besser."

Ria schaute hoch zu den Sternen, Milliarden von Sternen, und bestaunte sie, als sähe sie zum ersten Mal in ihrem Leben den Nachthimmel.

„So schön", sagte sie.

Einen Augenblick später standen sie neben Landrys Wagen, und er war damit beschäftigt, Ria mit einem Arm aufrecht zu halten und mit der freien Hand die Tür aufzuschließen. In dem Moment jedoch, in dem sie sprach, rührte er sich einen Augenblick überhaupt nicht mehr und schaute sie lange an. Dann sagte er mit rauer, kratziger Stimme: „Schön? Oh, ja, wunderschön. Und doch beschreibt es nicht mal ansatzweise, was ich gerade sehe."

Diese Bemerkung verwirrte Ria, aber da sie immer noch selig betrunken war, fragte sie nicht nach, was zum Teufel er damit meinte.

Vielleicht hatte sie auch einfach Angst, dass er es ihr rundheraus erklären würde. Im Augenblick wusste sie jedenfalls nur eines: Sie wollte den Kaffee nicht, den er ihr gerade angeboten hatte. Sie wollte auch nicht nüchtern werden. Noch nicht. Ihr Herz und ihr Gehirn waren wunderbar benebelt, es summte angenehm in ihren Ohren, und wenigstens für kurze Zeit war alles gut auf der Welt.

Landry schüttelte den Kopf, als hätte er sich im Stillen etwas gefragt, und die Antwort gefiel ihm nicht. Er öffnete die Beifahrertür und verfrachtete Ria ohne Umschweife auf den Sitz, beugte sich über sie, bekam den Sicherheitsgurt zu fassen und schnallte sie fest.

Sie begann zu singen.

Landry knallte die Tür zu, rannte um den Wagen herum zur Fahrertür und schwang sich hinters Steuer. „Wenn du dich übergeben musst", meinte er leise und freundlich, „wäre ich für eine Warnung dankbar, damit ich am Straßenrand halten kann."

„Was für eine romantische Bemerkung", unterbrach Ria kurz ihre Darbietung des einzigen Trinkliedes, das sie kannte. „Achtundneunzig Bierflaschen auf der Mauer, sechsundneunzig Bierflaschen …"

Landry lachte und ließ den Wagen an. „Du hast siebenundneunzig ausgelassen", sagte er, während der Kies unter den Reifen seines Wagens knirschte und seine Scheinwerfer die Dunkelheit durchschnitten.

Ria begann noch einmal bei neunundneunzig.

Außer an Häusern und ein paar Trailerparks kamen sie auch an mindestens einem Café vorbei, dem Butter Biscuit, aber sie hielten nicht an. Ria schloss daraus, dass Landry seine Meinung in Sachen Kaffee geändert hatte. Es sollte ihr recht sein. Sie wollte sowieso keinen. Außerdem, so ausgelassen, wie sie war, und so fixiert darauf, lauthals zu singen, war ihr klar, dass sie nicht in der richtigen Verfassung war, um unter Leute zu gehen.

Sie war bei vierundsiebzig Flaschen angelangt, als Landry plötzlich in die Einfahrt eines Hamburger-Restaurants einbog und den Autoschalter ansteuerte. Hier warteten keine anderen Wagen.

„Hör auf zu singen", bat er nicht unfreundlich, bevor er das Fenster herunterkurbelte, um eine Bestellung aufzugeben.

Ria hörte auf. Irgendwie war sie erleichtert, obwohl sie Bedenken hatte, den Faden zu verlieren. Sie lehnte sich in ihren Sitz zurück, hörte, wie er zwei Kaffee bestellte, schwarz und stark. Dann fielen ihr die Augen zu, und sie sank in einen Traum, an den sie sich später nicht erinnerte.

Landry fuhr. Sein eigener Kaffee wurde im Getränkehalter kalt, ebenso wie Rias. Im Nachhinein hatte er noch zwei Flaschen Wasser bestellt und sie auf den Rücksitz geworfen.

Die Straße zwischen Parable und Three Trees war dunkel, und am weiten Himmel über ihnen funkelten Myriaden von Sternen. Er wünschte, Ria wäre wach, damit sie sie auch sehen konnte. Ein oder zweimal sagte er leise ihren Namen.

Sie bewegte sich beim Klang seiner Stimme. Am Leben war sie also, aber sie wachte nicht auf.

Wenn Highbridge jemals etwas von dieser Sache erfuhr, dachte Landry mit grimmigem Humor und einem stetig bohrenden Schmerz in der Gegend seines Herzens, würde er ihn nie mehr als Landry Sutton bezeichnen, sondern nur noch als Misthaufen.

Da er nicht dumm war, dachte Landry gar nicht daran, irgendwem irgendwas über seine Verabredung mit Ria zu erzählen, weder seinem Butler noch sonst jemandem. Jede Wette, dass auch sie nie ein Wort darüber verlieren würde. Das war ihm mehr als recht, aber was sollte er nur tun, wenn Ria morgen früh mit hämmernden Kopfschmerzen und rebellierendem Magen aufwachte, total verkatert, und zu dem Schluss kam, dass er schuld daran war, dass sie so viel Bier getrunken hatte?

Paare, die weit mehr verband, hatten sich schon wegen weit geringerer Probleme getrennt. So viel stand fest.

Außerdem hatte er Ria zwar nicht gezwungen zu trinken, als müsste sie einen Großbrand in ihrem Bauch löschen, aber trotzdem war er zumindest teilweise verantwortlich. Daran ließ sich nicht rütteln. Es war schließlich seine geniale Idee gewesen, sie in die Boot Scoot Tavern auszuführen. Er hatte wohl geglaubt, sie könnten dort sozusagen in die Kultur der Einheimischen eintauchen. War der Meinung gewesen, dort könnte Ria sich ein bisschen locker machen.

Nun ja, das hatte sie getan, aber Landry bezweifelte, dass sie sich gern daran erinnern würde, wenn sie erst einmal wieder nüchtern war.

Wütend auf sich selbst, fuhr er sich mit der Hand durch die Haare und trat im nächsten Moment voll auf die Bremse, als vor dem Wagen eine Hirschkuh mit zwei Kälbern auf die Straße lief. Ihre Augen leuchteten unheimlich im Scheinwerferlicht, während sie die Straße überquerten.

Ein Blick zu Ria zeigte Landry, dass selbst das plötzliche Bremsmanöver sie nicht aus ihrem tiefen Schlaf gerissen hatte.

Ein Lächeln umspielte seine Mundwinkel. Ich fresse einen Besen, wenn Ria vor diesem Abend häufiger getrunken hat, dachte er. Allerdings hatte sie sich nicht mit halben Sachen aufgehalten, und spätestens morgen früh würde sie verkatert und stinksauer sein.

Sein Lächeln erlosch. Ria würde sich vermutlich selbst hassen, sowie die Sonne aufgegangen war, wenn nicht schon früher.

Dann würde sie anfangen, sich an Details zu erinnern, die Erinnerungsfetzen zu einem Gesamtbild zusammensetzen und auch ihn hassen.

Sie waren keine Meile vor den hellen Lichtern von Three Trees, da richtete sich Ria plötzlich kerzengerade auf, die Augen weit aufgerissen und wimmerte ein einziges Wort: „Anhalten."

Landry gehorchte, sprang aus dem Auto, rannte auf die Beifahrerseite und öffnete Ria die Tür.

Sie stöhnte und versuchte, Halt auf dem Trittbrett zu finden, aber sie rutschte ab.

Landry fing sie auf, stellte sie etwa einen Meter vom Wagen auf die Beine und konnte sich gerade noch rechtzeitig aus der Schusslinie bringen, bevor sie zusammenklappte wie ein Taschenmesser, klagend stöhnte und sich auf den steinigen Seitenstreifen neben dem Asphalt übergab.

Gequält, weil er nichts tun konnte, hielt Landry sie mit der rechten Hand am Bund ihrer Jeans fest, um zu verhindern, dass sie kopfüber im Graben landete. Das nicht auch noch. Mit der freien Hand strich er ihr die Haare aus der Stirn und von den Wangen.

Als sie sich die Seele aus dem Leib gekotzt hatte, schaute Ria zu ihm auf. Ihr Gesicht war so bleich wie der Vollmond in stockdunkler Nacht, und ihre Unterlippe zitterte.

„Oh, mein Gott", sagte sie, als wäre sie überrascht, sich hier zu finden.

Dem hatte Landry nichts hinzuzufügen. Also wartete er, bis sie sicher genug auf den Beinen war, um aus eigener Kraft zu stehen. Dann holte er eine der Wasserflaschen vom Rücksitz seines Wagens. Kalt war das Wasser zwar nicht, aber wenigstens nass.

Er schraubte den Deckel ab und reichte Ria die Flasche.

Ihre Hand zitterte, als sie danach griff. Sie hob die Flasche bis fast an den Mund, ließ sie dann allerdings wieder sinken.

„Dreh dich um", sagte sie. „Ich will nicht, dass du mich anschaust."

Landry verzichtete auf den Hinweis, dass es für diese Bitte ein bisschen zu spät war, wandte ihr den Rücken zu und wartete.

Er hörte sie gurgeln und ausspucken, noch einmal gurgeln und ausspucken.

Unwillkürlich musste er lächeln und war daher verdammt froh, dass sie sein Gesicht nicht sehen konnte.

„Okay", sagte sie schließlich nach kurzem Schweigen. „Das war's."

Also drehte Landry sich wieder zu ihr um. Klein sah sie aus, elend und eher wie ein Mädchen als die Frau, deren Weiblichkeit ihm nur zu bewusst war.

Sein Herz verkrampfte sich in seiner Brust, und ein seltsam zartes Gefühl schnürte ihm die Kehle zu. Diesmal hatte er es gründlich vermasselt, und das tat ihm entsetzlich leid. Warum nur hatte er nicht auf Highbridge gehört und Ria in ein nettes Restaurant, ins Kino oder so ausgeführt? Irgendwohin, bloß nicht in die Boot Scoot Tavern?

Ria machte Anstalten, wieder in den Wagen zu steigen. Sie sagte kein Wort und wich seinem Blick aus, aber sie ließ sich von ihm in den Sitz helfen. Das war doch wenigstens etwas, oder nicht?

Während sie Three Trees passierten und auf der schmaleren, kurvigeren Straße weiter nach Hause fuhren, schwiegen sie.

Irgendwann – Landry war sich nicht sicher, wann genau – begann Ria sehr leise zu weinen, als wollte sie nicht, dass er es bemerkte.

„Ich kann einfach nicht glauben, dass ich das getan habe", flüsterte sie heiser.

Landry wusste nicht, was er dazu sagen sollte, außer zu fragen „Was getan?", und das wäre eine ziemlich dumme Frage gewesen, da offensichtlich war, was sie meinte. Also fuhr er einfach weiter und umklammerte dabei das Lenkrad so fest, dass seine Finger taub zu werden drohten.

Ganz allmählich gewann Ria mit bewundernswerter Anstrengung ihre Fassung wieder. Den Blick hielt sie starr geradeaus auf die Straße gerichtet, weit in die Ferne, weiter als die Scheinwerfer reichten.

Als Landry in ihre Einfahrt bog, nahm er scheinbar jedes Schlagloch mit, obwohl er sich bemühte, das zu vermeiden.

Vor dem gepflasterten Zugang zum Haus hielt er den Pick-up an und half ihr beim Aussteigen. Er wusste, was passieren würde, und wappnete sich dagegen. Verdammt, es würde nicht einmal bis zum Morgen dauern, bis sie nicht mehr sonderlich gut auf ihn zu sprechen war. Sie hatte jetzt schon begonnen, ihn zu hassen.

Gleich würde sie ihm sagen, er solle sich zum Teufel scheren und ihr bis in alle Ewigkeit nicht mehr unter die Augen kommen. Und er konnte es ihr nicht einmal verübeln.

Sie rührte sich nicht, war aber offensichtlich auch nicht geneigt zu plaudern.

Also starrten sie einander nur an, Landry auf dem Boden, Ria noch auf dem Beifahrersitz. Im kalten Licht der Innenbeleuchtung des Autos sah Landry, dass sie immer noch bleich war. Da sie geweint hatte, war ihr Mascara zerlaufen und hatte dunkle Spuren auf ihren Wangen gezogen. Ihre Unterlippe zitterte.

Die Zeit blieb stehen, lief weiter. Landry begann, sich an dieses Phänomen zu gewöhnen.

Schließlich bot er ihr die Hand, um ihr aus dem Wagen zu helfen, und als sie nicht gleich danach griff, glaubte er schon, sie bereits zum letzten Mal berührt zu haben, als sie draußen am Straßenrand standen. Sein Magen verkrampfte sich bei diesem Gedanken. Ria nie mehr berühren zu dürfen, das war wie ein Leben ganz allein auf der dunklen Seite des Mondes.

„Kommst du noch eine Weile mit rein?", fragte sie geradezu feierlich, während sie endlich seine Hand nahm, die, wie Landry plötzlich bewusst wurde, sekundenlang vergessen in der Luft gehangen hatte.

Er musste sich verhört haben. „Hast du gerade gesagt …", brachte er schließlich wenigstens den Anfang eines vollständigen Satzes über die Lippen. Ihm kam das wie eine bemerkenswerte Leistung vor.

Sie lächelte. Es war ein trauriges, weiches Lächeln. Dann nickte sie ein Mal. „Ich könnte ein wenig Gesellschaft gebrauchen", sagte sie. Die Blässe ihrer mascaraverschmierten Wangen wich einem zarten Rosa. „Keine Angst. Ich halte dich nicht lange auf."

Im selben Moment schwankte sie leicht, und ihre Augenlider flatterten. Instinktiv, aus Angst, sie könnte ohnmächtig werden, hob Landry sie hoch und trug sie über den Weg und die Verandastufen bis zur Tür.

Als sie auf der Fußmatte ankamen, war Ria über und über rot angelaufen. „Du kannst mich jetzt absetzen", meinte sie schüchtern. „Der Schlüssel ist in meiner Schultertasche, und ich komme so nicht dran."

Ihre Handtasche war klein, im Grunde nur ein Lederumschlag mit Schulterriemen. Sie fummelte ein paar Sekunden an der Umschlagklappe herum, wühlte in der Tasche herum und brachte schließlich einen Schlüsselring zutage.

Wortlos reichte sie ihn Landry.

Ihm fiel wieder ein, dass der lange Messingschlüssel zur Vordertür gehörte, er schob ihn ins Schloss und drehte ihn um. Wieder bemerkte er, dass es still war im Haus.

Kein bellender Hund. Kein Teenager, der vor dem bescheidenen Fernseher im Wohnzimmer saß.

„Quinn ist bei Clare. Auf einer Pyjamaparty", erklärte Ria, die den Ausdruck in Landrys Gesicht richtig gedeutet hatte. „Sie hat Bones mitgenommen."

„Oh." Innerlich schalt Landry sich einen Idioten.

„In der Küche steht ein Kaffeeautomat", sagte Ria schwach lächelnd. „Was hältst du davon, Kaffee zu kochen, während ich mich schnell dusche?"

Zuerst hatte sie ihm klipp und klar gesagt, dass sie allein waren, mindestens bis morgen früh. Dann erwähnte sie eine Dusche. War es Wunschdenken seinerseits oder schlug sie wirklich mehr vor als eine gemeinsame Tasse Kaffee? Landry wusste es nicht, und er wollte auch nicht fragen.

Also nickte er nur, beschloss, die Dinge zu nehmen, wie sie kamen, und ging in die Küche, nachdem Ria verschwunden war.

Sein Herz schlug doppelt so schnell wie normal, als er das Licht einschaltete, den Blick auf der Suche nach der Kaffeemaschine über die geschrubbten Arbeitsflächen schweifen ließ, fündig wurde und ein paar Kapseln aus einem Metallkorb nahm.

Die Abflussrohre ratterten, als führe in der Ferne ein Zug vorbei, dann rauschte Wasser. Ein Bild von Ria, wie sie sich auszog und unter die Dusche trat, stieg vor Landrys inneres Auge. Er schob den Gedanken beiseite und konzentrierte sich auf seine Aufgabe: Kaffee machen.

Die Maschine ähnelte seiner eigenen, und so hatte er sie binnen Sekunden in Gang gesetzt. In einem der Küchenschränke fand er zwei Tassen.

Nachdem das erledigt war, brauchte er plötzlich Ablenkung, denn das Wasser im Badezimmer lief noch immer, und es war so leicht, sich vorzustellen …

Er ging zu dem kleinen Tisch in der Ecke, wo Rias Computer stand. Eine Plastikhaube schützte ihn vor Staub. Das Gerät war altmodisch, um nicht zu sagen vollständig überholt, ein wahres Fossil mit großem Monitor und einem Tower.

Gerade als er sich abwenden wollte, um sich mit etwas weniger Persönlichem abzulenken, bemerkte Landry das gerahmte Porträtfoto, das gut versteckt im Schatten des riesigen Monitors stand.

Er nahm es in die Hand und betrachtete zunächst den Rahmen. Er war kitschig und vermutlich billig, aus gegossenem Kunststoff und mit Dalmatinern verziert, die allesamt leuchtend rote Feuerwehrhelme trugen und breit grinsten.

Am oberen Rand prangte ein Herz, rot wie die Helme der Hunde und mit Glitzer verziert.

Landry spürte, wie seine Kehle eng wurde, als er sich schließlich erlaubte, das Bild selbst zu betrachten: die Schwarz-Weiß-Fotografie eines lächelnden Mannes um die dreißig in voller Feuerwehrausrüstung.

Er hatte Ablenkung gesucht – und gefunden. Folgerichtig hatte er nicht gehört, dass das Wasser in der Dusche nicht mehr lief. Darum zuckte er – hoffentlich unbemerkt – zusammen, als Ria ihn von hinten ansprach.

„Das war mein Mann“, sagte sie sachlich. „Frank.“

Landry hatte gewusst, dass sie verheiratet gewesen war – und dass sie Witwe war. Warum also traf ihn Rias Bemerkung wie ein Faustschlag auf den Solarplexus?

Vorsichtig stellte er das Bild zurück und drehte sich um. Sein Blick glitt direkt zum Ringfinger ihrer linken Hand. Dort schimmerte der Ring breit und golden, als erhebe er einen Anspruch, und erinnerte ihn daran, dass sie einem toten Mann gehörte.

Landry räusperte sich und zwang sich, Ria anzusehen.

Sie hatte sich das zerlaufene Make-up abgewaschen und trug jetzt eine Flanellpyjamahose und ein übergroßes graues Sweatshirt, das ihr bis zu den Knien reichte.

„Es tut mir leid", sagte Landry. Das entsprach der Wahrheit und bezog sich nicht nur darauf, dass er sie in die Boot Scoot Tavern ausgeführt und zugelassen hatte, dass sie viel zu viel Bier getrunken hatte.

Ihm tat alles leid, was ihr jemals zugestoßen war, alles in ihrem ganzen Leben. In diesem Moment hätte er sonst etwas dafür gegeben, wenn er in der Zeit hätte zurückgehen, Jahr um Jahr, Kummer um Kummer, und all die Verletzungen hätte heilen können.

Ria warf einen Blick auf das Bild und sah dann wieder Landry an. „Das sollte es nicht", erwiderte sie. „Fotos sind dazu da, dass man sie anschaut." Ein Lächeln spielte um ihre Lippen, ganz fein nur. „Kein Kaffee?", fragte sie.

Jetzt fiel Landry wieder ein, warum er ursprünglich in die Küche gegangen war. Er deutete auf den Kaffee, den er zubereitet und vergessen hatte. Vergessen, weil er sich bemüht hatte, nicht an Ria zu denken – Ria nackt unter der Dusche, mit Wassertropfen in den Wimpern und auf ihrer Haut …

Vergessen, weil er Frank Mannings Gesicht betrachtet und den Typen, der längst unter der Erde lag, schlicht beneidet hatte, denn Ria hatte ihn geliebt. So sehr, dass sie immer noch seinen Ring trug.

„Ich glaube, ich verzichte auf den Kaffee", meinte Landry krächzend, „und sehe zu, dass ich nach Hause komme, damit du dich ausruhen kannst."

Aber sowie er einen Schritt zur Tür machte, stellte Ria sich ihm in den Weg.

„Du hast gesagt, dass du mich in den Armen hältst, wenn ich es möchte", murmelte sie. „Steht dein Angebot noch?"

10. KAPITEL

Ria war sicher, wenigstens etwas von Landrys Gefühlen erraten zu können, nachdem sie seine Flucht verhindert hatte – seine Flucht aus ihrer Küche, aus ihrem Haus, aus *ihrer Nähe*.

Sie unterdrückte ein Seufzen und wich nicht von der Stelle. Schön, sie hatte den Mann im Grunde gebeten, die Nacht mit ihr zu verbringen. Na und? Sie waren schließlich beide erwachsen, er geschieden, sie verwitwet. Ganz abgesehen davon war die Idee ursprünglich von Landry ausgegangen. Er war derjenige, der rotzfrech behauptet hatte, sie bräuchte es, im Arm gehalten zu werden, und er sei gern dazu bereit.

Wo lag also das Problem? Sie hatte schließlich nicht ausdrücklich Sex angeboten, obwohl sie das natürlich nicht ausschloss, sondern lediglich gesagt: „Halt mich in den Armen."

Unter anderen Umständen hätte sie Landrys Reaktion vermutlich als beleidigend empfunden. Weil er immer so verdammt selbstsicher war, so sehr daran gewöhnt, recht zu behalten, konnte sie nur zu dem Schluss kommen, dass er sich über einige Dinge eine Meinung gebildet hatte. Zum Beispiel, dass sie nicht wusste, dass sie nicht ganz bei sich war. Dass sie sich einbildete, nüchtern zu sein, obwohl sie immer noch betrunken war. Dass sie sich nach ihrem Mann sehnte und einen zeitweiligen Ersatz für Frank suchte und gar kein Interesse an Landry selbst hatte.

All das machte sie in seinen Augen vermutlich verletzlich, wehrlos und darum tabu. Nun, wenn sie Landry richtig durchschaute, waren seine Schlussfolgerungen falsch.

Erstens war sie nie so sehr sie selbst gewesen wie in diesem Augenblick, denn sie spielte nicht herum. Ihr Verstand arbeitete messerscharf, ihre Aufmerksamkeit war so fokussiert, dass sie wie ein Brennglas alles und jeden hätte entzünden können. Zum ersten Mal im Auf und Ab ihres Lebens war sie weder befangen noch unsicher, und das an sich war schon ein Wunder. Sie wusste, dass sie im Moment so wenig zauberhaft aussah wie nur irgend möglich, auch wenn der abgetragene Morgenmantel, die Lockenwickler im Haar und die dicke Schicht Creme im Gesicht fehlten, die eigentlich zum Klischee gehörten. Und es war ihr völlig egal.

Zweitens wusste Ria, dass sie für ihren Alkoholexzess büßen würde, aber das war lediglich eine einfache Sache von Ursache und Wirkung, wissenschaftlich erklärbar. Definitiv war es keine Sünde. Sie vertrug Alkohol nicht. Das hatte sie gewusst und trotzdem unglaublich viel getrunken, und das obendrein sehr schnell.

Aber, verdammt noch mal, sie lebte in diesem Körper, dachte mit diesem Gehirn, fühlte mit diesem Herzen und schaute aus diesen Augen. Und sie wusste: Sie war nicht nur nüchtern, sondern stocknüchtern, und zwar so sicher, als hätte eine Riesenhand sie plötzlich aus einem hundertjährigen Schlaf gerissen und kurzerhand mitten zwischen treibenden Eisbergen ins Nordmeer getaucht und ebenso schnell wieder herausgezogen. Die Kälte hatte sie hellwach gemacht, und sie nahm plötzlich alles um sich herum mit überwältigender Deutlichkeit wahr. Sie wollte leben, wirklich leben. So lange hatte sie in einer Art Trance dahinvegetiert. Überlebt, und auch das nur gerade eben so. Ohne Ziel einen Fuß vor den anderen gesetzt. Auf der Stelle getreten, während sie wartete – aber worauf? Auf einen himmlischen Weckruf?

Und jetzt hatte sie diesen Weckruf gehört, dieses „He, du!" aus dem Himmel, irgendwo zwischen einer neonbeleuchteten Spelunke in einer Kleinstadt von Montana und dem Punkt am Straßenrand, an dem sie sich mehrfach übergeben hatte, und ignorieren war keine Option.

Aber das war noch nicht alles. Es gab noch ein Drittens.

Es stimmte, dass sie Frank vermisste, manchmal überraschend heftig. Vielleicht würde sie sich ewig nach ihm sehnen. Doch sie suchte nicht nach einem Ersatz, wie Landry offenbar dachte, nachdem er das Foto auf ihrem Schreibtisch gesehen hatte.

Es gab nur einen Frank.

Und nur einen Landry Sutton.

Was wollte sie wirklich? Jetzt, in diesem Augenblick?

Die Frage war leicht zu beantworten. Ria wollte, dass ein echter Mann aus Fleisch und Blut sie in den Armen hielt, und zwar für den Rest der Nacht. Sie wollte sich sicher in seinen Armen wissen, während sie all diese neuen Erkenntnisse verarbeitete. Und sie hätte nichts gegen ein bisschen heißen, leidenschaftlichen Sex, falls es sich anbot und passte.

Natürlich kam dafür nicht jeder Mann infrage. Ria brauchte mehr als einen warmen Körper neben sich im Bett. Sie brauchte Landry Sutton, den eigensinnigen, starrköpfigen, arroganten Landry Sutton.

Verdammt noch mal, warum das so war, konnte sie nicht sagen.

Sie lächelte, bemerkte die Bestürzung in Landrys Gesicht, der einfach dastand und abwartete. Zu stur, um selbst das Wort zu ergreifen, entschlossen, sich nicht von der Stelle zu rühren, bis sie weitersprach. Ganz gleich, wie lange das dauerte.

Schließlich tat sie es. „Bleib“, meinte sie, mehr nicht. Nur dieses eine Wort. Es war keine Bitte und kein Befehl. Nur ein Wort.

Nachdem sie gesagt hatte, was sie sagen wollte, schlicht und einfach, ohne versteckte Bedeutung, nichts als die nackte Wahrheit, drehte Ria sich um und verließ mit der ganzen Würde, die sie aufbringen konnte, den Raum. Mehr konnte sie nicht tun.

Vielleicht würde Landry ihr folgen. Vielleicht auch nicht.

Jetzt lag die Entscheidung bei ihm.

„Verflucht noch mal!“, murmelte Landry allein in der Küche. Er fühlte sich wie ein von zwei straff gespannten Seilen gehaltener Bronco, der weder in die eine noch in die andere Richtung abhauen konnte.

Gehen oder bleiben, Cowboy? Was machst du jetzt?

Nach langer Überlegung, die ihn im Grunde kein bisschen weiterbrachte, seufzte er, überquerte den zerschrammten Linoleumboden, schaltete das Licht aus und ging langsam auf Rias

Zimmer zu. Der Schein einer Lampe schickte einen weichen Lichtstrahl in den kurzen Flur und leitete ihn wie ein schwaches Leuchtfeuer.

In diesem Augenblick, in dem er von seinem Verlangen nach ihr fast verzehrt wurde, in dem sein Verlangen mächtiger war als jemals zuvor, wusste Landry dennoch, dass er in dieser Nacht nicht mit Ria schlafen würde. Ja, vielleicht sogar nie.

Er würde sie einfach nur in seinen Armen halten, ganz gleich wie groß die Versuchung werden mochte, weiterzugehen, und dafür gab es nur einen einzigen Grund: den goldenen Ring an ihrem Finger.

In ihrem Herzen war Ria immer noch die Frau eines anderen. Sie war noch nicht so weit, ihren verlorenen Feuerwehrmann loszulassen. Das, so entschied Landry, musste er akzeptieren, ob es ihm nun gefiel oder nicht. Für ihn gab es Grenzen, die nicht überschritten werden durften.

So einfach war das.

Und so kompliziert.

Er blieb auf der Schwelle stehen, hob die Arme und stützte sich beidseitig am Türrahmen ab.

Ria war bereits im Bett, aber sie saß darin. Die Kissen im Rücken als Stütze zurechtgerückt, lehnte sie sich gegen das weiße Kopfteil aus Metall, ein reich verschnörkeltes Kunstwerk aus einer verblüffenden Vielfalt von Blättern, Vögeln und Girlanden. Sie beobachtete ihn ruhig, die Hände im Schoß gefaltet.

Trotz seines Widerstands hätte Landry jetzt einknicken können, denn sie war wunderschön, und er begehrte sie maßlos. Aber er musste nur auf ihre Finger schauen, um Franks Ring im Lampenlicht glänzen zu sehen. *Zutritt verboten.*

„Halt mich einfach nur“, bat Ria. „Um mehr bitte ich dich nicht, Landry. Halt mich in dieser einen Nacht. Ich muss mich wieder daran erinnern, wie es ist, nicht allein zu sein.“

Das kannte er selbst zu gut. Er hatte schon viele Nächte hinter sich, in denen er seine Seele dafür verkauft hätte, eine gute Frau zu lieben und von ihr geliebt zu werden.

Halt mich einfach nur. Ich muss mich wieder daran erinnern, wie es ist, nicht allein zu sein.

Oh ja, Landry verstand, was Ria meinte. Sehr gut sogar. Ob sie im Gegenzug auch begriff, wie schwer ihm die Zurückhaltung fiel, die sie ihm abverlangte?

Vermutlich. Doch spielte es für sie eine Rolle? Die Frage war nicht so leicht zu beantworten.

„Ich bin nicht Frank", entgegnete Landry, und seine Stimme war so rau, dass sie seine Kehle zu zerkratzen schien. Was er sagte, war natürlich mehr als offensichtlich, aber es musste trotzdem ausgesprochen werden.

„Nein", bestätigte Ria sanft. Vernünftig. „Du bist nicht Frank."

Einen Moment zögerte Landry noch. Dann näherte er sich ihr, nicht weil er jetzt weniger Bedenken hatte, sondern weil er Ria nicht allein lassen konnte. Nicht heute Nacht.

Schwerfällig sank er auf die Bettkante, wandte Ria den Rücken zu und zog seine Stiefel aus.

„Danke", sagte Ria und schaltete das Licht aus.

„Dank mir nicht", erwiderte er heiser und legte sich neben sie, voll bekleidet und entschlossen, es auch zu bleiben.

„In Ordnung", erwiderte sie.

Ria kuschelte sich eng an Landry und bettete ihren Kopf auf seine Schulter.

Er schlang seine Arme um sie. Bequem war das nicht, da er auf der Decke lag und sie darunter. Ihre Haare fühlten sich wie Seide an seinem schon wieder leicht stoppeligen Kinn an, und sein Begehren steigerte sich. Dabei hätte er noch vor einer Sekunde geschworen, dass das unmöglich war.

Er holte tief Luft, stieß sie wieder aus und versuchte, sich ein wenig zu entspannen, seine Selbstbeherrschung zu mobilisieren.

Nur ein dünner Streifen Mondlicht fiel durch das Fenster und tauchte alles in schattige, unbestimmte Formen.

Und das war gut so, da Landry stark erregt war und diesen Umstand gern für sich behalten wollte.

„Wie ist er gestorben?“, fragte er nach langem Schweigen. Eigentlich hatte er gar nichts sagen wollen, nun allerdings war ihm die Frage rausgerutscht.

Ria antwortete sofort. „Frank kam bei einem Brand ums Leben.“

„Es tut mir leid.“

„Mir auch.“

„Hast du ihn geliebt?“

„Ja.“ Eine kurze Pause folgte – dann fragte sie: „Hast du deine Frau geliebt?“

Diese Frage hätte ihn amüsieren sollen, so geschickt hatte Ria den Spieß umgedreht. Aber ihm war im Moment nicht nach Lachen zumute. Er fühlte sich eher wie in einem garstigen Auffahrunfall, eingeklemmt in seinem Wagen. „Ich dachte es“, antwortete er schließlich. „Später hatte ich meine Zweifel.“

Wieder folgte ein kurzes Schweigen, während Ria diese Information verdaute. „War sie dir treu?“, erkundigte sie sich behutsam.

Das war eine vernünftige Frage, auch wenn er sie nicht zu Beginn ihrer ersten echten Unterhaltung erwartet hatte.

„Vermutlich.“

„Warst du ihr treu?“

„Ja. Vielleicht hatte ich dafür nicht die besten Gründe, aber – ja, ich war ihr treu.“

Üblicherweise ließ er sich nicht auf so persönliche Gespräche ein, aber in dem dunklen Zimmer war er quasi unsichtbar, und ihm gefiel, wie Ria sich anfühlte: warm, weich, nach ihrem eigenen Parfüm duftend, so nah, einen Arm über seine Brust gelegt.

Es war schön, sogar ohne Sex. Aber Sex wäre besser gewesen.

„Was für Gründe?“, fragte Ria.

Es wäre so leicht, sie zu küssen. Den Seelenstriptease zu beenden, indem er die Tür zu dem Vergnügen aufstieß, nach dem sein Körper sich so sehr sehnte, obwohl er sich mit allen Mitteln dagegen wehrte, sie zu begehren. Und es wäre so falsch.

„Die üblichen, schätze ich", sagte er schließlich, als er glaubte, seine Stimme würde ihn nicht verraten. „Ich habe wahnsinnig viele Überstunden gemacht, und sie war rastlos. Reiste ständig in irgendeinen Badeort oder ein Einkaufs-Mekka. Wir waren also viel öfter getrennt als zusammen. Und ich schätze, wir hatten von Anfang an nicht viel gemein miteinander."

„Aber du hast sie nie betrogen? Nicht ein einziges Mal?"

Merkwürdig, dass sie immer wieder auf das Thema Treue zurückkam. Aber Landry konnte diesem Gedanken nicht folgen, denn nicht mit Ria Manning zu schlafen, kostete ihn alle Energie, die er aufbringen konnte.

„Nicht ein einziges Mal", entgegnete er schließlich. „Womit ich nicht sagen will, dass ich nie in Versuchung war."

„Du warst ziemlich unglücklich", vermutete Ria traurig und spreizte die Finger ihrer linken Hand über seinem Herzen. Der Ring schien sich wie ein Laser durch sein Hemd zu brennen. Oder wie ein winziges, glühendes Brandeisen.

Er brauchte eine kalte Dusche. Dringend.

„Ja", gab er zu. „Ich war unglücklich. Susan aber auch."

Wieder schwieg Ria eine Weile. Ihr Schweigen wirkte bekümmert. Und zärtlich. „Also keine im Himmel gestiftete Ehe?"

„Nein, eher in der Vorstandsetage."

„Aber warum in aller Welt habt ihr dann geheiratet?"

Wenn ich das wüsste. „Ich schätze, wir hielten es damals für eine gute Idee." Dann, nach einem langen Schweigen, entschied Landry, dass er jetzt an der Reihe sei, ein paar Fragen zu stellen. „Das Sweatshirt, das du trägst – hat es Frank gehört?"

„Das ist eine seltsame Frage", meinte Ria. Sie klang eher verwirrt als verärgert.

„Nicht seltsamer als die, die du mir gestellt hast."

„Nein", gab sie seufzend zu, und Landry bildete sich ein, in ihrer Stimme einen schwachen Anflug von Belustigung zu hören.

Sie gähnte herzhaft, kuschelte sich noch enger an ihn. Zum Glück hätte er darauf wetten können, dass sie nicht merkte, wie sie mit jeder noch so kleinen Bewegung ihres Körpers seine ohnehin schon prekäre Lage weiter verschlimmerte. „Wohl nicht", sagte sie schließlich.

„Also?"

„Nein", antwortete sie schließlich, weil sie vermutlich zu dem richtigen Schluss gekommen war, dass er das Thema nicht ruhen lassen würde. „Manchmal habe ich nach Franks Tod seine Hemden getragen. Aber das war nur eine vorübergehende Phase."

Sie begann, ihre Hand auf seiner Brust zu bewegen, zog langsame Kreise damit.

Landry unterdrückte ein Stöhnen. Seine Erektion war schmerzhaft hart, verdammt noch mal. Wenn das so weiterging, platzte am Ende noch ein Blutgefäß.

„Wem gehört es dann?", fragte er. Ihm war bewusst, dass er penetrant wurde, aber er konnte nicht anders. Das Sweatshirt war riesig. Es war für einen großen kräftigen Mann gemacht, nicht für eine zierliche Frau wie Ria.

„Das geht dich eigentlich nichts an", erklärte sie nach einem weiteren herzhaften Gähnen. Ihre Hand beschrieb immer noch langsame Kreise auf seiner Brust, wobei ihre Finger ab und zu an einem Hemdknopf hängen blieben und dort kurz stockten, als überlegte sie, ob sie ihn öffnen sollte oder nicht.

Gott steh mir bei!

„Stimmt", entgegnete er schroff, während er Höllenqualen litt, „ich möchte es aber trotzdem wissen."

Sie lachte. Es klang sinnlich und sehr weiblich, so weit von einem mädchenhaften Kichern entfernt wie der Osten vom Westen. „Es hat einem Typen gehört, den ich auf dem College kannte." Ihre Hand blieb kurz auf seinem Schlüsselbein liegen. Dann ließ sie einen Finger an seiner Knopfleiste entlanggleiten, vom Kragen abwärts bis zum Gürtel. Und redete einfach weiter, als hätte sie nicht gerade ein Atom gespalten. „Ted war eine Sportskanone, ich ein Zahlenfreak. Wir haben also von vornherein nicht zusammengepasst. Eine Weile lief es heiß und leidenschaftlich zwischen uns, aber dann begannen wir beide, uns zu langweilen, und gingen wieder getrennte Wege. Und ich bekam das Sorgerecht für das Sweatshirt, weil es zufällig in meinem Wäschesammler lag, als die Musik stoppte.“ Mit der Fingerspitze glitt sie nun am Rand seines Gürtels entlang und zog dort eine feurige Spur.

Landry schwieg – vor allem, weil er wusste, dass er stöhnen würde, wenn er jetzt seinen Mund aufmachte.

„Was ist los?“, fragte Ria, während ihr Finger unermüdlich eigene Wege ging.

Er griff nach ihrer Hand und beendete deren Forschungsreise. „Hab Erbarmen mit mir“, raunte er. „Ich bin hart im Nehmen, aber verdammt noch mal, ich bin nicht unbesiegbar.“

Sie lachte. „Ich hätte nie gedacht, dich das einmal sagen zu hören. Dass du nicht unbesiegbar bist, meine ich.“

Anstatt sie loszulassen, schloss er seine Finger um ihr Handgelenk. Einerseits weil ihm gefiel, wie es sich anfühlte, andererseits, weil er ihr zutraute, ihn glatt dazu zu bringen, seiner Lust freien Lauf zu lassen.

„Schlaf jetzt“, forderte er sie auf.

„Ist das ein Befehl?“ Ihr Tonfall war neckisch, amüsiert. Sie lächelte ganz sicher, das wusste er, auch ohne sie anzuschauen.

„Ein Vorschlag“, antwortete er schließlich.

Noch ein leises Lachen. „Weißt du, was ich denke, Landry Sutton? *Ich* denke, du willst mit mir schlafen.“

Verdammt. Diese Frau wusste einfach nicht, wann sie aufhören musste.

Trotzdem wollte Landry nicht lügen. „Natürlich will ich mit dir schlafen“, sagte er und starrte wütend die Decke an. „Ich bin ein Mann, Ria, keine Testpuppe.“

„Was hält dich davon ab?“

Landry knurrte ein Schimpfwort. „Das wird nicht geschehen“, schwor er, doch die Entschiedenheit in seiner Stimme klang – zumindest in seinen Ohren – nicht ganz echt.

Und Ria drehte erbarmungslos weiter an der Schraube. „Du findest mich also nicht attraktiv?“, fragte sie heiser.

„Zur Hölle, ja, ich finde dich attraktiv. Ich habe zwei funktionierende Augen, weißt du. Ganz abgesehen von einigen anderen Körperteilen, die ebenfalls mitreden wollen."

Ein rauchiges Kichern. „Und warum dann nicht …"

„Hör auf, Ria. Jetzt, sofort. Es wäre nicht richtig, und das weißt du verdammt genau!"

„Warum wäre es nicht richtig?"

Es kam ihm selbst merkwürdig vor, dass er so entschieden bemüht war, genau das zu vermeiden, was er in diesem Augenblick mehr wollte als alles andere auf der Welt. Daher fiel seine Antwort zugegebenermaßen auch ein wenig lahm aus. „Ganz einfach. Wenn du bei klarem Verstand bist, magst du mich nicht, und manchmal mag ich dich auch nicht sonderlich."

Zwar widersprach Ria nicht, sie ließ allerdings auch nicht locker. „Aber du willst mich? Körperlich, meine ich?"

Allmählich war Landry mit seiner Geduld am Ende, kurz davor einzuknicken und Ria Manning zu zeigen, wie sehr er sie wollte, wie gut er sich damit auskannte, eine Frau zu befriedigen, und dass er sich diesbezüglich noch eine Menge Neues einfallen lassen konnte.

„Was glaubst du denn? Das Blut in meinen Adern ist genauso rot wie das anderer Männer." Er lockerte den Griff um ihr Handgelenk, um ihr nicht wehzutun. „Jetzt habe ich eine Frage. Und ich meine es absolut ernst, Ria. Quälst du mich aus irgendeinem nachvollziehbaren Grund oder einfach nur, weil es Spaß macht?"

Wieder lachte Ria, dieses Mal glockenhell, fröhlich und unbestreitbar schamlos und verwegen. „Ich will dich nicht quälen, Landry", sagte sie, als ihr Lachen in einem Schluckauf endete. „Ich fühle mich nur ein bisschen – empfänglich."

„Du bist außerdem ein bisschen betrunken."

„Bin ich nicht."

„Bist du doch."

Unterhielten sich hier wirklich zwei Erwachsene?

Plötzlich befreite Ria sich mit einem Ruck aus seinem Griff, setzte sich blitzschnell auf und schaltete die Nachttischlampe wieder an, die Landry mit ihrem Licht beinah blendete.

Keine halbe Minute vorher noch kokett, war die Frau jetzt angespannt, zornig und zutiefst frustriert. Die Arme hatte sie fest vor ihrer erstaunlichen Brust verschränkt – oh, nur zu gern hätte er sie von diesem dämlichen Sweatshirt befreit und wäre zur Sache gekommen –, und ihre Augen blitzten.

„Manche Frauen", informierte sie ihn knapp, „wären wegen deines Verhaltens beleidigt."

„Und manche Frauen", gab Landry genauso wütend wie sie und obendrein so geil wie nur irgend vorstellbar zurück, „hätten genug Verstand, um zu erkennen, wenn ein Mann alles Erdenkliche tut, um sich anständig zu verhalten."

„Das Schlüsselwort", erklärte Ria, noch immer fuchsteufelswild und dabei auf attraktive Weise errötend, „ist Frauen. Ich bin eine Frau, Landry Sutton, keine neunzehnjährige hohle Nuss mit Strasssteinen auf den Gesäßtaschen ihrer Jeans!"

Jetzt setzte Landry sich auch auf. Er war immer noch wütend, aber seine Wut wich allmählich kompletter Verwirrung. Frauen. Sie mochten zwar nicht von der Venus stammen, trotz des bekannten Buchtitels, aber sie stammten auch nicht von der Erde. Das stand für ihn fest. „Was hat das mit dem Thema zu tun?", fragte er. „Und wer hat etwas von Betthäschen mit Strasssteinen am Hintern gesagt?"

Wohlweislich verkniff er sich die Bemerkung, dass diese Hintern gemeinhin einen erfreulichen Anblick boten, Strasssteine hin oder her.

Als Ria nicht antwortete, sondern nur verschlossen dasaß, riss ihm schließlich der Geduldsfaden, und er wetterte drauflos. „Wenn ich eine Vorliebe für neunzehnjährige hohle Nüsse hätte, wie du sie nennst, wäre ich jetzt nicht hier." Er stockte, holte keuchend Atem. „Zufälligerweise, Lady, bevorzuge ich erwachsene Frauen."

Da hob Ria eine Hand an den Mund. Einen grässlichen Augenblick lang befürchtete Landry, sie würde wieder anfangen zu weinen, und er fühlte sich wie der letzte Penner kurz vor dem Abschluss mit Auszeichnung an der Universität für Arschlöcher. Dann bemerkte er das Funkeln in ihren Augen und begriff, dass sie ganz und gar nicht im Begriff stand, in Tränen auszubrechen. Sie gab sich vielmehr Mühe, ein Lachen zu unterdrücken.

Das machte ihn gleichermaßen erleichtert und fassungslos. „Hältst du das etwa für witzig?", fragte er heiser.

„Nein", antwortete Ria und schüttelte hastig den Kopf. „Natürlich nicht." Aber ihm entging nicht, dass sie immer noch die Hand vor den Mund hielt, ihre Schultern leicht zuckten und ihre Augen nach wie vor funkelten.

Kurzerhand schwang er die Beine aus dem Bett und suchte nach seinen Stiefeln.

Jetzt reichte es, verdammt noch mal.

Ria legte ihm eine Hand auf die Schulter. „Geh nicht", bat sie.

Landry hielt inne, seufzte tief, stützte die Ellenbogen auf die Oberschenkel, senkte den Kopf und umfasste ihn mit den Händen.

Oben war unten. Osten war Westen. Von diesem Augenblick an würde die Sonne vermutlich nachts scheinen, während der Mond die Tagschicht übernahm.

Und wann war er zum letzten Mal mit einer Frau ins Bett gegangen und hatte dabei die Kleidung anbehalten? Ganz klar: noch nie. War er besessen oder so was?

Landry war immer ein Mann gewesen, der wusste, was er wollte. Ein Mann, der seine Entscheidungen sorgfältig, aber schnell durchdachte, traf und anschließend nicht zurückschaute. Aber jetzt wusste er auf einmal nicht nur nicht, was er wollte, er wusste auch nicht mehr, wo vorn und hinten, oben und unten war. Er löste sich auf, fiel auseinander, verwandelte sich in jemanden, den er nicht einmal ansatzweise kannte. Und das jagte ihm eine Heidenangst ein.

Wenn Ria vor ein paar Minuten noch kurz vor einem Heiterkeitsausbruch gestanden hatte, war sie jetzt ganz und gar anderer Stimmung. Er fühlte, wie sie ihr Gewicht verlagerte. Wusste, dass sie jetzt hinter ihm kniete. Als sie sprach, klang ihre Stimme traurig und weich, und irgendwie brach das Landry das Herz.

„Es tut mir leid", sagte sie. „Ich bin dir blöd gekommen, und das ist nicht in Ordnung."

„Vergiss es", antwortete er.

Doch sie redete einfach weiter. Typisch Frau. Wenn ein Mann sich nach Ruhe und Frieden sehnte, wollte sie reden. Wenn er sie fragte, ob etwas nicht stimmte, sagte sie garantiert „Nein" und meinte exakt das Gegenteil, nur um sich dann zu verschließen wie eine Auster. Weil sie von der bescheuerten Annahme ausging, wenn der Dorftrottel des Tages auch nur das geringste Interesse an ihr hätte, wüsste er, wo das Problem lag, und müsste nicht erst fragen.

Dieses Spielchen konnte er nicht gewinnen.

„Hör mir bitte zu", fuhr sie fort, wobei sie seine Schultern massierte. „Entweder du glaubst, mich vor mir selbst schützen zu müssen, weil die ‚kleine Frau' keine Ahnung hat, was gut für sie ist. Oder dein ganzes Gerede darüber, dass du mich begehrst, war einfach nur dummes Gequatsche." Sie hielt einen Moment inne und holte dann zum entscheidenden Schlag aus. „Was von beidem stimmt?"

Da drehte er sich um. Ria kniete tatsächlich auf der Matratze. Ihre blauen Augen schauten klar und ernst. Vielleicht hatte sie ihn vorhin auf die Schippe genommen, aber jetzt war sie aufrichtig. Sie wollte eine klare Antwort, sonst nichts.

„Du bist nicht bereit", sagte er knapp. Die Wahrheit mochte jemanden frei machen, wie die Bibel es ausdrückte, aber sie war trotzdem nicht immer leicht zu ertragen.

„Woher willst du wissen, ob ich bereit bin oder nicht?", fragte sie.

Bevor er antwortete, griff Landry nach ihrer linken Hand, hielt sie hoch und drehte mit dem Daumen den breiten Ehering an ihrem Finger.

„Deshalb“, erklärte er mit aufrichtigem Bedauern.

Alle Kraft schien sie zu verlassen. Sie legte sich wieder hin, wandte sich von ihm ab und rollte sich zusammen wie eine Nachtblüte, die sich bei Tagesanbruch verschließt.

„Ria …“

„Geh weg“, murmelte sie. „Bitte, geh einfach.“

Er wollte sich ehrenwert verhalten und hatte es dennoch geschafft, alles zu vermasseln.

Auch eine Gabe, dachte Landry voller Ironie. Und dann tat er, wie geheißen.

Er ging.

Am nächsten Morgen weckte das Sonnenlicht Ria, allerdings nicht sanft wie gewöhnlich. Oh, nein! Es glühte rot wie Höllenfeuer durch ihre Augenlider und brachte augenblicklich die Mutter aller Kopfschmerzen mit sich. Sie hämmerten und pochten wie ein Metronom. Ach was, wie ein Presslufthammer.

Sie stöhnte. Natürlich hatte sie mit diesem Elend gerechnet, und sie war sich nur zu klar darüber, dass sie es verdiente, ein wenig zu leiden. Das zu wissen und damit fertigzuwerden, waren allerdings zwei verschiedene Paar Schuhe.

Blinzelnd setzte sie sich auf. Ihr war schwindlig.

Landry.

Sie schloss wieder die Augen. *Nein, denk nicht an ihn. Nicht jetzt.*

Jede einzelne Haarwurzel schmerzte, und das war bei Weitem noch nicht alles. Ihre Zunge fühlte sich dick und strohtrocken an, sie hatte einen grässlichen Geschmack im Mund, und ihr Magen … war völlig außer Rand und Band und stand kurz vor einer gewaltigen Rebellion.

Ria stöhnte noch einmal, presste die Arme auf den Leib, als müsste sie ihre Eingeweide daran hindern herauszufallen, und tastete sich zum Fenster. Das Licht war eine einzige Qual und schlug einen Gong in ihrem Kopf an, der sich mit dem stetigen Rattern des Presslufthammers vereinte.

Nachdem sie ein paar quälende Sekunden mit der Zugschnur herumgefummelt hatte, gelang es ihr, die Jalousie zu schließen. Das half, wenn auch nur wenig.

Sie stolperte ins Bad, blieb vor der Toilette stehen und war sich nicht sicher, was zuerst passieren würde: Würde ihr Kopf explodieren, oder würde sie sich die Seele aus dem Leib kotzen? Möglich war beides.

Am Ende geschah Folgendes: Ria schaffte es, ihr Medikamentenschränkchen und anschließend sämtliche Schubladen des Badezimmerschranks zu durchwühlen, bis sie endlich das Aspirin fand, den Kampf mit der Verpackung gewann, zwei Tabletten mit etwas Wasser schluckte – und sich dann übergab. Mehrfach.

Zu schwach zum Stehen, lag sie auf den Knien, als der Magen endlich nichts mehr nach oben schickte. Als sie sicher war, dass dieser Teil ihres Martyriums überstanden war und nicht nur neue Kräfte für den nächsten Angriff sammelte, kroch sie ins Bett zurück, zog sich auf die Matratze und zerrte sich die Decke über den Kopf.

Draußen begannen die Vögel zu singen, und zum ersten Mal in ihrem Leben wünschte Ria sich, sie würden endlich den Schnabel halten, damit sie sich in Ruhe selbst bedauern konnte.

Natürlich taten sie das nicht. Stattdessen schienen sie für eine Aufführung von Händels *Messias* zu proben.

Dann würde sie eben einfach schlafen. Dummerweise hatte sie dafür viel zu starke Kopfschmerzen, und ihr lädierter Magen krampfte sich abwechselnd heftig zusammen und knurrte, weil er leer war und nach Essen verlangte.

Essen. Um Gottes willen, bloß das nicht.

Ria war froh, dass Landry nach Hause gefahren war und sie nicht so sehen konnte. Eine Weile jedenfalls. Dann wurde sie wütend. Dieser Hundesohn. Ohne ihn wäre sie jetzt nicht in dieser Lage.

Irgendwann meinte sie zu hören, wie eine Tür geöffnet und leise wieder geschlossen wurde. Demnach war Quinn nach Hause gekommen.

Sie würde sich einfach schlafend stellen, falls ihre Nichte nach ihr schaute. Denn sicher würde das Mädchen sich wundern, dass Ria noch im Bett lag, wo sie doch sonst lächerlich früh aufzustehen pflegte.

Dann hörte sie Schritte – Stiefelabsätze auf Holzboden. Nicht Quinn. Natürlich nicht, die hatte vermutlich mit Clare und den anderen die ganze Nacht durchgemacht. Inzwischen schliefen sicher alle Helden der Pyjamaparty fest.

Ein Einbrecher?

Schön wär's.

Landry war zurück.

Mit fest zusammengekniffenen Augen wartete Ria.

Nur kam Landry gar nicht ins Schlafzimmer. Er war in der Küche, öffnete und schloss Schränke, klapperte mit Töpfen, kramte im Kühlschrank herum.

Großer Gott, wollte er etwa *kochen*?

Obwohl sie Hunger hatte, würde der Blick auf etwas Essbares, ja der Duft allein, schon dafür sorgen, dass sie wieder würgend ins Bad rannte.

In Gedanken versuchte sie ihm zu befehlen, dass er fortging und sie in Ruhe leiden ließ.

Natürlich funktionierte das nicht. Selbst wenn sie über diese geistige Macht verfügt hätte, wäre Landry dagegen immun gewesen.

Er hatte schon wieder eine Runde gewonnen, und jetzt würde er ihr das unter die Nase reiben.

11. KAPITEL

Landry Sutton wusste ein oder zwei Dinge über einen Kater. Also trat er so leise auf, wie das möglich war, ohne die Stiefel auszuziehen, als er sich mit Rias Schlüssel selbst ins Haus ließ. Er hatte hier eine Gnadenmission zu erledigen – das redete er sich jedenfalls gern ein – und gab sich Mühe, nur so viel Lärm zu machen, wie nötig war, um Ria davon in Kenntnis zu setzen, dass sie nicht allein im Haus war.

In den Schränken suchte er nach einem mittelgroßen Topf und stellte ihn mit leichtem Nachdruck auf den Herd – das sollte zu hören sein. Allerdings hatte er noch nicht entschieden, was er darin zubereiten wollte.

Wenn ich meine Stärken aufliste, dachte Landry und grinste leicht in sich hinein, gehören Kochkünste jedenfalls nicht dazu.

Er wusste, dass Ria sich vermutlich fühlte, wie durch einen Mixer gedreht, und hoffte, dass ihr klar war, dass sie nicht Gefahr lief, von einem Herumtreiber oder Serienmörder oder anderem Abschaum im Schlafzimmer überrascht zu werden. Landry hatte noch nie von einem Ganoven gehört, der kochte, und er war sich ziemlich sicher, dass es Ria genauso ging.

Da er selbst einen Augenöffner brauchte, machte er sich einen Kaffee, seinen ersten für diesen Tag. Er hatte sich beeilt, aus dem Haus zu kommen, bevor er Highbridge traf. Denn ihm war klar, dass es in dem Falle zu einem heftigen Zusammenstoß gekommen wäre.

So schweigsam der Butler auch war, er hatte nie Hemmungen, sich in Landrys Angelegenheiten einzumischen oder ihm aus dem Stegreif die Leviten zu lesen und dabei ungefragt seine Meinung kundzutun. Darum hatte Landry sich nur gerade eben lange genug aufgehalten, um seine Pferde zu füttern, alle bis auf eines auf die Weide zu lassen und dieses eine zu satteln.

Erster Punkt auf seiner Agenda: sicherstellen, dass Bessie und ihr Kalb dort waren, wo sie sein sollten, nämlich auf der Südweide.

Die Büffel kümmerten sich um ihre Angelegenheiten und grasten friedlich im ersten rötlichen Licht eines Junimorgens.

Danach war er eine ganze Weile einfach nur ziellos umhergeritten, während der endlos weite Himmel, die Bäume und die freie Natur die Knoten in seinem Kopf entwirrten. Und nicht nur die Knoten dort. Dann hatte er bei Zane angehalten, ihn im Stall aufgespürt und gebeten, sich ein Pferd ausleihen zu dürfen. Genauer gesagt, ein besonders zahmes. Seine eigenen waren entweder noch zu selten geritten worden, als dass er ihnen hätte trauen können, oder zu temperamentvoll für eine verkaterte Reiterin.

Natürlich ging er auf diese Einzelheiten nicht ein.

Zane musterte ihn abschätzend und leicht amüsiert und stellte damit klar, dass er mehr wusste, als Landry ihn wissen lassen wollte. Unter anderem auch, warum und wozu er das Pferd brauchte. Aber am Ende war er doch so gnädig, auf seinen üblichen markigen Kommentar zu verzichten. „Such dir eins aus", sagte er stattdessen einfach.

Landry band seinen eigenen Wallach lose an die Tränke, ging in den Stall und wählte eine dicke kleine Fuchsstute aus der langen Reihe besetzter Boxen. Er ging davon aus, dass sie angesichts ihres Umfangs eher ein Zockeltempo einschlagen würde.

Danach wählte er einen Sattel, der ihm passend schien, dazu eine Satteldecke, die dick mit Schafswolle gepolstert war, sowie Zaumzeug und Zügel. Er schleppte die Sachen aus der großzügig bestückten Sattelkammer, sattelte die Stute in ihrer Box und führte sie dann in die noch kühle Brise des Sommermorgens.

Zane stand inzwischen neben Landrys Wallach, streichelte dem Tier den Hals und führte ein einseitiges Gespräch mit ihm. Er hatte ein Händchen für Tiere. Genau wie für Kinder. Und natürlich für Frauen, obwohl er inzwischen seinen ganzen Charme nur für eine ganz bestimmte Frau spielen ließ.

Die Liebe hatte ihn tatsächlich häuslich werden lassen. Das hätte Landry möglicherweise entmutigend gefunden, wenn Zane und Brylee nicht so wahnsinnig glücklich gewesen wären.

Landry blieb einen Moment stehen, bekämpfte einen plötzlichen Anflug von Neid und ging schließlich weiter, als die Stute ihn von hinten anstieß.

Eigentlich hatte er seinem Bruder etwas sagen wollen, nämlich dass er schwer verliebt in Ria Manning war und nicht so recht wusste, ob er seinen Kurs beibehalten oder lieber wie vom Teufel gejagt davonrennen sollte. Aber obwohl er und Zane einander im Laufe des letzten Jahrs wieder nähergekommen waren, reichte es noch nicht für so viel Offenheit.

Also sagte er stattdessen etwas anderes. „Womit zum Teufel fütterst du dieses Pferd? Sie watschelt ja regelrecht."

Sein Bruder lachte. „Wir nennen sie Butterball. Den Grund siehst du. Und was ich ihr zu fressen gebe? Einfaches Heu und gerade genug Getreide dazu, dass sie noch Spaß am Leben hat." Er tätschelte den Wallach noch einmal und wandte sich dann ganz Landry zu. „Ich habe sie vor zwei Tagen auf einem Viehmarkt in Missoula gekauft. Sie hat mir einfach leidgetan."

Über diese Bemerkung musste Landry grinsen. In der letzten Nacht hatte er kaum geschlafen, nachdem er so spät nach Hause gekommen war – hochgradig erregt, stinksauer und obendrein tief besorgt wegen Ria –, und beim Aufwachen war er total niedergeschlagen gewesen. Aber der lange Ritt hatte ihn wiederbelebt. Und auch die Gesellschaft seines Bruders tat ihm gut, so schwierig ihr Verhältnis zueinander auch war.

„Ich werde es ruhig angehen lassen mit ihr", versprach er und spürte, wie seine Ohren zu glühen begannen, als ihm auffiel, dass diese Bemerkung durchaus doppeldeutig verstanden werden konnte. Zanes aufblitzendes Grinsen nährte erneut Landrys Verdacht, dass es auf keiner Hälfte von Hangman's Bend Geheimnisse gab. Die Sache klarzustellen, wäre jedoch mehr als ungeschickt gewesen, also versuchte er es gar nicht erst.

„Tu das", gab Zane freundlich zurück. Er übernahm Butterballs Zügel, wartete, bis Landry sich auf seinen Wallach geschwungen hatte, und reichte sie ihm zurück.

Landry zupfte an seiner Hutkrempe, lenkte den Wallach in Richtung Straße und ritt langsam davon. Butterball folgte brav.

Bei Ria ließ er beide Pferde im Schatten eines Baumes, weit weg von jedem Blumenbeet, im taufeuchten Gras weiden. Sein eigenes Pferd würde nicht fortlaufen, und er schätzte, dass die Stute nicht genug Unternehmungsgeist besaß.

Und jetzt stand er in Rias Küche, als hätte er alles Recht, hier zu sein, und überlegte sich seine nächsten Schritte. Offenbar hatte sie sich nicht aus ihrer fötalen Lage gerührt, nachdem er sie am Abend zuvor allein gelassen und die Eingangstür hinter sich abgeschlossen hatte.

Highbridge würde vermutlich Tee aufbrühen, wahrscheinlich einen angemessen schwachen Kräutertee statt seiner Lieblingssorte Blatttee, damit Ria eine winzige Chance hatte, ihn bei sich zu behalten.

Dagegen kam Landry zu dem Schluss, dass sie etwas Nahrhaftes brauchte, wenn sie wieder zu Kräften kommen sollte.

Also durchsuchte er ihre kleine Speisekammer, bis er eine Dose Nudelsuppe mit Hühnerfleisch fand. Er öffnete sie und machte sich auf die Suche nach einem Sieb.

Nachdem er etliche Schranktüren geöffnet und wieder geschlossen hatte, fand er eines, hängte es in den Topf und goss die Dosensuppe hinein. Während er sich zu seiner einfühlsamen Voraussicht gratulierte, beobachtete er, wie die dicke Flüssigkeit durch die kleinen Löcher des Siebs drang und Nudeln, Gemüsestückchen und Hühnerfleisch zurückließ. Anschließend legte er das Sieb in die Spüle, ohne den Inhalt wegzuschütten, füllte die leere Dose mit Wasser und die Brühe damit auf, um sie zu einer für Ria verträglichen Konsistenz zu verdünnen.

Verdammt, war er gut. Ein richtiger Fred Nightingale.

Er begann, vor sich hin zu summen, fand den richtigen Knopf für die rechte vordere Herdplatte und schaltete ihn auf mittlere Hitze. Mission fast erfüllt.

„Weißt du überhaupt, was du da tust?“, fragte eine matte Stimme und riss ihn aus seiner leichten Hybris.

Lächelnd wandte er sich vom Herd ab, um seine widerwillige Patientin zu begrüßen.

Ria hatte die Schlafanzughose und das Männersweatshirt gegen ein langes Baumwollnachthemd ausgetauscht. Darüber trug sie völlig unpassend einen modischen blauen Blazer. Wahrscheinlich das erste Kleidungsstück, das ihr auf dem Weg in die Küche in die Hände gefallen war.

„Auch dir einen schönen guten Morgen", sagte Landry fröhlich und deutete eine Verbeugung an.

„Geh weg", erwiderte sie. Dann, als wäre sie zu dem Schluss gekommen, sie müsse diese Aufforderung erklären, fuhr sie fort. „Ich hasse dich. Ich hasse mich selbst. Gerade jetzt hasse ich so ziemlich jeden, um offen zu sein."

„Ich gehe nirgendwohin", gab Landry ungerührt zurück. „Und du kommst früher oder später über deinen Hass auf dich und die Welt hinweg. Und was den Hass auf mich angeht ..." Er hielt inne und grinste frech. „Warum sollte man mitten im Fluss die Pferde wechseln? Mich jetzt plötzlich gern zu haben, wäre etwas übereilt."

Rias zartblaue, jetzt allerdings stark geröteten und verschwollenen Augen wurden schmal. Ihre Haut, normalerweise pfirsichfarben, wirkte blassgrün – wie Schälerbsensuppe mit zu viel Milch darin. „Und es liegt mir fern, übereilt zu handeln", gab sie spitz zurück.

Sarkasmus? Vermutlich. Gestern Abend war sie ungestüm und impulsiv gewesen – na schön, nennen wir es ausgelassen. Und sie erinnerte sich nicht gern daran.

Landry rückte ihr einen Stuhl zurecht, nahm sie sanft bei den Schultern und dirigierte sie auf den Sitz.

Zögernd ließ sie sich nieder und äugte misstrauisch an ihm vorbei zu dem Topf auf dem Herd.

„Ich esse nichts", erklärte sie.

„Das glaubst du", gab er liebenswürdig zurück.

Ein finsterer Blick war die Antwort.

Er ignorierte sie. Die Hühnerbrühe simmerte nicht mehr,

sondern kochte jetzt sprudelnd und fröhlich. Also nahm er den Topf von der Platte und durchsuchte noch einmal die Schränke – wobei er absichtlich ordentlich Krach machte –, bis er eine schöne große Schale fand. Er schaute hinein, als befürchtete er, dass sie nicht sauber war, und stellte aus dem Augenwinkel befriedigt fest, dass Ria innerlich an die Decke ging.

Gut. Er hatte wieder eine Reaktion erzielt. Bei dieser besonderen Frau war das ein Fortschritt, so fragwürdig dieser auch sein mochte.

Sorgsam sein Lächeln verbergend, goss Landry den Topfinhalt in die Schale, trug sie zum Tisch und stellte sie vor Ria ab.

Wie hypnotisiert starrte Ria auf den Dampf, der von der Brühe aufstieg. Und anstatt zurückzuzucken oder ihm seine Gabe womöglich gar ins Gesicht zu schütten, wie Landry halb erwartet hatte, schaute sie die Brühe mit einer Art hoffnungsloser Sehnsucht an.

Während er sie betrachtete, setzte sein Herz einen Schlag aus.

„Ich kann nicht", sagte sie unglücklich. „Außerdem ist das viel zu heiß."

„Natürlich kannst du", gab Landry sanft zurück. Er holte ein paar Eiswürfel aus dem Eisfach und gab sie in die heiße Flüssigkeit. Zumindest gab es nun keine Brandblasen, wenn sie sich doch noch entschied, ihm den Becher an den Kopf zu werfen.

Dann zog er einen Stuhl für sich zurück und setzte sich Ria gegenüber. „Nimm erst einmal einen kleinen Schluck und lass dir Zeit."

„Es bleibt nicht drin", prophezeite sie. „Nicht einmal Wasser …"

„Versuch es", beharrte Landry sehr leise.

Da schaute sie auf, um ihn anzusehen, und er erhaschte einen Blick auf die Ria, die er kannte. Die Ria, der es zwar Spaß zu machen schien, ihm bei der geringsten Provokation die Hölle heißzumachen, die ihre rebellierenden Gefühle aber stets im Griff hatte.

Das erleichterte ihn zutiefst.

„Quinn muss jeden Augenblick nach Hause kommen", sagte sie so ernsthaft wie ein Staatsanwalt, der einen besonders aussichtsreichen Fall vor dem Gericht ausbreitete, und konzentrierte sich dabei auf die Eiswürfel. „Und wenn sie dich hier sieht, wird sie glauben, dass ich – du – wir …"

„… letzte Nacht miteinander geschlafen haben?", brachte Landry den Satz für sie zu Ende und freute sich über die gesunde Farbe, die daraufhin ihre Wangen überzog. „Nun, dem lässt sich leicht vorbeugen." Kaum gesagt, stand er auf und ging in Rias Zimmer. Dort versagte er sich alle Erinnerungen seiner Sinne und nahm sich ein Kissen von ihrem Bett und eine gestrickte Decke, die über einer Stuhllehne hing. Damit kehrte er zurück in die Küche, wo er gerade lange genug stehen blieb, um die Sachen hochzuhalten und zu sagen: „Ich habe die Nacht auf der Couch verbracht. Das ist meine Geschichte, und dabei bleibe ich."

Ria biss sichtlich die Zähne zusammen, aber sie sagte nichts.

Im Wohnzimmer warf Landry das Kissen und die Decke auf die Couch, zerwühlte beides ein bisschen, sodass sie aussahen, wie benutzt und nach dem Aufwachen zur Seite geworfen.

Brillante Idee.

Allerdings würde das nicht einmal dem oberflächlichsten Beobachter erklären, warum draußen zwei Pferde standen. Dennoch war er immer noch sehr zufrieden mit sich selbst. Vielleicht bemerkte Quinn die Pferde ja nicht …

Na klar doch. Unsichtbare Pferde.

Trotzdem war es einen Versuch wert – man konnte dem Kind schließlich nicht einfach die Wahrheit sagen –, also ließ er das zerwühlte Bettzeug liegen, wo es war, und ging zurück in die Küche.

Landry ging davon aus, dass sie die Brühe probiert hatte, während er nicht im Zimmer war. Sie hätte kaum dickköpfiger sein können, wenn ihr Schädel aus Bronze gewesen wäre.

„Wohl bekomm's", sage er fröhlich, setzte sich wieder ihr gegenüber und deutete auf den Becher verdünnter Suppe vor ihr.

„Verhältst du dich absichtlich so unerträglich, oder entspricht das deiner Natur?"

„Trink die Brühe."

„Ich möchte einfach nur ins Bett zurück und in Ruhe sterben", widersprach sie, aber statt das zu tun, schloss sie die Finger um die Schale und hob sie zwei oder drei Zentimeter an.

„Ins Bett zurückzugehen kommt nicht infrage", erklärte Landry. „Sterben erst recht nicht. Wir reiten aus, sowie du ein bisschen Brühe getrunken und dich angezogen hast."

Völlig entsetzt sah sie ihn an. „Reiten? Auf einem Pferd?"

„Auf einem Pferd", gab Landry ungerührt zurück.

„Kommt überhaupt nicht infrage. Ich bin krank. Ich brauche Ruhe."

„Beides falsch", erwiderte Landry, verschränkte seine Arme, ließ den Stuhl nach hinten kippen, sodass er ihn auf zwei Beinen balancierte, und grinste sie an. „Du bist nicht krank, du bist verkatert. Das macht einen gewaltigen Unterschied. Und was du brauchst, sind frische Luft und ein bisschen Bewegung, keine Ruhe. Sonst denkst du nur ständig daran, wie schlecht du dich fühlst."

„Du bist unerträglich."

Er lächelte breit. „Danke."

Nach einem wütenden Schnauben nippte Ria ein paarmal vorsichtig an der Brühe, wartete ein, zwei Sekunden, ob sich etwas Schreckliches tat, und als nichts geschah, trank sie weiter.

„Wenn ich ein liebes Mädchen bin und das hier austrinke", fragte sie bissig zwischen Schlucken, die immer größer wurden, „gehst du dann und lässt mich in Ruhe?"

„Keine Chance. Du siehst schon besser aus." Er konnte einfach nicht anders. „Der Blazer gibt dem Ganzen eine hübsche Note, muss ich sagen. Wer würde schon auf die Idee kommen, einen Blazer zu einem Nachthemd zu tragen?"

„Halt die Klappe", fauchte Ria, aber es klang nicht so, als hegte sie große Hoffnungen, dass er ihr den Gefallen tun würde. Trotzdem sah sie ihn direkt an, und ihre Augen feuerten Blitze auf ihn ab. „Krieg das endlich in deinen Dickkopf, Landry Sutton – ich gehe nirgendwohin, schon gar nicht mit dir!"

„Oh doch, das wirst du", gab er unerträglich zuversichtlich zurück. „Du hast diese Tatsache nur noch nicht akzeptiert." Er schob seinen Stuhl zurück und stand wieder auf. „Trink das aus. Da du offenbar im Leerlauf festhängst, suche ich dir etwas anzuziehen und …"

Ria kochte vor Wut.

Ihm gefiel es, wenn sie das tat. Es bewies, dass sie heißblütig war, und das war ein echter Vorteil im Bett. Vorausgesetzt natürlich, sie gingen jemals miteinander ins Bett.

„Vergiss es", erklärte sie. „Du kannst mich nicht zwingen, mich anzuziehen."

„Nein, aber ich kann dich anziehen, wenn du dich stur stellst."

„Ich rufe den Sheriff", rief sie ihm nach.

„Tu das", trompetete er zurück. Das Haus war klein. Sie müssten gar nicht schreien, aber sie taten es. Es war ihr persönlicher Kommunikationsstil. „Wenn du mich fragst, wird Boone auf meiner Seite sein, wenn er erst mal die ganze Geschichte kennt."

Darauf stieß Ria einen kurzen, erstickten Schrei reinster Frustration aus, stürmte ihm nach und stellte fest, dass er weder ihren Schrank noch ihre Kommode durchwühlte, sondern selbstzufrieden auf der Bettkante saß und auf sie wartete.

„Na schön", sagte sie, „aber wenn diese verdammt bescheuerte Idee mich umbringt, lastet das auf deinem Gewissen."

Landry lachte nicht, aber es fiel ihm schwer. Verdammt, war diese Frau schön, selbst wenn sie wütend war wie eine nasse Katze und obendrein einen fetten Kater hatte.

Er hob ihr beide Handflächen zum Zeichen des Friedens entgegen und hielt den Mund.

„Raus hier", verlangte sie.

Kein Türschloss, dachte Landry. Das war gut. Dann konnte sie sich nicht einschließen und damit ein Patt erzielen. Denn er war zwar durchaus bereit, Gewalt anzuwenden, wenn die Situation es erforderte, aber die Tür aufzubrechen, ging definitiv zu weit.

Oder?

Er seufzte, stand auf und verließ das Zimmer.

Hinter ihm knallte Ria wütend die Tür zu.

Im Flur bezog er Stellung und lehnte sich an die Wand.

Im Schlafzimmer wurden Schubladen aufgezogen und krachend wieder zugeschoben. Ria stampfte mehrmals mit dem Fuß auf und fluchte leise vor sich hin.

Und Landry wartete einfach, so ruhig wie ein meditierender Zen-Mönch, mit freundlichem Gesichtsausdruck. Dabei genoss er jeden Augenblick von Rias gedämpfter Tirade.

Der Schluss, zu dem er auf dem Weg zur Boot Scoot Tavern gekommen war, meldete sich erneut. Er liebte Ria Manning, so wahr ihm Gott helfe.

Und er begehrte sie definitiv. Aber solange sie den Ring ihres verstorbenen Mannes trug, würde er sie höchstens küssen. Irgendwie musste er sich schließlich für seinen Edelmut und seine Selbstbeherrschung belohnen.

Das Ganze war eine Herausforderung, und Landry liebte Herausforderungen. Ein bisschen geistiges Vorspiel, jede Menge Sutton-Charme, und im Nu würde Ria ihm gehören.

Bereits im nächsten Augenblick schwankte diese naive Zuversicht jedoch, allerdings nur sehr leicht und sehr kurz.

Mit jeder Minute, die verstrich, fühlte Ria sich besser. Das war toll – wenn man davon absah, dass dieser Umstand sie ins Unrecht setzte und Landry recht behielt. Schon wieder.

In Wut und Eile sprang sie förmlich in ihre Kleidung: frische Unterwäsche, Jeans, ein T-Shirt, Socken und ihre Stiefel. Dann sprühte sie noch ein wenig Deo in die Achselhöhlen, putzte sich zum zweiten Mal an diesem Morgen die Zähne – das erste Mal war eher eine Verzweiflungstat gewesen, als dass es mit Hygiene zu tun gehabt hätte – und bürstete sich resolut die völlig zerwühlten Haare.

Was stimmte eigentlich mit Landry Sutton nicht?

Er hatte sie in ihrer schlimmstmöglichen Verfassung gesehen – sinnlos betrunken, sich am Straßenrand übergebend und heute Morgen gekleidet wie eine Obdachlose und so grantig, dass sie sich selbst darüber ärgerte.

Mit einem tiefen Seufzer, von dem sie hoffte, dass er wenigstens etwas Frust abbauen würde, blieb sie vor dem Spiegel ihrer Frisierkommode stehen, musterte ihr Spiegelbild und fragte sich, was zum Teufel Landry eigentlich in ihr sah.

In diesem Moment fiel ein Lichtstrahl auf Franks Ring, und Ria fiel wieder ein, wie Landry am Abend zuvor ihre Hand genommen hatte, als sie sich selbst zum Narren gemacht und ihn gefragt hatte, warum er nicht mit ihr schlafen wollte. „Deshalb", hatte er gesagt und ihr den Ring vor die Nase gehalten.

Jetzt spielte sie mit dem Goldreif – war drauf und dran, ihn abzunehmen, aber irgendetwas hinderte sie daran. Was ließ sie zögern?

Liebe zu dem Mann, den sie nie wiedersehen würde?

Nein. Sie hatte Franks Tod akzeptiert, lange bevor sie Landry kennengelernt hatte. Das erkannte sie jetzt. Was sie für ihren tapferen, albernen, verlorenen Mann empfand, war Zärtlichkeit, keine Liebe.

In Wahrheit diente ihr der Ring als eine Art Schutzschild. Als magischer Talisman, der die Männer auf Abstand hielt. Lange hatte Ria nicht nur keine Intimität gewollt, sondern sogar Angst davor gehabt. Ihre Seele war noch zu wund, ihr Herz und Hirn noch zu verletzt, um sich erneut anfällig für einen solchen Schmerz zu machen, indem sie riskierte, jemandem ihr Vertrauen zu schenken.

Wer konnte denn schon vertrauenswürdiger sein als Frank?

Ohne es zu wollen und ohne sich dagegen wehren zu können, schaute Ria zurück in die Vergangenheit. Zuerst hatten die

Leute sie in Ruhe gelassen, ihre Trauer respektiert und ihr starkes Bedürfnis nach Einsamkeit und Zeit zum Nachdenken, Zeit, sich zu erinnern und so viel Widersprüchliches aufzudröseln. Zum Beispiel den Umstand, dass Frank sie sehr geliebt hatte – das wusste sie – und dennoch für ein sexuelles Abenteuer alles riskiert hatte.

Zwar hatte er versucht, die Sache wieder ins Reine zu bringen. Er hatte geweint. Das hatte sie bei ihm noch nie erlebt. Und er bat sie um Entschuldigung und versprach ihr künftig Treue. In gewissem Maße glaubte Ria ihm. Sie nahm ihn wieder in ihr Herz auf, versuchte so zu tun, als wäre nichts geschehen, brachte sich schließlich selbst dazu zu glauben, es müsste sich nichts ändern und sie und Frank könnten einfach weitermachen wie bisher.

Aber wenn sie wirklich ehrlich mit sich war, wusste Ria, dass ihr der Selbstbetrug nicht gelungen war. Der Schmerz, von dem Menschen betrogen worden zu sein, dem sie am meisten vertraute und der ihr vorm Altar ein heiliges Versprechen gegeben hatte, war nie ganz abgeklungen. Sie hatte ihn unterdrückt, mehr nicht. Und dann war Frank tot, und die Trauer begrub sie unter sich wie ein Bergrutsch und zermalmte sie.

Wie man es auch drehte und wendete, es war und blieb eine Tatsache, dass Frank zumindest für eine Nacht vergessen hatte, dass er sie liebte.

Ria atmete tief ein und wieder aus. Dann ließ sie den Ehering, wo er war – am Ringfinger ihrer linken Hand. Verrückt? Vielleicht. Aber ob es ihr nun gefiel oder nicht, noch brauchte sie diese dünne goldene Grenzmauer. Ohne sie würde sie wieder von einer Lawine fortgerissen und verletzt werden.

Ein Betrug durch den Mann, der sie liebte, hatte sie beinah vernichtet. Ein zweiter würde es vollständig schaffen.

Leicht beunruhigt von der Frau, die sie aus dem glatten Glas anschaute, wandte Ria sich von dem Spiegel ab und verließ ihr Zimmer.

Landry wartete im Flur. Sie schnitt ihm eine Grimasse.

Er lachte.

Und bemerkenswerterweise war das der Start in einen guten Tag.

Landry führte sie nach draußen, band dort die Stute los und stellte sie Ria als Butterball vor.

Der Name passte, aber das Pferd war einfach nur süß, und Ria, die in ihrer Jugend ein wenig geritten war, verliebte sich sofort in das Tier.

Es gelang ihr, Butterball fast ohne Hilfe zu besteigen, und ihr Ich schien den wolkenlosen blauen Himmel, die kühle Brise und die endlosen Blumenfelder förmlich in sich aufzusaugen, als sie sich umschaute. Selbst die Sonne, die ihr beim ersten Öffnen der Augen an diesem Morgen als unerbittlicher Feind begegnet war, schien ihr jetzt freundlich gesinnt und hüllte sie in sanfte Wärme.

„So schlecht machst du das gar nicht", stellte Landry fest. Er zügelte seinen ungeduldigen Wallach, damit Butterball mithalten konnte, ohne einen Herzinfarkt wegen Überanstrengung zu erleiden. „Reiten meine ich."

Die nächste Stunde oder so ritten sie einfach dahin, über Wiesen und durch Wälder, am Ufer des Big Sky River entlang und schließlich im Bogen zurück zu Rias Farm.

Als sie ankamen, saß Quinn auf der Vordertreppe, und Bones tollte im Gras zu ihren Füßen herum. Das Mädchen winkte ihnen grinsend zu, sprang auf und rannte Ria und Landry entgegen. Ihre Aufmerksamkeit galt allerdings hauptsächlich den Pferden.

Während Ria ihre Nichte beobachtete, dachte sie, dass sie den Ritt gegen alle Erwartung sehr genossen hatte. Zumindest teilweise lag das daran, dass sie und Landry alle ernsthaften Gesprächsthemen gemieden hatten. Er hatte ihr lustige Geschichten aus seiner Kindheit erzählt, wie es war, ständig auf Achse zu sein, was er und sein Bruder so angestellt hatten, sozusagen seine Memoiren. Er beschrieb die Kindheit von Zigeunern, die oft knapp bei Kasse waren und denen das Benzin und regelmäßig sogar das Essen ausging, aber all das schien Landry nicht zu belasten. Zwar sprach er es nicht direkt aus, aber er war als Kind glücklich gewesen. Ihre glücklose kleine Familie war von Stadt zu Stadt gezogen, die Jungs hatten jedes Schuljahr eine neue Schule besucht, aber ihre Mutter hatte es immer geschafft, die nächste Herausforderung als Abenteuer hinzustellen. Während sie zuhörte, hin und wieder lachte und ihr manchmal auch die Tränen kamen, stellte Ria fest, dass sie Maddie Rose Sutton gern kennengelernt hätte. Sie musste eine bemerkenswerte Frau gewesen sein.

Mit diesen Gedanken kehrte Ria ein wenig zögerlich ins Hier und Jetzt zurück.

Quinn, die währenddessen offenkundig fröhlich vor sich hin geplaudert hatte, tätschelte Butterballs schweißfeuchten Hals, während Ria aus dem Sattel stieg und sich allergrößte Mühe gab, nicht zusammenzuzucken, als ihre Füße auf dem Boden aufkamen.

„Darf ich auch mal reiten?", fragte Quinn voller Hoffnung.

Landry lächelte. Sein Gesicht lag im Schatten seiner Hutkrempe. Aber er antwortete nicht.

„Wir haben aber gar kein Pferd", erinnerte Ria ihre Nichte mit sanftem Humor. Himmel, ihr tat alles weh nach diesem Ritt, und Quinn würde das mit Sicherheit merken, aber das war immer noch besser, als wenn sie mitbekommen hätte, wie verkatert ihre Tante morgens gewesen war.

„Clares Familie hat eine ganze Herde", erklärte Quinn strahlend. „Ihr Vater ist Viehzüchter. Er fährt überall die Rodeos an, und manchmal darf Clare mitkommen. Eine Zeit lang hat er nur ihren Bruder mitgenommen und sie zu Hause gelassen, aber …"

Das Mädchen errötete und verstummte. Wenn sie einer Freundin eine SMS geschickt hätte, hätte sie ihr plötzliches Zaudern vermutlich mit einem Kürzel erklärt: TMI.

Too much information – beziehungsweise: So genau wolltest du es vermutlich gar nicht wissen.

„Hier in der Gegend gibt es viele Rancher", bemerkte Landry

gelassen. Er sprach mit Quinn, sah dabei aber Ria an, und zwar so intensiv, dass es sie heiß überlief. „Da sollte es nicht schwerfallen, ein Pferd für dich aufzutreiben."

„Großartig", rief Quinn wieder obenauf. „Jetzt gleich?"

„Vielleicht lieber später", sagte Ria. „Auch wenn heute Sonntag ist, haben wir eine Menge zu tun. Die Felder brauchen Wasser, und Unkraut müssen wir auch zupfen."

Landry zupfte an seiner Hutkrempe und wartete, während Quinn Butterballs Zügel ergriff und sie ihm hochreichte. Er nickte den beiden Frauen zum Abschied zu, wendete die zwei Pferde und ritt langsam die Einfahrt entlang in Richtung Straße.

Die Augen mit einer Hand gegen die Sonne abschirmend, sah Ria ihm nach.

Schon komisch, diese Sache mit Landry. Heute Morgen, vor der Hühnerbrühe und dem Ausritt, hatte sie alles getan, um den Mann abzuschrecken. Und jetzt hätte sie ihn am liebsten sofort zurückgerufen. Sie kam sich vor wie ein Magnet. Der eine Pol stieß Landry ab, der andere zog ihn an und hielt ihn fest.

Quinn stieß sie sanft an, um ihre Aufmerksamkeit zu erlangen. „An deiner Stelle, also wenn ich erwachsen wäre und so, hätte ich einen Typen wie den mit Sicherheit nicht auf der Couch schlafen lassen."

„Quinn Whittingford!", schimpfte Ria, musste dabei aber lachen. „Wie redest du denn?"

„Offen und gerade heraus", gab Quinn zurück. „Ich bin siebzehn, schon vergessen? Wir hatten schon in der sechsten Klasse Sexualkundeunterricht – all die schmutzigen Details –, das ist also nichts Neues für mich. Außerdem ist meine Generation längst nicht mehr so verklemmt." Ihr Grinsen wurde breiter, und sie senkte die Stimme zu einem vertraulichen Flüstern. „Ich habe das Kissen und die Wolldecke auf dem Sofa gesehen, als ich reingegangen bin, um meine Sachen wegzuräumen."

Peinlich berührt, bei etwas ertappt worden zu sein, was sie gar nicht getan hatte, steuerte Ria ihre Nichte in Richtung Haus, damit sie sich Wasser holen und Sonnenschutz auftragen konnten. Später, wenn ihr eingefallen war, wie sie das Thema am geschicktesten anschneiden konnte, würde sie versuchen, mehr über Quinns Einstellung zum Sex in Erfahrung zu bringen.

„Also“, fragte sie, „hat Clares Party Spaß gemacht?“

Lächelnd und unter häufigem Gebrauch des Wortes *fantastisch* plapperte Quinn drauflos und erzählte alles bis ins kleinste Detail.

12. KAPITEL

Highbridge war wie immer in der Küche, als Landry nicht länger draußen herumtrödeln konnte. Er hatte Butterball in ihre Box in Zanes Stall zurückgebracht, die Stute gebürstet und ihre Hufe nach Steinchen und anderen lästigen Dingen untersucht, noch einmal ihre Nüstern gestreichelt und war gegangen.

Wenn außer Cleo noch jemand da gewesen wäre, wäre er vielleicht noch eine Weile geblieben. Aber die Haushälterin machte ihm klar, dass erstens manche Leute arbeiten mussten, um ihren Lebensunterhalt zu verdienen, und sie daher keine Zeit habe, den halben Tag mit ihm zu schwatzen. Und dass zweitens Brylee in ihre Firma Décor Galore gefahren war, weil sie dort eine Besprechung hatte, und nicht absehbar war, wann sie zurückkommen würde. Zudem seien drittens Zane und sein verflixter Hund irgendwohin gefahren, um wer weiß was für dummes Zeug zu treiben. Nash begleite sie, womit die Narren wenigstens vollzählig wären.

Das war jedenfalls die Kurzfassung.

Also hatte Landry sich kurz an die Hutkrempe getippt, den Hof überquert und sein Pferd wieder bestiegen.

Und jetzt war er für seine Begriffe viel zu früh wieder zu Hause.

Highbridge wandte den Kopf, als Landry hereinkam, und musterte ihn mit sichtlichem Missfallen, bevor er sich wieder seiner aktuellen Beschäftigung widmete: Gemüse putzen und klein schneiden, um es anschließend in den großen Schmortopf zu geben, der neben der Spüle auf der Küchentheke stand.

Obwohl Landry gerade noch gehofft hatte, seinem Butler aus dem Weg gehen zu können, sah er die Sache jetzt anders. Er war in Harnisch. Der Showdown war überfällig, und verdammt sollte er sein, wenn er die Küche verließ, ohne dass es zu einem klärenden Gewitter gekommen war.

Highbridge schien das zu spüren. Er stieß einen langen gequälten Seufzer aus und wandte sich seinem Arbeitgeber zu, wobei er seine Hände an einer gerüschten Schürze abtrocknete, über die Landry sich amüsiert hätte – wenn er nicht so in der Klemme gesessen hätte.

„Schön zu sehen, dass Sie am Leben sind und es Ihnen gut geht, Sir", erlaubte sein Butler sich eine spitze Bemerkung von der Seite.

Das Spiel ist eröffnet. Also los.

„Sie hatten Zweifel?", fragte Landry trocken zurück.

Highbridges dünne Schultern hoben und senkten sich leicht in der Andeutung eines Achselzuckens. „Nicht wirklich", sagte er, und gerade als Landry schon glaubte, der alte Kauz halte es endlich für angebracht, das „Sir" am Ende nahezu jeden Satzes aufzugeben, hängte er es doch noch an. „Sie haben gestern sehr deutlich gesagt, was Sie vorhaben. Und nach dem Tratsch im Internet zu schließen, haben Sie es auch getan. Sir."

„Welcher Tratsch?"

„Tun Sie nicht so, als überraschte Sie das, Sir", sagte Highbridge und legte den Deckel auf den Schmortopf. „Viele Ihrer Mitzecher sahen sich offenbar genötigt, Ihre Eskapaden in …" – hier legte der unerschrocken neugierige Butler eine Pause ein, um missbilligend zu schniefen – „der Boot Scoot Tavern niederzuschreiben. Manche haben sogar Fotos geschossen."

Zunehmend verärgert von Highbridges Tonfall und noch ein paar anderen Dingen hob Landry eine Hand. „Moment mal, ich komme nicht mehr mit. Ich hänge noch bei dem Wort Eskapaden. Was genau meinen Sie damit?"

Highbridge musterte ihn eine Weile trübsinnig. Dann ignorierte er die Frage einfach und stellte stattdessen selbst eine. Vielleicht war Landry hier nicht der Einzige, der diese Sache ein für alle Mal geklärt haben wollte.

Wenn der Engländer jünger gewesen wäre, wäre es wahrscheinlich auf eine amtliche altmodische Schlägerei hinausgelaufen.

„Wie konnten Sie nur, Sir?“

„Wie konnte ich was?“

„Wie konnten Sie Ria Manning so viel Alkohol trinken lassen? Noch dazu in der Öffentlichkeit? Ich kann Ihnen versichern, dass ihr ein paar dieser Fotos ganz und gar nicht gefallen werden. Genauso wenig wie der Schaden, den sie ihrem Ruf zufügen können.“

„Vielleicht sollte ich mir diese Fotos ansehen, bevor wir uns weiter darüber unterhalten“, meinte Landry angespannt.

„Vielleicht sollten Sie das“, räumte Highbridge ein und beschäftigte sich damit, Gemüseabfälle in den Komposteimer zu räumen.

„Dann sind wir uns ja einig.“ Landry seufzte. „Wo finde ich diese skandalösen Bilder?“, fragte er, und obwohl das vielleicht ein wenig großspurig rüberkam, kosteten ihn diese Worte einiges an Überwindung.

Highbridge drehte sich nicht einmal um. „Ich habe Ihnen die Links zugeschickt. Per E-Mail.“

E-Mail. Welchen Sinn machte es, Nachrichten zu einem Satelliten zu schicken, der sie gleich wieder zurückschickte auf einen Rechner, der im selben verdammten Haus stand?

Kopfschüttelnd und mit bösen Vorahnungen eilte Landry in sein Arbeitszimmer, fuhr den Rechner hoch, loggte sich ein und rief als Erstes seine Mails ab.

Die des Butlers stand ganz oben in der Liste.

Highbridge, der alles andere als technisch begabt war, war gründlich vorgegangen. Seine Links waren sauber getrennt, jeder mit einem eigenen Aufzählungspunkt versehen, und verwiesen auf insgesamt etwa ein halbes Dutzend verschiedene Social Media Sites.

Jedes einzelne Bild war verwackelt oder unscharf, da heimlich aufgenommen, aber sie alle erzählten eine Geschichte. Jedes einzelne Foto zeigte Ria – verwirrt, zerstreut, gestresst und ein bisschen zerknittert, als hätte man ihr K.-o.-Tropfen verabreicht. Trotzdem war sie schön. Herzzerreißend schön.

Auf einem besonders bemerkenswerten Schnappschuss schien sie förmlich an Landry zu hängen, während sie tanzten. Er hingegen wirkte nüchtern, unter Kontrolle und obendrein entsetzlich selbstgefällig. Um das Ganze abzurunden, gab es noch ein kurzes Video, wie er Ria über den verwahrlosten Parkplatz der Boot Scoot Tavern zu seinem Wagen trug. Sie wirkte schlaff wie eine Strohpuppe, während sie in Wirklichkeit doch kurz davor war, jede einzelne Strophe von „Neunundneunzig Flaschen Bier" zu singen.

Zum Glück hatten die Fotografen sie nicht auch noch dabei erwischt, wie sie sich am Straßenrand übergab. Das war ein kleiner Trost. Ein klitzekleiner.

Landry nahm sich vor, jedes einzelne Bild zu seinem Absender zu verfolgen. Nicht um ihn mit Droh-Mails zu überziehen – das war nicht sein Stil –, sondern als faire Warnung, dass er persönlich aufkreuzen und eine Erklärung verlangen würde.

Vorher aber musste er sich um andere Dinge kümmern. Also loggte er sich aus und ging wieder in die Küche.

Inzwischen bräunte Highbridge Schmorfleisch in einer Pfanne. Er trug immer noch die dämliche Schürze, war so ungehalten wie immer, schniefte erneut und weigerte sich, Landry anzusehen.

„Gut, die Schnappschüsse sind nicht gerade schmeichelhaft", gab Landry ein wenig scharf zu. „Ria hat ein bisschen zu tief ins Glas geschaut, na und? Sie ist volljährig, und vermutlich hat es ihr gutgetan, mal ein bisschen locker zu werden."

Oh ja, abgesehen von der Kotzerei am Straßenrand und dem Schmerz in ihren Augen. Dazu noch die fürchterliche Nacht und der Monsterkater, der sich auf sie gestürzt hat, als sie heute Morgen die Augen aufgeschlagen hat. Landry schwieg grimmig, während ihm diese Gedanken durch den Kopf gingen.

Reue, ein in letzter Zeit ziemlich vertrautes Gefühl, erfasste ihn mit der Gewalt eines mächtigen Orkans.

Highbridge begann, Fleischstücke mit der Bratengabel aufzuspießen, und das mit einem zornigen Eifer, der leicht erkennen ließ, wen er am liebsten aufgespießt hätte.

„Sie haben natürlich absolut recht, Sir. Eine schlimme Nacht in einer Bar sollte Ria nicht ruinieren. Nicht heutzutage. Und sie war weiß der Himmel nicht der erste Mensch, der einer Fehleinschätzung erlegen ist. Aber was ist mit dem Rest des Abends? Was ist mit dem, was nach dem so würdevollen Abgang von diesem … Ort geschehen ist?"

„Ziehen Sie da nicht ein oder zwei voreilige Schlüsse?", fragte Landry. „Und stecken obendrein Ihre Nase in Angelegenheiten, die Sie nichts angehen?"

„Sagen wir einfach, dass es mir nicht schwerfällt, mir den Rest auszumalen", gab Highbridge zurück, den Hinweis auf seine verdammte Neigung, sich in alles einzumischen, ignorierend.

Am liebsten wäre Landry an die Decke gegangen, hätte Ria und sich selbst verteidigt und darauf hingewiesen, dass er nicht mit der Frau geschlafen hatte, aber sein Stolz ließ das nicht zu.

„Also, im Grunde", sagte er stattdessen bemerkenswert ruhig, wenn man bedachte, was für ein Tornado sich in ihm aufbaute, „wollen Sie sagen, dass ich Ria absichtlich betrunken gemacht, sie wie ein Höhlenmensch weggeschleppt und sie mir zu Willen gemacht habe, sobald wir allein waren."

„Das haben Sie gesagt, Sir. Ich nicht."

Landry konnte sich nicht länger beherrschen. Er ballte die Faust, ließ sie hart auf die Küchentheke herabsausen und reagierte mit diesem Ausbruch zorniger Energie das Schlimmste ab.

Highbridge zuckte nicht einmal zusammen. Allerdings zog er leicht die Augenbrauen hoch, ein klarer Hinweis darauf, dass Landry gerade all seine Befürchtungen bestätigt hatte.

„Sehen Sie", meinte Landry, als er sich wieder so weit unter Kontrolle hatte, dass er es wagen konnte zu sprechen, „wenn Ihre Meinung von mir so schlecht ist, warum zum Teufel bleiben Sie dann hier? Warum sind Sie mir überhaupt von Chicago hierher gefolgt?"

Diese Frage schien Highbridge zu überraschen. „Aber, Sir, das ist ganz einfach. Sie brauchten mich."

„Ich will verdammt sein", staunte Landry.

„Vermutlich nicht", widersprach Highbridge. „Im Gegensatz zu dem, was Sie offenbar annehmen, habe ich eine sehr hohe Meinung von Ihnen, Sir. Sie können sich sehr wichtig nehmen, das stimmt schon, und Sie kennen offenbar nur zwei Geschwindigkeiten – Vollgas oder Vollbremsung. Sie handeln oft, ohne nachzudenken. Ich verweise nur auf den Umzug auf diese Ranch und die Büffelherde, die keine ist, als Beispiele. Und doch ..."

„Und doch?", hakte Landry nach. Sollte sich tatsächlich irgendwo in dieser jüngsten Ansprache seines Butlers eine positive Meinung verbergen?

Sein Gegenüber lächelte. „Und doch sind Sie hochintelligent und interessieren sich ehrlich für Ihre Mitmenschen, glaube ich. Und Sie gehen freundlich mit Tieren um, selbst mit Ihren großen schwerfälligen Büffeln. Ich habe noch nie erlebt, dass Sie sich vor harter Arbeit oder irgendeiner Herausforderung drücken – weder im Vorstandsbüro eines Spitzenunternehmens noch hier auf dem Land. Wenn jemand Hilfe braucht, sind Sie für ihn da." Eine Pause folgte, wahrscheinlich um des dramatischen Effektes willen. „Zu guter Letzt glaube ich, dass Sie ein sehr hohes Maß an Integrität besitzen."

„Hui", erwiderte Landry mit so viel Versöhnlichkeit und Wohlwollen in der Stimme wie Batteriesäure, „vielen herzlichen Dank. Jetzt weiß ich wenigstens, dass ich nicht vergebens gelebt habe."

Highbridge spreizte die Hände, in der einen die Fleischgabel mit einem aufgespießten Stück Rindfleisch. „Wunderbar", sagte er, unbeeindruckt von Landrys Sarkasmus. „So weiß ich doch, dass ich meinen Standpunkt in richtiger Art und Weise dargelegt habe."

„Bis ich Sie anpisse", schränkte Landry ein.

Highbridge schnalzte mit der Zunge. „Sir, Sir, Sir. Diese Ausdrucksweise ziemt sich für Sie nicht."

„Ich gebe auf", murmelte Landry.

„Was haben Sie gesagt, Sir?", fragte Highbridge. Dieser anmaßende alte Knacker – kein Wort von dem, was Landry gesagt hatte, war ihm entgangen. Er hatte das überaus feine Gehör einer Eule und obendrein Adleraugen.

„Nichts."

Ziemlich aus der Fassung gebracht, zog Landry sich in seine Privaträume zurück, duschte ausgiebig, zog eine Trainingshose an, ließ sich bäuchlings aufs Bett fallen und gab endlich der Erschöpfung nach, die er den ganzen Tag ignoriert hatte.

Etliche Stunden später erwachte er, eher benebelt als ausgeruht, aber so hungrig wie ein Bär, der nach einem langen, harten Winter aus dem Winterschlaf erwachte. Er blieb noch eine Weile ausgestreckt auf der Matratze liegen und wartete darauf, dass er richtig wach und wieder ein ganzer Mensch wurde. Dann stieg er aus dem Bett und schlug den Weg zur Küche ein.

Als er näher kam – es war ein großes Haus, wenn auch noch zur Hälfte unfertig – stieg ihm der appetitliche Duft von Highbridges ganz besonderem Rinderragout in die Nase. Das Rezept war seine Spezialität, und er servierte es nur, wenn es etwas zu feiern gab – oder um nach irgendeinem Streit den häuslichen Frieden wiederherzustellen. Der Brite bildete sich sogar ein bisschen etwas darauf ein, und zwar aus gutem Grund.

Das Zeug war fantastisch.

Highbridge wachte über sein Rezept wie der Secret Service über den amtierenden Präsidenten, obwohl er schon einmal zugegeben hatte, eine ganze Flasche Burgunder für die Soße zu verwenden, wenn er ein bisschen – wie er es ausdrückte – abenteuerlustig war.

Landrys Magen knurrte voller Vorfreude, und das Wasser lief ihm im Mund zusammen, seit ihm der Duft in die Nase gestiegen war. Ragout war Ragout, aber wenn Highbridge die Zutaten aufpeppte, war es mehr als das, nämlich eine Geste.

Hoffentlich sollte es kein Abschiedsessen werden.

Selbst wenn er vermutlich der einzige Cowboy der Welt war, der einen Butler beschäftigte und dadurch immer wieder in Verlegenheit geriet, mochte Landry Highbridge und hätte ihn nur äußerst ungern ziehen lassen.

Über diese verstörende Möglichkeit grübelte er nach, als er die Tür aufdrücken wollte, um herauszufinden, was der Anlass für dieses besondere Essen war, und die Spannung zu lösen, als er eine Stimme hörte, die ihm zugleich fremd und doch vertraut war.

Er erstarrte und vergaß, dass er eben noch einen Bärenhunger gehabt hatte.

Jess Sutton. Sein Vater.

Landry zögerte lange genug, um tief durchzuatmen.

Dann stieß er die Schwingtür auf und marschierte in die Küche, als gehörte sie ihm. Was ja auch stimmte.

Richtig, da war sein Dad. Er sah älter aus als beim letzten Mal. Seine Kleidung war altmodisch, aber die Goldkette an seinem Hals verriet, dass er sich immer noch für einen Herzensbrecher hielt.

Highbridge saß ihm gegenüber am Tisch, und die beiden Männer spielten Karten. Wahrscheinlich Gin Rommé, da Highbridge sich nicht auf Poker oder Blackjack einließ. Bingo in der Kirche war sein Laster. Beim Anblick von Landry räusperte sich der Butler, entschuldigte sich höflich vom Spiel und zog sich in sein Arbeitsreich zurück.

Jess blieb, wo er war. Er warf sein Blatt auf den Tisch und musterte Landry aus einer verblassten Version seiner eigenen – und Zanes – blauen Augen. Ein leichtes Lächeln spielte um einen Mundwinkel des alten Mannes, aber das war vermutlich nur ein Reflex, denn er sah nicht glücklich aus.

Lange beobachteten Vater und Sohn einander einfach nur und warteten störrisch darauf, dass der andere zuerst den Mund aufmachte.

Wenn es nach Landry ging, konnte er sehr lange warten.

Schließlich gab Jess nach und trug dabei wie üblich Seelengröße zur Schau. Er beendete das Patt mit einem leisen, rauen Lachen. „Nun, mein Junge, ich habe zwar keine Willkommensfeier erwartet, aber ich hatte schon gedacht, du könntest dich zu einem einfachen Hallo aufraffen."

Landry ging zum Topf auf dem Herd, hob den Deckel ab und schnupperte. „In Ordnung", sagte er und legte den Deckel wieder auf, ohne sich zu seinem unerwünschten Besucher umzudrehen. „Hallo."

Wieder lachte Jess. Es klang heiser, wahrscheinlich aufgrund vieler Jahre, in denen er Kette geraucht und billigen Whisky getrunken hatte. „Du bist genauso widerspenstig wie dein Bruder. Aber dir fehlt seine Selbstbeherrschung. Liegt wohl daran, dass er älter ist."

Landry drehte sich um, lehnte sich gegen die Küchentheke und verschränkte die Arme vor der Brust. Er hatte nicht die Absicht zu widersprechen.

„Was willst du?"

„Warum ist das immer eine der ersten Fragen, die du und Zane mir stellen?"

„Weil du immer etwas willst. Was ist es diesmal? Und sag jetzt nicht, dass du die fünftausend, die ich dir überwiesen habe, verballert hast und noch eine ‚Anleihe' brauchst, um deinen Hals zu retten. Denn wenn das der Fall ist, *Dad*, hast du Pech gehabt."

Jess lehnte sich in seinem Stuhl zurück, hob die Hände auf Schulterhöhe, die Handflächen abwehrend nach vorn, als erwarte er Prügel, aber seine Augen verrieten, dass er es nicht ernst meinte. So wenig Zeit Landry auch im Lauf der Jahre mit seinem Vater verbracht hatte, konnte er doch in dessen Augen lesen. Ein Kind, das am Rand der Gesellschaft aufwuchs, lernte das schnell. Und jetzt sah er darin eine Mischung aus gerissener Belustigung und einer Art nichtssagendem Kummer.

„Ich bin nicht hier, um dich um etwas zu bitten, Sohn", gab Jess zurück, als er so weit war. „Ich habe genau das mit den fünftausend Dollar getan, was ich gesagt habe: meine Spielschulden bezahlt und das Las Vegas des armen Mannes so weit und schnell wie möglich hinter mir gelassen. Da du mir aber sowieso nicht glauben würdest, lasse ich mich nicht darüber aus, wie sehr ich zu schätzen weiß, was du für mich getan hast."

Natürlich kaufte Landry seinem Vater nicht ab, dass er ohne jede Absicht gekommen war. Reno lag nicht gerade am anderen Ende der Welt, aber trotzdem war es für jemanden wie seinen Dad eine lange Reise, zumal jetzt, wo er langsam alt wurde. Da er es nie geschafft hatte, ein Auto länger zu behalten – oder einen Job –, ließ er sich entweder von Leuten mitnehmen oder nahm den Bus, wenn er beschloss, wieder auf Achse zu gehen. Ganz gleich, ob er weiterzog, weil er musste oder weil die alte und vertraute Sehnsucht wieder in ihm erwachte, nachzusehen, was ihn hinter dem nächsten Hügel erwartete.

„Weiß Zane, dass du hier bist?", fragte Landry schließlich.

Jess schüttelte den Kopf. „Noch nicht."

„Ich sollte dich nicht daran erinnern müssen, dass Nash bei Zane und Brylee glücklich ist."

„Das habe ich gehört."

„Und dass die Papiere, die du letztes Jahr unterzeichnet und mit denen du das Sorgerecht für den Jungen aufgegeben hast, bindend sind. Du kannst nicht einfach deine Meinung ändern, hier aufkreuzen und den Jungen mitschleifen, wohin es dich gerade zieht."

„Stimmt", sagte Jess müde und resigniert. Er musterte Landry eine Weile nachdenklich. „Macht es dir was aus, dich hinzusetzen? Wenn ich ständig zu dir hochgucken muss, kriege ich einen steifen Hals."

Landry setzte sich. „Was. Tust. Du. Hier?", fragte er, jedes Wort einzeln und mit Nachdruck betonend.

Das vertraute leichte Lächeln lag wieder auf Jess Suttons Lippen, friedlich und ausgesprochen nervig. Seine Haare wurden dünner, stellte Landry fest, aber er konnte keine Verletzungen oder blauen Flecken entdecken. Also hatte sein Vater wohl tatsächlich einmal die Wahrheit gesagt und wenigstens seine Spielschulden bezahlt. Für Jess waren Lüge und Wahrheit keine Gegensätze, sondern simple Optionen. Werkzeuge, mit denen er seine eigene flexible Realität anpasste. Wahrscheinlich verdrehte er schon so lange die Fakten zu seinen Gunsten, dass er selbst den Unterschied nicht mehr sah. Wenn er ihn denn je gesehen hatte.

„Ich bin hier, um ein paar Unstimmigkeiten auszubügeln, mit dir und deinem Bruder. Bei Nash ist das nicht nötig. Er versteht mich. Akzeptiert mich, wie ich bin."

Landry lehnte sich in seinem Stuhl zurück und verschränkte die Arme. „Nash ist noch ein Kind", sagte er knapp. „Vielleicht glaubt er noch, dass dir jemand außer dir selbst irgendetwas bedeutet. Aber er ist klug. Also wird er dem wahrscheinlich entwachsen."

Jess seufzte tief. „Ich weiß, ich habe ein paar Fehler gemacht ..."

„Ein *paar* Fehler?" Landry verkniff sich alles, was er sonst noch hätte sagen können. Er erinnerte sich noch lebhaft an die schweren Zeiten, als er und Zane noch Kinder waren. Daran, dass seine Mutter sich nie Anziehsachen leisten konnte, die nicht aus einem Gebrauchtwarenladen, vom Flohmarkt oder aus der Kleiderkammer einer Kirche stammten. Daran, wie oft sie in den Ritzen einer schäbigen Couch in einem gemieteten Trailer oder einem heruntergekommenen Motelzimmer nach Kleingeld gesucht hatte, damit er und Zane sich das Schulessen leisten konnten. Maddie Rose wusste, dass ihre Söhne schon vom Kindergartenalter an lieber hungerten, als zur Armenspeisung zu gehen.

Und genau das hatten sie durchaus öfter getan.

Bis heute spürte Landry gelegentlich noch den nagenden Schmerz in seinem Bauch, die heimliche Scham, nicht genug zu essen zu haben. Selbst jetzt, wo er mehr Geld hatte, als er ausgeben konnte, betrachtete er einen gefüllten Teller niemals als selbstverständlich.

„Na schön", gab Jess nach langem Schweigen und sichtlich widerwillig nach. „Ich habe eine Menge Fehler gemacht. Aber vielleicht denkst du mal über Folgendes nach, Mr Gentleman-Rancher. Es könnte sein, dass es für dich wichtiger ist, mir zu vergeben als für mich. Denn der Groll, den du hegst, frisst dich von innen auf. Selbst ich kann das erkennen. Worauf ich hinauswill: Du wirst niemals richtig glücklich werden, solange du dich an deine Verbitterung klammerst, statt sie hinter dir zu lassen und nach vorn zu schauen."

„Sag das Zane", gab Landry heftig zurück. Er spürte, wie ihm Nacken und Ohren rot anliefen. „Er ist so glücklich, wie ein Mann es nur sein kann, jetzt wo er mit Brylee verheiratet ist und eine Familie gegründet hat. Und er würde vermutlich nicht mal auf dich spucken, wenn du in Flammen stündest.

Jess stieß einen langen leisen Pfiff aus. „Das ist ein sehr hartes Urteil", sagte er.

Darauf erwiderte Landry nichts, weil er insgeheim derselben Meinung war. Seine Worte waren schroff gewesen, und er fragte sich tatsächlich, ob die Verachtung, die er seit Jahren für seinen Vater hegte, sein Leben nicht doch ziemlich verpfuscht hatte. Wenn er an seine Workaholic-Karrierestrategie in Chicago dachte, an die gescheiterte Beziehung zu Susan …

„In deinem Inneren, mein Junge, bist du immer noch ein zorniges Kind und wünschst dir, die Welt würde dich für alles entschädigen", fuhr Jess fort. Er legte das völlige Selbstvertrauen eines Mannes an den Tag, der es nie für nötig gehalten hatte, seiner Frau treu zu sein und ihr zu helfen, die gemeinsamen Kinder großzuziehen. Vielleicht bildete er sich ein, hier eine psychologische Aufgabe zu erfüllen. Dr. Phil mit etwas mehr Haaren auf dem Kopf und einer Spielsucht. „Was Zane angeht, so ist er vielleicht zur Ruhe gekommen. Aber er hat eine üble Ehe hinter sich, genau wie du. Tiffany hieß sie, glaube ich. Hübsches kleines Ding mit Kurven an genau den richtigen Stellen, aber so tiefgründig wie eine Pfütze nach einer wochenlangen Hitzewelle."

„Willst du auf irgendwas Bestimmtes hinaus?", fragte Landry. „Oder singst du nur dein altes selbstherrliches Lied?"

Sein Vater schenkte ihm einen Blick voller Wohlwollen und Güte. „Worauf ich hinauswill, ist etwa Folgendes: Irgendwann muss Zane zu dem Schluss gekommen sein, dass es ihn mehr Kraft kostet, als es wert ist, mich für alles verantwortlich zu machen. Das und die Tatsache, dass er in dieser Brylee die richtige Frau gefunden hat, sind die Gründe dafür, dass er glücklich ist und du noch nicht.

Wer sagt, dass ich nicht glücklich bin? dachte Landry ein wenig verdrießlich.

Wahrscheinlich stellte er die Frage nur deshalb nicht laut, weil er die Antwort nicht hören wollte.

Nach diesem fulminanten Satz schwieg Jess wieder, vermutlich, weil er wollte, dass seine Auslassungen auch wirklich ankamen.

Als er einfach nicht länger still sitzen konnte, schob Landry seinen Stuhl zurück, stand auf und ging zum Herd. Er nahm zwei Teller aus dem Schrank und Besteck aus einer Schublade.

Dann füllte er etwas von Highbridges Ragout in einen der Teller und stellte ihn mitsamt dem Besteck so heftig vor seinem Vater ab, dass die Soße über den Rand schwappte und die Tischdecke befleckte. Danach füllte er den zweiten Teller für sich.

Eine Weile aßen die beiden Männer schweigend. Dann schob Jess seinen Teller weg und seufzte. „Das schmeckt wirklich gut, aber ich kann nicht mehr so essen wie früher." Er lachte traurig. „Ich kann vieles nicht mehr so wie früher."

Landry hoffte nur, dass sein alter Herr nicht vorhatte, das weiter auszuführen. Noch hatte er Appetit, und den wollte er sich bewahren, bis er noch mehr von Highbridges Spezialität im Bauch hatte.

Aber Jess verlagerte das Gewicht auf seinem Stuhl, zog eine schäbige Geldbörse aus seiner Gesäßtasche und öffnete sie, um ein Foto herauszunehmen, das sorgfältig zurechtgeschnitten war, um in eins der Kreditkartenfächer zu passen.

„Wenn jemand einen guten Grund hatte, einen Groll auf mich zu hegen", sagte er leise, „dann war es diese Frau."

Landry traute seinen Augen kaum.

„Deine Mutter“, fügte Jess unnötigerweise hinzu.

Das abgegriffene Foto, vermutlich mit einer billigen Instantkamera geschossen, zeigte Maddie Rose. Sie saß in einem Morgenmantel auf einem Krankenhausbett. Ein Turban verbarg den Verlust ihrer einst so üppigen Haarpracht. Sie war unglaublich dünn. Ihre früher strahlende Haut wirkte grau, und die Ringe unter ihren Augen waren so dunkel wie Blutergüsse. Ihre Wangen waren eingefallen und hager, in ihren Armen steckten Kanülen. Und trotz alledem lächelte sie.

Wie um die Unwirklichkeit dieser Szene zu vervollständigen, war da auch noch Jess Sutton. Er saß direkt neben ihr auf der Bettkante, einen Arm fest um ihre dünnen Schultern gelegt. Ihr Kopf ruhte an seiner Schulter. Ganz selbstverständlich wirkte das, ganz natürlich – als hätte er sie nie im Stich ge- und ihrem Schicksal überlassen. Als hätte sie sich nie abplagen müssen, um sich und ihre beiden eigensinnigen, hyperaktiven Jungen allein durchzubringen.

„Ich war bei ihr im Krankenhaus, als sie starb“, erklärte Jess. Seine Stimme klang überzeugend heiser, und in seinen Augen schimmerten Tränen, während er in die Ferne sah. „Ich habe Maddie Rose gesagt, dass es mir leidtut, was ich getan – und noch viel mehr, was ich nicht getan habe. Weiß du, was sie gesagt hat?“

Landry antwortete nicht. Er konnte es nicht. Die Kehle war ihm wie zugeschnürt, und er musste irgendwie mit dem verräterischen Brennen in seinen Augen fertigwerden.

„Maddie Rose hat gesagt …“ Jess brach ab, räusperte sich und fing noch einmal an. „Sie hat gesagt, sie habe immer geglaubt, dass die meisten ihr Bestes tun, mit allen Kräften, die ihnen zur Verfügung stehen, und dass ich keine Ausnahme war. Sie hätte mich nicht zurückgenommen oder so was, selbst wenn sie überlebt hätte, aber eure Mutter war bereit, mit der Vergangenheit Frieden zu schließen und all ihre bösen Erinnerungen loszulassen.“

Nichts von dem, was Jess sagte, konnte Landry anfechten. Nicht, nachdem er das Foto und das sanfte Lächeln auf dem Gesicht seiner sterbenden Mutter gesehen hatte. Trotzdem war er nicht bereit, einfach all die Probleme beiseitezufegen, mit denen Maddie Rose sich all die Jahre hatte herumschlagen müssen. Todsicher nicht.

Also stand er auf und verließ wortlos die Küche.

Jetzt blieb ihm nichts zu tun, als zu reiten – reiten, bis er wieder einen klaren Gedanken fassen konnte.

13. KAPITEL

Als die Sonne an diesem Sonntag unter den westlichen Horizont sank und ein zart lavendelfarbenes Dämmerlicht zurückließ, das langsam der Dunkelheit einer sternenklaren Nacht wich, fühlte Ria sich gut. Um nicht zu sagen fantastisch.

Der schreckliche Kater war restlos verflogen, und obwohl ihre Oberschenkelmuskeln nach dem Ausritt, auf dem Landry bestanden hatte, immer noch brannten, hatte sie einen produktiven Tag hinter sich. Sie hatte alle ihre Aufgaben erledigt und mit Quinn geplaudert, die unermüdlich an ihrer Seite arbeitete, und das den ganzen Tag.

Auch die intensive Klarheit, die sie am Abend zuvor kurz empfunden hatte, war wieder da und ruhte vorläufig als ruhiges, frohes Geheimnis in ihr. Ein Geheimnis, das sie mit Herz und Verstand abwägen musste und das ihr noch zu heilig war, um es mit anderen zu teilen. Sie zog es vor abzuwarten, ob dieser Wandel anhielt. Wenn er es tat, dann konnte sie darüber reden. Oder auch nicht.

Tief in ihrem Inneren war Ria immer noch nicht davon überzeugt, dass ihre Erfahrung mehr gewesen war als ein Zufall oder – und das kam ihr am wahrscheinlichsten vor, schließlich war sie eine vernünftige Frau – einfach ein Versuch ihres Gehirns, der Wirkung des Alkohols mit einer Flut Glückshormonen entgegenzutreten. Trotzdem hoffte sie, dass ihr neuer Geisteszustand anhalten würde, und sie war, verdammt noch mal, glücklich.

Ausnahmsweise wollte sie jeden Augenblick so nehmen, wie er kam. Dankbar sein für das, was sie hatte, statt die Vergangenheit wieder und wieder zu durchleuchten und nach dem Warum und Wozu zu fragen. Genauso wenig, so schwor sie sich, würde sie über die Zukunft nachgrübeln – Achtung, unerforschtes, möglicherweise gefährliches Terrain! –, sozusagen in die Kristallkugel schauen, um zu erkennen, was kommen mochte.

Und so summte Ria vor sich hin, während sie das Essen zubereitete, das sie mit jedem Bissen genoss, und anschließend im Haus herumhantierte, hier einen Stapel Zeitschriften sortierte, dort Staub wischte, während Quinn in der Küche den Tisch abräumte und das Geschirr in die Spülmaschine stellte.

Darauf hatten sie sich geeinigt: Wenn die eine kochte, räumte die andere hinterher auf. Dabei wollten sie sich abwechseln, sodass keine von ihnen ständig dieselben Aufgaben übernehmen musste.

Immer noch in einem Zustand gelassener Glückseligkeit setzte sich Ria für beinahe eine Stunde auf die Verandatreppe, beobachtete still und zufrieden, wie die Sterne am dunklen Himmel aufleuchteten, und nahm die vielen Düfte der Blumen, die um sie herum blühten, in sich auf. Irgendwann trieben sie die Mücken dann doch ins Haus, und sie machte sich einen Kräutertee, um anschließend schlafen zu gehen.

Quinn saß am Computer, die Schultern leicht hochgezogen, und Ria brauchte einen Augenblick, um die Körpersprache des Mädchens zu deuten.

„Stimmt etwas nicht?", fragte sie, einerseits leicht besorgt, andererseits immer noch sehr entspannt. Methodisch wählte sie einen Teebeutel – Himbeere-Zitrone – aus der entsprechenden Schachtel und öffnete eine Schranktür, um sich einen Becher zu nehmen, während sie darauf wartete, dass Quinn ihr antwortete.

„Sozusagen", meinte Rias einzige Nichte sehr leise nach langem Zögern.

Ria runzelte die Stirn, vergaß für einen Moment ihren Tee und wandte sich zu Quinn um. „Was meinst du mit ‚sozusagen'?"

Mit steifem Rücken und angespannten Schultern schien Quinn ihr den Blick auf den Monitor versperren zu wollen, und mit einer leichten, verdächtig verstohlenen Bewegung mit der Maus verdunkelte sie den Bildschirm.

Völlig reglos stand Ria da. Irgendwie empfand sie es als Eindringen und Verletzen der persönlichen Sphäre des Kindes, sich jetzt neben sie zu stellen und auf den Bildschirm zu sehen.

Trotzdem kam es ihr merkwürdig vor. Eine bedrohliche Spannung schien in der Luft zu liegen, als Quinn den Computer herunterfuhr – ein ebenso offensichtlicher wie subtiler Versuch, etwas vor Ria zu verbergen, was sie auf dem Bildschirm gesehen hatte.

Selbst Bones, der dösend auf seinem Kissen zu Füßen des Mädchens gelegen hatte, öffnete plötzlich die Augen, hob den Kopf und spitzte die Ohren.

Immer noch saß Quinn starr da, Ria den Rücken zugewandt. Ihr Nacken lief rot an. Als sie und Ria draußen gearbeitet und die Sprinkler neu über den Hof verteilt hatten, war sie vollkommen anders gewesen. Und noch beim Abendessen hatte sie in einem fort geredet.

Was immer sie am Computer gesehen hatte, hatte alles verändert.

Ein paar Minuten lang durchdachte Ria diverse Möglichkeiten. Ein Bericht in einer Online-Ausgabe einer Zeitung über Meredith – *Geschäftsfrau aus Portland unter Anklage*? Eine abfällige E-Mail von einem der Mädchen, die an Clares Pyjamaparty teilgenommen hatten? Eine Meldung auf einer Website über entlaufene Tiere, in der nach einem Hund gesucht wurde, der nach Bones klang? *Was?*

Schließlich drehte Quinn sich extrem zögerlich in ihrem Drehstuhl um und schaute Ria direkt an. Das fröhliche Strahlen, das sie seit ihrer Rückkehr von der Party auf Whisper Creek im Gesicht getragen hatte und das im Laufe des Tages immer leuchtender geworden war, war verschwunden. Die Zeit draußen hatte ihr gutgetan, die Stunden an frischer Luft und Sonnenschein und die körperliche Arbeit. Aber der lebhafte Schimmer war aus ihren Augen verschwunden, und sie sah unglaublich bekümmert aus.

Bislang war Ria eher neugierig als besorgt gewesen. Jetzt aber wurde sie immer nervöser, während sie darauf wartete, dass Quinn etwas sagte.

Als das Mädchen es schließlich tat, glitzerten Tränen in ihren

Augen. „Jemand versucht, dich schlecht hinzustellen", sagte sie mit zitterndem Kinn und bebender Stimme, während sie sich sichtlich um Fassung bemühte. „Es gibt wirklich grässliche Menschen auf dieser Welt!"

In gewisser Weise war Ria erleichtert. Wenn es um Schicksalsschläge ging, gab es weitaus Schlimmeres als eine kleinkarierte Schmutzkampagne – wenn es das war, worauf Quinn hinauswollte.

„Quinn", sagte sie und ging nun doch zu ihrer Nichte, „ich muss wissen, was los ist." Sie deutete auf den leeren Monitor. „Zeig's mir."

Bedrückt erweckte ihre Nichte den altmodischen Bildschirm mit ein paar geschickten Bewegungen erneut zum Leben.

Da sie ein reines Gewissen hatte, traf das Bild, das Ria ins Auge sprang, nachdem es sich aus Millionen von Pixeln zusammengesetzt hatte, wie ein Schlag aus einem Elektroschocker.

Da war sie, lächerlich betrunken, in der Boot Scoot Tavern, und jeder konnte sie sehen. Jeder würde bemerken, dass sie sich kaum noch auf den Beinen halten konnte, da sie wie eine Bohnenranke an Landry hing. Sie hatte beide Arme um seinen Hals geschlungen und den Kopf in den Nacken gelegt, sodass sie zu ihm aufsah. Ihr Gesichtsausdruck kam dabei betäubter Anbetung gefährlich nahe. Zugleich erinnerte sie stark an ein Wildtier, das hilflos mitten auf einer dunklen Straße stehen geblieben war, weil es von den Scheinwerfern eines näher kommenden Autos geblendet wurde.

Obwohl sie sich sagte, dass das halb so schlimm war – jeder machte sich mal zum Narren, und außerdem waren Einrichtungen wie das Boot Scoot eine Art Ground Zero für die Unvorsichtigen –, wurde Ria ein wenig übel. Sie atmete hastig und flach ein und presste eine Hand auf den Mund. Wortlos tauschten sie und Quinn die Plätze. Ria sank auf den Stuhl, und Quinn stellte sich hinter sie.

„Bist das wirklich du?", fragte Quinn schließlich sehr leise und nach langem Schweigen.

Da sie die Frage für eine rhetorische hielt, antwortete Ria nicht. Das Foto zeigte sie, daran konnte es gar keinen Zweifel geben. Außerdem war sie damit beschäftigt, sich die Kommentare unter dem Bild anzuschauen.

Der erste war höhnisch – und natürlich anonym, wie so feige Attacken es meistens waren: „Ich schätze, wir können alle aufhören, uns Hoffnungen auf ein heißes Date mit einem bestimmten, sehr attraktiven Cowboy zu machen, Mädels. Er ist offenbar gut beschäftigt."

Die nächsten Kommentare waren tröstlich, wenn auch trotzdem demütigend.

„Du solltest dich schämen, wer immer du bist, Leuten so nachzuspionieren!", tadelte J. B. den Denunzianten. „Wie kann man nur so kleinkariert und fies sein?"

„Das ist eine ganz miese Schmutzkampagne!", urteilte K. C., ebenfalls aus Parable. „Übelster Mist, egal, wie man es wendet. Und was hat Ria Manning dir eigentlich getan?"

„Manche Leute", fügte eine andere Frau, diesmal aus Three Trees, hinzu, „haben einfach zu viel freie Zeit, sodass sie umherziehen und heimlich fotografieren. Hast du kein eigenes Leben?"

Opal Beaumont versuchte nicht einmal, ihre Identität zu verbergen. Jeder im County kannte sie, denn sie war mit einem beliebten Pastor verheiratet und genoss selbst hohes Ansehen. „Immer wenn ich glaube, alles gesehen zu haben, wozu manche Menschen sich aus Neid und Bosheit herabzulassen bereit sind, stoße ich auf so etwas. Ria ist eine anständige, hart arbeitende Frau, und du, Mr oder Mrs Anonymus, bist ein armseliger Feigling, der dringend der Buße bedarf. P.S.: Der Gottesdienst beginnt jeden Sonntag um 9:15 und 11:00 Uhr."

Opals Versuch der religiösen Intervention zauberte ein kleines, wenn auch mattes Lächeln auf Rias Gesicht.

Nach Opal hatte Cleo, die Haushälterin von Zane und Brylee Sutton, sich zu Wort gemeldet. „Amen, meine Schwester! Ich kenne Ria, und sie ist kein Trunkenbold. Schande über dich, wer immer du auch sein magst, dass du eine gute Frau als Flittchen darzustellen versuchst, obwohl sie das ganz und gar nicht ist!"

Ria lachte ein wenig gequält, schloss die Augen und rieb sich mit den Fingerspitzen beider Hände die Schläfen, um so die aufziehenden Kopfschmerzen zu vertreiben, die sich auf sie zu stürzen drohten wie ein Adler auf seine Beute.

„Es gibt noch mehr", sagte Quinn und massierte sanft die steinhart verspannten Muskeln in Rias Nacken und Schultern. Sie gab sich Mühe, etwas Gutes an der ganzen Geschichte zu sehen. „Die Bilder sind eigentlich gar nicht so schlimm, wenn ich's genau bedenke, und außerdem sieht man ja, wie das Ganze nach hinten losgegangen ist. Wer immer die Fotos geschossen hat, kann von Glück reden, wenn man ihn nicht aufspürt und lyncht!"

Natürlich gab es noch mehr Bilder, aber Ria musste sie sich nicht ansehen. Die Wirkung wäre dieselbe. Noch mehr Beschämung, noch mehr Bedauern und noch mehr Wut darüber, von irgendeinem Unbekannten herausgegriffen und absichtlich gedemütigt worden zu sein.

Also öffnete sie die Augen, setzte sich aufrecht hin und atmete entschlossen durch. Es blieb ihr nichts anderes übrig, als die Verantwortung zu übernehmen – schließlich hatte sie sich wirklich danebenbenommen. Sie musste einen Weg finden, die Sache hoch erhobenen Hauptes durchzustehen, bis ein anderer kleiner Skandal interessanter war. So lange würde sie die fragenden Blicke und kleinen Spitzen ertragen müssen, mit denen sie in nächster Zeit zu rechnen hatte.

Was sonst konnte sie tun, außer dafür zu sorgen, dass sie diesen Fehler nicht noch einmal machte?

Ein leichtes Klopfen an der Hintertür riss Ria aus ihren Überlegungen, und es überraschte offenbar auch Quinn. Sie trat einen Schritt zurück und schaute besorgt zur Tür, als erwarte sie dahinter einen puritanischen Mob mit brennenden Fackeln und der Forderung, das sündhafte Frauenzimmer an sie auszuliefern. Ria stand auf. Sie hatte keine Angst, sondern war dankbar für die Ablenkung. Sie ging zur Tür und sah durch das kleine ovale Fenster, um festzustellen, wer gekommen war.

Draußen auf der Veranda stand Zane Sutton. Er wirkte verlegen und gleichzeitig ein wenig besorgt.

Ria öffnete ihm die Tür.

„Zane", sagte sie beunruhigt, weil sie wusste, dass er normalerweise nicht gekommen wäre, ohne vorher anzurufen, besonders so spät noch, wenn er nicht einen guten Grund dafür hatte. „Was ist los?"

Obwohl Zane versuchte, ein beruhigendes Lächeln aufzusetzen, wirkte er bedrückt. Er grüßte Quinn mit einem Blick und einem leichten Nicken, bevor er seine Aufmerksamkeit wieder Ria zuwandte. „Es ist mir ein bisschen unangenehm, aber ich suche Landry. Er hat sich geärgert und ist vor ein paar Stunden weggeritten, sagt Highbridge, und – na ja – inzwischen sollte er eigentlich zurück sein." Er stockte, räusperte sich und sprach dann weiter. „Ich hatte gehofft, dass er vielleicht hier ist, aber das war wohl ein Irrtum."

Stumm schüttelte Ria den Kopf und versuchte, den Kloß hinunterzuschlucken, den sie plötzlich in der Kehle hatte und der es ihr unmöglich machte, ein Wort zu sagen. Hatte es einen Unfall gegeben? Lag Landry irgendwo in der Dunkelheit, verletzt oder vielleicht sogar …

Nein. *Nein.*

Aber auch wenn es nur für eine Millisekunde war, fühlte sie sich nach Portland zurückversetzt. Sie stand an einem wunderschönen Frühlingstag voller schrecklicher Vorahnungen in der Tür ihrer Wohnung und beobachtete, wie der Bezirkschef der Feuerwehr und der Kaplan in der stillen Straße aus einem Auto stiegen. Ihre Gesichter waren ernst, während sie sich darauf vorbereiteten, einer Frau mitzuteilen, dass ihr Mann tot war.

Energisch rief sie ihre Fantasie zur Ordnung und konzentrierte sich so intensiv auf das Hier und Jetzt, dass sie sich überwach fühlte.

„Wir haben Landry, ich meine Mr Sutton, seit heute Morgen nicht mehr gesehen", warf Quinn vorsichtig hilfreich ein. „Werden Sie die Polizei informieren?"

Zane brachte ein schwaches Lächeln zustande und schüttelte kurz den Kopf. „Ich will nichts übereilen. Offenbar hatte Landry etwas früher am Abend einen Streit mit jemandem, und er hat ein hitziges Temperament. Andererseits kann er bestens mit einem Pferd umgehen, und wenn er Probleme bekommt, wird er damit fertig." Zane hielt inne und seufzte, sodass Ria sich fragte, ob er selbst glaubte, was er sagte, oder ob es ihm einfach nur leidtat, sie beunruhigt zu haben, und er deshalb zurückruderte. „So wie ich Landry kenne, geht es ihm gut. Er hat sich da draußen irgendwo verkrochen und lässt sich das Ganze durch den Kopf gehen. Wenn er so weit ist, wird er wiederkommen."

Ria öffnete den Mund. Schloss ihn wieder.

Trotz Zanes beruhigender Worte musste sie gegen einen beinah primitiven Drang ankämpfen, ihre Stiefel und eine warme Jacke anzuziehen, sich eine Taschenlampe zu schnappen, nach draußen zu gehen und persönlich jeden Quadratzentimeter von Hangman's Bend abzusuchen, bis sie Landry gefunden hatte.

Bestens geübt darin, sich den Kopf über alle möglichen Katastrophenszenarien zu zerbrechen, war ihr Gehirn dabei, sich in die Sache hineinzusteigern und in Panik zu geraten.

Was wenn – was wenn – was wenn? Die halb formulierte Frage hallte tausendfach in ihrem Kopf wider, aber sie sprach sie nicht aus. Das war wahrscheinlich auch gut so.

Sie erinnerte sich daran, dass sie atmen musste. Tat es.

Zane musterte sie aufmerksam. „Alles in Ordnung?", fragte er leise.

Mühsam nickte sie.

Wieder meldete sich Quinn zu Wort. „Wenn Landry auftaucht, sollen wir ihm sagen, dass Sie nach ihm suchen?", fragte sie. Sie mochte ebenso besorgt sein wie Ria, aber ihre Augen verrieten zugleich eine ehrfürchtige Scheu. Vermutlich war sie noch nie einer Berühmtheit begegnet, und sie war noch sehr jung. Da durfte sie große Augen machen.

„Ich schätze, es geht in Ordnung, wenn ihr ihm sagt, dass ich hier war", meinte Zane, lachte leise und wandte sich zum Gehen. „Wahrscheinlich regt es ihn auf, da er mir wie immer automatisch jede Einmischung verübelt, aber das ist mein Problem, nicht eures."

Immer noch seltsam stumm, folgte Ria ihm auf die Veranda und sah, dass sein Wallach Blackjack geduldig im hellen Licht der Außenbeleuchtung wartete.

Es war schon dunkel – und er war mit dem Pferd gekommen? Zwar erklärte das, warum sie und Quinn kein Motorengeräusch gehört hatten, aber es beunruhigte sie auch. Offenbar wollte Zane seinen Bruder an Stellen suchen, die er mit einem Fahrzeug nicht erreichen konnte.

Rias Magen verkrampfte sich. Schließlich brachte sie doch noch ein paar Worte heraus, und als sie sich sprechen hörte, erkannte sie ihre Stimme kaum als ihre eigene wieder. „Du suchst trotzdem weiter nach ihm?"

Zane, der seinen Hut in der Hand behalten hatte, solange er im Haus gewesen war, setzte ihn mit einer entschlossenen Bewegung wieder auf und nickte. „Bis die Hölle gefriert, wenn nötig", erklärte er.

Und dann ging er.

„Vielleicht sollten wir bei der Suche helfen", meinte Quinn eifrig, nachdem er fort war.

Da sie dasselbe gedacht hatte – allerdings nicht in der Mehr-, sondern in der Einzahl –, wählte Ria ihre Worte sorgfältig.

„Das wäre sicher keine gute Idee", sagte sie schließlich fest und sanft zugleich. „Erstens haben wir keine Pferde, und zweitens wären wir eher hinderlich als hilfreich. Besonders wenn wir uns am Ende selbst verlaufen und so noch mehr Probleme verursachen."

„Wir könnten den Wagen nehmen", schlug Quinn vor.

Natürlich musste Ria ihr auch diese Idee ausreden, aber sie tat es nicht gern. Quinn war so ernsthaft, so schnell bereit zu helfen, so gut sie konnte, und das waren Eigenschaften, die man fördern sollte, jedenfalls unter normalen Umständen.

„Ich fürchte, auch das funktioniert nicht“, erklärte sie geduldig. „Wenn Landry ein Pferd genommen hat – und Zane ebenfalls auf dem Rücken eines Pferds nach ihm sucht, können wir wohl nicht davon ausgehen, dass wir mit einem Kleinwagen eine Chance haben.“

Ohne zuzustimmen oder zu widersprechen sah Quinn ihre Tante an. „Glaubst du, es geht ihm gut? Landry, meine ich?“

„Er ist ein erwachsener Mann, Schatz“, erinnerte Ria das Mädchen sanft. „Er ist stark, klug und kennt das Gelände. Es wird schon alles in Ordnung sein.“

Daraufhin wirkte das Mädchen wenigstens teilweise überzeugt.

Wenn ich mich nur auch selbst überzeugen könnte!

„Wegen dieser Sache im Internet …“, wechselte Quinn das Thema.

„Das“, erwiderte Ria, „ist unwichtig.“ Und sie meinte es auch so. „Warum gehst du nicht früh ins Bett, Süße? Du bist gestern lange aufgeblieben und hast den ganzen Tag sehr hart gearbeitet“, fügte sie lächelnd hinzu.

Zunächst sah Quinn aus, als wollte sie protestieren, dann aber nickte sie. „Aber vorher lasse ich Bones noch mal raus“, sagte sie. An der Tür, den kleinen Hund auf den Fersen, drehte sie sich noch einmal zu Ria um. „Was ist mit dir? Gehst du auch früh ins Bett?“

Ria schüttelte den Kopf. Sie war einfach zu müde, um sich um die Wahrheit herumzumogeln. „Noch nicht. Ich habe es immer noch nicht geschafft, mir die Tasse Tee zu machen, die ich mir versprochen hatte. Weißt du noch?“

Das beruhigte Quinn zwar vermutlich nicht, aber sie nickte und ging mit Bones nach draußen.

Schon wenige Minuten später kehrten die beiden zurück. „Wenn … wenn irgendwas passiert – du weckst mich doch, oder?“, fragte Quinn mit leiser, beinahe zerbrechlicher Stimme.

„Es wird nichts passieren, Quinn. Ich bin sicher, Landry geht es gut.“ Und selbst wenn nicht, ging es Ria durch den Kopf, während sie bemüht war, ihre Sorge nicht zu zeigen, würde sie das vermutlich erst frühestens am nächsten Morgen erfahren.

„Aber wenn doch ...“ Quinn schluckte. „Ich möchte nicht morgen früh aufwachen, glauben, dass alles in Ordnung ist, und dann herausfinden, dass es – na ja – doch nicht so ist.“

„Ich werde dir Bescheid sagen. Versprochen“, erklärte Ria sehr leise.

Quinn dachte darüber nach und gähnte. „In Ordnung“, stimmte sie zu. Ganz treuer Begleiter, folgte Bones ihr auf Schritt und Tritt, während sie erst ins Bad ging und dann noch einmal ins Wohnzimmer schaute, um Ria gute Nacht zu sagen.

Ria war sich im Klaren, dass sie besser ihrem eigenen Rat folgen, ins Bett gehen und versuchen sollte, ein bisschen zu schlafen.

Sie wusste aber auch, dass sie kein Auge zutun würde.

Also tat sie, was man abends und nachts so tat: Sie schaltete die Lampen aus, vergewisserte sich, dass die Haustüren abgeschlossen waren, kochte sich den so lange schon geplanten Tee und setzte sich in ihren Schaukelstuhl, um Nachtwache zu halten.

Angezogen von Landrys kleinem Lagerfeuer, das in einem Ring verrußter Steine brannte, die vermutlich schon mindestens hundert Jahre hier lagen – in einer sandigen Bucht in einer Schleife des Big Sky River –, fand Zane seinen Bruder gegen Mitter nacht.

Er stieg ab, ließ sein Pferd neben Landrys stehen, gleich oberhalb einer recht steilen Uferböschung, wo die Tiere grasen und an einem winzigen Bächlein trinken konnten. Ein paar Minuten streifte er am Rand des Feuerscheins umher, vermutlich, um die verspannten Beinmuskeln zu lockern.

Typischerweise sagte er nichts. Er war einfach da. Für Zane war das eine klare Aussage. Er hatte immer nach dem Motto gelebt, dass die Taten eines Mannes sehr viel mehr über ihn verrieten, als seine Worte das jemals konnten, ganz gleich wie beredt der Mann auch sein mochte.

Zanes Zuhause war Brylee, nicht etwa ein bestimmtes Haus, und er hatte dieses Zuhause verlassen, obendrein mitten in der Nacht, um sein Pferd zu satteln und nach seinem Bruder zu suchen. Diese Erkenntnis bewegte Landry zutiefst und ließ ihm beinah die Tränen kommen. Er war Zane wichtig.

Aber der hielt nichts von seichter Unterhaltung.

Das kam Landry durchaus entgegen. Er saß auf einem flachen Stein nah am Feuer, schweigend wie ein Totempfahl, und ihm war auch nicht sonderlich nach Plaudern zumute.

Es war besser, den Mund zu halten und deshalb als Dummkopf zu gelten, als zu reden und den Beweis für die eigene Dummheit zu liefern.

Nach einer Weile kam Zane zu Landry ans Feuer und setzte sich auf einen Baumstamm. Er betrachtete die Glut eine ganze Zeit lang, bevor er etwas sagte, und als er es tat, schwangen Frust und Sorge in seiner Stimme.

„Bist du nicht schon zu alt, um von zu Hause fortzulaufen, kleiner Bruder?"

Ein Muskel zuckte in Landrys Kiefer, und er stocherte mit einem Stock in den ersterbenden Flammen, bewegte damit das glühende Holz, sah zu, wie Funken aufstoben wie Glühwürmchen und teils noch am Ufer verloschen, teils über den Fluss trieben, in dem sich die Sterne spiegelten und der im Dahinfließen uralte Geheimnisse vor sich hin murmelte.

Während Landrys beachtlicher Stolz ihm dazu raten mochte zu leugnen, dass er vor irgendwem oder irgendetwas davonrannte, wusste er doch, dass die Lüge ihm im Hals stecken bleiben würde. Und Zane hätte ihn sowieso sofort durchschaut.

Die Brüder teilten ihr Erbgut und eine gemeinsame Vergangenheit. Darum fiel es beiden schwer, den anderen zu täuschen. Daran bestand kein Zweifel, und sie ärgerten sich beide darüber. Tatsächlich waren sie einander auch körperlich so ähnlich, dass sie als Kinder oft für Zwillinge gehalten wurden – ein Irrtum, den sie gern provozierten. Auch heute kam es gelegentlich noch vor, dass man sie miteinander verwechselte.

Als Zane noch Filme drehte, wurde Landry oft von Wildfremden auf der Straße, im Restaurant oder sogar im Fitnessstudio angesprochen. Man bat ihn um ein Autogramm oder um ein schnelles gemeinsames Foto. Da Erklärungen sich als sinnlos erwiesen oder – schlimmer noch – einen unglücklichen Fan von Zane zutiefst enttäuschten, hörte Landry schnell auf, sich dagegen zu wehren, unterschrieb mit dem Namen seines Bruders auf Servietten, Kassenquittungen, Umschlägen und Prospekten, also auf allem, was gerade zur Hand war, und lächelte breit in die Kamera.

Und immer dauerte das Ganze länger, als es hätte dauern sollen. Möglicherweise, weil es häufig darauf hinauslief, dass er für Gruppenfotos posieren musste, dann noch einmal mit jedem einzelnen Mitglied der Familie oder des Freundeskreises und danach noch mit zufälligen Passanten, die sahen, was los war, „Zane" erkannten und natürlich auch Fotos wollten.

Im Rückblick lachte Landry schroff in sich hinein und schüttelte den Kopf.

„Ich bin hierhergeritten, um nachzudenken", sagte er, nachdem er Zanes Frage lange genug in der Luft hatte hängen lassen.

„Man stelle sich das mal vor", meinte Zane leichthin. „Du und Nachdenken, meine ich."

Landry ging nicht auf die Stichelei ein. Er hatte hier sein Lager aufgeschlagen, sie waren also sozusagen auf seinem Terrain – wenigstens für den Augenblick, denn ob diese Stelle auf Zanes oder seinem Teil der Ranch lag, war schwer zu sagen. Tatsache war jedenfalls, dass er niemanden eingeladen hatte.

Zane störte sich wie immer nicht an Landrys Schweigen. Er saß einfach nur da, schaute ins Feuer, das schon wieder schwächer wurde, weil ihm der Brennstoff ausging, und behielt seine Meinung lange für sich.

Gerade als Landry drauf und dran war, das Feuer zu löschen, auf sein Pferd zu steigen und Zane wie eine Sphinx die ganze

Nacht hier sitzen zu lassen, wenn ihm danach war, gerade in dem Moment hörte er sich selbst das Schweigen brechen. Beabsichtigt hatte er das nicht.

„Dad ist wieder da", sagte er.

„Ich weiß", gab Zane leichthin zurück, beugte sich vor und stützte die Unterarme auf den Oberschenkeln ab.

Wieder schwiegen sie. Nur das Feuer knisterte, Insekten zirpten, und die beiden Pferde ganz in der Nähe gaben hin und wieder einen Laut von sich, während sie zufrieden Gras zupften und geduldig der Dinge harrten, die da kommen sollten.

„Er war bei Mom", stieß Landry schließlich mühsam hervor. „Als sie starb, meine ich."

„Im Gegensatz zu dir und mir", ergänzte Zane leise.

„Im Gegensatz zu dir und mir", bestätigte Landry. Er hatte mitten im Abschlussexamen gesteckt, als für Maddie Rose das Ende nahte, und Zane hatte vermutlich an irgendeinem Rodeowettkampf teilgenommen.

Eine Weile hingen sie beide ihren Gedanken nach.

„Hat dich das die ganze Zeit gequält?", fragte Zane schließlich. „Dass wir beide nicht wussten, wie krank Mom war, und auch nicht genug Geld hätten zusammenkratzen können, um sie zu besuchen und uns von ihr zu verabschieden, wenn wir es gewusst hätten?"

„Verdammt noch mal, ja, das quält mich", gab Landry gereizt zurück.

„Glaubst du, mir geht es anders?"

Landry fluchte. „Warum nur haben wir nie darüber geredet, was passiert ist? Es war, als hätten wir uns heillos zerstritten, aber ich kann mich verdammt noch mal an keinen Streit erinnern."

Zane seufzte, nahm den Hut ab und hielt ihn fest. „Wenn ich raten müsste, was zwischen uns schiefgelaufen ist", antwortete er nach einigem Zögern, „dann würde ich sagen: Es lag daran, dass wir beide überzeugt waren, wir wüssten, was der andere denkt, und uns nicht die Mühe gemacht haben zu fragen, ob wir mit unserer Vermutung richtig liegen."

„Willst du wissen, was ich dachte?“, fragte Landry. Er ging jetzt auf und ab, weil er nicht länger still stehen, geschweige denn still sitzen konnte. „Ich dachte, du wärst viel zu beschäftigt damit gewesen, Gürtelschnallen und Frauen nachzujagen, um dir Gedanken darüber zu machen, ob es Mom gut geht oder nicht. Denn wenn du dich dafür interessiert hättest, hättest du dich wenigstens ab und zu bei ihr danach erkundigt.“

„Ich habe Mom jede zweite Woche angerufen“, meinte Zane. Es klang nicht entschuldigend, sondern nur müde. „Sie hat mir jedes Mal gesagt, es gehe ihr gut. Und sie klang auch gut, also hatte ich keinen Grund, an ihren Worten zu zweifeln.“

Damals hatte Landry mitten in den Abschlussexamen gesteckt und zugleich so viele Schichten wie nur möglich in der Kaffeestube geschoben, weil er jeden Dollar brauchte und es ihm trotz seiner Anstrengungen immer an Geld fehlte. Entsprechend war er sieben Tage die Woche rund um die Uhr eingespannt gewesen. Ein Handy konnte er sich nicht leisten. R-Gespräche mit Maddie Rose kamen für ihn unter keinen Umständen infrage. Also schrieb er ihr Briefe. Immer nur kurze – er war schließlich mehr als beschäftigt –, immer nur Ansammlungen sprunghafter Äußerungen statt vollständiger zusammenhängender Sätze, denn er schrieb sie meistens im Laufe mehrerer Tage. So ähnlich, wie man eine Einkaufsliste anfängt und nach und nach vervollständigt.

Maddie Rose hatte sich nie beklagt, Beklagen war einfach nicht ihr Ding. Stattdessen schrieb sie ihm lange, mitteilsame Briefe, ob sie nun an der Reihe mit Schreiben war oder nicht. Darin ermahnte sie ihn, anständig zu essen, sich Ruhe zu gönnen und nicht so hart zu arbeiten, erzählte witzige Geschichten über Kolleginnen und Kunden oder darüber, wie der Damenkegelclub in Wettkämpfen abschnitt. Und in jedem ihrer Briefe betonte sie, wie stolz sie auf ihre beiden Söhne war und wie sehr sie sie liebte. In der ganzen Zeit hatte die Frau nicht ein einziges Mal gesundheitliche Probleme zugegeben, die ernster gewesen wären als entzündete Fußballen. Nur gelegentlich erwähnte sie nach einem langen Arbeitstag, dass ihr Rücken „ein wenig schmerzte“.

„Sie wollte uns nicht wissen lassen, dass sie krank war", sagte er schließlich.

„Sieht ganz so aus", stimmte Zane zu, stand auf und reckte sich.

„Aber es hat ihr nichts ausgemacht, dass Jess Sutton Bescheid wusste", murmelte Landry wütend und durcheinander. Allein schon dieser Gedanke zerriss ihm das Herz.

Dieser Riss im Herzen war nichts Neues. Er hatte einfach nur gelernt, ihn meistens zu ignorieren.

Zane legte ihm eine Hand auf die Schulter, leicht nur und kurz. „Ich glaube nicht, dass sie selbst darüber entschieden hat. Irgendwie hat Jess sie aufgespürt – das konnte er schon immer gut, weißt du noch? Wahrscheinlich wollte er ihr einfach nur abschwatzen, was von ihrem Trinkgeld der Woche noch übrig war oder von ihrem Ersparten für Weihnachten, und dann wieder verduften. Stattdessen fand er sie im Krankenhaus, wo sie sich auf den Tod vorbereitete. Und wenigstens ein Mal in seinem wertlosen Leben hat dieser Mistkerl sich als Mann erwiesen, sich der Situation gestellt und den liebenden Ehemann gegeben. Ich glaube, dass Mom sich das vermutlich am allermeisten auf der Welt gewünscht hat. Ihn noch ein letztes Mal zu sehen, meine ich, und ihren Frieden mit ihm zu machen."

„Es macht dich nicht wütend, dass Mom uns verschwiegen hat, dass sie im Sterben lag?"

„Nein", sagte Zane dort neben dem Fluss, unter der schmalen Mondsichel im schwachen Licht der Sterne. „Es bricht mir das Herz. Aber sie hat getan, was sie für richtig hielt, Landry, wie töricht ihre Entscheidung auch im Nachhinein wirken mag. Entscheidend ist, dass die Entscheidung ganz allein bei ihr lag. Mom hat uns alles gegeben, was sie uns geben konnte. Sie hat uns zu robusten Menschen erzogen, die die Dinge nehmen, wie sie kommen, hart arbeiten und ihren eigenen Weg in der Welt gehen. Sie hat uns geliebt, kleiner Bruder, und sie hat dafür gesorgt, dass uns das bewusst ist. Jeden Tag unseres Lebens. Wir werden vermutlich nie auch nur ansatzweise wissen, wie schwer ihr das alles gefallen ist. Wenn die Lady also nach eigenen Wünschen sterben wollte, dann hatte sie in meinen Augen ganz gewiss das Recht dazu."

Für den klassisch wortkargen Zane war das eine lange Rede.

Landry ließ sie auf sich wirken und kaute darauf herum, während er und Zane die Uferböschung zu den wartenden Pferden hinaufstiegen.

Als sie aufsaßen und ihre Tiere nach Hause lenkten, kam eine frische Brise auf, ließ die Blätter der Pappeln rascheln und rauschte in den Wipfeln der Kiefern an ihrem Weg.

Sie waren schon ziemlich weit gekommen, da räusperte Zane sich und rückte seinen Hut zurecht. „Es wird dich wahrscheinlich wütend machen, was ich dir jetzt sage, aber was soll's. Ich habe vorhin auf der Suche nach dir bei Ria vorbeigeschaut und ihr gesagt, dass du lange genug von zu Hause fort warst, um Highbridge zu beunruhigen. Ich habe ihr auch gesagt, dass es dir vermutlich gut geht und sie sich keine Gedanken machen soll. Sie tat so, als ob sie mir glaubte, aber mein Eindruck war, dass sie sich trotzdem sehr große Sorgen macht."

Landry nickte und rückte seinen eigenen Hut zurecht. Irgendwie hatte diese Geste etwas Ansteckendes. „Ich reite bei ihr vorbei und sehe nach, ob sie noch auf ist", sagte er.

„Ist sie", versicherte Zane ihm, warf ihm einen Blick von der Seite zu und grinste leicht.

„In Zukunft", fuhr Landry bedächtig fort, „würde ich es zu schätzen wissen, wenn du dich um deinen eigenen Kram kümmerst, großer Bruder. Ich schätze, du hast es gut gemeint. Tatsache ist aber, dass Ria und ich noch eine Menge zwischen uns zu klären haben. Sie unnötig aufzuregen, nur weil ich mich zum Abendessen verspätet habe, erschwert die Sache nur unnötig."

Zane gab seinem Pferd ein Zeichen, sich in leichten Trab zu setzen, und selbst im Dunkeln und trotz des Schattens, den seine Hutkrempe über seine Gesichtszüge warf, konnte Landry ihn kurz grinsen sehen.

„Notiert", sagte Zane.

„Weißt du von der Internetgeschichte?", fragte Landry und ließ sein Pferd mit dem seines Bruders Schritt halten. „Von den Fotos von Ria und mir gestern Abend im Boot Scoot, meine ich?"

„Jeder weiß davon", gab Zane zurück. Obwohl diese Antwort nicht überraschend kam, war sie doch nicht dazu angetan, Landrys Stimmung zu heben. „Aber das ist einfach nur ein Shitstorm. Der legt sich mit der Zeit auch wieder, wie immer."

„Du hast leicht reden", murrte Landry. Wenn Zane nach Hause kam, würde Brylee auf ihn warten, warm und willig im Bett. Er dagegen konnte sich auf eine weitere Auseinandersetzung mit seinem Umstandskrämer von einem Butler gefasst machen. Oder womöglich sogar auf weitere Moralpredigten von seinem lieben alten Dad.

Inzwischen hatten sie den Punkt erreicht, an dem ihre Wege sich trennten. Zane musste in die eine Richtung, Landry in die andere. Also zügelten beide ihre Pferde und schauten sich an.

„Ich spreche aus Erfahrung", sagte Zane. „Brylee und ich hatten jede Menge steinige Wege zu bewältigen, bevor wir begriffen haben, dass wir uns lieben und entsprechend handeln sollten."

„Ria trägt immer noch den Ring ihres toten Mannes", gab Landry zu bedenken.

„Dann, schätze ich, solltest du besser zur Sache kommen", erwiderte Zane freundlich, „und ihr diesen Ring vom Finger lieben, damit dort Platz für deinen wird."

Ria den Ring vom Finger *lieben*?

Zunächst war Landry ungeheuer verblüfft. Als ihm eine Antwort einfiel – die alte Binsenweisheit, dass man ein Pferd nur ans Wasser führen, aber es nicht zwingen kann, auch zu trinken –, war Zane bereits in die Nacht hineingeritten. Zorro hätte seinen Abgang nicht besser hinbekommen.

Effekthascher, dachte Landry, aber in ihm hatte sich etwas gelöst, seit Zane vor etwa einer Stunde bei ihm aufgetaucht war und sie miteinander geredet hatten. Ein paar Knoten waren entwirrt, ein paar Mauern untergraben worden, wenn nicht sogar komplett abgerissen.

Ich mag tief im Dreck stecken, sinnierte Landry. *Zum einen habe ich meinen Dad am Hals – für wer weiß wie lange. Zum anderen ist Ria offensichtlich zum offiziellen Onlineparadebeispiel für mindestens ein Zwölf-Schritte-Programm erklärt worden. Und außerdem wird sie diesen verdammten Ring nicht abnehmen.*

Aber vielleicht habe ich meinen Bruder zurück. Meinen Kumpel und Komplizen.

Landry schluckte seinen Freudenschrei hinunter, obwohl seine Augen mächtig brannten, und ritt weiter. Er nahm eine Abkürzung zu Rias Haus.

In der Küche brannte Licht, wie er nervös und erleichtert feststellte. Vielleicht hatte Zane recht, und Ria war tatsächlich noch auf und wartete auf ihn.

Ohne es anzubinden, ließ Landry sein Pferd vor dem Lattenzaun stehen, öffnete das Hoftor und ging über den Rasen zur rückwärtigen Veranda. Dort hob er die Hand, um anzuklopfen, hielt einen Moment inne und ließ sie wieder sinken, um tief durchzuatmen. *Letzte Gelegenheit, meine Meinung zu ändern und schnellstmöglich zu verschwinden.*

Er entschied sich zu bleiben.

Irgendwann würde er Ria den Ring vom Finger lieben. Und dazu jeden Faden, den sie zu diesem Zeitpunkt am Leib trug.

Vielleicht würde das nicht heute Nacht geschehen und auch nicht nächste Woche oder nächsten Monat.

Aber geschehen würde es, und sei es nur, weil er sich schließlich über eine ganze Reihe von Dingen klar geworden war. Weil er genau wie Zane viel zu stur war, um aufzugeben, und auch gar nicht gewusst hätte, wie er das anstellen sollte, selbst wenn er gewollt hätte. Diese Charakterzüge, die je nach Situation Segen wie Fluch sein konnten, verdankte er größtenteils Maddie Rose Sutton.

„Danke, Mom", sagte Landry leise.

Dann hob er erneut die Hand, lächelte und klopfte leise, aber entschlossen.

14. KAPITEL

Das Klopfen an ihrer Hintertür schreckte Ria ein wenig auf, obwohl sie gehofft hatte, es zu hören.

Sie stand aus ihrem Schaukelstuhl auf, schaltete das Verandalicht ein – und wurde von einem schwer definierbaren Gefühl überwältigt, als sie sah, dass sie ihre schläfrige Nachtwache nicht vergebens gehalten hatte.

Landry stand auf der Fußmatte, mit nachdenklichem Gesichtsausdruck, den Hut in der Hand.

Das Schloss klickte laut, als sie aufschloss, und die Insektenschutztür quietschte in den Angeln. Ria machte sich im Geist eine Notiz, sie zu ölen, und vergaß Türangeln und Öl sofort wieder.

Lange starrten die beiden einander nur an. Landry wirkte genauso durcheinander, wie Ria sich fühlte.

Dann trat sie zurück, um ihn einzulassen, und wandte den Blick ab, während sie einen inneren Konflikt ausfocht. Ein Teil von ihr wollte sich auf Landry stürzen, ihre Arme um seinen Nacken und ihre Beine um seine Hüften schlingen und ihn wild küssen.

Aber seinetwegen hatte sie sich Sorgen gemacht, und er hatte sie damit um den Schlaf gebracht. Folgerichtig wollte ein anderer Teil – ein sehr großer Teil – etwas ganz anderes tun, nämlich treten, beißen und kratzen und Landry dabei die übelsten Schimpfwörter an den Kopf schmeißen.

„Ich bleibe nicht“, sagte er.

„Fein“, gab sie kühl zurück. „Ich hatte auch nicht die Absicht, dich bleiben zu lassen.“

Ihre Bemerkung provozierte ihn zu einem schiefen halben Grinsen, unergründlich und ein bisschen dreist, das dafür sorgte, dass ihr Atem flach und schnell ging und ihr Herz im Brustkorb hüpfte wie ein flacher Stein, der übers Wasser sprang.

Und schließlich sank.

Immer noch den Hut in der Hand, verlagerte Landry sein Gewicht kaum merklich von einem Fuß auf den anderen und dann zurück auf beide.

„Zane meinte, er hätte dich beunruhigt, als er vorhin hier war“, sagte er. „Jetzt, wo du weißt, dass es mir gut geht, sage ich dir Gute Nacht.“

Nachdem er das gesagt hatte, saßen sie schon wieder in einer Sackgasse, gefangen in einem seltsamen Zwischenspiel, in dem keiner sich auch nur einen Millimeter rührte, obwohl beide das ganz offensichtlich wollten. Erneut floss der unsichtbare Strom zwischen ihnen, baute sich ein Magnetfeld auf, das vibrierte und sich ausdehnte wie ein neues Universum im Entstehen.

Ria überraschte sich bei dem Gedanken, dass Landry sie vielleicht küssen würde. Sie würde ihm dafür eine langen, entschied sie.

Oder ihren primitivsten Instinkten folgen und seinen Kuss erwidern. Der Himmel wusste, wohin das führen mochte. Da Quinn im Haus war, kam ein heißes Liebesspiel im alten Schlafzimmer nicht infrage, aber hier draußen war jede Menge Raum dafür. Überall gab es weiche versteckte Plätze, an denen sie sich im Schutz nächtlicher Schatten ins süße Gras legen konnten …

Hastig fing sie ihre außer Kontrolle geratenen Fantasien wieder ein.

Ohnehin stellte sich die Frage nach Küssen oder nicht gar nicht, denn Landry beendete die Situation, indem er ihr kurz zunickte, seinen Hut wieder aufsetzte und sich abwandte, um zu gehen.

Ria war erleichtert – und enttäuscht.

Ihre Empfindungen waren so paradox, dass sie eine Weile darüber nachdenken musste, und das bedeutete, dass sie trotz ihrer Müdigkeit noch lange wach liegen würde.

Landry sah Highbridge erst zum Frühstück wieder, und zu diesem Zeitpunkt hatte er seinen Ärger darüber, in der Nacht zuvor wie ein entlaufenes Kalb aufgespürt worden zu sein, weitestgehend überwunden – obwohl es nie zu dieser Situation gekommen wäre, wenn der Butler sich nicht ständig ungebeten in alles Mögliche einmischen würde.

Highbridge seinerseits wirkte ungewöhnlich still, beinah ein wenig kleinlaut. Offenbar würde es an diesem Morgen keine Predigt über anständiges Benehmen geben, und das empfand Landry als ungeheure Erleichterung.

„Möchten Sie heute Morgen Eier zum Frühstück, Sir?", fragte Highbridge in dem milden Tonfall eines Mediators, der in die Bresche springt und Waffenstillstand zwischen widerstreitenden Parteien hält, die kurz davor stehen, sich gegenseitig an die Gurgel zu gehen. Allerdings wich er Landrys Blick aus.

Resigniert murmelte Landry ein Ja zu den Eiern, zog sich einen Stuhl vom Tisch und setzte sich. Es war nur für eine Person gedeckt.

Wo steckte Jess? Schlief er noch? Oder war er in Hungerstreik getreten?

Nein, vermutlich war Pops bei Zane und Brylee, um sie um ein bisschen Reisegeld anzuhauen, nachdem hier nichts mehr zu holen war.

„Ihr Vater hat Ihnen eine Nachricht hinterlassen", verkündete Highbridge, während im Hintergrund der Speck in der Pfanne brutzelte und der Toaster mit einem Klacken verkündete, dass seine Arbeit getan war. Highbridge brachte Landry eine Tasse Kaffee und ein zusammengefaltetes Blatt Papier und setzte beides vor Landrys Teller ab, den Kaffee links, den „Brief" rechts.

Landry spürte ein Kribbeln auf seiner Wirbelsäule, wie ein Käfer unter seiner Haut lief es erst nach unten und dann wieder nach oben.

Er trank zwei langsame Schlucke Kaffee und ließ sich Zeit, jeden von ihnen zu genießen. So zögerte er so lange wie möglich den Zeitpunkt hinaus, in dem er das Blatt Papier schließlich entfaltete.

Er hatte keine blumige Entschuldigung erwartet, auch keinen poetischen Erguss über die Wunder der Vergebungsbereitschaft, aber das einzelne Wort, das Jess geschrieben hatte, überraschte ihn trotzdem.

Lebewohl.

Eine Weile saß Landry schweigend da und versuchte, die widerstreitenden Empfindungen zu benennen, die sich in ihm breitmachten – ohne nennenswerten Erfolg.

„Er ist fort?", fragte er schließlich, als Highbridge eine Platte mit Speck, Eiern und Bratkartoffeln vor ihm absetzte.

Jetzt endlich hielt Highbridge seinem Blick stand. „Ja, Sir."

„Wohin wollte er?", fragte Landry ein wenig kurz angebunden.

„Das hat er nicht gesagt. Mr Sutton hat mich gebeten, ihm ein wenig Geld zu leihen und ihn zum nächsten Interstate Highway zu fahren. Beides habe ich getan." Er stockte kurz, spitzte die Lippen und zog leicht die Augenbrauen hoch, als wäre er darauf gefasst, als Trottel bezeichnet zu werden und sich dagegen zu verwahren. Da der Vorwurf nicht kam, fuhr er fort. „Das war gestern Abend, während Sie … draußen waren. In Ihrer Abwesenheit hätte ich normalerweise mit Zane darüber gesprochen, aber das war natürlich nicht möglich."

„Natürlich nicht", erwiderte Landry gelassen und mit nur einem Hauch von Sarkasmus. „Sie hatten Zane ja schon losgeschickt, um mich zu suchen."

Highbridges hagere Wangen liefen ein bisschen rot an. Bedauerte er womöglich, sich eingemischt zu haben? Wenigstens ein kleines bisschen?

Vermutlich nicht. Schließlich hatte er immer recht.

„Soll ich Ihnen noch mehr Toast rösten, Sir?", fragte Highbridge. Sein Blick wich Landry erneut aus, wanderte hierhin und dorthin, blieb aber nirgendwo hängen.

„Danke, ich habe genug", erwiderte Landry abweisend.

Und dann konzentrierte er sich auf sein Frühstück und ließ Highbridge ungestört tun, was er zu tun hatte.

Es gab genügend anderes, worüber er nachdenken musste.

Zum einen das jährliche Rodeo in Parable. In nicht einmal einer Woche würde es beginnen, und obwohl Landry es niemandem auf die Nase gebunden hatte, wollte er an einem der Wettbewerbe teilnehmen. Er hatte seine Teilnahmegebühr schon lange im Voraus bezahlt und nie auch nur daran gedacht, sich doch noch zu drücken, nicht einmal an dem Tag, an dem ihn Pure Misery in Walker Parrishs Pferch in den Dreck geworfen hatte – und das gleich mehrfach. Andere Broncos hatten schon so ziemlich dasselbe mit ihm getan, an so manchem anderen Tag.

Trotzdem wollte Landry gleich nach dem Frühstück rüber zu Walkers Ranch und wenn möglich noch ein bisschen üben.

Mit etwas Glück erging es ihm diesmal besser.

Landry durchdachte das Thema mehrfach in dem zugegebenermaßen optimistischen Bemühen – nein, aussichtslosen –, eine Weile nicht an Ria zu denken, weil er schon viel zu viel in Gedanken bei ihr war. Auf lange – oder auch nicht so lange – Sicht konnte er natürlich nur verlieren. Das war ähnlich wie mit dem Beschluss, nicht an rosa Elefanten zu denken. Aber er brauchte einfach mal eine Pause von dem Stress und der Aufregung, die diese Frau in ihm auslöste. Da nahm er an Ablenkung, was sich ihm bot.

Jess' rasche Abreise und sein wortkarger Abschied hatten zwar seine Aufmerksamkeit erregt, aber auch dieser Gedankengang war nicht gerade der Entspannung dienlich.

Allerdings enthielt das Lebewohl seines Vaters ein kryptisches Element und löste ein beunruhigendes Gefühl in Landry aus. Als habe es eine versteckte Bedeutung und stünde in Wirklichkeit für etwas sehr viel Komplizierteres.

Landry seufzte und aß weiter. Grübelte weiter.

Überraschend kam es nicht, dass sein Vater sich so schnell davongemacht hatte. Oder dass er sich Geld von Highbridge geborgt hatte. Das alles war typisch für Jess Sutton und gehörte zu ihm wie sein Körper. Die Protagonisten wechselten – diesmal war Highbridge das Opfer gewesen –, aber der grundlegende

Modus Operandi war immer derselbe: dem Opfer eine rührselige Geschichte erzählen, sie mit sentimentaler Scheinaufrichtigkeit, leerer Schmeichelei und vorgetäuschter Reue garnieren, sein Ziel erreichen und so schnell wie möglich verduften.

Nichts Neues an dieser Front. Das altvertraute Muster galt immer noch.

Genau genommen war es lediglich das Lebewohl, das Landry zu denken gab.

Die Sache war nämlich die: Jess sagte niemals Lebewohl. Er packte einfach seinen Kram zusammen, und weg war er. Meistens verschwand er, wenn er sich unbeobachtet davonschleichen konnte. Und er blieb verschwunden, bis er wieder völlig abgebrannt oder kurz davor war und sentimental wurde.

Wenn man ihn auf dem Weg zur Tür doch erwischte, brachte er vielleicht noch ein gut gelauntes „Mach's gut" oder „Bis bald" zustande. Aber „Lebewohl" klang zumindest im aktuellen Kontext irgendwie endgültig, und das passte so gar nicht zu Jess Sutton. Natürlich konnte man sich darauf verlassen, dass er sich irgendwann einfach verdrückte. Das war so ziemlich das Einzige, worauf man sich bei Jess verlassen konnte, aber wenn es sich vermeiden ließ, brach er niemals die Brücken hinter sich ab. Lieber hielt er sich alle Optionen fürs nächste Mal offen.

Da seine Grübelei ihn keinen Schritt weiter brachte, entschied Landry schließlich, dass er der Sache zu viel Bedeutung beimaß. Sehr wahrscheinlich bedeutete das verwirrende Lebewohl nichts anderes als genau das: tschüss, auf Wiedersehen, adios, adieu, bis zum nächsten Mal.

Landry musste sich entscheiden – entweder er blieb sitzen und zerbrach sich den Kopf über etwas, das vermutlich keine Bedeutung hatte, oder er ging nach draußen, nahm den Tag in Angriff und machte etwas daraus.

Broncos zu reiten war ebenso gut wie irgendetwas anderes.

Also erledigte er seine Arbeiten im Stall, sattelte ein frisches Pferd – den Wallach, den er gestern geritten hatte, ließ er in seiner bequemen Box, damit er sich ausruhen konnte – und ritt los, quer über Hangman's Bend am Bach entlang von seinem Teil des Besitzes zum Beginn des Pfads, der sich durch Zanes Teil wand.

Da Landry nicht in Eile war, beschloss er, einen Abstecher zum Haus seines Bruders zu machen. Brylee war bei der Arbeit in ihrem Gemüsegarten, eine Vision in Shorts, Baumwolltop und Sonnenhut. Cleo war im Hof damit beschäftigt, weiße Laken aufzuhängen.

Als sie ihn entdeckte, lächelte Brylee und winkte ihn näher.

Auch Cleo schaute kurz zu ihm herüber, aber sie lächelte nicht, sondern bedachte ihn mit einem raschen, missbilligend-mürrischen Blick. Dann nahm sie den Wäschekorb hoch, der zu ihren Füßen stand, und marschierte zurück ins Haus, als wollte sie Washington stürmen.

In sich hinein grinsend ritt Landry an den hohen Zaun aus Kaninchendraht, der den großen Garten schützte, und neigte den Kopf leicht in die Richtung, in der Cleo verschwunden war. „Wie ich sehe, eilt mir mein Ruf voraus", meinte er trocken.

Brylee verzog das Gesicht, kam zum Zaun, legte den Kopf in den Nacken und sah ihn an. Die Krempe ihres Strohhuts konnte den Anflug von Verärgerung in ihren Augen und in ihrem verkniffenen Mund nicht verbergen.

Ihr Lächeln war verflogen.

„Was hast du dir dabei gedacht, Landry Sutton?", fragte sie ruhig, aber wütend. „Ria ausgerechnet in die Boot Scoot Tavern auszuführen? Wolltest du sie zum Narren machen? Sie mit Alkohol abfüllen?"

„Du klingst genau wie Highbridge. Und weder er noch du scheinen eine Kanzel zu brauchen, um das Feuer der Gerechtigkeit auf mich herabzurufen und mich als hoffnungslosen Sünder zu verbrennen."

Brylee funkelte ihn zornig an. „Wir scheuen uns nicht davor, Fehlverhalten zu kritisieren, falls du das meinst."

Landry fuhr fort, als hätte er sie nicht gehört. „Außerdem weiß ich, dass du, Mrs Sutton, ebenfalls regelmäßig das Boot Scoot besucht hast. Wenn ich's mir recht überlege, sind wir uns genau dort zum ersten Mal begegnet. Erinnerst du dich noch? Du bist dort zu einer Verabredung mit Zane in einem sexy roten Kleid, einem Paar eindeutiger hochhackiger Schuhe und sehr viel Schwung aufgekreuzt, wenn ich nicht irre."

Bei dieser Erinnerung lief die Frau seines Bruders rot an, aber sie wankte nicht und hielt die Fäuste in die Hüften gestemmt. Keine Chance auf ein Einlenken ihrerseits. „Das war ganz etwas anderes, und das weißt du auch!", sprudelte sie hervor.

„Ach, tatsächlich?", fragte Landry leichthin.

Brylee errötete noch heftiger. „Na schön, vielleicht auch nicht", gab sie zu, was ihr sichtlich schwerfiel.

„Aber es hat sich alles zum Guten gewendet, nicht wahr?", schob sie dann auch sofort nach. Damit bezog sie sich natürlich auf den Umstand, dass sie und Zane sich ineinander verliebt hatten, obwohl sie regelmäßig heftig aneinandergeraten waren, und geheiratet hatten. Sie waren immer noch genauso verrückt nacheinander und einander treu ergeben, wenn nicht sogar noch mehr als zu Beginn.

„Vielleicht wird sich auch diesmal alles zum Guten wenden", gab Landry zu bedenken. „Ist dir der Gedanke schon mal gekommen, Mrs Sutton?"

„Nein", fegte Brylee den Einwand kurzerhand beiseite. „Ist er nicht. Du hast die Sauerei im Internet doch gesehen, oder etwa nicht?"

„Habe ich", gab Landry zu.

Man sah, dass Brylee sich bereits wieder abzuregen begann. Da sie eine tolle Frau und eine echte Lady war, hielt schlechte Laune bei ihr sowieso nie lange vor, und siehe da, schon zeigte sich wieder ihr strahlendes Lächeln, hell wie ein Sonnenstrahl, der sich seinen Weg zwischen dicken grauen Wolken hindurchbahnt.

„Ganz ehrlich, Landry, manchmal möchte ich dich am liebsten packen und schütteln."

Er grinste. „Das haben schon andere versucht. Hat aber nichts gebracht." Er richtete sich in den Steigbügeln auf und sah sich um. „Ist mein Bruder zufällig zu Hause?"

Brylee schüttelte den Kopf, inzwischen wieder ganz ihr gelassenes Selbst. „Zane ist drüben bei Walker und Casey. Sie haben gerade eine Lieferung neuer Wildpferde bekommen, ganz hervorragende Tiere für das Rodeo in der nächsten Woche. Außerdem sind viele Farmarbeiter draußen, um Kälber zu impfen und so. Darum braucht Walker ein bisschen Hilfe in den Pferchen."

Landry nickte. Er fühlte sich seltsam bestätigt. Schließlich hatte er sowieso zu Walkers Ranch gewollt, und jetzt konnte er sich dort sogar nützlich machen, statt einfach nur darum zu bitten, dass man ihm eine Chance gab, sich das Genick zu brechen. Was immer zu tun war, er würde mit anpacken, und nach der Arbeit konnte er anbieten, einen oder zwei der neuen Broncos zu erproben.

Walker war immer auf der Suche nach freiwilligen Zureitern. Heute würde er die Blindgänger aus der Herde aussortieren wollen, die Pferde, die sich zu verlässlichen Reittieren ausbilden ließen, die aber nicht stur genug fürs Rodeo waren. Dann würde er die Pferde identifizieren, die am besten bockten, diejenigen, denen es im Blut lag, niemanden auf ihrem Rücken zu dulden und jeden Cowboy, der versuchte, sie zu reiten, in eine Umlaufbahn um die Erde zu befördern.

Das alles gehörte zu seinem Job als Händler für Rodeopferde, und Parrish zählte zu den sehr Erfolgreichen seiner Branche.

Als Landry auf Timber Creek ankam, hing eine dichte Staubwolke im Hauptpferch, aufgewirbelt von mehreren Dutzend ausgesprochen schlecht gelaunter Pferde. Walker, der einen schönen braunen Wallach ritt, grüßte ihn mit einem Grinsen und winkte ihn zu sich.

„Dich schickt der Himmel!", brüllte er ihm zu, um den Lärm zu übertönen, den die wiehernden Pferde und die Handvoll berittener Cowboys veranstalteten, die fluchend versuchten, die gereizten Tiere auf mehrere Pferche und Gatter zu verteilen. Wie die Rancharbeiter war auch der Chef vom Scheitel bis zur Sohle seiner abgenutzten Stiefel staubbedeckt. Es lag ihm nun mal nicht, das Geschehen vom Rand zu dirigieren. „Immer vorausgesetzt, du bist hier, um uns beim Sortieren dieser Bande sturer Heufresser zu helfen!“

Landry grinste und antwortete mit einem Salut. Das reichte, um klarzustellen, dass er hier war, um bei allem, was gerade anfiel, mit anzupacken.

Walker gab ein paar laute Anweisungen, und Landry und sein Pferd stürzten sich ins Getümmel.

Die Arbeit war schweißtreibend, gefährlich und dreckig. Die angelieferten Pferde waren so gut wie ungezähmt, sorgfältig auf Bockigkeit gezüchtet, und heute machten sie ihren Züchtern alle Ehre.

Landry ritt, wechselte sein Pferd, als es müde wurde, und ritt weiter.

Ein paar Stunden später hatten er, Zane, Walker und die anderen es geschafft. Auch der letzte vierbeinige Teufel war auf einen der kleineren Pferche und Gatter verteilt worden.

Mittlerweile war Landry erschöpft, wundgeritten und trug mindestens drei dicke Schichten Dreck am Körper. Die ersten Bartstoppeln brachen schon wieder durch und ließen sein Gesicht jucken. Und dennoch, trotz der Probleme mit Jess, trotz seines halb fertigen Hauses, einer äußerst passenden Metapher für sein Leben, und trotz des Frusts, eine Frau zu lieben, die sich an die Erinnerung an ihren toten Mann klammerte, war er glücklich. Glücklicher, als er jemals in einem Vorstandszimmer gewesen war, sauber, ordentlich gekämmt, frisch rasiert, in einem teuren Maßanzug.

„Ich schätze, du würdest gern einen oder zwei dieser verrückten Broncos testen“, sagte Walker zu ihm, als der Staub sich langsam zu legen begann und der Lärm abebbte.

Zane hörte, was Walker sagte, und warf Landry einen raschen Blick zu. Dann runzelte er die Stirn.

„Das siehst du richtig“, antwortete Landry unverdrossen.

Walker musterte ihn mit belustigtem Respekt. „Du kannst keiner Strafe widerstehen, Sutton“, meinte er. Seine Augen funkelten, und um seine Mundwinkel zuckte ein Grinsen. „Das macht dich zu einem Cowboy, schätze ich. Du bist genauso ein leichtsinniger Narr wie wir alle."

Zane ritt näher heran, den Blick fest auf Landrys Gesicht geheftet. „Was zur Hölle glaubst du eigentlich …"

Doch Landry war von seinem Pferd gesprungen und auf dem Weg zum nächsten leeren Pferch, bevor Zane seinen Satz zu Ende bringen konnte.

Er holte allerdings schnell auf, schwang sich ebenfalls aus dem Sattel und baute sich vor seinem jüngeren Bruder auf, unverrückbar wie eine Mauer. Blackjacks Zügel hielt er in der lederbehandschuhten Hand und griff gleichzeitig mit der anderen nach den Zügeln von Landrys Pferd.

„Du solltest mir vielleicht lieber aus dem Weg gehen, großer Bruder", sagte Landry.

Zane rührte sich nicht. „Landry", presste er hervor, bemüht, leise zu sprechen, weil das, was er zu sagen hatte, nur seinen Bruder etwas anging und niemanden sonst. „Vielleicht erinnerst du dich ja nicht mehr an das letzte Mal, als du einen Bronco zu reiten versucht und dir dabei fast den Hals gebrochen hast?"

Diese Worte brachten Landry in Rage. Zane hatte noch nie Probleme gehabt, ihn zu reizen.

„Ich entsinne mich", zischte er. „Ich wurde abgeworfen. Na und?"

„Und du solltest vielleicht eine Weile davon absehen, zu versuchen, Broncos zu bezwingen", schoss Zane zurück.

„Hast du die Absicht, davon abzusehen, Broncos zu bezwingen, Zane?", fragte Landry in täuschend mildem Tonfall. „Irgendwie ist mir so, als hätte ich deinen Namen in der Wettkampfliste fürs Rodeo gelesen, als ich sie mir das letzte Mal angeschaut habe."

„Ich habe eine Menge Erfahrung", hielt Zane dagegen. Das stimmte natürlich, denn vor seinem erfolgreichen Ausflug ins Filmgeschäft war Zane Sutton den Rodeoveranstaltungen kreuz und quer durch die Staaten nachgereist, hatte seinen Teil an

Prellungen, blutigen Nasen und gebrochenen Knochen abbekommen, sich aber auch einen Namen gemacht.

Es stimmte schon, dass Zane sich auskannte, und wenn es um Trophäen und Preisgelder ging, war er Landry weit voraus. Andererseits ging es bei diesem Wettkampf aber nicht darum, in die Fußstapfen seines großen Bruders zu treten. Es ging darum, sich einer Herausforderung zu stellen, die Landry sich selbst und nur sich selbst gesetzt hatte. Es ging darum, sich vor Angst zwar fast in die Hose zu machen, sich aber trotzdem am Tag der Veranstaltung eine Nummer aufs Hemd zu heften, sich auf fast achthundert Kilo hartgesottenen Pferdes zu setzen und das Tier trotz der Angst, die jeder vernünftige Mann in diesem Fall haben musste, zu reiten.

„Und es gibt nur einen Weg, Erfahrung zu sammeln, oder?", fragte er.

Eine Ader pulsierte an Zanes linker Schläfe, und er biss einen Moment die Zähne fest zusammen, um das Gleichgewicht wiederzuerlangen. Dann beugte er sich vor und schnauzte Landry an. „Verdammt noch mal, Landry, das ist Irrsinn. Ob es dir gefällt oder nicht, du bist immer noch ein Greenhorn. Außerdem musst du niemandem etwas beweisen, weder mir noch anderen!"

„In diesem Punkt irrst du dich, großer Bruder", gab Landry ruhig zurück. „Ich muss jemandem etwas beweisen: mir selbst."

Damit wandte er Zane den Rücken zu, ließ sein Pferd in der Obhut seines Bruders und kletterte auf den Pferchzaun, um auf den ersten Ritt zu warten.

Zane gab immer noch nicht auf. Schließlich war er aus demselben Holz geschnitzt wie Landry. Statt den Rückzug anzutreten, übergab er die beiden Pferde einem Rancharbeiter, stiefelte Landry hinterher und setzte sich neben ihm auf den Zaun.

„Tu's nicht", sagte er. Wahrscheinlich war das als Befehl gemeint, aber es klang eher wie eine Bitte. „Wenn du dich dabei verletzt …"

„Wenn ich mich dabei verletze", fiel Landry ihm gelassen ins Wort, „dann verletze ich mich eben. Genauso wie du. Genauso wie jeder andere auch."

„Aber …", begann Zane, verlor den Faden und setzte erneut an. „Warum, Landry?"

Walker führte einen widerspenstigen, bockigen Bronco aus der neu eingetroffenen Herde zu ihnen.

„Weil ich die Gewissheit brauche, dass ich das tun kann", erklärte Landry, ohne Zane anzusehen. „So einfach ist das."

Sein Bruder fluchte in sich hinein, und das sehr kreativ.

Im selben Moment ritt Walker an den Zaun, den Bronco an der Führleine. Geschickt löste er den Laufknoten, als Landry sich auf den bebenden staubigen Rücken des Tiers schwang.

Einen winzigen Moment lang geschah gar nichts. Und dann brach die Hölle los. Das Tier bäumte sich auf, als wäre es besessen. Es drehte sich, machte einen Satz, warf sich nach vorn, dann stieg es auf die Hinterhufe und tat alles, um Landrys Knochengerüst aus den Gelenken zu hebeln und die einzelnen Knochen als blutigen Haufen auf dem Boden landen zu lassen.

Es war furchterregend. Und großartig zugleich.

Landry lachte lauthals auf und klammerte sich fest, als hinge sein Leben davon ab.

Montagmorgen, als Ria, ihre Nichte und der Hund in ihrem unscheinbaren Kleinwagen auf dem Weg zur Bank in Three Trees waren, um die Einnahmen vom Bauernmarkt am Samstag aufs Konto einzuzahlen, klingelte Quinns Mobiltelefon.

Am angespannten Gesichtsausdruck des Mädchens erkannte Ria sofort, wer der Anrufer war: Meredith.

„Okay", sagte Quinn, nachdem sie sich mit einem misstrauischen Hallo gemeldet und eine Weile zugehört hatte. „Ist gut, ja, ich verstehe. Natürlich. Ja, ich bin sicher, dass wir uns irgendwas einfallen lassen können. Ja, sicher, mir geht es gut …"

Ria tat ihr Bestes, um sich auf die Straße zu konzentrieren, statt darauf zu achten, was Quinn sagte. Schließlich ging es sie nichts an, aber sie spürte, dass sich irgendetwas ändern würde, und zwar unwiderruflich. Irgendetwas kam auf sie zu, das wusste sie mit Sicherheit, etwas Gewaltiges und möglicherweise Schreckliches.

Quinn sprach weiter. Hörte zu. Redete wieder.

Merediths Stimme war für Ria zwar zu hören, aber nicht zu verstehen.

Schließlich verabschiedete Quinn sich und beendete die Verbindung.

Inzwischen waren sie am Rand von Three Trees angelangt.

„Was ist los?“, fragte Ria, als sie weder ihre nervöse Unruhe noch ihre Neugier länger zügeln konnte.

„Meredith kommt nach Three Trees“, antwortete Quinn. Sie sah aus und klang wie jemand in tiefer Trance.

„Warum?“, fragte Ria, obwohl sie sicher war, die Antwort zu kennen.

Meredith kam, um ihre Tochter abzuholen, sie nach Portland mitzunehmen oder sie zu zwingen, ins Sommerferienlager zu fahren. Und es gab nichts, was Ria dagegen unternehmen konnte.

Nachdenklich steckte Quinn ihr Telefon zurück in das Handyfach ihrer Handtasche. „Sie sagt, sie müsse einfach mal eine Weile Abstand gewinnen. Also hat sie ein Zimmer in einer Frühstückspension gebucht. Sie kommt mit dem Auto und wird in ein paar Tagen hier sein.“

„Und mehr hat sie nicht gesagt?“ In Rias Kopf wirbelte alles durcheinander. Meredith kam hierher? Nach Three Trees, Montana? Das war immer noch so unglaublich, dass sie es einfach nicht verstand.

„Sie hat zumindest nichts davon gesagt, dass sie mich ins Ferienlager schickt“, erklärte Quinn, die offensichtlich genauso verwirrt war wie Ria. „Oder mich mitnehmen will, wenn sie wieder abreist. Im Grunde hat sie nur gesagt, dass sie Zeit zum Nachdenken braucht. Viel Zeit. Und dass eine Kleinstadt irgendwo im Nirgendwo dafür bestens geeignet sein dürfte.“

Ria war froh, dass sie die Bank fast erreicht hatten, denn ihre Handflächen waren feucht geworden. Außerdem zitterten ihre Knie.

Im Moment – zwar nicht hysterisch, aber doch total aufgewühlt – stellte sie hinterm Steuer eines fahrenden Autos eine Gefahr für sich und andere dar. Zwar herrschte kaum Verkehr, aber dennoch sollte sie runter von der Straße.

Wie unter Autopilot bog Ria auf den Parkplatz der Bank ein, suchte sich einen Platz in der Nähe des Eingangs im Schatten eines prachtvollen Ahornbaums, kurvte hinein, bremste den Wagen, legte den Automatikhebel in die Parkstellung und schaltete die Zündung aus. Dann saß sie da, benommen, verwirrt und ein klein bisschen verärgert bei der Aussicht, dass ihre Halbschwester praktisch ohne Vorwarnung mitten in ihrem Leben landen würde. So wie sie Meredith kannte, würde sie so unauffällig elegant eintreffen wie die Kavallerie, und dann würde alles Mögliche ringsumher in die Luft fliegen wie in einer Szene aus „Stirb langsam".

Es war total verrückt.

Meredith, die vermutlich nicht einmal eine Jeans besaß, zog sich ausgerechnet in eine Cowboystadt zurück? Meredith, die sich gern weiß kleidete – wollweiß, wenn sie sich abenteuerlustig fühlte –, stöckelte im ländlichen Montana durch Schlamm, Dung und über ungepflasterte, ständig staubige Straßen?

Ria zermarterte sich das Hirn. Und das musste sofort aufhören. Denn Ria Manning würde sich niemals gestatten, noch einen Nervenzusammenbruch zu erleiden, schon gar nicht vor ihrer Nichte.

„Ich gehe rein und zahle das Geld ein", bot Quinn an. „Du bleibst einfach hier sitzen und atmest. Einverstanden?"

„Einverstanden", stimmte Ria zu, löste ihre verspannte Kiefermuskulatur und sog ein wenig Luft ein.

Während Quinn in die Bank ging, blieben Ria und Bones, der sich auf den Rücksitz verzogen hatte, im Wagen zurück, um zu … was?

Oh, ja, richtig. Jetzt fiel es ihr wieder ein.

Sie sollten atmen.

15. KAPITEL

Zwei Tage später fuhr Meredith vor Rias bescheidenem Häuschen vor, und zwar in ihrem perlweißen Jaguar. Sie bot einen schönen Anblick, nordisch, eisprinzessinnenmäßig. Ein fröhliches Hupen, ein Winken hinter der blitzblanken Windschutzscheibe.

Zu der Stunde waren Quinn und Ria in verschiedenen Ecken des Hofs damit beschäftigt, Unkraut zu jäten. Beide auf den Knien, beide mit Grasflecken an der Kleidung, verschwitzt, mit Erde an den Fingern und – jedenfalls bis zu diesem Moment – völlig zufrieden in das vertieft, was sie gerade taten.

Ria stand auf, bemühte sich um ein Lächeln, und tadelte sich innerlich dafür, dass sie kein bisschen froh war, ihre einzige Schwester und letzte verbleibende Blutsverwandte – abgesehen von Quinn – zu sehen. Hatte sie nicht angeboten, Meredith auf jede nur mögliche Weise zu helfen, nachdem sie von ihren geschäftlichen Problemen erfahren hatte? Warum gefiel ihr die Vorstellung dann jetzt so wenig?

Quinn rief derweil Bones zu sich, und das mit einer Dringlichkeit, als hätte er gerade auf eine viel befahrene Straße laufen wollen. Auch sie stand auf, und als der Hund sie erreichte, nahm sie ihn blitzschnell auf den Arm und drückte ihn schützend an sich.

Meredith stieg elegant aus dem Jaguar, wie immer in makelloses Weiß gekleidet. Wenigstens trägt sie weder einen maßgeschneiderten Hosenanzug noch hochhackige Schuhe, ging es Ria dumpf durch den Kopf. *Oder ein Kettenhemd und schwere Bewaffnung.*

Wie absehbar gewesen war, hatte Rias Schwester ein leichtes Baumwollsommerkleid gewählt, dass ihre Kunstbräune betonte und ihren Look mit passenden Sandalen vervollständigte. Keine Knitterfalte, kein Fleck verunzierte sie. Die Frau hätte ebenso gut direkt aus einem Ankleideraum bei Nordstrom oder

Neiman Marcus hierher auf die kleine Farm in Montana teleportiert sein können, statt endlose Stunden auf der Straße hinter sich gebracht zu haben.

Wie macht sie das nur?

Meredith rührte sich eine Weile gar nicht. Sie wirkte, als überlegte sie, notfalls in ihren Wagen zu springen und schnellstens wieder wegzufahren. Vielleicht rechnete sie damit, dass ein Grizzly brummend und geifernd aus dem Nichts auftauchte, um sie zu verschlingen wie eine Figur aus einem uralten Märchen. Meredith hatte eine intensive Abneigung gegen offene Weiten. Sie bevorzugte Wolkenkratzer, befestigte Straßen und gepflasterte Bürgersteige.

Schließlich gelang es Ria, diese Gedanken abzuschütteln. Sie ging auf ihre Schwester zu, neben sich eine ganz und gar nicht begeisterte Quinn. Der Hund, der in letzter Zeit eine Vorliebe dafür entwickelt hatte, eklige Dinge auf dem Boden aufzuspüren und sich darin zu wälzen, strömte einen ausgesprochen widerwärtigen Geruch aus. Immerhin bewies er so viel Umsicht, nicht zu bellen wie gewöhnlich, wenn der Briefträger oder der Paketbote auf den Hof kam.

Vielleicht, dachte Ria, hatte Bones zu viel Angst, um auch nur einen Ton von sich zu geben. Kluger Hund.

Meredith ihrerseits beäugte Ria und Quinn, versuchte, lächelndes Selbstbewusstsein auszustrahlen, und trat hastig einen Schritt zurück. Wenn sie ein Schild bei sich getragen hätte, hätten die Worte darauf in gewaltigen Lettern die Botschaft verkündet: Bitte nicht umarmen!

„Freut sich denn niemand, mich zu sehen?“, zwitscherte Meredith. Ihr Unbehagen war ihr deutlich anzusehen, obwohl sie sich größte Mühe gab, es zu verbergen.

„Kommt ganz drauf an“, gab Quinn vorsichtig und ein wenig spitz zurück. „Ich fahre nicht ins Sommerlager, und du steckst Bones auch nicht in ein Tierheim. Wenn ich sicher bin, dass wir uns darüber einig sind, bin ich vielleicht ein kleines bisschen froh, dich zu sehen.“

Darauf zuckte Meredith leicht zusammen und schwieg. Offenbar fehlten ihr die Worte.

Ria legte Quinn besänftigend den Arm um die leicht zitternden Schultern. „Immer mit der Ruhe, mein Schatz", sagte sie leise.

Merediths Lächeln hing ein wenig brüchig an ihren perfekt geschminkten Lippen, und sie gab mit einer ausholenden Geste ihrer manikürten Hände gutmütige Frustration zu verstehen. „Du kannst den Hund behalten", sagte sie süß-säuerlich und blieb dabei immer noch vorsichtig auf Abstand. „Außerdem ist es längst zu spät, um noch ins Lager zu fahren. Sie stecken schon mitten in ihrem Sommerprogramm, und es ist sehr umfassend. Darum nehmen sie niemanden mehr nachträglich auf."

Was sie damit zwischen den Zeilen sagte, war klar: Du hast es vermasselt, Kind, und du verpasst etwas einfach Großartiges.

„Meredith", warf Ria höflich ein, „möchtest du nicht mit reinkommen? Ich habe Eistee da, und im Haus ist es viel kühler …"

Meredith brachte sie mit einem scharfen Blick zum Schweigen, mit dem man überreife Tomaten in hauchdünne Scheiben hätte schneiden können. „Ich will dir keine Umstände machen", erklärte sie kühl und schüttelte den Kopf. „Ich habe in einem sogenannten Hotel in der hübschen Stadt Three Trees zwei Zimmer genommen, und meine Tochter und ich werden dort vorläufig wohnen. Wir müssen ungestört sein, wenn wir unsere Beziehung kitten wollen, und es sind auch noch andere Entscheidungen zu fällen."

Entscheidungen, die dich, Ria Manning, natürlich überhaupt nichts angehen.

Eigentlich hätte Ria längst an diese Behandlung gewöhnt sein müssen, da sie schon immer die Außenseiterin gewesen war. Aber sie hatte sich nie daran gewöhnt. Sie fühlte sich wie ein Emporkömmling, ein ungeladener Gast, aber nicht wie ein Mitglied der Familie Whittingford.

Währenddessen drückte Quinn den armen Bones so fest an sich, dass er leise Protest quietschte und sich mit den Vorderpfoten gegen ihre Brust stemmte. Er wollte runter.

Zögernd und sichtlich schluckend lockerte Quinn ihren Griff und setzte den Hund dann noch zögerlicher vorsichtig zu ihren Füßen ab.

„Ich habe dir gesagt", erklärte sie, als sie ihre Sprache wiedergefunden hatte, „dass ich Bones nicht aufgebe."

Das war ein Bluff, und zwar ein dreister. Quinn war noch keine achtzehn, und damit hatte Meredith immer noch das Sagen und das Gesetz voll und ganz auf ihrer Seite.

Ria fühlte mit dem verängstigten Mädchen, mit dem hilflosen kleinen Hund und mit ihrer Halbschwester, die einfach nicht mit ihrer Mutterrolle fertig wurde.

Als Antwort auf Quinns tapferen Einwand schnaubte Meredith. „Schon gut, schon gut, du kannst den Hund behalten", wiederholte sie, ohne ihre Abscheu zu verbergen, aber bemerkenswerterweise doch bereit, dieses Zugeständnis zu machen. Normalerweise machte sie keine Zugeständnisse. Niemals.

Sofort tapste Bones zu ihr hinüber, um an ihren glänzenden, korallenrot lackierten Zehennägeln zu schnuppern. Sie keuchte erschrocken auf und verzog schmerzlich das Gesicht, während sie Quinns Blick begegnete. „Diese Kreatur sollte sich aber anständig benehmen", fügte sie hinzu, „denn ich musste eine ansehnliche Kaution hinterlegen, bevor das Hotel sich damit einverstanden erklärt hat, dass wir ihn mit aufs Zimmer nehmen." Ihre Stimme wurde ein wenig schriller, und sie wich erneut hastig aus, als Bones Interesse für ihre Knöchel bekundete und diese beschnupperte statt ihre Zehennägel. „Also ehrlich", erklärte sie gereizt, „ich hätte gedacht, dass diese Landgemeinden ungeheuer tolerant sind, was Viehhaltung angeht. Zumal das Hotel den Nerv hat, sich auf seiner Webseite als haustierfreundlich darzustellen, es verlangt aber trotzdem eine lächerlich hohe Summe dafür, dass sie ihrem Gast ‚einen Gefallen' tun."

Quinn und Ria tauschten einen grimmig-amüsierten Blick. Bones gehörte also zum *Vieh*?

Quinn beschloss, ihre Herde zusammenzutreiben, stieß einen leisen Pfiff aus und lächelte ganz schwach, als Bones prompt zu ihr rannte. Er gehörte ihr inzwischen ganz offiziell, denn er war ordnungsgemäß gemeldet, und Quinn kümmerte sich gut um ihn. Sie hatte ihn schon beim Tierarzt durchchecken und impfen lassen, und wenn es um Erziehung ging, lernte er sehr schnell.

Ria warf ihrer Nichte einen Blick zu, sah, dass sie an ihrer Unterlippe kaute und offensichtlich innerlich mit sich kämpfte, während sie Meredith misstrauisch beobachtete. Aber es war auch Hoffnung zu erkennen, eine zerbrechliche Sehnsucht, mit der Frau, die ihr schließlich das Leben geschenkt hatte, einen dauerhaften Frieden zu schließen.

Und es sah ganz so aus, als versuchte Meredith wirklich, die Kluft zwischen sich und ihrer Tochter zu überwinden. Sie war bereit, ein Stück weit nachzugeben, und das war für sie eine erstaunliche Leistung. Außerdem hatte ihr Angebot Bones mit eingeschlossen, und das war noch viel erstaunlicher. Jeder, der Meredith auch nur ein bisschen kannte, hätte sonst was darauf gewettet, dass sie auf stur schalten würde, wenn es darum ging, den Hund zu akzeptieren.

„Ist das wirklich dein Ernst?“, fragte Quinn. Es war klar, dass sie sich sehnlichst ein Ja als Antwort wünschte, aber sie war nicht dumm und hegte immer noch Zweifel. Kein Wunder, wenn man bedachte, wie sehr sie und Meredith sich entfremdet hatten. „Wenn das nämlich nur ein Trick ist, Mom, und du in Wirklichkeit Bones bei erster Gelegenheit abschieben willst, dann werde ich dir nie vergeben. Niemals in meinem ganzen Leben. Ich schwöre dir, dass wir beide sofort abhauen, wenn du irgendwas in der Richtung versuchst, und das war’s dann. Eine zweite Chance gibt es nicht.“

Das Kind verhandelt hart, dachte Ria nervös. Wie würde sich die Sache entwickeln?

Kein Zweifel: Quinn meinte, was sie sagte, und Ria konnte nur im Stillen beten, dass Meredith verstand, wie viel auf dem Spiel stand.

Zur allgemeinen Überraschung – vermutlich sogar zu ihrer eigenen – füllten sich Merediths blassblaue Augen plötzlich mit Tränen. „Hast du auch nur die geringste Vorstellung, Quinn Whittingford, wie viele furchtbare, schreckliche, unaussprechliche Dinge jugendlichen Ausreißern, Mädchen wie Jungen, täglich in jeder Minute zustoßen können? Nein, zustoßen?“

„Ich sehe fern“, gab Quinn locker zurück. „Von daher, ja, ich glaube, ich weiß recht gut Bescheid. Aber ich werde trotzdem das Risiko eingehen, wenn es sein muss.“

Während Meredith sich noch von dieser Aussage erholte, ohne auch nur einen Gedanken daran zu verschwenden, sich die Tränen abzuwischen, die ihren Mascara zerlaufen ließen, bis er ihr in schwarzen Rinnsalen über die Wangen floss, vom Kinn tropfte und ihr bis zu diesem Moment makellos weißes Kleid befleckte, stand Quinn stocksteif, schweigend und unbeugsam da.

„Wenn wir wollen, dass das funktioniert“, stieß Meredith schließlich zwischen leisen Schluchzern hervor, „dann muss ich die Mutter sein, Quinn. Ich verspreche, dass vieles anders wird. Wir reden über alles, und du hast bei jeder Entscheidung, die dich betrifft, ein Wörtchen mitzureden. Aber wenn du glaubst, dass ich dir die eigene Erziehung überlasse und der Einfachheit halber die Augen zudrücke, dann irrst du dich gewaltig!“

In diesem Augenblick war Ria richtig stolz auf ihre Halbschwester. Meredith war bereit, die Zügel lockerer zu lassen, aber dennoch nicht gewillt, ihre Elternrolle einfach aufzugeben.

Na also, das wird doch, dachte Ria.

Meredith holte ihre Designer-Handtasche aus dem Auto und zog eine Packung Papiertaschentücher heraus. Damit wischte sie sich die nassen Wangen ab und den Rest Foundation und Rouge gleich mit. Dann, als sie sich wieder einigermaßen gefangen hatte, richtete sie sich kerzengerade auf, sah Quinn direkt in die Augen und sagte: „Du hast mein Wort. Was auch immer nach unseren Friedensgesprächen passiert, ob du nun hier bei Ria bleiben möchtest oder mit mir zurück nach Portland fährst, der Hund bleibt. Ich … ich muss mich eben einfach an ihn gewöhnen. Irgendwie.“

Jetzt endlich schien auch Quinn überzeugt. „Ich hole meine Sachen“, sagte sie.

Damit liefen sie und Bones über den Rasen, die Verandatreppe hinauf und verschwanden im Haus.

Stumm und reglos standen Meredith und Ria einfach nur da. Während Meredith Rias Blick auswich und in die Ferne starrte, sah Ria ihre Halbschwester unverwandt an. Es war ein einseitiges Kräftemessen, aber auch ein automatischer Sieg ist immer noch ein Sieg.

Schließlich verschränkte Ria die Arme vor der Brust, legte den Kopf leicht schräg und stellte die Frage, die sie schon die ganze Zeit beschäftigte. „Was ist passiert, Meredith? Was hat sich geändert?“

Jetzt endlich sah Meredith sie an. „Ich habe so viel verloren“, sagte sie leise. Keine Spur von der sonst so forschen Verachtung für die unbequeme Tochter ihres Daddys und des Showgirls lag in ihrer Stimme. „Die Firma ist pleite – daran ist nichts zu rütteln. Und der größte Teil des wenigen Geldes, das ich noch habe, wird draufgehen, bis das alles überstanden ist.“ Schmerz überschattete ihre Augen, aber zu Rias Freude lag immer noch ein schwaches Glitzern von Entschlossenheit darin. „Ich kann nicht auch noch meine Tochter verlieren.“

„Ich verstehe“, sagte Ria leise, „und nur damit du es weißt, Meredith: Ich bin nicht deine Feindin.“

Ihre Halbschwester ließ leicht die Schultern hängen und seufzte so tief, dass Ria das Herz wehtat vor Mitgefühl. „Ich weiß. Du warst für Quinn da, als sie dich brauchte, und dafür werde ich dir immer dankbar sein.“

Ein paar Augenblicke wartete Ria, dann ging sie noch ein bisschen weiter. „Also können wir vielleicht – irgendwann – miteinander reden, ohne dass wir uns zum Schluss anschreien oder prügeln?“

Ein Lächeln, dünn und schwach nur, aber immerhin. „Das wäre gut", antwortete Meredith nach einigem Zögern. „Wenn … wenn wir so weit sind …"

Falls wir jemals so weit sind, übersetzte Ria für sich.

Da sie das Gefühl hatte, selbst gleich weinen zu müssen, entschuldigte sie sich und ging ins Haus, um nachzusehen, ob Quinn ihre Hilfe brauchte. In den wenigen Tagen hatte sich mehr angesammelt, als in ihren Rucksack passte: Bones Körbchen zum Beispiel, sein Futter und all das Hundezubehör wie Kauspielzeuge, Leine, Hundeshampoo.

Meredith wartete im Auto.

Eine halbe Stunde später fuhr sie mit Quinn und Bones davon und ließ eine gewaltige Staubwolke hinter sich zurück.

Irgendwie fühlte Ria sich innerlich seltsam hohl. Sie ging langsam ins Haus. Angesichts der Stille und Leere darin brandete eine Welle tief empfundener Einsamkeit über sie hinweg. Sie lehnte sich mit dem Rücken an die Tür, schloss die Augen, blieb eine Weile so stehen und beschwor sich, stark zu bleiben und nicht zusammenzubrechen.

Quinn war schließlich Merediths Tochter, nicht ihre eigene. Das Mädchen gehörte zu seiner Mutter, soweit das möglich war, und obwohl noch einige Hürden zu nehmen waren, brauchte Meredith auch ihre Tochter. Ob sie das jemals zugeben würde, stand auf einem anderen Blatt. Menschen konnten sich nur bis zu einem gewissen Grad ändern, erinnerte Ria sich selbst, die einen mehr, die anderen weniger.

Schon möglich, dass Meredith rückfällig wurde. Aber vielleicht machte sie auch weiter Fortschritte. Voraussagen konnte das niemand.

Als sie sich ein bisschen erholt hatte, ging Ria ins Bad, spülte sich das Gesicht mit kaltem Wasser und zwang sich, wieder nach draußen zu gehen.

Sie hatte immer noch Blumenbeete zu jäten, Boden aufzulockern, Schläuche und Sprinkler hierhin und dorthin zu schaffen. Später, so versprach sie sich selbst, würde sie eine luxuriös ausgiebige Dusche nehmen, ohne sich Gedanken darüber machen zu müssen, dass ihr das heiße Wasser ausging, weil Quinn schon das meiste verbraucht hatte. Dann würde sie früh zu Abend essen – irgendetwas Leichtes, schnell Zubereitetes, vielleicht einen grünen Salat – und zum Abschluss des Tages ihre Buchhaltung auf den laufenden Stand bringen und ein paar Rechnungen bezahlen.

Auch diese neueste Entwicklung würde sie gut überstehen, wie sie bisher schon alles andere überstanden hatte. Sie würde sich wieder daran gewöhnen, allein zu leben. Schließlich hatte sie ohnehin keine Wahl in dieser Angelegenheit und weiß der Himmel jede Menge Übung, allein zurechtzukommen.

Selbes Lied, nächste Strophe.

Am Samstagmorgen erwachte Ria wie immer bei Anbruch der Morgendämmerung, obwohl sie wusste, dass heute kein Bauernmarkt stattfand. Sie musste also keine Blumen schneiden, keinen unzuverlässigen Wagen beladen.

Am Abend zuvor war das jährliche Parable County Rodeo offiziell eröffnet worden, wie immer mit einem Feuerwerk, Marschkapellen und einer Menge Gemeinschaftsgeist – auch wenn Ria nicht daran teilgenommen hatte.

Sie lief im Moment im Überlebensmodus, und das bedeutete für sie: zu Hause bleiben, arbeiten bis zum Umfallen und, wenn irgend möglich, weder an Landry Sutton noch an Quinn oder Bones denken.

Meistens konnte sie die Erinnerungen nicht verdrängen. Sie neigten dazu, sie immer dann zu überfallen, wenn sie gerade nicht auf der Hut war.

Kurz überlegte sie, ob sie das Rodeo besuchen sollte. Heute war das Ereignis des Jahres bereits in vollem Gange, und die Menschen drängten sich dicht an dicht. Drumherum fand ein Jahrmarkt von beachtlichen Ausmaßen statt, jedenfalls für eine so kleine Stadt. Es gab Fahrgeschäfte, Spiele, jede Menge Fast Food, dazu fliegende Händler von überall her, die alles Mögliche anboten: Stiefel, Teller, Schmuck von billigem Modeschmuck bis hin zu Gürtelschnallen aus echtem Gold oder Silber, handbemalte Westen und Handtaschen. Und selbstverständlich war alles mit Westernmotiven verziert.

Ria hatte keine Lust auf diesen Rummel. Das redete sie sich jedenfalls ein. Gegen zehn hatte sie jedoch alle Arbeiten erledigt und wurde ruhelos.

Im Internet zu surfen kam nicht infrage, da sie keine Lust hatte, auf wenig schmeichelhafte Fotos von sich zu stoßen. Selbst die Vorstellung, dass sie nahezu alles erledigt hatte, was es zu erledigen gab, half ihr im Moment nicht weiter.

„Was ich brauche", sagte sie laut, als sie mit einer Tasse Kräutertee in der Küche stand, „ist ein Hund. Oder eine Katze. Oder beides."

Jetzt redete sie also schon mit sich selbst. Laut obendrein. Was kam als Nächstes?

Wie sich herausstellte, kam Highbridge als Nächstes. Er fuhr in seinem Bentley vor, drückte auf die Hupe, um Ria nach draußen zu rufen, und brachte sie zum ersten Mal seit Tagen zum Lachen.

Als der vornehmste Mann, dem sie je begegnet war, aus seinem ehrwürdigen Wagen stieg, sah sie, dass er einen riesigen Cowboyhut, Denimjeans, ein kariertes Hemd mit Perlmuttknöpfen und sogar ein Halstuch trug. Obendrein hatte er echte Stiefel an den Füßen.

Ria starrte ihn mit entzückter Verwunderung an, und es verschlug ihr für einen Augenblick die Sprache, als er locker die Hüften schwingend auf sie zukam.

„Howdy, Ma'am", grüßte er sie mit ausgesprochen schlechtem amerikanischem Akzent und blieb vor der Verandatreppe stehen.

Bis heute hätte Ria sich nicht einmal vorstellen können, dass Highbridge so etwas anziehen könnte. Sie hatte ihn nie in etwas anderem gesehen als in biederer Butleruniform und manchmal schon den Verdacht gehegt, dass er sogar in einem gestärkten

Hemd, Frackjacke und Gamaschen schlief. Ihren sonst so wortkargen Freund jetzt aufgeputzt wie Tom Mix oder einen anderen Westernheld aus der Stummfilmzeit zu sehen, war einfach umwerfend.

„Ist etwa schon Halloween?“, frotzelte sie. „Oder haben Sie eine Wette verloren?“

Er lachte. „Weder noch, ich bin auf dem Weg zum Rodeo in Parable. Wissen Sie, mein erlauchter Arbeitgeber nimmt an einem der Wettkämpfe teil – Sattelreiten auf einem Wildpferd, glaube ich –, und ich hielt es für angemessen, ihm meine Unterstützung zu erweisen.“ Er stockte kurz, und um seine Mundwinkel zuckte kurz ein ironisches Lächeln. „Oder ihn auf schnellstem Wege ins nächste Krankenhaus zu schaffen, falls sich das als notwendig erweist.“

Die Neuigkeit hätte sie nicht überraschen sollen, aber sie tat es. Seit der Nacht, in der Landry vorbeigekommen war, um sie wissen zu lassen, dass er noch am Leben war, hatte sie ihn nicht mehr gesehen. Von der Rodeogeschichte hatte sie deshalb nichts mitbekommen.

Sie war so sehr damit beschäftigt gewesen, nicht über ihn, Quinn oder Bones nachzugrübeln – und es natürlich trotzdem getan –, dass sie kaum geradeaus denken konnte.

Obendrein zogen sich die Verhandlungen über den Friedensvertrag zwischen Mutter und Tochter in einem Hotelzimmer in Three Trees eine scheinbare Ewigkeit hin – auch das etwas, worüber sie sich auf keinen Fall den Kopf zerbrechen wollte und woran sie genau deshalb ständig dachte.

„Landry kann doch nicht am Rodeo teilnehmen“, polterte sie schließlich los. „Das ist viel zu gefährlich … Er könnte …“

Für einen Moment verlor sie den Schwung, allerdings nur kurz, denn ihre Vorstellungskraft lief auf Volltouren.

„Tut er aber“, gab Highbridge zurück. „Wenn er genug Punkte macht – und vorausgesetzt, dass er dabei nicht zum Krüppel wird oder sich das Genick bricht –, reitet er morgen sogar noch einmal.“

„Nein“, protestierte Ria – als wenn sie in dieser Angelegenheit ein Wörtchen mitzureden hätte.

Highbridge lächelte. „Ich dachte, Sie möchten mich vielleicht begleiten“, erklärte er. „Zum Rodeo, meine ich.“

„Ich hole nur schnell meine Handtasche und schließe ab“, erwiderte Ria eilig. Einerseits wusste sie, dass sie Landry nicht davon abhalten könnte, sich an einem der gefährlichsten sportlichen Wettkämpfe zu beteiligen, andererseits war sie dennoch entschlossen, es wenigstens zu versuchen.

Als sie und Highbridge etwa eine Dreiviertelstunde später auf dem Jahrmarktsgelände von Parable County ankamen, konnte Ria kaum noch still sitzen.

Der Wagen stand noch gar nicht ganz, da stürzte sie auch schon hinaus und rannte voraus zum Ticketschalter, ohne Highbridge auch nur ein „Bis später“ zuzurufen. Ungeduldig wartete sie in der Schlange, bis sie an der Reihe war, und bezahlte den Eintrittspreis mit einem Geldschein, der ein wenig feucht war, weil sie ihn so fest in der Hand gehalten hatte. Ein Mann setzte einen Stempel auf ihren Handrücken, und sie rannte zur Arena.

Als sie dort ankam, waren die Tribünen gerammelt voll von Fans von nah und fern, und selbst die Gänge waren hoffnungslos verstopft. Sie blieb stehen, schnappte nach Luft und fragte sich, was tun, wenn sie denn überhaupt etwas tun konnte.

Über Lautsprecher wurde der nächste Wettkampf angekündigt: Reiten von Wildpferden mit Sattel.

Das ist ein Omen, entschied Ria. Sie war gerade rechtzeitig gekommen, um – was zu tun? Zuzusehen, wie Landry sich das Genick brach? Ihre Arme um ihn zu werfen und ihn anzuflehen, nicht zu reiten? Sie wusste es immer noch nicht.

Aber statt sich einen Platz auf der Tribüne zu suchen, wie jeder vernünftige Mensch das getan hätte, jedenfalls jeder vernünftige Mensch, der sich nicht wahnsinnig in einen verrückten Mann verliebt hatte, kämpfte sich Ria unter Ellenbogeneinsatz zwischen Cowboys und Tierpflegern hindurch bis zu dem Bereich, in dem die Wettkampfteilnehmer aufsaßen und Frauen keinen Zutritt hatten.

Dabei stieß sie mit Zane Sutton zusammen, und zwar im wörtlichen Sinne. Er packte sie an den Schultern, um zu verhindern, dass sie stürzte, und grinste sie fragend an. „Sie sollten sich nicht hier hinten aufhalten“, sagte er. „Hier ist es gefährlich.“

Inzwischen war Ria über den Punkt hinaus, an dem es ihr wichtig war, ob sie in Gefahr war oder nicht. „Wo ist Landry?“, fragte sie und wand sich in Zanes sanftem, aber doch festem Griff.

Er deutete mit dem Kopf hinüber zum Laufsteg direkt hinter dem Einstieg. „Er ist als Nächster dran“, erklärte er und ließ sie endlich los.

Ihr Kopf schoss herum, und ihr Blick suchte Landry.

Da stand er, gleich neben den Stufen, die auf das Stahlgerüst hinaufführten, wo die Cowboys darauf warteten, dass sie an die Reihe kamen. In aller Ruhe schob er seinen Hut zurecht und sah zu, wie der erste Wettkampfteilnehmer in der Reihe sich auf seine Chance vorbereitete, Leib und Leben zu riskieren.

Ria rannte auf ihn zu, aber zwischen ihnen drängten sich sehr viele Cowboys, und als sie die Stelle erreichte, an der er gestanden hatte, war er bereits auf den Laufsteg geklettert und hatte sich von oben auf den Rücken von knapp achthundert Kilo Hass auf vier Hufen hinabgelassen. Das Tor wurde aufgezogen.

Alles schien in Zeitlupe abzulaufen, und Ria hörte außer einem leisen Dröhnen nur das Blut in ihren Ohren rauschen. Irgendwie gelangte sie an den Zaun, drängte sich nach vorn und sah zu, als der Ritt begann.

Auch dieser spielte sich in quälender Langsamkeit ab, eher wie eine Diaschau mit einem Bild pro Sekunde.

Für sie waren es die längsten acht Sekunden ihres Lebens.

Landry sprang vom Pferd, als das Signal ertönte und das seltsame Schweigen zerriss, das Ria bis zu diesem Augenblick eingehüllt hatte. Während er die Arena durchquerte, entdeckte er sie endlich und grinste.

Er blieb stehen, um seinen Hut aufzuheben, und achtete dabei überhaupt nicht auf seinen Punktestand, der auf der großen Digitalanzeigetafel über der Kabine des Sprechers aufleuchtete.

Für Ria schien die Zeit stillzustehen. Sie existierte. Landry existierte. Alles und jeder andere existierte nicht mehr.

Wie ein Traumbild hob Ria die linke Hand, sodass Landry sie sehen konnte. Dann zog sie Franks Ring vom Finger und steckte ihn in ihre Jeanstasche.

Als Landry das sah, kniff er kurz die Augen zusammen, als könnte er nicht ganz glauben, was er sah. Dann flog ein Lächeln über sein Gesicht, er rannte auf Ria zu und kletterte über den Zaun.

Immer noch herrschte das seltsame Gefühl, in einer Welt für sich zu leben, an einem magischen Ort, den gerade mal zwei Menschen bewohnten.

Er stand vor Ria, die Hände um ihre Taille gelegt. Keiner von ihnen hörte, wie sein Punktestand ausgerufen wurde. Keiner von ihnen verschwendete einen Gedanken daran.

Schließlich nahm Landry Rias Hand und drängte sich durch das Gewühl. Er zog sie mit sich und machte dabei so große Schritte, dass sie laufen musste.

Auf dem Weg nach draußen entdeckte Ria Highbridge auf etwa halber Höhe der Tribüne. Er nahm seinen riesigen Hut ab und nickte ihr leicht lächelnd zu.

Offensichtlich wusste er ganz genau, was los war, und Ria hatte weder eine Chance noch große Lust, stehen zu bleiben und alles zu erklären. Was konnte sie schon sagen? *Danke fürs Mitnehmen in die Stadt, für die Rückfahrt brauche ich Sie nicht mehr?* Ihre Wangen glühten.

Sie und Landry hatten den kleineren Platz hinter der Arena erreicht, wo die Wettkampfteilnehmer parkten. Die Fläche stand voller Wagen und Pferdetransporter, aber nur wenige Leute hielten sich hier auf.

„Landry“, keuchte sie, „langsamer bitte.“

„Zum Teufel, nein“, gab Landry zurück. Bei seinem Truck angekommen, öffnete er die Beifahrertür, hob Ria kurzerhand hoch und warf sie förmlich auf den Sitz.

Sie rang noch nach Luft, als er von der anderen Seite einstieg, an Lenkrad und Schalthebel vorbei nach ihrer linken Hand griff und mit dem Daumen über den bloßen Finger strich, an dem der Ring gesteckt hatte.

„Bist du sicher?“, fragte er schroff, Wachsamkeit in den Augen.

„Ich bin sicher.“

Die Rückfahrt nach Three Trees hinterließ einen genauso verschwommenen Eindruck wie das Rodeo.

Die ganze Strecke über pochte Ria das Herz in der Kehle, aber diesmal nicht vor Angst, sondern aus purer Vorfreude.

Als Landry an ihrer Einfahrt vorbeifuhr, verwirrte sie das ein wenig.

Nur wenige Minuten später kam sein Briefkasten in Sicht. Er verlangsamte die Fahrt gerade eben genug, dass die vier Räder seines Pick-ups nicht die Bodenhaftung verloren, als er abbog, und beschleunigte unmittelbar darauf wieder. Nur wenige Meter vor seinem seltsamen, aber eindrucksvollen Haus – teils Rohbau, teils rustikales Landgut – hielt er den Wagen an, schaltete den Motor aus, nahm seinen Hut ab und fuhr sich mit der Hand durchs Haar.

Als er sie anschaute, sah sie die ganze Weite des Himmels über Montana in seinen Augen. „Ich liebe dich, Ria“, sagte er. „Ich weiß, das klingt verrückt, und eigentlich ist es noch zu früh und überhaupt, aber es ist trotzdem die Wahrheit. In meinem ganzen Leben war noch nichts so sehr die Wahrheit wie das.“

Ria konnte nicht sprechen, so sehr verschlug ihr die Liebe zu diesem Mann den Atem.

Er beugte sich zu ihr und berührte ihre Lippen mit seinem Mund. Dass ihre Lage wegen der Sicherheitsgurte ein wenig unbequem war, spielte keine Rolle.

Zunächst streifte er nur ihre Lippen, aber dann wurde der Kuss viel intensiver, sehr fordernd und fühlte sich einfach nur absolut richtig an. Als sie sich schließlich voneinander lösten, war Ria selig und hätte sich nicht mehr auf den Beinen halten können, selbst wenn sie gewollt hätte.

Jetzt ließ Landry sich Zeit. Er stieg aus dem Wagen, ging um ihn herum zur Beifahrerseite, hob Ria aus dem Sitz, trug sie zum Haus und hinein.

Sie nahm nicht ein einziges Detail des Hauses wahr, nicht in diesem Augenblick. Es hätte eine Burg sein können, aber ebenso gut auch eine Höhle in einem Berg.

Nur zwei Dinge waren Ria bewusst: der muskulöse Körper von Landry Sutton und das Feuer, das er in ihr entfacht hatte.

16. KAPITEL

Ria war wie berauscht und glücklich, als Landry sie wieder küsste, diesmal in der Abgeschiedenheit seines Schlafzimmers. Es war ein langer Kuss, eine Forderung, eine Forschungsreise, eine Eroberung und eine Unterwerfung zugleich – all das und noch viel mehr.

Trotzdem endete er viel zu früh, und sie schaute Landry bestürzt an.

Er strich ihr mit den Fingern übers Haar und hauchte ihr einen Kuss auf die Stirn.

Ihr verständnisloser Gesichtsausdruck schien ihn zu amüsieren. „Lady", sagte er mit rauer Stimme, „ich komme direkt von einem Rodeo. Was ich nicht an Dreck gefressen habe, hat sich in meine Haut gerieben, und darüber haben sich mehrere Lagen getrockneter Schweiß angesammelt. Mit anderen Worten: Vor der nächsten Veranstaltung brauche ich eine Dusche."

Ein Schauer erleichterter Vorfreude durchlief Ria an einigen sehr empfindlichen Punkten.

„Ich warte", erwiderte sie und öffnete den Knopf am Bund ihrer Jeans.

Landry stieß einen ausgelassenen Fluch aus und stürmte ins Bad.

Kaum war sie allein, schlüpfte Ria aus ihren Schuhen und zog sich ihr T-Shirt und die Hose aus und warf beides beiseite. Jetzt trug sie nur noch BH und Slip, aber die behielt sie an. Sie wollte, dass Landry sie ihr abstreifte.

Hör auf zu denken – Schluss jetzt!

Ihre Fantasie arbeitete auf Höchsttouren, und wenn sie nicht aufpasste, bekam sie ganz von allein einen spontanen Orgasmus. Das wollte sie aber wie BH und Höschen Landry überlassen.

Und ihm im Gegenzug dafür höchste Wonnen bereiten.

Durch die geschlossene Tür des Badezimmers hörte Ria, wie die Dusche aufgedreht wurde. Ihr Herz schien im Takt mit dem

Prasseln des Wassers zu klopfen, und in ihrem ganzen Körper – an allen üblichen wie an weniger üblichen Stellen – pulsierte es.

Beeil dich, Landry, flehte Ria im Stillen, doch zugleich war sie sich entzückt darüber im Klaren, dass dieser Mann keine Hast kannte, zumindest nicht, was die Liebe betraf. Die wenigen heißen Küsse, die die Lust in ihr entflammt hatten, waren nur ein Vorgeschmack auf das bevorstehende Vergnügen gewesen. Der Hauptteil kam noch, und selbst der würde sich vermutlich als Vorspiel für etwas noch viel Großartigeres erweisen.

Was Ria für Landry empfand, war ihr ein Mysterium. Ein Phänomen der Natur, flüssiges Feuer, geschmolzene Glut in den Tiefen eines Vulkans, der sich lange als friedlicher Berg getarnt hatte. Sie hatte nie etwas Derartiges erlebt, ja, sich nie vorstellen können, dass so etwas möglich war.

Im Rückblick auf das letzte Jahr erkannte sie, dass sie schon von dem Tag an, an dem sie Landry Sutton zum ersten Mal begegnet war, diese Beben gespürt hatte. Es war auf einer Party gewesen, die Zane und Brylee ausgerichtet hatten, ein Gartenfest mit Livemusik und einem grandiosen Büfett, das vom halben County besucht wurde.

Zane stellte sie einander vor, und Landrys Lächeln warf Ria förmlich um. Seine Aufmerksamkeit wirkte seltsam nährend und pflegend, dachte sie damals erschrocken, so unerbittlich überzeugend wie die Frühlingssonne, die ein Feld bescheint, sodass ihre Strahlen weit unter der Oberfläche ihre Wirkung entfalten, dort verborgene Samen aus dem langen Winterschlaf wecken, bis sie sich öffnen, keimen und schließlich aus der Erde hervorbrechen, um im Licht der Sonne zu wachsen, zu knospen und zu blühen.

Die Ausstrahlung dieses Mannes, ja, schon seine bloße Anwesenheit in einer Welt, von der sie geglaubt hatte, sie zu kennen, war für Ria ein seismisches Ereignis gewesen und hatte ihr Angst eingejagt. Verwundbarkeit zuzulassen, war damals definitiv keine Option gewesen, und der Gedanke hatte auch hier und jetzt noch etwas zutiefst Erschreckendes.

Als Kind war Ria für alles offen gewesen, ein ruhiges kleines Gespenst, das in einer Familie spukte, zu der sie nie richtig gehörte. Immer war sie nur ein Zuschauer von draußen gewesen. Zwar wusste sie, dass ihre Mutter sie liebte. Aber die arme Frau war dauernd zerstreut, immer nur darum bemüht, ihrem Mann zu gefallen. Eigentlich war sie ständig dabei, Wasser aus dem lecken Boot ihrer Ehe zu schöpfen, damit es nicht unterging.

Manchmal beobachtete Rias Vater seine jüngere Tochter, die Stirn leicht gerunzelt, als käme sie ihm bekannt vor, ohne dass er sie recht einordnen konnte. Nach Merediths Worten, damals eine aufsässige Heranwachsende mit eigenen Problemen, war „Daddy" schwer enttäuscht gewesen, wieder eine Tochter gekriegt zu haben statt des Sohnes und Erben, auf den er gehofft hatte.

Dennoch tat Ria sich niemals selbst leid. Sie war auch nicht besonders deprimiert, sondern einfach nur resigniert. Ihre Kindheit, so viel hatte sie schnell begriffen, verlief trotz allem besser als die vieler anderer Kinder.

Also wurde sie einfach damit fertig. Sie brachte gute Noten aus der Schule nach Hause, spielte in der Fußballmannschaft und beteiligte sich am Studentenparlament. Obwohl sie sich nicht mit den Beliebtesten herumtrieb, hatte sie viele Freunde. In der Highschool ging sie regelmäßig mit Jungs aus, war aber stets sorgsam darauf bedacht, unverbindlich zu bleiben. Prüde war sie nicht, aber wenn der Typ, mit dem sie gerade ging, ihr mit „Wenn du mich liebtest, dann würdest du …" kam, war die Sache für sie gelaufen.

Romantische Liebe? Ria hatte längst für sich entschieden, dass so etwas für wenige, sehr Glückliche reserviert war, wenn es das denn überhaupt gab.

Später, auf dem College, traf sie sich mit Älteren. Mit Männern, nicht mit Jungs, mit einfachen Arbeitern, die ihren Militärdienst abgeleistet hatten oder durch die sprichwörtliche harte Schule des Lebens gegangen waren, bevor sie sich für ein Studium entschieden. Mit dem einen oder anderen ging sie ins

Bett. Es war ganz schön, aber nicht sonderlich denkwürdig. Tief in ihrem Inneren blieb sie wachsam, panzerte ihr Herz, hielt auf Abstand und ging immer auf Nummer sicher.

Schnell machte sie ihren Abschluss und begann, ganztags in der Firma ihres Vaters zu arbeiten, so wie man es von ihr erwartete. Sie hatte ihre eigene winzige Wohnung, ein altes Auto und viele einsame Abende, die sie irgendwie ausfüllen musste.

Also meldete sie sich in einem Fitnessstudio an und ging viermal die Woche abends nach der Arbeit dorthin, um Sport zu treiben.

Dort lernte sie Frank kennen.

Er war süß und muskulös, er brachte sie zum Lachen, und obwohl er sich sichtlich von Ria angezogen fühlte, wurde er nicht zu aufdringlich. An einem frischen Samstagmorgen im Herbst – Ria kam gerade nach ihrem Workout aus der Dusche – traf sie Frank im Gang zwischen den Männer- und Frauenumkleideräumen. Frank fragte, ob sie Lust hätte, einen Kaffee mit ihm zu trinken. Damit fing es an. Bis Weihnachten hatte Ria nicht nur den Glauben an die Liebe gefunden, sie war verliebt bis über beide Ohren.

Die Hochzeit, groß, wunderschön und wahnsinnig teuer, fand im folgenden Frühjahr statt. Ria war rundum glücklich, und alles schien möglich. Frank verdiente gutes Geld bei der Feuerwehr. Sie konnten mit seinem Gehalt auskommen, wenn sie nicht zu verschwenderisch lebten. Und sie überlegten, eine Familie zu gründen. Ria freute sich darauf, schwanger zu werden, und ließ sich auf unbestimmte Zeit beurlauben, um zu sehen, ob sie es ohne Job zu Hause aushielt.

Es war schon fast peinlich, wie sehr es ihr gefiel, Hausfrau zu sein. Ihre Freundinnen machten höhere Abschlüsse und kletterten die akademische oder geschäftliche Karriereleiter empor, während sie mehr als zufrieden mit ihrer Hausfrauenrolle war. Und dann beschlossen sie und Frank, dass sie ein Kind wollten.

Vielleicht meinten sie es zu ernst, denn Monat für Monat kam Rias Regel pünktlich. Und allmählich – so langsam, dass sie es beide nicht wirklich merkten – änderten sich die Dinge. Sie liebten sich nicht mehr so oft, lachten nicht mehr so viel miteinander. Obwohl sie keine heftigen Streitereien hatten, begannen sie sich gelegentlich anzugiften.

Danach kam es zum Verrat. Zuerst war Frank ihr untreu. Für den zweiten, viel schlimmeren Verrat – den plötzlichen, tragischen Tod ihres Mannes – gab es keinen Schuldigen. Frank hatte nicht vorgehabt zu sterben, genauso wenig wie Ria vorgehabt hatte, ihn zu verlieren. Aber es war geschehen. Er war tot, bei der Arbeit umgekommen.

Danach lebte sie nicht mehr, sie überlebte nur noch. Vielleicht wäre es für alle Zeiten so geblieben, wenn sie nicht über die Farm gestolpert wäre, genauer gesagt über das Inserat auf einer Internetseite mit Immobilienangeboten. Ria hatte sie spontan, ohne erklären zu können, warum, gekauft und war dorthin gezogen, ohne auf die schockierten Proteste ihrer Freunde zu hören.

Three Trees, Montana? Machst du Witze?

Es war kein Witz. Ria stürzte sich auf ihr neues Leben. Sie wollte, dass es funktionierte.

Beinah sofort kam es zu einer möglichen Komplikation, als sie Landry Sutton auf der Grillparty von Zane und Brylee kennenlernte. Und es gab Dinge an Landry, die schon in dem Moment, in dem Zane sie miteinander bekannt machte, in Rias Verstand und Herzen Warnsignale auslösten. Landrys leicht schiefes Grinsen hatte sie in ihrem tiefsten Inneren erschüttert, und sein rauchiges „Hallo“ ließ sie schnell und flach atmen.

Nach Aussage von Brylee war Zanes jüngerer Bruder geschieden und damit zu haben. In Rias Augen hingegen war er einfach nur gefährlich – viel zu attraktiv und zu charmant und damit garantiert ein Playboy. Zweifellos hatte er nicht nur mindestens eine Ehefrau abgelegt, sondern auch noch zahllosen anderen Frauen das Herz gebrochen.

Ria erwartete, dass er sich höflich entschuldigen und ein anderes Opfer suchen würde, das er bezirzen konnte, aber er blieb und zog sie mit Leichtigkeit in ein Gespräch. Wie er sie anschaute, wie er lächelte, das machte sie schwindelig.

Es war reine Selbstverteidigung, dass sie auf der Stelle beschloss, Landry Sutton nicht nur zu verabscheuen, sondern einen großen Bogen um ihn zu machen. Und daran hatte sie sich gehalten – bis er an jenem Tag nach dem Büffelüberfall zum Schlag ausgeholt und sie geküsst hatte, in einem Feld voller Gerbera und Zinnien.

Und jetzt stand sie in seinem Schlafzimmer mit nichts am Leib außer einem BH, einem Slip und einer Gänsehaut und wartete darauf, nein, war wild darauf, sich ihm hinzugeben.

Wo zum Teufel war ihr vernünftiges Ich abgeblieben, die Ria, die so lange ihre Trauer ertragen und sich an einem neuen Ort ein neues Leben aufgebaut hatte? Sie hatte keine Ahnung.

Um ihr Gehirn davon abzuhalten, noch weiter durch die Zeit zu reisen – sie wollte weder über die Vergangenheit noch über die Zukunft nachdenken –, schaltete Ria bewusst ab und sah sich in dem großen, spärlich möblierten Raum um. Die Wände waren kahl und hauchzart in einem gedeckten Salbeigrün gestrichen. Sie betrachtete die Balkendecke, die hohen Fenster an der einen Wand, den riesigen, offenen Kamin aus Feldsteinen an der anderen. Schließlich, als sie sich so lange wie möglich umgeschaut hatte, ohne Kommodenschubladen zu durchwühlen oder in den Kleiderschrank zu spähen, gestattete Ria sich einen näheren Blick auf das Bett.

Es war recht schlicht, verglichen mit der Pracht und Größe des Zimmers. Ein breites Doppelbett mit einem schlichten Kopfteil aus Messing, dicken Kissen und einem robust wirkenden Patchwork-Quilt als Tagesdecke.

Ria hörte, wie das Wasser in der Dusche abgestellt wurde, wappnete sich und wartete darauf, dass die Tür geöffnet wurde. Ein Klicken ertönte, und sie drehte sich um. Da war Landry, nackt bis auf ein Handtuch, das er sich um die schmalen Hüften geschlungen hatte. Seine Haut war sonnengebräunt und gesprenkelt mit funkelnden Wassertropfen. Seine Augen weiteten sich ein wenig, als er entdeckte, dass sie nur noch ihre Unterwäsche trug. Er lächelte kaum wahrnehmbar und ließ seinen Blick langsam über ihren ganzen Körper wandern.

Ria unterdrückte ein unfreiwilliges Stöhnen, da sich ihre Brustwarzen unter dem feinen Spitzen-BH aufrichteten.

Landry trat näher, bis er direkt vor Ria stand, und trotz der Leidenschaft, die in seinen Augen glühte, war sein Gesichtsausdruck ernst.

„Wir müssen uns über eines klar werden, bevor wir weitergehen", erklärte er Ria. „Dies ist keine Liebelei, kein One-Night-Stand. Wir fangen hier keine Affäre an. Dies ist der Anfang von für immer, und wenn du für immer nicht willst, sollten wir die Sache jetzt sofort beenden."

Beenden? Jetzt? Ria war verblüfft. Beenden – obwohl die Luft um sie herum vor Leidenschaft und Begierde geradezu vibrierte? Kam dieser Mann von einem anderen Planeten?

Und was sollte das Gerede von für immer?

Na schön, Landry hatte gesagt, dass er sie liebte. Draußen in seinem Wagen. Und sie hatte ihm nicht nur geglaubt, nein, sie erwiderte seine Gefühle so intensiv, dass sie das in Angst und Schrecken versetzte. Aber welcher Mann aus Fleisch und Blut redete von für immer, wenn er und die Frau noch nicht einmal gemeinsam im Kino gewesen waren, geschweige denn sich gegenseitig Versprechen gegeben oder miteinander geschlafen hatten?

Sie versuchte zu sprechen, brachte allerdings keinen Ton heraus. Das spielte auch keine Rolle. Sie hätte sowieso nicht gewusst, was sie sagen sollte, so verwirrt war sie. Landry hatte dafür gesorgt, dass sie ihn begehrte. Er hatte das mit Absicht getan. Und jetzt, ganz plötzlich, schlug er vor, die Sache zu beenden?

Offenbar las er in ihrem Gesicht, was in ihr vorging. Er schob eine Hand unter ihr Kinn, lächelte und schaute ihr prüfend in die Augen. „Du hast die Wahl: für immer oder gar nicht", presste er hervor. „Was willst du?"

Mit gar nicht wurde sie nicht fertig. Nicht jetzt, wo sie sich so heftig in diesen Mann verliebt hatte. Wo sie es mühsam geschafft hatte, die Vergangenheit loszulassen, endlich Vergebung und inneren Frieden zu finden und obendrein die womöglich kühnste Entscheidung ihres Lebens zu treffen: ein Risiko zu wagen, alles aufs Spiel zu setzen und sich zu gestatten, wieder zu lieben.

Alles oder nichts. Das war die Wahl, vor die Landry sie stellte.

„Ich nehme für immer", verkündete Ria.

„Das ist gut", gab Landry schroff und doch unglaublich zärtlich zurück. Ohne Vorwarnung griff er dann um Ria herum, öffnete ihren BH und bewunderte ihre nackten Brüste, bis ihr Bedürfnis, von ihm berührt zu werden, so drängend wurde, dass sie leise aufstöhnte.

Kehlig lachend strich er mit den Daumen langsam und ganz sacht über ihre Brustspitzen.

Ria war so erregt, dass sie den Mann angefleht hätte, sie zu nehmen, hart und schnell, im Stehen, hier mitten im Zimmer, doch sie wusste, dass er das nicht tun würde. Also überließ sie ihm das Tempo und genoss die berauschende Lust, die erst seine Finger und dann sein Mund ihr bereiteten.

Großer Gott, dieser Mund.

Landry beugte den Kopf vor, umfasste mit seinen Händen ihren Po und saugte an Rias Brustwarzen, bis sie sich vor Begierde zusammenzogen, reizte sie mit federleichten Liebkosungen seiner Zunge. Das Versprechen, das in diesen Aufmerksamkeiten lag, sorgte dafür, dass Ria sich in seiner Umarmung zurücklehnte, sich ihm anbot, ihre Finger in seinem Haar vergrub, wieder und wieder bittend seinen Namen keuchte und stöhnte.

Sie wollte nicht nur, dass Landry sie nahm. Sie brauchte das. Brauchte es so sehr wie den nächsten Atemzug, den nächsten Herzschlag.

Aber Landry hatte andere Vorstellungen.

Er arbeitete sich immer weiter nach unten vor, kniete sich vor sie hin, streifte ihr langsam den Slip ab, und dann waren seinen Lippen dort, wo er ihr einen leisen, zittrigen Willkommensschrei entlockte.

Während er fortfuhr, sie auf diese Weise zu verwöhnen und zu erregen, warf Ria in völliger Hingabe den Kopf zurück und stieß einen heiseren Lustschrei aus. Ihr Inneres war wie flüssige Glut, und wenn Landry sie nicht mit seinen starken Händen festgehalten hätte, wäre sie einfach zu Boden gesunken.

Sobald Landry endlich zuließ, dass sie kam, erlebte sie einen durch und durch erschütternden, absolut brillanten Höhepunkt, durchdrungen von Licht, feurige Flammen, die sich vereinten, und er schien weder Anfang noch Ende zu haben. Wie eine Flutwelle, die sich auftürmte, wieder abflachte, erneut auftürmte, jedes Mal höher werdend, nach jedem Abflachen sofort wieder anbrandend, ewig wie Ebbe und Flut.

Ria hatte längst alle Hemmungen verloren, als ihre Ekstase in einem langen Crescendo ihren letzten Höhepunkt erreichte. Sie zuckte am ganzen Körper, presste sich dabei fest an Landrys Mund, und er kostete es aus, bis sie vollkommen erschöpft war. Er brachte sie dazu, sich ihm ganz hinzugeben, und der endgültige Triumph entrang ihr eine Reihe wilder animalischer Lustschreie.

Und dann kristallisierten sich diese Laute zu Wörtern.

„Ich … liebe … dich …“, stieß Ria keuchend hervor. „So … so sehr …“

Ihr Körper bebte immer noch, während Landry in einer einzigen eleganten Bewegung aufstand, Ria auffing, ehe sie sich nicht mehr auf den Füßen halten konnte, und sie auf seine Arme hob.

Er trug sie zum Bett, schlug die Decke zurück und legte sie auf das kühle, frische Laken.

„Was wolltest du sagen?“, neckte er sie, streckte sich neben ihr aus, spreizte ihre Beine sanft, glitt an ihr hinab und küsste die empfindlichen Innenseiten ihrer Oberschenkel.

Ria hatte sich gerade wieder gesammelt. „Ich wollte sagen …“ Aber schon hatte sie vergessen, was sie hatte sagen wollen, weil seine Verführungskünste ein neues Feuer in ihr entfachten. Sie begann sich zu winden, als er ihre Beine noch weiter auseinanderschob. „Oh, Gott, Landry … nicht schon wieder … was machst du?“

Er stupste sie mit der Zungenspitze an.

„Red weiter“, drängte er sie, sowie Ria erneut laut aufstöhnte und sich ihm entgegenreckte. Eben noch hatte sie eine befriedigte Benommenheit erfüllt, und schon im nächsten Moment hatte Landry Sutton sie erneut aufs Köstlichste erregt. So leicht, so schnell ging das? Wie war das möglich?

Ria warf sich in ungestümer Ekstase hin und her, war drauf und dran, sich wieder zu verlieren, aber sie schaffte es dennoch zu antworten. „Verdammt noch mal, Landry … ich sagte … ich liebe … dich …“

Immer und immer wieder, immer schneller wiederholte sie diesen einen Satz: „Ich liebe dich.“

Landry reizte sie mit den Zähnen und lachte, da sie schließlich die fieberhafte Litanei ihrer Liebeserklärung unterbrach und ein langes Keuchen von sich gab, das fast wie ein Schnurren klang.

„Zufällig empfinde ich das Gleiche für dich“, stieß er hervor und hob ihre Schenkel an seine Schultern. „Halt dich fest, Liebling“, meinte er. „Ich sorge gleich dafür, dass du mich noch sehr viel mehr liebst.“

Heftigstes Verlangen löste ein tiefes Beben in Ria aus, sowie sie erneut seine Lippen spürte, erst neckend, dann voller Begierde. Wie im Wahn wand sie sich auf dem Bett hin und her, während er sie stetig und unerbittlich wieder zum Höhepunkt trieb. Er stützte sie, hielt sie von der Matratze hoch und genoss sie. Diesmal jedoch quälte er sie nicht mit kleinen Verzögerungen.

Nein, diesmal kostete er es in vollen Zügen aus, blieb bei ihr, als sie den Kopf nach hinten ins Kissen drückte und sich schließlich völlig fallen ließ. Landry ließ auch nicht locker, sowie der Orgasmus langsam abflaute, sondern leitete sie langsam, ganz langsam zurück von jenseits der Sterne, zurück in seine Arme, zurück in sein Bett.

Noch nie hatte Ria sich so gefühlt wie jetzt – völlig ermattet und doch zugleich auf wunderbare Weise erfüllt. So weiblich, herrlich und intensivst geliebt. Begehrt. Sie lag da, regungslos und befriedigt, während Landry sein Gewicht verlagerte und nach etwas griff, das auf seinem Nachtschränkchen lag. Er streift sich ein Kondom über, dachte sie träumerisch.

Jetzt endlich war er an der Reihe, in den Himmel zu schweben, während sie sich unter ihm und um ihn herum bewegte, ihre Hände über seinen Rücken gleiten ließ und ihm etwas vorsummte, derweil sich Druck aufbaute, und ihn dazu drängte, sich gehen zu lassen.

Allerdings kam es doch etwas anders. In dem Moment, in dem Landry in sie eindrang, war Ria wieder elektrisiert, und sie bäumte sich auf, damit sie ihn tiefer in sich aufnehmen konnte. Ihr sanftes Streicheln geriet zu einem festen Klammern, und sie bohrte die Fingernägel in seine Schultern.

Als ein weiterer Höhepunkt sie durchtoste und mit der Gewalt eines Erdbebens erschütterte, als er sie nicht etwa glückselig zu Boden schweben ließ, sondern noch höher schleuderte, schluchzte sie seinen Namen.

Landry ließ sich Zeit, seine Stöße waren lang, fest und langsam.

Ria beobachtete ihn aus halb geschlossenen Lidern. Ein Orgasmus und noch einer und noch einer, gnadenlose pochende Lust – wie lange konnte sie das noch aushalten?

Schließlich erstarrte Landry, keuchte animalisch auf. Die kräftigen Muskeln in seinem Nacken, seiner Brust und seinen Schultern spannten sich sichtlich an, als er seine Hände hart auf die Matratze stemmte, seinen Kopf zurückwarf und bei jedem Zucken seines prachtvollen Körpers Rias Namen rief, wieder und immer wieder. Selbst nachdem er seinen Höhepunkt erreicht hatte, ebbte das Beben nicht ab.

Als es schließlich vorbei war, sanken die beiden Liebenden in das süße Vergessen des Schlafes, vollkommen verausgabt.

Sehr viel später, schon nach Sonnenuntergang, erwachte Ria.

Ganz langsam kam sie zu sich, spürte Landrys Finger und Lippen an ihrem Körper und bald darauf einen sanften, langsamen und einfach nur fabelhaften Orgasmus. Ihre Lider waren zu schwer, um sie zu öffnen und Landry anzuschauen, und außerdem zog sich dieser gedämpfte, sanfte Orgasmus unendlich lange hin. Sie konnte nur auf seiner Welle reiten und sich von ihr tragen lassen, wohin auch immer.

Landry beobachtete ihr Gesicht, während sie wohlig seufzend die Augen öffnete. Auf den linken Ellenbogen gestützt, lächelte er auf sie herab. Er wirkte schläfrig im schwachen Licht, das aus dem Badezimmer fiel, und ganz offensichtlich sehr mit sich zufrieden. Seine freie Hand lag zwischen ihren Oberschenkeln, wo er sie gerade liebkost hatte.

„Ich will immer noch für immer", erklärte er.

Er nahm die Hand nicht zurück, und Ria wollte das auch nicht. Sie seufzte noch einmal – schon wieder erregte er sie – und schlang ihm die Arme um den Nacken. Ihr entfuhr ein leises Keuchen freudiger Verzweiflung, da sein Finger in sie eindrang. „Wie kannst du dir dessen so sicher sein, Landry Sutton?", fragte sie, obwohl sie kaum genug Luft zum Sprechen hatte. „Dass du für immer willst, meine ich."

„Ich bin einfach sicher", gab er überzeugt und leicht amüsiert zurück. Ein schelmisches Funkeln blitzte in seinen Augen, und Ria stöhnte erneut auf, während dem ersten ein zweiter Finger folgte. „Vielleicht hätte ich länger gebraucht, mich zu entscheiden, wenn der Sex nicht so verdammt gut gewesen wäre."

Ria lachte, leise, halb erstickt. Sie staunte über das Wunder, dass dieser Mann sie liebte – und sie ihn. „Ich habe das auch ein wenig genossen", erwiderte sie. „Den Sex, meine ich." Erneut reckte sie sich ihm entgegen. Der Mann kennt sich aus mit dem Körper einer Frau, dachte sie, als er die Finger in ihr kreisen ließ und sie immer schmerzlicher nach ihm verlangte.

„Ja", erwiderte er gedehnt. „Ist mir aufgefallen."

Schon wieder halb um den Verstand gebracht, ballte Ria die Hand zur Faust und tat, als wollte sie ihm gegen die Schulter boxen.

Sie konnte nicht umhin, noch einmal leise aufzuschreien, da er ihr geschickt noch mehr Lust bereitete. „Wie … wie ist das passiert?“, presste sie rau hervor und spreizte ihre Beine noch weiter, um ihm besser Zugang zu gewähren.

Landrys Grinsen wurde breiter und wärmte sie wie ein plötzlicher Sonnenstrahl. „Wie üblich“, erwiderte er, so leichthin wie immer. Woher nahm er nur diese Selbstbeherrschung? Ria wusste, dass er sie begehrte. Er hatte eine gewaltige Erektion, sie schmiegte sich an ihren Oberschenkel, aber jede seiner Bewegungen, jedes Wort kam locker und ja, beinahe träge. „Du hast dich ausgezogen“, erinnerte er sie, „und ich habe dasselbe getan. Danach lief alles ganz unkompliziert.“

Ihre Augen füllten sich mit Freudentränen. „Das habe ich nicht gemeint“, schimpfte sie zärtlich. „Und das weißt du auch. Ich habe gefragt, wie wir – oh, Gott, hör nicht auf – uns so schnell ineinander verliebt haben?“ Sie keuchte, schluckte, senkte die Lider. Sie war so kurz davor, sich zu verlieren, zugleich allerdings auch wild entschlossen, zu Ende zu bringen, was sie zu sagen hatte. „Vor nicht allzu langer Zeit – ooooh –, erst vor ein paar Tagen, höchstens einer Woche – ja, ja, bitte, Landry, ja – konnten wir einander nicht einmal ausstehen …“

Landry dachte ernsthaft über ihre Worte nach, auch wenn es in seinen Augen funkelte und er seine Liebkosungen nicht unterbrach. „Ich schätze, zwischen uns funkte es von Anfang an“, sagte er nach einer Weile. „Schließlich kennen wir uns schon fast ein Jahr.“

„Aber …“ Noch ein heiserer Schrei und Ria drängte sich ihm entgegen.

Landrys Handfläche bewegte sich sanft und unglaublich langsam, während seine Finger ihr Werk vollendeten. Ria musste die Augen schließen und sich auf den sich anbahnenden Gefühlssturm in ihrem Inneren konzentrieren. Dann schien sich das ganze Universum aufzulösen, und es existierte nur noch Landry für sie, seine Berührungen, sein Murmeln, das wunderbar schreckliche Verlangen, das er in ihr weckte.

Als ihre Begierde noch wunderbarer, noch schrecklicher wurde, keuchte sie laut auf.

Selbst dann kannte Landry immer noch keine Gnade. Er küsste sie auf die Lider, erst auf das eine, dann auf das andere. Anschließend ließ er seine Lippen abwärts gleiten über die warme Rundung ihrer rechten Brust. Ihre Spitzen richteten sich auf, machten sich bereit für seinen Mund und seine Zunge, und Ria rang sich das einzige Wort ab, für das ihre Kraft noch reichte: „Jaaaaaaa."

„Merk dir, wo wir stehen geblieben sind", murmelte Landry, danach strich er mit der Zungenspitze um die harte Spitze, saugte sanft und rhythmisch daran.

Er wurde langsamer, dann wieder schneller.

Jedes Mal, wenn Ria sich dem Höhepunkt näherte, den sie herbeisehnte, hielt er sie irgendwie davon ab, den Gipfel zu erreichen.

Benommen, wild und verärgert, fand sie schließlich genug Luft, um ihn noch ein letztes Mal anzuflehen. „Landry", schluchzte sie, „lass mich nicht warten – ich brauche dich – jetzt."

Er unterbrach die Liebkosung der Spitze lange genug, um eine feurige Spur aus Küssen zu der anderen Knospe zu ziehen. „Du bist unersättlich", sagte er.

„Ich bin verzweifelt", erklärte sie.

Er leckte ihre Brustwarze, bis sie so hart war, dass sie beinahe schmerzte, und nahm sie schließlich in den Mund. Und Ria hörte auf, Widerstand zu leisten. Sie hörte auf zu bitten und überließ sich einfach den wunderbaren Empfindungen, die Landry in ihr wachrief.

Als sie sich schließlich vereinigten, war es, als wären zwei Galaxien zusammengestoßen und in einem gewaltigen Regen aus Fragmenten und Funken explodiert.

Anschließend regnete es Feuer – sehr, sehr lange.

In dieser Nacht schlief Landry sehr tief. Er schlief den Schlaf befriedigter Erschöpfung, und wenn er träumte, dann konnte er sich am nächsten Morgen, als die ersten Sonnenstrahlen seine Augen trafen, nicht daran erinnern.

Neben ihm schlief Ria immer noch, die Arme über den Kopf geworfen, die Finger lose um die Messingstäbe im Kopfteil des Betts gelegt, lange nachdem sie sich in der Raserei ihres letzten Orgasmus daran festgeklammert hatte. Das war in den frühen Morgenstunden gewesen und hatte die Ausmaße eines apokalyptischen Ereignisses gehabt, das sie schließlich beide völlig erschöpft hatte.

Von der Bettwäsche lag nur noch ein Laken auf dem Bett, und das bedeckte nicht viel mehr als Rias Bauchnabel und einen Teil ihres rechten Oberschenkels. Ihre vollen und warmen Brüste, ihre in der leichten Brise, die durch eines der Fenster strich, aufgerichteten Spitzen lockten ihn sehr.

Vielleicht hätte Landry der Verlockung nachgegeben, wenn Ria nicht die Augen geöffnet, sie zu schmalen Schlitzen verengt und ihn gewarnt hätte. „Wage es ja nicht, Landry Sutton." Sie schlüpfte rasch aus dem Bett, suchte auf dem Fußboden nach ihrer Kleidung, fand das T-Shirt und zog es sich entschlossen über. „Ich bin überall wund, und wenn ich noch einen Orgasmus erlebe, bringt mich das wahrscheinlich um."

„Tod durch Orgasmus", sinnierte Landry, ließ sich auf sein Kissen zurücksinken und schob die Hände unter den Kopf. „Das wäre doch mal ein toller Abgang."

Ria versuchte, ihn streng anzusehen, aber schließlich musste sie lachen. „Wo sind eigentlich meine übrigen Sachen abgeblieben?", fragte sie.

„Glaub mir, darauf habe ich wirklich nicht geachtet."

Auf Hände und Knie gestützt – eine Haltung, die Landrys Widerstandskraft enorm auf die Probe stellte, noch mehr als der Anblick ihrer im Schlaf aufgerichteten Brustwarzen – spähte sie unters Bett.

Zumindest glaubte er, dass sie das tat.

Aus seinem Blickwinkel konnte er das nicht mit Sicherheit sagen.

Ohne Eile begann er, die nächste Runde zu planen.

„Wie komme ich hier raus, ohne dass Highbridge mich sieht?“, fragte sie laut flüsternd, als sie sich wieder aufrichtete, die Haare attraktiv verstrubbelt und die wiedergefundenen Kleidungsstücke in einer Hand.

„Er ist bestimmt in der Küche“, gab Landry zurück, „und die liegt am anderen Ende des Hauses. Du brauchst also nicht zu flüstern.“

Ria errötete. Sie blieb am Boden, kämpfte sich mühsam in Höschen und Jeans und schaffte es irgendwie, ihren BH anzuziehen, ohne das T-Shirt hochzuschieben.

„Du bist viel zu gelassen!“, warf sie ihm vor und stand auf. Wieder kniff sie ihre Augen zusammen. „Feixt du dir etwa eins?“

„Ja.“ Grinsend schaute Landry zu ihr hoch. „Mir scheint, du bist aufgebracht genug für uns beide“, erklärte er. „Außerdem, wir sind erwachsen, Ria. Und sofern sich seit letzter Nacht nichts geändert hat, lieben wir uns.“ Er wartete mit angehaltenem Atem, weil er sich plötzlich nicht sicher war, was sie antworten würde.

„Nichts hat sich geändert“, gab sie missmutig zu, nachdem sie ihn eine Weile hatte zappeln lassen. „Ich bin immer noch verrückt nach dir.“

Gott sei Dank!

Erleichtert genoss er ihre Unrast, das Blitzen in ihren Augen, den rosigen Schimmer ihrer Wangen, die Art und Weise, wie sich ihre perfekten Brüste beim Atmen hoben und senkten. Das war fast so schön wie mit ihr zu schlafen. Fast.

„Dann, schätze ich, gibt es keinen Grund, etwas zu verheimlichen, oder? Nebenbei würde ich meine Hälfte dieser Ranch darauf verwetten, dass Highbridge längst weiß, was wir getrieben haben.“

Ihre Wangen erglühten noch heftiger – ein wundervoller Anblick. „Na toll“, murmelte sie. „Du hast doch gesagt, er sei in der Küche. Außer Hörweite …“

„Das Haus ist groß, aber Highbridge ist nicht taub. Und dumm ist er erst recht nicht."

Ria erstarrte. Ihre Brüste waren trotz des BHs immer noch eine quälende Verlockung.

Oh, diese Brüste.

„Was soll das nun wieder heißen?", fauchte sie.

Landry setzte sich langsam auf, nur für den Fall, dass er sich gleich gegen einen Angriff mit Fäusten und Fingernägeln wehren musste, und tat erstaunt. „Ein paarmal", erinnerte er sie, „hast du dich ganz schön hinreißen lassen." Er ließ eine Pause folgen – meisterhaft bemessen, wie er fand –, um Ria so richtig auf hundertachtzig zu bringen. Ein leichtes Schulterzucken und eine nachdenkliche Miene taten ihr Übriges. „Vielleicht hat er ja geglaubt, in der Gegend treibe sich eine Wölfin herum und heule den Mond an."

Da riss Ria eins der Kissen hinter Landry an sich und begann, es ihm mit beiden Händen um die Ohren zu hauen.

Er lachte, und natürlich ärgerte sie das noch mehr.

Gerade als er so weit war, sie niederzuringen und etwas Sinnvolles mit ihrem Energieüberschuss anzufangen, klopfte es leise an der Schlafzimmertür.

„Highbridge", erklärte Landry in tragendem Bühnenflüstern. „Soll ich ihn hereinbitten?"

Sie funkelte ihn wütend an, aber als Highbridge im Flur etwas sagte, nahm sie Reißaus und flüchtete ins Bad.

„Frühstück für zwei, Sir?", fragte der Butler gelassen.

Landry musste mächtig grinsen.

Die Schwingungen, die ihn durch die geschlossene Badezimmertür erreichten, waren fast mit Händen greifbar.

Er hob ein wenig die Stimme, damit Ria seine Antwort auch hörte. „Das wäre wunderbar, Highbridge", meinte er höflich. „Wir sind in etwa fünfzehn Minuten so weit."

Eine Pause, dann die Antwort. „Sehr wohl, Sir."

Vor sich hin summend, stand Landry auf, zog ein paar Schubladen seiner Kommode auf, suchte sich eine saubere Jeans und ein blaues T-Shirt, eins seiner Lieblingsstücke, das schon so oft gewaschen und getragen worden war, dass es angenehm weich und leicht auf den brennenden Kratzern auf seinem Rücken lag. Er zog sich an, ging zur Badezimmertür und klopfte kurz. „Ria, wenn du jetzt nicht rauskommst, komme ich rein. Und wenn das passiert, dann garantiere ich dir, dass wir viel zu spät zum Frühstück kommen."

Das Frühstück war für Ria der zehnte Kreis der Hölle, so peinlich war ihr das Ganze. Aber da sie auch Hunger hatte, aß sie – an Landrys Küchentisch, in der Kleidung von gestern und nur zu offensichtlich gerade aus seinem Bett gestiegen. Ihr Gesicht war so rot, als hätte sie einen Sonnenbrand. Sie gab sich größte Mühe, Highbridges Blicken auszuweichen, und flehte im Stillen, dass er nicht versuchte, eine Unterhaltung anzufangen.

Dagegen saß Landry, der arrogante Mistkerl, ihr völlig ruhig gegenüber, las in der Zeitung und nippte an seinem Kaffee, als wäre alles ganz normal.

Unterm Tisch versetzte sie ihm einen Tritt gegen das Schienbein.

Er grinste sie nur kurz an und las dann weiter über Rindfleisch- und Weizenpreise und den Politskandal des Tages.

Highbridge schenkte ihr Kaffee nach und war dabei so nett, so zu tun, als wäre sie unsichtbar. Offenbar ahnte er, wie ungeheuer peinlich ihr die Situation war.

Schließlich räusperte sich der wieder untadelig gekleidete Butler – Stetson, Jeans, Arbeitshemd und Stiefel waren verschwunden –, entschuldigte sich und verließ den Raum.

Vielleicht habe ich das Ganze ja nur geträumt, dachte Ria.

Und vielleicht war sie immer noch auf der falschen Seite des Spiegels. *Wir sind hier alle verrückt.*

17. KAPITEL

„Und was tun wir jetzt?", fragte sie flüsternd.

Landry ließ die Zeitung sinken und musterte sie. „Das Aufgebot bestellen", sagte er, als wäre er der Meinung, das sei doch offensichtlich. „Und so schnell wie möglich heiraten."

Irgendetwas in Ria kam ins Rutschen und bemühte sich krampfhaft, wieder Halt zu finden. „Geht es schon wieder um für immer?", brummelte sie.

Er lächelte unbeirrbar. Egal wie sehr sie sich bemühte, ihn zu reizen, Landry Sutton blieb ruhig. Es war zum Aus-der-Haut-Fahren.

„Ja", gab er leutselig zurück. „Es geht um für immer."

„Was wenn wir – uns einfach nur verloben? Informell natürlich. Wir könnten eine lange Verlobungszeit haben wie Zane und Brylee, uns Zeit lassen, einander besser kennenzulernen ..."

„Keine gute Idee", fiel Landry ihr ins Wort.

Ihr Herz begann zu rasen. „Warum ist das keine gute Idee?"

„Weil du möglicherweise schwanger bist", gab er sachlich zurück.

Ria keuchte auf und presste beide Hände auf ihren Bauch, als erwarte sie, von winzigen Füßchen getreten zu werden. „Wir haben Kondome benutzt", erwiderte sie kurz angebunden, aber ihre Stimme war so schwach wie ihre Fähigkeit, Landry Sutton zu widerstehen, ob im Bett oder außerhalb.

„Bis sie mir ausgegangen sind", korrigierte Landry.

„Dir sind die Kondome ausgegangen? Wann?"

„Ist das wichtig?"

Macht er etwa Witze?

„Oh, mein Gott", hauchte Ria. In diesem Moment hätte sie Landry erwürgen können, aber zugleich empfand sie etwas völlig anderes, nämlich eine Art schwindelerregender, frohlockender Hoffnung, wirklich schwanger geworden zu sein. Ein Kind, Landrys Kind, wäre die Erfüllung eines ihrer sehnlichsten Träume. Das war jedes Risiko und jeden Skandal wert.

„Hast du die Absicht, eine große Hochzeitsfeier zu veranstalten?", fragte er nachdenklich. „Das könnte ein wenig unangenehm werden."

Ria stellte sich vor, wie sie den Mittelgang der Kirche hinunterschritt, eine Braut in vollem Staat, mit einem Bauch so dick wie ein preisgekrönter Kürbis beim Herbstjahrmarkt. Das Bild, so komisch es auch war, war nicht der Grund, warum sie ihren Kopf schüttelte. „Nein, keine große Hochzeit."

Sie hatte eine gehabt, als sie und Frank heirateten.

Diesmal wollte Ria eine ganz andere Zeremonie, eine ganz andere Ehe.

Später, im Rückblick, kam sie zu dem Schluss, dass sie in diesem Moment Frank voll und ganz vergeben und für immer losgelassen haben musste.

Dazu sagte Landry nichts. Er stand einfach nur auf und räumte den Tisch ab.

Überraschung! stellte Ria ein wenig mürrisch fest. Er war so … durch und durch männlich, und jetzt trug er Geschirr zur Spüle. Ob er wohl jemals aufhören würde, sie zu überraschen? Hoffentlich nicht.

„Also werden wir heiraten – einfach so?", fragte sie.

Landry spülte einen der Teller und stellte ihn in die Spülmaschine, bevor er augenzwinkernd antwortete. „Wie sonst willst du Highbridge jeden Morgen beim Frühstück in die Augen sehen?"

„Wer sagt, dass ich jeden Morgen hier sein werde?"

„Ich."

„Und was du sagst, wird getan?", hinterfragte Ria seine leichthin gesprochene Aussage. Dabei war sie sich nur zu deutlich dessen bewusst, dass die in ihr hochsteigende Hitze nicht nur Zorn war, sondern aufkeimende Leidenschaft. Dieser verdammte Landry Sutton. Wenn er sie jetzt flachgelegt hätte, hätte sie das bereitwillig geschehen lassen, trotz ihrer aufgescheuerten Haut, der schmerzenden Oberschenkel und allem, was sonst noch an die letzte Nacht erinnerte.

„Das habe ich nicht gesagt", erwiderte Landry.

„Und was hast du dann gesagt?"

Landry lehnte sich gegen die Arbeitsplatte, verschränkte die Arme und musterte sie, als wäre sie eine Zahlenreihe, die darauf wartete, zusammengerechnet zu werden. „Ich schätze, ich bin in mancher Hinsicht ziemlich altmodisch, und es wird Zeit, dass du das erfährst. Ich will dich in meinem Bett – daran besteht kein Zweifel. Und zwar am Morgen, am Mittag und in der Nacht. Ich werde dich beschützen, ich werde für dich sorgen, und ich werde dich niemals hintergehen, Ria."

Tränen schossen ihr in die Augen. „Das versprichst du? Denn das wäre das Einzige, was ich nicht ..."

„Ich weiß", unterbrach er sie, und sein Ton verriet, dass er das nicht nur so sagte. Dabei hatte sie ihm nichts von Franks Seitensprung erzählt.

„Woher weißt du das?", hauchte sie.

„Ich glaube, da war etwas in deinen Augen. Neulich Abend, als du mich gefragt hast, ob ich Susan treu war. Ich habe mir in dem Moment nichts dabei gedacht – wir waren beide ziemlich verkrampft und angespannt, weißt du noch? –, aber einen oder zwei Tage später ist mir klar geworden, dass du auf diese Weise verletzt worden sein musst und eine Heidenangst davor hast, das könnte dir noch einmal passieren."

Ria stand auf, ging zu Landry und schlang ihre Arme um seine Taille. „Du bist ein bemerkenswerter Mann", sagte sie, unter Tränen lächelnd, und stellte sich kurz auf die Zehen, um ihn zu küssen. „Und ungeheuer einfühlsam, trotz deiner Dickköpfigkeit und Arroganz."

„Ich hatte also recht?"

„Hast du das nicht immer?", erwiderte Ria neckend und schmiegte ihre Wange an seine Schulter. Sie seufzte leicht. „Hältst du mich bitte eine Weile?"

Landry schloss seine Arme um sie. „Jederzeit. Obwohl das natürlich mit einem gewissen Risiko verbunden ist."

Sie schaute zu ihm auf und spielte mit. „Und das wäre?"

Er gab einen knurrenden Laut von sich. „Das wäre die recht hohe Wahrscheinlichkeit, dass wir beide gleich wieder im Bett landen."

„Es ist heller Tag!"

„Das stört mich nicht, Lady. Wenn ich nicht befürchten müsste, dass Highbridge jeden Moment reinkommt, würde ich dich hier nehmen. Gleich jetzt und auf der Stelle. Natürlich erst, nachdem ich dich zum Wahnsinn getrieben habe."

„Natürlich", meinte Ria lauernd und rieb sich ein wenig an ihm. Verwegen fasste sie zu und schloss ihre Finger um ihn, hocherfreut darüber, wie er stöhnte und einen Moment die Augen schloss.

Ria knabberte an seinem Hals.

Er raunte ihren Namen.

Sie ließ ihre Handfläche mit leichtem Druck an ihm entlang gleiten, spürte, wie er unter dem Stoff der Jeans hart wurde. „Wenn du die Hitze nicht verträgst, Mr Sutton", murmelte sie, „dann sollten wir dich vielleicht lieber aus der Küche schaffen."

Landry keuchte erneut, aber es klang auch ein wenig wie Lachen. „Apropos Hitze ... Frau, du bringst mich um", stieß er heiser hervor.

Ein lautes Krachen und ein mindestens ebenso lautes „Verdammt noch mal!" von Highbridge im Flur scheuchte Landry und Ria auf. Vermutlich sollte das eine Warnung sein, dass er gleich hereinkommen würde, nur für den Fall, dass in der Küche geschah, was tatsächlich dort geschah. Da die Hintertür der nächstliegende Ausgang war, stürzten sie hinaus, lachend wie ein paar Kinder, die gerade die Keksdose geklaut hatten.

„Bring mich zurück auf meine Farm", sagte Ria und stieg in Landrys Wagen, ohne auf seine Zustimmung zu warten.

Er stieg ein und ließ die Zündung an. „Was zum Teufel geht hier vor?", fragte er und tat verwirrt.

„Die Frage sollte eher lauten, was zum Teufel soll dort geschehen?", klärte Ria ihn auf. „Dir blüht etwas, Landry Sutton."

Er lachte wieder. „Versprochen?"

„Darauf kannst du Gift nehmen.“

Keine zehn Minuten später waren sie in ihrem Häuschen. Es war angenehm kühl und ruhig hier. Sie strebten direkt der Dusche zu, zogen sich im Gehen aus und ließen ihre Sachen einfach auf den Boden fallen. Unter dem Wasserstrahl küssten sie sich, seiften sich gegenseitig ein, küssten sich erneut.

Ria fühlte sich stark und mächtig wie eine Amazonenkönigin. Als Landry sie an sich zog, ihre Brüste fest im Blick, schüttelte sie den Kopf und schloss eine Hand um seine Erektion.

Diesmal war kein Denim im Weg.

Er stöhnte auf, und Ria strich mit den Fingern und der Handfläche an ihm entlang, erst langsam, dann immer schneller.

„Letzte Nacht haben wir das auf deine Weise getan, Cowboy“, sagte sie, „heute machen wir's auf meine Weise.“

Ria brachte ihren Liebhaber an den Rand des Wahnsinns, aber sie ließ nicht zu, dass er kam. Stattdessen drehte sie das Wasser ab, reichte Landry ein Handtuch, wickelte sich selbst in eines, obwohl ihr alles andere als kalt war, und eilte zum Schlafzimmer.

Landry folgte ihr, immer noch verwirrt, immer noch hart.

Mitten im Zimmer ließ Ria ihr Handtuch fallen. Feuer loderte in Landrys blauen Augen auf, doch er verharrte einfach dort, wo er stand, noch nass von der Dusche und wie in Trance.

Sie näherte sich ihm wie ein Raubtier auf Beutezug, ließ ihre Hände leicht von der Taille bis zu seinen Oberschenkeln wandern.

Dann kniete sie sich hin.

Ihr Name wurde sein Mantra, während sie ihm bewusst langsam den Verstand raubte, knabbernd, reizend, liebkosend. Sie ließ ihn warten – stöhnen – wieder warten. Dabei genoss sie jeden Augenblick, jede Nuance dessen, was sie mit ihm anstellte und wie er reagierte.

Schließlich schrie Landry leise auf, vergrub die Finger in ihrem Haar, und während sie ihn verwöhnte, umfasste er plötzlich ihren Kopf. „Wenn du … nicht aufhörst … sofort …“

Ria hörte nicht auf.

Er schrie noch einmal auf. Es war eine Kapitulation. Dann zuckte sein kräftiger Körper heftig – einmal, zweimal, dreimal – und Ria folgte jeder seiner Bewegungen, und die ganze Zeit jubelte sie innerlich.

Nachdem es schließlich vorbei war, stand Landry ein bisschen wackelig auf den Beinen, dennoch hatte er die Kraft, Ria hochzuziehen. Sie ließen sich aufs Bett fallen, Landry schwer atmend, Ria ihm zuflüsternd und ihn liebkosend, während er langsam wieder in das Hier und Jetzt zurückkehrte.

Nach ein paar Minuten glitt Landry in einen leichten Schlaf, und Ria schwoll das Herz ob der Schmerzlichkeit ihrer Gefühle für ihn. Er war so unglaublich stark, so verdammt selbstsicher und doch so bereit, sich zu öffnen.

Eine Weile lag sie da, eng an ihn gekuschelt. Schließlich erhob sie sich, tappte ins Bad, wusch sich das Gesicht und putzte sich die Zähne. Als Nächstes folgte sie der Spur der fallen gelassenen Kleidungsstücke, bis sie ihre Jeans fand.

Franks Ring steckte noch in der Tasche. Sie nahm ihn heraus, betrachtete ihn einen Moment, schloss die Finger darum. Anschließend kramte sie eine kleine Schachtel hervor, die sie vom letzten Weihnachtsfest aufbewahrt hatte, weil sie zum Wegwerfen zu schade war. Dort hinein legte sie das gerahmte Foto von Frank und den Ring.

Mit der Schachtel in der Hand ging sie durchs Wohnzimmer in den Flur, wo der Garderobenschrank neben der Vordertür stand. Sie stellte sich auf die Zehenspitzen und schob die Schachtel ins oberste Fach. Die Fotoalben verstaute sie daneben, bevor sie bemerkte, dass Landry ihr gefolgt war.

Er stand im Türrahmen, nur in Jeans, die Haare verstrubbelt. In seinen Augen leuchtete innerer Friede, aber dennoch sah sie, wie sich bereits wieder Verlangen darin breitmachte.

Ria lächelte, machte die Schranktür zu und ging zu ihm. Damit überschritt sie eine Grenze, die Grenze zwischen dem Vorher und dem Für Immer.

Jetzt gab es kein Zurück mehr.

EPILOG

Drei Tage später wurden Ria und Landry von Reverend Walter Beaumont in seiner kleinen Kirche in Parable getraut. Zane war Landrys Trauzeuge, aber auch der junge Nash stand bei ihnen. Er wirkte stolz in dem einzigen Anzug, den er besaß.

Quinn spielte die Brautjungfer, während Meredith unter den Gästen saß. Sie wirkte etwas weniger eisig als sonst. Zu Quinns großer Freude hatte sie sich bereit erklärt, in Rias Häuschen zu ziehen, weil Ria bereits bei Landry auf der Ranch wohnte, genau, wie er es vorhergesagt hatte.

„Wir bleiben, bis Quinn ihren Highschoolabschluss hat", hatte Meredith ihrer Halbschwester am Tag zuvor eröffnet, während sie nebeneinander auf der Verandatreppe gesessen hatten und Bones glücklich über den vertrauten Hof getobt war. „Ihr gefällt es hier, und ich brauche einen ruhigen Ort, um mich selbst neu zu erfinden. So passt es also für uns beide ganz gut."

Impulsiv umarmte Ria ihre Schwester, und obwohl Meredith die Umarmung nicht gerade erwiderte, zuckte sie auch nicht zurück.

Es war ein Anfang, auf den sehr wahrscheinlich eine Menge weiterer Anfänge folgen würden, aber Ria war es recht so.

Jetzt, als Mrs Beaumont einen dröhnenden Akkord auf der Kirchenorgel anschlug, drehte sich jeder in den Sitzreihen um und lächelte der Braut zu. Walker, Casey und ihre beiden älteren Kinder waren da, außerdem Slade und Joslyn Barlow, Hutch und Kendra Carmody und Boone und Tara Taylor. Brylee saß neben dem Sheriff und seiner Frau. Sie strahlte, denn sie barg ihr eigenes Geheimnis, und Cleo hatte sich schützend auf ihre andere Seite gesetzt. Noch war zwar nichts verraten worden, aber Ria und Landry ahnten längst, was los war. Verräterische Anzeichen hatte es schließlich genug gegeben: Zane und Brylee erwarteten ein Kind.

Highbridge, der die Braut dem Bräutigam zuführen sollte, stand hoch aufgerichtet neben Ria, strahlend und stolz. Ria, in einem blassblauen Seidenkleid, bei dessen Wahl ihr Quinn und Meredith geholfen hatten, fühlte sich wunderschön.

Sie wandte sich dem Butler zu und zwinkerte ihn an. Ihr Kleid war eine Pracht, das stimmte schon, aber sie war sich nicht sicher, wer von ihnen beiden besser angezogen war. Highbridge trug den schicken Smoking, von dem er behauptete, er hätte ihn bisher erst einmal getragen, um den Nachmittagstee im Buckingham Palast zu servieren. Die Queen, so hieß es, habe zwei zarte Brunnenkressesandwiches von seinem Tablett gewählt, und er habe den Smoking im Anschluss an diesen Tag zugunsten der Nachwelt ausrangiert.

Es berührte Ria sehr, dass er ihn zu Ehren des Anlasses ausgemottet, auf der Wäscheleine gelüftet und an diesem Morgen gründlich gebürstet hatte.

„Wollen wir?“, fragte Highbridge mit subtilem Lächeln. „Wir haben schon unseren ersten Einsatz verpasst.“

Ria nickte. „Wir wollen“, sagte sie, während die Orgelmusik noch einmal von vorn begann.

Sie hielt den Blick auf Landry gerichtet, der vorn am Altar stand, und ging entschlossen auf ihn zu. Kein Zweifel nagte an ihr.

Er sah ihnen voller Freude und Ungeduld entgegen.

Als Ria und Highbridge an der vordersten Stuhlreihe vorbeigingen, erhaschte sie einen Blick auf den Vater von Zane, Nash und Landry. Er saß für sich allein, das schüttere Haar mit Gel gekämmt, eine Nelke im Knopfloch seiner Anzugjacke.

„Ich dachte, meine alte Pumpe würde mich endgültig im Stich lassen, als ich vor ein paar Tagen abgereist bin“, hatte er seinem Sohn und seiner künftigen Schwiegertochter erzählt, als er gestern Abend plötzlich mit einem Koffer in der Hand vor der Tür gestanden hatte. „Bis Boise bin ich gekommen und habe mir ein Motelzimmer genommen, um auf das Ende zu warten. Erst mal ist nichts passiert. Da beschloss ich, noch mal die Stimme von einem meiner Jungs zu hören. Also habe ich ihn angerufen. Er hat mir erzählt, dass ihr beide drauf und dran seid zu heiraten. Da habe ich doch glatt vergessen, dass ich eigentlich vor meinen Schöpfer treten wollte, habe gepackt, mich auf den Weg zum Highway gemacht und den Daumen rausgehalten."

Ria fand die Geschichte amüsant. Außerdem war sie sehr berührt von den Anstrengungen, die Jess Sutton auf sich genommen hatte, um rechtzeitig zur Trauung nach Three Trees zurückzukommen.

Zuerst hatte Landry nicht viel dazu gesagt.

Ria und Highbridge tauschten vielsagende Blicke, beschlossen wortlos, Vater und Sohn ein bisschen Freiraum zu lassen, und verließen die Küche. Ria verschwand im Schlafzimmer, wo sie einen Stapel Einrichtungszeitschriften durchblätterte, die sie in der Stadt gekauft hatte.

Jetzt, wo sie heiraten wollten, hatte Landry verkündet, sei es an der Zeit, Handwerker zu engagieren, damit das Haus zu einem richtigen Zuhause werden konnte. Außerdem wollte er noch mehr Büffel kaufen, vielleicht auch noch ein paar Rinder, und eine richtige Herde gründen. Das Haus sollte Rias Projekt werden, das Vieh Landrys.

Da die Zeitschriften nicht die gewünschte Ablenkung boten, legte Ria sie weg. Sie griff nach dem kleinen blauen Samtkästchen auf Landrys Nachttisch und öffnete es, um den schlichten, aber eleganten Anhänger darin zu bewundern: ein Pferdekopf aus Silber an einer hauchzarten Kette. Landry hatte ihr die Kette heute überreicht und sie mit funkelnden Augen gefragt, ob sie mit ihm gehen wolle – für den Rest aller Zeiten.

Als er ihr an diesem Abend ins Bett folgte, war es schon sehr spät, und er sagte nichts über seine Unterhaltung mit seinem Vater.

Und Ria stellte keine Fragen – selbstverständlich war ihr klar, dass ein so tiefer und breiter Bruch wie der zwischen Jess Sutton und seinen Söhnen nicht mit einem einzigen Gespräch überbrückt werden konnte. Also nahm sie ihren Mann in die Arme, kuschelte sich eng an ihn und sagte: „Ich liebe dich."

Darauf folgte ein langsames, süßes und beinah andächtiges Liebesspiel.

Die Erinnerung daran ließ Ria jetzt noch erschauern, im großzügigen Licht des Julinachmittags, als sie und Highbridge die letzten Schritte auf den Mann zu machten, den sie liebte. Und auch weiter lieben würde, heute, morgen, immer.

Landry nahm ihre Hand, drückte sie leicht und hielt sie fest.

„Liebe Brüder und Schwestern", begann der Pastor, „wir haben uns heute hier versammelt ..."

Tief bewegt hörte Ria die altehrwürdigen Worte der Eheschließung, nahm jeden Schwur und jedes Versprechen, das Landry gab, in ihr Herz auf und verschloss es dort, um es für den Rest ihres Lebens als Schatz zu bewahren. Sie gab ihre Antworten mit leiser, klarer und sehr sicherer Stimme. Nie zuvor war sie sich einer Sache so sicher gewesen wie ihrer Liebe zu dem Mann neben ihr und seiner Liebe zu ihr.

Sie tauschten breite Goldringe, Rias mit Diamanten verziert, Landrys schlicht und massiv. Beide Ringe standen für eine Liebe, die so gewaltig und ewig war wie der endlose Himmel über Montana.

Schließlich erklärte Reverend Beaumont Landry und Ria zu Mann und Frau.

„Sie dürfen die Braut jetzt küssen", wandte er sich strahlend an Landry.

„Mit Vergnügen", gab Landry barsch zurück und wandte sich Ria zu. Seine Augen leuchteten, und sie fand darin jenen Ausdruck, den sie so sehr schätzen gelernt hatte: die verwirrte Freude eines Mannes, der gerade eine wundervolle und unerwartete Entdeckung gemacht hatte.

Einige Hochzeitsgäste applaudierten, andere lachten voller Freude, und wieder andere schossen Fotos. Die ganze Zeit über fiel Sonnenlicht durch die Buntglasfenster hoch über dem Altar und hüllte Braut und Bräutigam ein wie ein Segen, ließ helle goldene und rote, tiefgrüne und blaue, intensiv violette und gedämpft weiße Lichter über sie tanzen, deren Muster sich ständig änderte, als stünden sie im Inneren eines Kaleidoskops.

Wenn sie in die Zukunft schaute, wusste Ria, dass ihr gemeinsames Leben genau so werden würde: ein leuchtendes schönes Ding, oft überraschend, immer wachsend. Natürlich würde es auch ein paar dunkle Schatten geben, das lag in der Natur der Sache, aber mit Landry an ihrer Seite würde Ria mit allem fertigwerden.

Die Organistin schlug einen rauschenden Akkord an.

Mr und Mrs Landry Sutton schritten Hand in Hand den Mittelgang hinunter und traten ihre lange Reise nach Für Immer an.

– ENDE –

Er konnte noch immer die Stimme seines Großvaters hören: *Ein Mann bricht niemals sein Versprechen.* Vance richtete sein ganzes Leben nach diesem Motto aus. Nachdenklich spielte er mit den Enden der Satinschleife am Hals des Plüschbären. „Als ihr Vater in diesem gottverlassenen Tal gestorben ist, habe ich ihm geschworen, ich biete Layla einen Urlaub in Strandhaus Nr. 9, den sie nie vergessen wird."

Der tödlich verwundete Colonel hatte die Reise bereits gebucht gehabt und trug die Unterlagen im Innennetz seines Helmes bei sich. Alle Soldaten taten das – stopften wichtige Papiere, Briefe oder Fotos unter den Helm. Genau wie er, hatte auch der Colonel durch Griffin Lowell, einem der akkreditierten Journalisten, die mit ihnen an die Front gekommen waren, von Crescent Cove erfahren.

Der Mann war regelrecht poetisch geworden, wenn er von den Sommern erzählt hatte, die er in seiner Kindheit hier verbracht hatte – und zwar ohne Ausnahme jedem, der bereit gewesen war, ihm zuzuhören. Und sie alle hatten zugehört. Die Beschreibungen der fernen Idylle hatten ihnen eine Flucht vor den Grausamkeiten eines brutalen Krieges geboten. Scheinbar hatten diese Erzählungen bei dem Offizier an eine besondere Saite gerührt, denn er hatte den Bungalow tatsächlich für die Zeit seines Heimaturlaubs gemietet. Die Buchungspapiere hatte er zusammen mit dem Foto seiner kleinen Tochter unter seinen Helm gesteckt.

Während Vance hinter einem Schutzwall aus Strohballen und Erde versucht hatte, dessen Blutung zu stoppen, hatten Colonel Parkers Gedanken allein seiner Tochter gegolten. Bei seinen letzten Atemzügen hatte Parker ihm das Versprechen abgenommen, an seiner Stelle für einen Monat den Reiseleiter für Layla zu spielen und seiner Kleinen vier Wochen lang eine unvergessliche Zeit zu bereiten. Für ihn war es eine Frage der Ehre, dem letzten Befehl des guten Mannes Folge zu leisten.

Baxter zuckte in seinem Stuhl zusammen. „Hey. Ist das etwa …?" Er fixierte einen Punkt hinter seiner Schulter und wischte sich mit der Hand über den Mund. „Nein, das kann nicht …“

Der jähe Verlust von Gelassenheit bei seinem Cousin beunruhigte Vance für einen Moment, bis er sich umdrehte, um Baxters Blick zu folgen. „Oh.“ Er entspannte sich wieder. „Das ist Addy. Du erinnerst dich doch noch an Addison March, oder? Ihre Mutter und unsere Mütter sind befreundet. Sie wohnt gleich die Straße von unserer Plantage hinunter und …“

„Ich weiß, wer sie ist“, fiel Baxter ihm ins Wort. „Ich frage mich nur, weshalb sie hier ist. Und wieso kommt sie direkt auf uns zu?“

Vance sah noch einmal über die Schulter hinter sich. Addy, eine kleine kurvige Blondine in knielanger Strandhose und flachen Sandalen, wand sich zwischen den Tischen auf der Terrasse hindurch und steuerte ihren Platz an. Auf jeden Fall konnte ihr Äußeres nicht der Grund für den Stress sein, der in der Stimme seines Cousins zu hören war. „Ich habe sie als Nanny angeheuert. Schließlich kann ich wohl kaum vier Wochen mit einem kleinen Mädchen allein sein. Wir trafen uns zufällig, als ich vor ein paar Tagen herkam, um mir die Bucht anzuschauen, und da …“

„Du sagtest doch, dass du noch nie von dieser Bucht gehört hast, bevor dieser Reporter davon erzählte. Ich habe ja auch noch nie davon gehört. Von allen möglichen Kaschemmen, ausgerechnet hier …“ Er stand abrupt auf. „Ich muss los.“

„Hallo“, sagte da eine weibliche Stimme hinter ihm. „Gehst du schon, Baxter?“

Sein Cousin erstarrte. Baxters panische Miene hätte lustig wirken können, wenn sie nicht so völlig untypisch für ihn gewesen wäre. „Alles in Ordnung mit dir?“, hakte Vance argwöhnisch nach.

„Sicher, klar, alles bestens“, murmelte Baxter und ließ sich wieder auf seinen Platz fallen. „Mir geht's prächtig. Ist mir nie besser gegangen.“

„Wenn du meinst.“ Vance zeigte auf einen freien Stuhl am Tisch. „Setz dich doch, Addy. Du kommst genau richtig, Layla müsste jede Minute hier sein.“

„Bringt ihr Onkel sie her?“, erkundigte sich die junge Frau.

„Das nehme ich an.“ Er hatte per E-Mail abgesprochen, sich heute hier mit Phil Parker zu treffen, dem Kontakt, den Laylas Vater ihm genannt hatte. Vance hatte den Eindruck gewonnen, dass der Mann ein weltfremder Spinner sein musste. Seine mehr als vagen Auskünfte hatte er ohne Punkt und Komma vorgebracht, dafür waren häufige Anspielungen auf Kismet, Schicksal und Surfen eingeflochten gewesen. Jede Mail endete mit einem *namaste*, was auch immer das heißen mochte.

„Nett, dass du einen Plüschteddy besorgt hast“, meinte Addy.

Bei der Erinnerung an den Teddy wurde Vance wieder nervös. Wahrscheinlich zog er nur deshalb das Foto aus seiner Hemdtasche. Oh ja, er hatte sich sogar schick gemacht für die Kleine. Seine beste Jeans und ein kurzärmeliges Hemd, frisch aus der Reinigung. Er legte das Bild auf den Tisch. „Ihr Vater hatte das hier bei sich. So kam ich auf die Idee.“

Von dem Foto blickte Layla Parker die drei Betrachter an. Sie hockte auf einer niedrigen Steintreppe, eines ihrer knochigen Klein-Mädchen-Knie war aufgeschlagen. Lange Zöpfe hingen ihr über die Ohren, betonten eine hohe Stirn und riesige braune Augen. Sie musste ungefähr zehn sein und schaute in die Kamera auf, in ihrem Gesicht ein kleines Lächeln, während sie mit ihren mageren Armen einen großen Teddy an sich drückte.

„Ah …“ Addy lächelte. „Süß.“

„Ja.“ Die Hand ihres Vaters hatte gezittert, als er das Foto herausgefischt und es ihm hingehalten hatte. *Ist sie nicht wunderschön, Vance? Du musst etwas für mein kleines Mädchen tun. Lass sie nicht allein.* Welche Wahl hatte er da gehabt? Die Emotionen in der rauen Stimme des Sterbenden hatten ihm die Zusicherung praktisch abgezwungen.

Er hatte alles in seiner Macht Stehende getan, um den Colonel zu retten … es war nicht genug gewesen. Der Mann war ihm unter den Händen weggestorben und hatte ihn mit dem Versprechen zurückgelassen, den letzten Wunsch des Colonels zu erfüllen.

„Ich muss gehen“, meldete Baxter sich wieder.

„Klar.“ Da Addy jetzt hier war, war die Anwesenheit einer zweiten Person gesichert, das würde die Verlegenheit beim ersten Treffen mit der kleinen Layla mildern. Er nickte seinem Cousin zu. „Danke für ...“

Er verstummte, da plötzlich eine Brise aufkam und ihm kalt über den Nacken strich. Die Härchen an seinem Körper – sogar die unter dem verfluchten Gips – richteten sich auf. Alles in ihm verspannte sich, bereit zur Flucht. Als Soldat lernte man schnell, sich auf sein Bauchgefühl zu verlassen, und seins sagte ihm, dass er derjenige war, der schnellstens gehen sollte.

Aber so oft er auch halb tot vor Angst gewesen war, seit er zum Militär gegangen war, hatte er sich nie vor seinen Pflichten gedrückt und würde bestimmt nicht jetzt damit anfangen. Und überhaupt, welche Gefahr konnte in dieser sonnigen Zivilwelt schon lauern?

Der seltsame Windhauch jagte ihm erneut kalt über die Haut. Vance drehte den Kopf in die entsprechende Richtung. Die Sonne blendete ihn. Irgendetwas blendete ihn auf jeden Fall. Er musste mehrere Male blinzeln, bis er den Empfangstresen am anderen Ende der Terrasse klar erkennen konnte. Eine junge Frau stand dort – eine sehr hübsche junge Frau. Sie musste ungefähr Mitte zwanzig sein, und sie trug ein leichtes Sommerkleid aus fließendem Stoff, das in allen Farben des Regenbogens schillerte, knapp über den Knien endete und mit einem Gürtel um die schmale Taille zusammengerafft war. Mittelbraunes Haar wellte sich um ihre Schultern, ein dichter Pony hing ihr bis fast in die Augen.

Vance stutzte und runzelte die Stirn. Da war etwas an ihr ... Sie fiel ihm eindeutig auf. Nicht so, wie eine wirklich gut aussehende Frau jedem Mann auffiel, sondern ... sie kam ihm bekannt vor.

Und sie war nervös. Sie strich sich mit den Fingern durch das lange Haar, während sie auf Zehenspitzen suchend das Restaurant überblickte, dabei kaute sie auf ihrer Unterlippe.

Großer Gott, kannte er diesen Mund nicht?

Nein, er hätte es bestimmt nicht vergessen, wenn er diese Lippen schon mal geküsst hätte, oder doch?

Die Augen zusammengekniffen, überlegte er weiter. Er war dreißig und sie musste ungefähr fünf Jahre jünger sein als er. Somit war es ausgeschlossen, dass sie auf die Liste seiner Highschool-Romanzen gehörte – selbst, falls der Zufall eins von den Mädchen hergeführt hätte. Schließlich waren sie nur eine Stunde Fahrt von dem Ort entfernt, an dem er aufgewachsen war. Was seine neuesten Eroberungen betraf … bis vor sechs Monaten hatte er ein Jahr lang eine feste Beziehung gehabt. Das konnte nur bedeuten, dass dieses hübsche kleine Ding in seine Sturm- und Drangzeit gehören musste. Es war eine wilde und verrückte Zeit gewesen, und die Erinnerungen daran waren eher verschwommen.

Er sah Baxter an, der damals sein Komplize gewesen war, der arme Kerl war zum Fahrer abkommandiert worden, wann immer es ihm gelungen war, ihn aus dem Büro loszueisen. „Cousin?"

Baxter zuckte zusammen, er hatte Addy angestarrt, die versunken das Spiel der Wellen beobachtete. „Äh … ja?"

Sein Cousin strich sich über die geschmackvolle Krawatte und warf einen letzten Blick auf die Blondine, die neben ihm saß.

Vance hatte jetzt keine Zeit, sich damit zu beschäftigen, was genau da vor sich ging, nicht, solange er sich darauf konzentrieren musste, die Identität der langbeinigen Schönheit zu enträtseln. „Mach es nicht zu auffällig, aber schau dir mal die Frau an, die beim Empfang auf einen Tisch wartet." Sein Cousin blickte gelassen hinüber. „Kenne ich sie?"

Empört funkelte Baxter ihn an. „Wie sollte ich all deine Bekannten kennen?"

„Es ist vielleicht weit hergeholt, doch …" Vance hatte das bedrückende Gefühl, sie war mehr als nur eine Bekannte. Er widerstand dem Drang, zu ihr hinzustarren, obwohl der Mann in ihm zu gerne einen genaueren zweiten Blick riskiert hätte. Das wäre jedoch keine gute Idee. Sollte sie tatsächlich eine Verflossene sein, wollte er nicht auch noch ihre Aufmerksamkeit erwecken. In den letzten Jahren war er wählerischer geworden, weniger Partylöwe. Es wäre nur peinlich für sie beide, falls sie die Bekanntschaft auffrischen wollte und er sich nicht einmal an ihren Namen erinnerte, geschweige denn daran, wie und wo sie sich kennengelernt hatten.

Sollte ich wirklich einen solchen Mund vergessen haben?

„Ach, ist ja auch egal." Er hakte einen Fuß um eins der Stuhlbeine und ruckte mitsamt Stuhl ein Stückchen herum, mehr mit dem Rücken zu der Brünetten.

„Hm", kam es von Baxter, der wieder an ihm vorbeiblickte. „Sie hat das Warten wohl aufgegeben und kommt jetzt auf die Terrasse heraus. Sieht aus, als liefe sie direkt auf uns zu."

Verdammt! In aller Eile durchforstete Vance noch einmal seine Erinnerungen. Auf dem College hatte er in Vergnügungssucht und Aufschiebungstaktik geglänzt, bis er sein Studium abgebrochen und sich freiwillig zur Army gemeldet hatte. Als er nach vier Jahren Dienst nach Kalifornien zurückgekehrt war, war er wieder in die alte Bad-Boy-Rolle zurückgefallen, hatte sich jedoch bald gefangen und war eine feste Beziehung mit einer Frau eingegangen, von der er gedacht hatte, dass sie seine Zukunft wäre. Dennoch war dazwischen genug Zeit gewesen, um die Frau mit dem welligen Haar, deren Anwesenheit er körperlich fühlen konnte, kennenzulernen und wieder zu vergessen.

Vorsichtig schaute er über seine Schulter. Sie war stehen geblieben und musterte die Gäste im Restaurant. Und ja, sie strahlte definitiv mehr als nur einen Hauch Nervosität aus. Er hoffte für sie, dass nicht irgendein Trottel sie versetzt hatte. Jetzt wanderte ihr Blick weiter, gleich musste sie seinen Tisch ins Auge fassen … Hastig drehte Vance sich weg und rutschte auf dem Stuhl tiefer. Er wollte schon nach der Speisekarte greifen, damit er sich dahinter verstecken konnte, aber im letzten Moment riss er sich zusammen.

Was trieb er hier eigentlich? Addy würde ihn für beschränkt halten, und Baxter würde sich halb totlachen. Er schimpfte sich ja selbst einen Idioten, weil er diesen Impuls überhaupt verspürte.

Außerdem hätte ich ein solches Gesicht bestimmt nicht vergessen.

Fest entschlossen, irgendein harmloses Small-Talk-Thema anzuschneiden, räusperte er sich. Addy und Baxter sahen beide gleichzeitig zu ihm hin und genauso synchron hoben sie den Blick über seinen Kopf. Sein Magen zog sich zusammen. Ein liebliches Parfüm stieg ihm in die Nase, begleitet von einem weiteren dieser warnenden kalten Windstöße.

„Vance?", fragte eine Frau mit rauchiger Stimme hinter ihm. „Vance Smith?"

Dieses leicht raue Timbre kratzte über seine Eingeweide, weckte seine sexuellen Bedürfnisse mit einem Paukenschlag. Mist, dachte er und verspannte sich. Das war jetzt wirklich nicht der passende Zeitpunkt. Es war die Zeit für Layla Parker, die jeden Moment aufkreuzen konnte. Die Situation würde unangenehm für alle Beteiligten werden, wenn die Frau, an die er sich nicht mehr erinnerte, beim ersten Treffen mit der Tochter des Colonels dabei wäre. Irgendwie musste er seine Libido wieder in Tiefschlaf versetzen, also blieb er reglos sitzen und wartete darauf, dass sein Wunsch sich erfüllte und sie ging.

Seine Hoffnung wurde jedoch enttäuscht, und so schluckte er resigniert und drehte sich halb auf seinem Stuhl um.

„War es das Breakers?", fragte er. Das war eines der Lokale gewesen, in denen er sich früher öfter herumgetrieben hatte. „Oder Pete's Place?"

„Wie bitte?"

Er zwang sich, ihr in die Augen zu schauen. Es waren große Augen, von einem sanften Braun, umrahmt von dichten dunklen Wimpern. Oh Mann, war alles, was er denken konnte. Diese Augen, der Mund ... die Kombination haute ihn um.

Und rührte an eine Erinnerung. Nur bekam er sie nicht zu fassen, nicht mal, wenn sein Leben davon abgehangen hätte.

„Ich versuche mich zu erinnern, wo wir uns begegnet sind",

erklärte er. Es gab keine andere Möglichkeit als Offenheit, obwohl ihm völlig schleierhaft war, wieso er sich nicht an sie erinnerte, so, wie sein Körper auf sie reagierte. Sie hätte in sein Hirn eingebrannt sein müssen. „Tut mir leid, doch ich weiß es nicht mehr."

„Oh." Goldene Kreolen schwangen mit, als sie den Kopf schüttelte. „Wir sind uns noch nie begegnet. Ich habe geraten. Sie haben die kürzesten Haare von allen hier."

Ihre Mundwinkel hoben sich, als sie leicht lächelte, und …

… es klickte bei ihm. Dieses Lächeln war das fehlende Puzzleteilchen, das das Bild vervollständigte, weil es dasselbe Lächeln war wie das des kleinen Mädchens mit dem Teddybär im Arm – auf dem Foto des Colonels.

Sein Magen verkrampfte sich. Mist, dachte er verdattert. Oh, Mist …

Sie hatte recht, sie waren einander nie begegnet. Dennoch kannte er sie. Um genau zu sein, er hatte auf sie gewartet. *Ja, Colonel, sie ist wirklich wunderschön.*

So schön, dass ihm schwindelig wurde.

Die sexy Frau, die keine zwei Meter von ihm entfernt stand, war niemand anderes als Layla Parker. Layla Parker, das „kleine Mädchen", dessen Träume zu verwirklichen ihm aufgetragen worden war.

Großer Gott. Das änderte nun wirklich alles. Das „kleine Mädchen" hatte sich als erwachsene Frau entpuppt.

Vance war so durcheinander, dass er nicht aufstand, er sagte kein Wort, er schien nicht einmal mehr zu atmen. Zum Glück besann Baxter sich auf seine Manieren. Er erhob sich und rückte der Tochter des Colonels den Stuhl zurecht, eine Aufforderung, sich an den Tisch zu setzen. Und Layla ließ sich von ihm wegführen und sich auf den freien Platz neben Addy helfen. Sie richtete ihre Aufmerksamkeit auf seinen Cousin und die Frau, die er angeheuert hatte, damit sie zusammen mit ihm und einem kleinen Mädchen vier Wochen in Strandhaus Nr. 9 verbrachte.

Mit dem kleinen Mädchen, das überhaupt kein kleines Mädchen war.

Linda Lael Miller
Big Sky Wedding –
Hochzeitsglück in Montana
Band-Nr. 25781
9,99 € (D)
ISBN: 978-3-95649-060-6
eBook: 978-3-95649-361-4
304 Seiten

Linda Lael Miller
Big Sky Summer –
Zeit der Entscheidung
Band-Nr. 25759
9,99 € (D)
ISBN: 978-3-95649-030-9
eBook: 978-3-95649-331-7
304 Seiten

Linda Lael Miller
Big Sky River –
Am reißenden Fluss
Band-Nr. 25693
8,99 € (D)
ISBN: 978-3-86278-802-6
eBook: 978-3-95649-315-7
304 Seiten

Deutsche Erstveröffentlichung

Sheila Roberts
Was Frauen wirklich wollen … für Anfänger

Was wollen Frauen wirklich? Jonathan und seine Freunde haben keinen blassen Schimmer. Bis Jonathan einen Liebesroman kauft. Erst lachen seine Freunde noch über die neue Lektüre – bis Jonathan erste Erfolge verzeichnet …

Band-Nr. 25804
8,99 € (D)
ISBN: 978-3-95649-094-1
eBook: 978-3-95649-375-1
368 Seiten

Molly O'Keefe
Liebe, Yoga und andere Katastrophen

Eli hat sein ganzes Leben auf der Ranch verbracht. Da sieht er nicht tatenlos zu, wie Städterin Victoria ein albernes Beautyspa daraus macht. Wenn er nur nicht immer dieses seltsame Herzklopfen verspüren würde, wenn sie in seiner Nähe ist …

Band-Nr. 25799
8,99 € (D)
ISBN: 978-3-95649-086-6
384 Seiten

Deutsche Erstveröffentlichung

„Der Weg zum Altar ist holprig und durchsetzt mit Landminen in dieser überraschenden Liebesgeschichte von Romantic-Comedy-Queen Kristan Higgins. Eine starke, absolut realistische Story voller gefühlvoller und gleichzeitig irrsinnig komischer Szenen."

Publishers Weekly

Band-Nr. 25808
9,99 € (D)
ISBN: 978-3-95649-097-2
eBook: 978-3-95649-376-8
448 Seiten

Kristan Higgins
Lieber für immer als lebenslänglich

Was kann demütigender sein, als vor dem Traualtar stehen gelassen zu werden?

Zum Beispiel, nur mit Push-up-BH und Bauch-weg-Unterhose bekleidet durchs Toilettenfenster einer Bar fliehen zu müssen und dabei von der Polizei überrascht zu werden. Faith würde vor Scham am liebsten im Boden versinken. Denn der Cop, der sie erwischt hat, ist ausgerechnet Levi Cooper. Der beste Freund ihres Ex, der dabei geholfen hat, ihre Hochzeit zu ruinieren. Allein dafür verdient Levi lebenslänglich, findet Faith. Da braucht er jetzt auch gar nicht den ritterlichen Freund und Helfer zu spielen. Allerdings sind seine grünen Augen geradezu kriminell sexy und seine Küsse verführerischer, als die Polizei erlaubt …